# TOUTES LES DERNIÈRES FOIS

Carole Duplessy-Rousée

# TOUTES LES DERNIÈRES FOIS

Éditions de Noyelles,
avec l'autorisation des Éditions Incartade(s)

31, rue du Val de Marne, Paris



ISBN : 978-2-298-15377-4

*À Hugo, mon fils,*
*à notre confiance mutuelle,*
*à nos instants partagés,*
*nos regards échangés…*
*et tout ce qui nous unit*
*au-delà des mots.*
*Avec tout mon amour.*

# 1

En pénétrant dans la cour de la bastide, Elena nota qu'il n'y avait pas de lumière dans l'habitation principale. Ses parents dormaient déjà. Pas de lumière non plus chez César et chez Bastian. Eux aussi devaient être couchés. Elle aperçut la lueur d'une bougie sur la terrasse de l'ancienne grange où demeurait Martin. Elle s'approcha et découvrit son frère assis sur un banc, une tasse dans les mains.

— Tu prends l'air ? demanda-t-elle en se penchant pour déposer un baiser sur son front.

— Oui. Ça fait du bien. J'aime ces soirées de juin à la nuit tombée. Le ciel est si clair qu'on a l'impression qu'un parapluie d'étoiles s'ouvre au-dessus de nous. Tu as vu comme c'est beau ? Tu veux un café ? Un thé ?

Elena refusa gentiment et leva la tête pour contempler les constellations.

— Tu as raison, c'est magnifique.

— Tu étais où ?

— Curieux !

— C'est que je veille sur ma petite sœur, moi.

— Au cas où tu l'aurais oublié, ta petite sœur est une grande fille qui a largement entamé la trentaine.

— Je sais, mais je fais gaffe tout de même !

— J'étais à Vallon avec Émile. On a dîné au restau puis on est allés boire un verre et on a papoté. Allez, il est tard. Bonne nuit !

Elena embrassa de nouveau son frère et traversa la cour pour rejoindre sa maison. À peine avait-elle poussé la porte que deux dogues de Bordeaux déboulèrent, prêts à accueillir leur maîtresse. Ils la bousculèrent un peu, débordant de tendresse mais ne maîtrisant ni leur force ni leur poids, cinq bonnes minutes de démonstrations festives et affectives durant lesquelles elle dut distribuer des caresses, accepter quelques coups de langue et se laisser flairer.

— Ah, les commères ! Aussi curieuses que votre tonton Martin. Alors on se demande avec qui j'ai passé la soirée ?

Attila colla son museau sur sa jambe et la renifla comme pour répondre à la question.

— J'étais avec Émile, si vous voulez tout savoir. Une soirée sympa entre vieux potes. Ça vous va ? Pas de crise de jalousie ?

Émile était l'ami de toujours. Elena l'avait rencontré lorsque la famille Cheylard avait quitté Aubenas pour venir s'installer à Ruoms. Elle avait 12 ans, elle avait dû abandonner ses copines et se retrouver isolée dans un village lui avait semblé insurmontable. Elle avait fait la connaissance d'Émile lors d'une descente en canoë des gorges de l'Ardèche. Il était plus âgé qu'elle mais ils s'étaient tout de suite bien entendus. Émile habitait à Ruoms et s'y ennuyait ferme, surtout les longs mois d'hiver sans les touristes, quand il n'y a plus guère d'activités pour les moins de 20 ans. Ils avaient beaucoup partagé, le kayak, les promenades à vélo, les baignades, les soirées d'été dans les campings alentour, et même leurs chagrins d'amour. Entre eux il n'y avait jamais eu la moindre équivoque, la moindre tentation. Puis Émile avait été reçu au concours de professeur des écoles et il était parti pour Privas où il avait rencontré sa femme. Elena l'avait un peu perdu de vue à ce moment-là, jusqu'à ce qu'il revienne dans le village de son enfance l'année qui avait suivi son divorce. Dans ses bagages il avait rapporté Angèle, sa fille de 5 ans dont la maman lui avait très volontiers confié la garde. Angèle avait grandi, Elena et Émile avaient repris leurs habitudes de célibataires, s'offrant souvent un restaurant avant de terminer la soirée dans un bar. Parfois, deux ou trois copains venaient se greffer au duo. Quand les beaux jours revenaient et que les nombreux établissements fermés l'hiver rouvraient leurs portes, Elena et Émile sortaient davantage.

En ce premier mercredi de juin, les terrasses étaient déjà bien remplies mais Elena appréciait la relative quiétude qui régnait encore dans le village avant la cohue de l'été. Elle retira son blouson et le déposa sur le dossier d'une chaise. Les dogues suivaient chacun de ses mouvements et l'accompagnèrent à la cuisine où elle se servit un verre d'eau.

— Dimanche, on ira se baigner. Il faut en profiter. Les juilletistes vont bientôt se pointer, ça va être beaucoup plus compliqué pour vous d'aller à la plage. Vous n'y serez plus les bienvenus...

Hannibal se posta devant elle, s'assit au garde-à-vous et tendit sa patte pour réclamer une friandise.

— Non ! Non ! Et non ! dit-elle, amusée. Pas de biscuit avant de dormir ! Mais je suis partante pour des câlins.

Le molosse vint poser son énorme gueule dans la main d'Elena. Elle lui donna un baiser sur l'oreille et bâilla.

— Je bosse, demain, mes cocos. Tout le monde au dodo !

Les chiens filèrent aussitôt dans la chambre, bientôt rejoints par leur maîtresse. Elle ôta ses chaussures et les jeta par terre. Elle n'avait qu'une hâte, se mettre au lit. Elle se déshabilla, laissa tomber ses vêtements sur le sol et se faufila sous les draps. Moins de cinq minutes plus tard, elle dormait.

Son réveil n'avait pas sonné quand elle ouvrit les yeux. Encore endormie, elle fit le tour de la pièce du regard, se demandant l'espace d'un instant où elle se trouvait. Elle entendit les ronflements des chiens et fut rassurée. Derrière les volets, on devinait les premières lueurs du jour, juste avant que le soleil n'apparaisse. Elle tâtonna, cherchant son téléphone, mit la main dessus et consulta l'heure. 5 h 23.

— Ne pas se rendormir..., murmura-t-elle en reposant sa tête sur l'oreiller.

Elle étendit ses bras et ses jambes, occupant ainsi la quasi-totalité du lit, étira ses muscles en songeant à ce bon moment qu'elle avait passé avec Émile la veille au soir. Ce bar de Vallon-Pont-d'Arc était un endroit à la mode très agréable. À l'extérieur, sur un belvédère naturel dominant la vallée de l'Ardèche, le patron avait installé des parasols chauffants pour inciter les clients à rester quand les soirées étaient plus fraîches, comme c'était souvent le cas au printemps. Des fauteuils en rotin et des poufs étaient disposés autour de tables basses sur lesquelles étaient posées des bougies que les serveurs allumaient dès le début de la soirée. À l'intérieur, l'ambiance était un peu plus feutrée. La musique était présente sans être abrutissante et les lumières bleutées incitaient à la détente. Les banquettes et les canapés se prêtaient aux confidences et aux rapprochements. Elena se rappela qu'elle y avait rencontré un homme l'année précédente. Comment s'appelait-il, déjà ?

— Gautier, murmura-t-elle en refermant ses paupières.

Ça n'avait été qu'une brève aventure. Ce soir-là, elle était sortie seule et s'était laissé draguer par ce type. Elle aimait les histoires d'un jour et se souvenait bien de celle-ci. Elle avait suivi le bel inconnu jusqu'à sa table. Ils avaient commandé un verre en s'observant, bavardant peu. Au deuxième verre, il s'était penché sur elle pour l'embrasser. Après le troisième verre, il avait saisi sa main et ils étaient sortis. Elle l'avait attiré sur un sentier qui descendait en pente douce vers l'Ardèche. Par chance, le lieu était désert. Ils avaient dévalé le chemin en courant et s'étaient arrêtés sur la berge, à quelques mètres de la rivière. Il avait posé sa veste sur la plage et l'avait invitée à s'allonger. Elle avait apprécié le geste. Elle aimait les hommes audacieux mais bien élevés. Elle avait obéi et il s'était glissé sur elle. Il l'avait gâtée de frôlements, d'effleurements et de démonstrations de tendresse avant de lui faire l'amour.

— Un mec bien, murmura Elena en se levant.

Un mec bien qu'elle n'avait plus recroisé et qu'elle ne reverrait sûrement jamais. Il n'était pas du coin, elle en était certaine car elle connaissait toutes les têtes de Vallon, de Ruoms et des environs. Elle se redressa, oubliant le beau Gautier, et attrapa la bouteille d'eau laissée au pied de son lit. Elle but à longs traits puis se dirigea vers la salle de bains. Lorsqu'elle sortit de la douche, Attila et Hannibal ronflaient toujours, couchés côte à côte. Elle fit une caresse à chacun avant de sortir un jean et un tee-shirt de son armoire. Elle se débarrassa de son peignoir et se planta un instant devant le miroir. Ses longs cheveux châtains, ses yeux bruns aux longs cils et sa peau naturellement hâlée plaisaient aux hommes. Leur regard s'attardait surtout sur son corps svelte et tout en muscles. Des muscles longs et fins qui lui permettaient de conserver une silhouette presque juvénile. Mais pour combien de temps encore ? La question jusqu'alors inédite l'effraya et elle se dépêcha de s'habiller avant de passer à la cuisine pour préparer du café.

Elle se servit une première tasse tout en contemplant sa maison comme si elle la découvrait. Elle avait aménagé ces anciens chais avec goût mais très simplement, laissant apparentes les voûtes de pierre qui constituaient l'essentiel du décor. Depuis la cuisine ouverte sur le séjour, il suffisait de descendre deux marches pour rejoindre le salon au mobilier sobre et confortable. Deux canapés se faisaient face autour d'une jolie table basse, deux fauteuils complétaient l'ensemble. Elle ouvrit le volet et resta en admiration devant les vignes et les vergers de pêchers qui s'étendaient face à elle. À l'horizon, le soleil pointait son nez. Elle fit coulisser la baie, laissant les senteurs de l'aube ardéchoise pénétrer dans la maison. Un parfum de terre mêlé à celui des fruits et des fleurs, dominé par les odeurs du maquis vivifiées par la rosée du matin. On devinait les effluves de la sauge, du romarin, du laurier, du thym et ceux, plus tenaces, de la lavande. Abandonnant sa rêverie, elle revint vers la cuisine, coupa deux tranches de pain et les passa au grill avant de les recouvrir d'une énorme couche de miel. Elle dévora ses tartines de bon cœur et se servit un café qu'elle dégusta sur la terrasse, une cigarette à la main. Elle regarda sa montre et constata qu'elle avait encore une vingtaine de minutes devant elle. Elle retourna à la cuisine, piocha dans le réfrigérateur pour préparer son déjeuner. Dans un sac isotherme elle mit pêle-mêle deux œufs durs, deux tomates, un morceau de beaufort, des tartines de pain et des abricots. Elle vida les gamelles des chiens et les remplit d'eau fraîche. Puis elle lava la vaisselle qui traînait dans l'évier. Dans le salon, elle tria une pile de *Maison & Travaux*, feuilleta rapidement l'un des numéros pour retrouver un reportage qui l'avait intéressée et corna la page. Elle déposerait le magazine chez le boucher en passant à Ruoms. Le commerçant envisageait de rénover l'appartement qu'il occupait au-dessus de son commerce et sa femme cherchait la meilleure façon de rentabiliser les espaces perdus dans les combles. La revue leur donnerait quelques idées.

Il était temps de partir. Elle enfila des chaussettes et ses Caterpillar. D'un coup d'œil, elle vérifia que tout était en ordre. Elle attrapa son portable, son paquet de cigarettes et un trousseau de clés, puis sortit en prenant soin de laisser la porte entrouverte afin de permettre aux chiens d'aller et venir à leur guise dans la journée. Dans la cour, tout était paisible. Il n'y avait pas une once de vent et le feuillage des vieux oliviers était totalement immobile. La maison principale, celle qu'occupaient ses parents et qui constituait le cœur de la bastide, était encore endormie. De l'autre côté, dans les anciennes granges, les volets étaient ouverts. Chez Martin, comme chez Bastian et chez César, on se préparait pour une nouvelle journée de travail. Elena s'appuya sur le capot avant du Kangoo et alluma une dernière cigarette. Elle sourit, se délectant du paysage qui s'offrait à ses yeux. Pour rien au monde elle n'aurait vécu ailleurs. L'Ardèche était sa terre. Une terre encore sauvage, surtout en dehors de la période estivale. Dans le sud du département, le climat était différent, plus méditerranéen, avec des printemps et des étés ensoleillés, parfois caniculaires. Aux endroits plus rocheux et escarpés, la garrigue s'accrochait au sol. Ailleurs, c'étaient les vergers de pêchers, les champs de lavande, la vigne et les oliviers. Une douceur de vivre qui pouvait être balayée en quelques minutes quand l'orage arrivait et que le tonnerre résonnait à vous rendre sourd, avant que des litres d'eau ne tombent du ciel. Elle terminait sa Marlboro quand César apparut.

— On part trop tôt ! ronchonna-t-il en l'embrassant.

— Mon pauvre César, on voit que tu prends de l'âge. Tu ne tiens plus le choc, dis donc !

— Ne commence pas à m'énerver dès le matin, morpionne !

Elena sourit. Elle adorait faire rugir l'aîné de la fratrie. César était le plus sensible, le plus tendre de ses frères, celui qu'on titillait pour le plaisir de l'entendre râler. Elle ouvrit le Kangoo et démarra avant même qu'il ait claqué sa portière.

# 2

Magdalena Aguila-Cheylard serra les dents pour réprimer un cri et se recroquevilla sur elle-même. La douleur l'avait réveillée, comprimant sa poitrine. Puis l'impression se fit plus violente, comme si on la poignardait avec une lame longue et effilée. Elle resta prostrée de longues minutes sans plus oser remuer. Ne pas faire un seul mouvement, attendre en espérant que le mal cesse. Surtout, ne pas mourir. Pas maintenant. Elle n'était pas prête. Il faisait encore nuit mais le jour ne tarderait plus à se lever. Ce serait bon de voir de nouveau le soleil.

Peu à peu, l'étau qui la comprimait se relâcha et les mille aiguilles qui avaient traversé son sein gauche disparurent. Elle se força à se détendre, à allonger ses jambes et ses bras, à respirer profondément et calmement. À côté d'elle, Damian dormait. Son souffle régulier la rassura. C'était la deuxième fois qu'elle avait une alerte de ce genre. La première s'était produite un mois plus tôt, alors qu'elle revenait des courses. Elle venait de décharger deux gros paniers de la voiture et les portait jusqu'à la cuisine quand elle avait ressenti un vertige. Elle s'était alors laissée tomber sur une chaise, le souffle coupé, à deux doigts de défaillir. Une brûlure avait transpercé le haut de son abdomen, suivie d'une soudaine et intense douleur dans la poitrine. Le malaise n'avait pas duré longtemps et elle avait mis cela sur le compte de la fatigue après une journée bien remplie. Cette fois, il n'était plus question de trouver une explication bidon à ce qui lui arrivait. Elle allait devoir consulter le médecin.

Subir des examens sans doute. Elle se retourna doucement et posa sa main sur l'épaule de Damian. Caresser sa peau était le meilleur des remèdes. Après plus de quarante ans de vie commune, quatre enfants, une existence bien remplie et de multiples nuits passées auprès de son mari, Magdalena l'aimait toujours autant. Quand il la prenait dans ses bras, c'était comme au premier jour. Rien n'avait changé. Elle n'avait été qu'à lui, elle serait à lui pour toujours. C'était écrit, gravé dans son âme et dans son cœur. Et si elle voulait qu'il dure encore un peu, ce cœur, il lui fallait s'en soucier. Ne pas tergiverser. Ne pas courir le risque d'être foudroyée comme l'avait été sa mère. Magdalena avait 13 ans, sa mère Luisa 40, emportée par un infarctus du myocarde quelques jours avant son anniversaire. On ignorait s'il y avait eu des signes avant-coureurs. Elle n'avait pas eu le temps de se plaindre. À moins qu'elle n'ait elle aussi caché ses souffrances. Elle s'était effondrée au milieu de la cour sans dire un mot ni même pousser un cri. Son chignon s'était dénoué dans sa chute. Magdalena n'oublierait jamais l'image de ses longs cheveux bruns perlés de fils gris épars dans la terre, son visage avec les lèvres à peine crispées, les paupières définitivement closes, figées dans un sommeil éternel... Elle se promit de téléphoner au médecin dans la matinée. Elle ne voulait pas partir aussi vite que sa mère usée avant l'âge par un destin trop souvent malmené.

Luisa Aguila et son époux étaient arrivés en France en 1948, fuyant l'Espagne franquiste. La guerre civile était finie depuis presque dix ans mais la police de Franco continuait son œuvre, consolidant le pouvoir du Caudillo en poursuivant les opposants et en épurant les villages. Pour certains, il n'y avait pas eu d'autre choix possible que l'exil. Abandonner le pays pour avoir la vie sauve. Luisa et Juan étaient nés et avaient grandi dans des familles républicaines de Valence. Leur enfance et leur adolescence avaient été marquées par le conflit qui opposait les nationalistes de Franco aux partisans de la gauche et de l'extrême gauche. Ils avaient connu la révolution, les grèves, les expropriations, les batailles entre les paysans et la garde civile. Ils avaient vu la violence de la guerre, les tueries en dehors des combats, les exécutions sommaires, les atrocités qui avaient décimé de nombreuses familles. Une volonté d'extermination s'était emparée des deux camps. Arrestations, emprisonnements, fusillades, bombardements, massacres et exactions de toutes sortes firent des milliers de victimes. Luisa et Juan avaient passé les premières années de leur vie dans le sang, la terreur, et à 20 ans, amoureux depuis quelques années, ils avaient décidé de partir pour bâtir une existence nouvelle, à l'abri du régime de Franco. La France les avait accueillis. Une France en pleine reconstruction, dans laquelle il y avait du travail pour tout le monde et où les bras nouveaux étaient les bienvenus. Luisa et Juan s'étaient installés près de Béziers. Juan avait trouvé un emploi dans un élevage de chevaux tandis que Luisa s'était consacrée à l'éducation de Carlos, leur premier enfant. La famille s'était vite agrandie. Magdalena était la cinquième d'une fratrie de six bambins. Des grossesses trop rapprochées qui avaient sans doute épuisé Luisa, déjà fragile et rongée par le chagrin après le décès de Juan, juste après la naissance de leur sixième enfant. Il était tombé malade durant un hiver trop humide, le mal avait mangé ses poumons en moins de trois mois. Sa mort avait laissé la jeune veuve dans le dénuement et le désespoir le plus total. Elle avait élevé ses petits avec peu de ressources mais beaucoup d'amour, aidée de ses aînés. Elle avait tenu presque dix ans puis s'en était allée rejoindre Juan.

Damian se retourna dans le lit. Magdalena fit glisser sa main jusqu'à sa poitrine et la posa sur son cœur. Il battait sans s'affoler. Elle soupira de soulagement et referma ses yeux. Elle voulait profiter encore de la vie, poursuivre sa route avec Damian. Un chemin de quarante-six ans… Le temps passait si vite. Elle l'avait connu à Béziers un soir d'août, pendant la feria. Les amateurs de corrida remplissaient les bars et les restaurants de la ville. Magdalena n'avait aucune passion pour la tauromachie dont la cruauté la rebutait, mais elle aimait les spectacles équestres qui se déroulaient dans les arènes. Surtout, elle adorait entendre parler espagnol et discuter dans sa langue natale. La feria était l'occasion de tomber sur des Catalans, de goûter les saveurs d'un pays qu'elle ne connaissait que par les histoires que lui avait rapportées sa mère. Des histoires souvent ternies par l'ombre du Caudillo. Damian n'était ni un *aficionado* ni un Espagnol, mais un gentil jeune homme rencontré à la terrasse d'un bar où un groupe de musiciens et de danseurs se produisait devant un public populaire qui vibrait au son des notes du flamenco. Ils avaient échangé quelques paroles, des sourires et surtout des regards autour d'un verre de sangria. Ils s'étaient revus une semaine plus tard et ne s'étaient plus jamais quittés. Damian était alors un tout jeune maçon. Il allait de chantier en chantier, choisissant les contrats les plus intéressants. Il avait eu une proposition à Aubenas, un travail bien payé. Ils étaient partis en Ardèche sans l'intention de s'y installer et s'étaient finalement enracinés dans cette jolie région. Les enfants y étaient nés, y avaient grandi. Le couple avait bossé dur et Damian avait fini par se mettre à son compte. Puis il avait acheté cette merveilleuse bastide à la sortie de Ruoms, sur la route d'Alès, qu'il avait restaurée. Des années de labeur mais un résultat au-delà des espérances de Magdalena qui avait conservé ses enfants non pas sous son toit mais presque puisque tous vivaient encore sur la propriété. Celle-ci était située au cœur d'un terroir partagé entre un domaine viticole et un verger de pêchers. Damian n'avait acquis que les pierres. Il avait rénové l'habitation principale et s'y était installé avec son épouse tandis que l'antique tour du châtelet, les granges et les chais avaient été aménagés pour les enfants. En semaine, après le travail, les trois garçons, César, Bastian et Martin, mangeaient souvent à la table des parents. Quant à leur fille Elena, elle avait depuis longtemps perdu cette habitude, préférant profiter de son indépendance comme elle l'entendait. Magdalena était heureuse de pouvoir encore veiller sur eux. Certes, ils étaient adultes, mais elle avait le sentiment qu'ils avaient toujours besoin d'être dirigés. Surtout lorsqu'ils déraillaient un peu. L'aîné, César, était sans doute le plus pur, le plus docile, le plus fragile aussi. Il élevait seul Julianne, sa fille de 18 ans. Martin, le deuxième, était plus solide et moins sentimental. Bastian avait du soleil dans les veines et un regard de braise qui faisait craquer les filles, mais il ne succombait devant aucune. Elena, la petite dernière, 37 ans, était à la fois ombrageuse, pétillante et insoumise, et menait une vie de patachon dont il valait mieux parfois ignorer certains détails. Magdalena avait renoncé depuis longtemps à imaginer sa fille mariée et mère de famille.

Derrière les volets, les premières lueurs du jour apparurent, effaçant la nuit. Elle soupira de bonheur.

— Tu es déjà réveillée, Magda ?

Appuyé sur les coudes, dans la faible clarté qui éclairait la chambre, Damian essayait de deviner le visage de sa femme qu'il n'appelait jamais autrement que par son diminutif.

— Oui, j'ai bien dormi, murmura-t-elle.

Il l'enlaça et blottit son visage dans son cou. Y avait-il un seul matin de leur existence où il n'avait pas eu ce geste tendre ? Magdalena sentit les larmes lui monter aux yeux. Dehors, une portière de voiture claqua et un moteur démarra. Damian se redressa.

— Qui s'en va à cette heure ? gronda-t-il.

— Qui veux-tu que ce soit ? Un de tes enfants, bien sûr ! Pendant des années tu leur as rabâché qu'une journée de travail commence à l'aube… Ils suivent tes conseils, tu vois !

Elle rit et il se pencha sur elle. Sous ses lèvres, la poitrine de sa femme se gonflait au rythme de sa respiration. Il fit glisser la bretelle de sa chemise de nuit. Il ouvrit la bouche, souffla de plaisir en dévorant la pointe d'un mamelon offert, puis se glissa sur elle… Si son érection matinale ne lui faisait jamais défaut, le soir désormais, il s'endormait sans avoir pu l'honorer. Sexagénaire, il n'avait plus la même vigueur qu'autrefois, quand ils roulaient tous les deux aux quatre coins du lit. Ils étaient devenus plus sages, moins entreprenants, moins fous. Mais peu importait, l'élan de la vie était le même. Et ils se connaissaient si bien, savaient exactement ce que l'un attendait de l'autre, il leur suffisait de saisir l'opportunité du moment.

Quand il se releva, il était en nage mais d'humeur joyeuse. Magdalena le regarda passer dans la salle de bains. Elle aimait le voir nu. Même s'il n'avait plus la jolie silhouette musclée de leur jeunesse, même s'il avait un peu trop de ventre. Elle s'étira et reposa sa tête sur l'oreiller. Le soleil était à présent levé. À travers les volets, les premiers rayons chauffaient déjà. Ce serait une belle journée. Sans bouger, elle attendit que Damian sorte de la douche.

— Tu descends ? demanda-t-il en boutonnant sa chemise.

— Bien sûr.

Depuis des années c'était le même rituel. Le matin, Damian était toujours à la cuisine le premier. Magdalena avalait le petit déjeuner avec lui puis remontait s'habiller lorsqu'il partait au travail. Le bruit caractéristique d'une bicyclette aux roues mal huilées se fit entendre alors qu'ils savouraient leur café et des tartines.

— Tiens, voilà Pépé-la-Cigale, fit Damian.

— Appelle-le. Il a sans doute faim.

Aristide Langogne habitait au fond de la propriété, dans une petite masure dévastée par le temps. Il logeait là bien avant que Damian et son épouse achètent la bastide. Ils ne l'avaient pas chassé. À plus de 90 ans, il avait toujours bon pied, bon œil, allant et venant à vélo, dénichant ses repas ici ou là. Toute sa vie, il avait travaillé à la cueillette des fruits durant l'été puis aux vendanges et au ramassage des châtaignes à l'automne. Ses employeurs ne l'ayant jamais déclaré, il ne touchait pas de retraite. Il ne se plaignait pas de son manque de ressources, proposait ses services contre un casse-croûte et une bouteille. Longtemps, Damian lui avait confié quelques tâches sur le domaine, le rangement du bois pour l'hiver ou la taille de la vigne vierge autour de la tonnelle. Magdalena ne voulait plus l'employer, elle le trouvait trop vieux, mais elle lui offrait volontiers de partager leur repas quand il passait un peu plus près de la maison que d'habitude car elle savait qu'il avait faim, ou alors elle lui donnait un panier pour deux ou trois jours. Au village il n'était pas toujours aussi bien accueilli, on le disait fainéant, voleur... Mais s'il chapardait un peu dans les vergers il n'était ni malveillant ni dangereux. Il aimait siffler et chanter, ce qui lui avait valu son surnom de Pépé-la-Cigale.

— Merci, dit Pépé-la-Cigale en grignotant un bout de pain et un morceau de fromage de chèvre. T'aurais pas un petit verre de rouge pour faire passer tout ça ? Ou un rosé bien frais ?

— Nan ! Pas de vin ! râla Magdalena. Il est 7 heures du matin, Pépé !

Damian sourit, fit un clin d'œil au vieil homme et leva son bol comme s'il voulait trinquer. Il quitta la table, embrassa Magdalena et partit travailler. Pépé marmonna deux ou trois paroles incompréhensibles et but le café que lui avait offert Magdalena. Il coupa encore une tranche de pain et deux rondelles de saucisson qu'il grignota lentement.

— J'irai bientôt à la salaison, dit Magdalena. Je te rapporte un jambon de pays bien sec ?

— J'veux bien.

— C'est d'accord.

Elle n'était pas facile, Magdalena, mais il l'aimait bien. Elle avait le cœur sur la main et jamais un mot méchant.

— T'es pas bien bavard aujourd'hui, remarqua-t-elle.

— C'est qu'il n'y a rien de neuf.

Le vieux brossa la table du revers de la main et mit les miettes dans son bol. Il se leva et salua sa bienfaitrice, sa casquette à la main. Elle sortit avec lui sur la terrasse. Il enjamba sa bicyclette, fit trois tours de pédales et s'arrêta.

— Tu es allée chez les Volane récemment ? demanda-t-il.

— Non, et Thérèse n'est pas venue à la bastide depuis un moment.

— Des saisonniers sont arrivés pour les récoltes.

— Comme tous les ans début juin, Pépé.

— Il y a beaucoup de fruits cette année. Et des beaux ! Tu devrais passer au domaine.

— Les Volane ont toujours de bons fruits, c'est vrai. En ce moment, je les prends sur le marché de Ruoms. La nièce de Thérèse y vend leur production. C'est pour ça que je vais moins à Saint-Alban. Et puis Thérèse est tellement occupée pendant l'été qu'elle n'a pas le temps de bavarder. On se verra davantage cet hiver.

— Cette année, ils sont exceptionnels les fruits. Tu devrais les acheter sur place. Tu verras qu'il y a plein de saisonniers.

Magdalena haussa les épaules. Pépé-la-Cigale rabâchait. Ses neurones devaient commencer à griller comme des fusibles usagés. Les Volane avaient une des plus belles exploitations fruitières du coin et une production d'excellente qualité. À partir de juin ils récoltaient les abricots, les nectarines et les pêches qu'ils vendaient sur les marchés locaux ou par l'intermédiaire d'une coopérative. Ils s'étaient lancés il y a deux ans dans la culture des fraises et venaient d'acquérir un nouveau verger de cerisiers. Ils avaient de plus en plus besoin de bras et embauchaient souvent des jeunes pour la cueillette. Il n'y avait là rien de nouveau. Pourquoi Pépé insistait-il pour qu'elle voie les saisonniers ? Souhaitait-il faire passer un message ou voulait-il tout simplement des fruits sans oser le lui demander ?

— Tu veux des pêches ? cria-t-elle alors qu'il enfourchait sa bicyclette.

— Non, je me sers chez ton voisin ! Il a tout ce qu'il faut !

— Un jour, Pépé, tu prendras du plomb dans les fesses.

— Bah ! Qu'il ose donc, et je lui ferai bouffer son fusil.

Magdalena haussa les épaules et le regarda s'éloigner. Elle consulta son téléphone portable. Il était presque 8 heures. Elle pianota sur l'écran pour appeler le médecin et tomba sur le répondeur. Elle hésita un instant, puis raccrocha sans laisser de message.

# 3

— Freine, nom de Dieu ! Freine ! hurla César, agrippé à son siège.

Elena appuya sur la pédale. L'utilitaire fit une embardée puis s'arrêta dans un crissement de pneus. César fut projeté en avant. Sa ceinture de sécurité se bloqua, évitant à sa tête une douloureuse rencontre avec le pare-brise. Les mains crispées sur le volant, Elena éclata de rire.

— Ce que tu peux être bête ! aboya César. Je t'ai dit de freiner, pas de piler ! Tu as failli nous envoyer dans le fossé.

— Faut savoir ce que tu veux, grogna Elena.

Elle se tourna vers son frère et pouffa. Il était blême comme s'il avait croisé le diable.

— Tu roulais trop vite. Je te demandais seulement de ralentir un peu.

— Pourquoi ne pas le dire simplement ? Sans crier surtout ! Et puis non, je n'allais pas trop vite.

— Tu ne respectes jamais les limitations de vitesse. Je ne sais pas comment tu te débrouilles pour avoir encore des points sur ton permis. Passe-moi le volant, je préfère conduire.

Elena ne lui en laissa pas le temps et enclencha la première.

— On n'a pas intérêt à être en retard chez Abadie.

César ne rétorqua pas. Il n'y avait pas de danger qu'ils soient en retard, Elena faisait tourner le Kangoo comme une Formule 1. Ils avaient quitté Ruoms il y avait à peine vingt minutes et ils approchaient déjà des Vans. Heureusement, à cette heure, les routes étaient encore désertes. Il se demanda comment le client allait les recevoir. Ils se pointaient à l'aube alors qu'ils étaient attendus dans la matinée.

— On va arriver chez Abadie en plein petit déjeuner ! bougonna-t-il.

— Tant mieux ! Mes tartines sont déjà un vieux souvenir. Si on pouvait m'offrir un café et un croissant, je ne cracherais pas dessus.

Elena sourit, admirant le paysage qui défilait sous ses yeux. L'Ardèche méridionale était une terre de rochers parsemée d'une maigre végétation. Au détour de la route, au creux des dénivelés ou sur les hauteurs, apparaissaient des villages tout en vieilles pierres et tuiles rondes, témoignant d'une occupation humaine. Dès le printemps, la vie avait le goût du Sud et passé midi le soleil cognait fort. On ne rêvait plus alors que de se réfugier à l'ombre des arbres ou de flâner au bord des rivières. Si Elena l'avait pu, elle aurait démarré cette journée encore plus tôt afin de s'accorder une sieste après le déjeuner.

— Papa sera fâché s'il apprend qu'on est venus aux aurores, reprit César.

— Si tu fermes ta bouche, il n'en saura rien.

— Ça m'étonnerait qu'Abadie ne lui en touche pas un mot.

— J'expliquerai que nous avions une longue journée et que je ne pouvais pas arriver plus tard. Oh, et puis merde ! Ce soir il y a la fête à la Grand'Terre et je ne veux pas la manquer ! C'est une explication suffisante, non ?

— Je ne pense pas que papa appréciera l'argument.

— C'est clair, mais je m'en moque. J'ai dépassé l'âge de lui rendre des comptes. Travailler en famille, je veux bien. Mais pour ce qui est de ma vie, je gère.

César se renfrogna. Elena ne se laissait pas faire. La benjamine de la famille avait toujours mené sa barque comme elle l'entendait. D'une certaine façon, il la jalousait un peu. Elle osait ce que lui ne se permettrait jamais. Les Cheylard étaient une tribu unie, travaillant et vivant ensemble. Damian Cheylard, le père, avait trimé pendant vingt ans comme maçon. Sa femme, Magdalena, avait élevé leurs quatre enfants, César, Martin, Bastian et Elena, ainsi que d'autres petits du village dont elle avait été la nounou. À la force du poignet, calculant et mesurant chaque dépense, le couple avait réussi à fonder sa propre entreprise, une boîte spécialisée dans les constructions traditionnelles, dans laquelle les enfants avaient trouvé leur place après avoir suivi des études en métiers du bâtiment dans un lycée professionnel. César était maçon, comme leur père, Martin couvreur, Bastian électricien et Elena carreleuse. En réalité, ils touchaient à tout. Avec Damian, ils s'étaient initiés sur le tas à d'autres spécialités. Poser une charpente, couvrir un toit, installer la plomberie, faire du plâtre ou poser des cloisons n'avaient plus de secrets pour eux. Ils étaient capables de construire une villa depuis les fondations jusqu'aux travaux de finition. L'affaire de Damian Cheylard marchait bien. Chez les Cheylard, on avait le goût du travail bien fait et ça se savait. Partout, dans le pays, on vantait les qualités de la petite entreprise et il n'était pas rare qu'on les encourage à s'agrandir. Damian n'y tenait pas. Avec ses quatre enfants à la manœuvre et sa femme à la comptabilité, il était un patron comblé et parfaitement heureux. Il honorait les chantiers pour lesquels on lui passait commande, livrait des demeures de qualité intervenait dans des maisons anciennes pour des réhabilitations et parvenait à rémunérer son équipe de façon tout à fait honorable.

Elena ralentit en entrant dans Les Vans. Au carrefour, elle hésita. Elle était venue une fois chez Abadie en compagnie de son père. Il conduisait et elle n'avait pas prêté attention à la route. Elle se rappelait qu'ils étaient passés à proximité du camping et qu'ils avaient pris ensuite un petit chemin sur la droite. Était-ce à cet endroit qu'elle devait tourner ? Elle décida que oui.

— C'est quoi, cette soirée à la Grand'Terre ? demanda César.

— On fête le début de la saison touristique au bord de l'Ardèche. On va danser et boire !

— Je suppose que Julianne y va aussi ?

— Sans doute.

— Tu pourras jeter un œil sur elle ? Surtout, tu la recadres si elle…

— Non ! l'interrompit Elena. Je ne suis pas la nounou de ma nièce ! Ta fille a 18 ans, elle n'a pas besoin d'un chaperon.

— Tu peux tout de même la surveiller un peu et veiller à ce qu'elle ne rentre pas trop tard. Je ne tiens pas à ce qu'elle s'entiche d'un de ces petits mecs qui ne vont pas manquer de lui tourner autour.

Elena enfonça la pédale de l'accélérateur en bougonnant. César s'agrippa au tableau de bord et serra les dents. Julianne lui causait du souci. Elle venait de passer son baccalauréat et avait décidé d'arrêter ses études, quel que soit le résultat à l'examen. Aucune orientation ne la tentait, elle prétendait qu'elle trouverait facilement un job dans une des exploitations agricoles du coin et que ça lui suffirait pour vivre. Il rétorquait que ces boulots saisonniers ne pouvaient être que temporaires et qu'elle devait choisir une formation qui lui donnerait un vrai métier. Ils se disputaient souvent à ce sujet, mais rien ne sortait de ces querelles. L'adolescente se braquait et se sauvait, parfois des journées entières. Il avait cessé de la harceler, terrorisé qu'elle puisse un jour ne pas revenir. Il lui donnait l'été pour souffler puis il reviendrait à la charge. Le proviseur du lycée d'Aubenas lui avait affirmé qu'il serait encore possible de trouver une place à Julianne après la rentrée si elle décrochait son bac. Il en restait toujours une ou deux, surtout dans les filières les moins prisées. César se raccrochait à cet espoir. Deux mois pour que sa fille mûrisse, réfléchisse et s'engage dans des études post-bac. Il soupira. Comme le disait son père, il était hors de question que la petite reste à ne rien faire. Pas de fainéants chez les Cheylard. Si sa petite-fille ne poursuivait pas ses études, dès le 1er septembre il la collerait sur un de ses chantiers pour pousser la brouette. Elle finirait bien par se prononcer pour un métier ! Ce à quoi Julianne répondait que jamais elle ne travaillerait dans le bâtiment. Ces discussions sans fin épiçaient les dîners en famille. Bien trop au goût de César. Il maudissait son épouse qui l'avait quitté alors que Julianne n'était encore qu'un bébé. Il ne l'avait jamais revue. Si elle était restée, tout aurait été plus facile.

— Me laisse pas tomber pour Julianne, reprit-il doucement. Tu es une femme, tu peux la comprendre. Tu sauras lui parler plus facilement que moi.

Elena regarda son frère et lui sourit. Elle l'aimait, son César, même quand il l'énervait !

— OK, si je remarque un truc qui me défrise je le lui dirai. Mais je ne te promets rien. Si ça se trouve, elle ne m'écoutera même pas.

César soupira de soulagement malgré tout.

— Attention ! l'avertit Elena. Ne compte pas sur moi pour jouer les mères de substitution. Encore moins les gardes-chiourmes ! Si je n'ai pas fait de gosse, c'est justement parce que je ne veux pas avoir à exercer d'autorité sur quelqu'un. Ce n'est pas aujourd'hui que je vais commander ta fille.

— T'as pas d'enfants parce que t'es seule.

— Exact ! Mais c'est la vie que j'ai choisie. Je veux rester libre.

— Tu pourrais tout de même trouver quelqu'un qui te rende heureuse.

— Mais je suis heureuse ! Pourquoi voudrais-tu que ça change ?

— Il y a le gars Cousseau qui ne dirait pas non.

— Le gars Cousseau ? Avec sa tête de premier de la classe ? Je m'emmerderais comme un rat mort avec lui !

— Je ne crois pas. Il est sympa. Et jamais contre une petite fête entre amis.

— Tu parles ! Ses potes sont supporters de l'AS Saint-Étienne ! Il est toujours fourré avec eux. Tous équipés du maillot vert et de l'écharpe qui va avec. Je suis sûre que leurs nanas ont la nuisette du club.

— La nuisette du club ? Mon Dieu, ce que tu peux exagérer !

— Eh bien, figure-toi que le club en vend. Va voir sur leur site Internet. J'ai rien contre le foot ni contre Cousseau, mais tu vois, ça n'est pas pour moi !

— Mouais, tu préfères les hommes mariés !

— Ça ne te regarde pas.

— On cause sur toi.

— Je m'en fiche. J'aime les hommes mariés parce qu'ils ne peuvent rien me proposer. Ils ont un fil à la patte, l'idée de me passer la bague au doigt ne leur vient même pas à l'esprit.

— Tu n'as pas de moralité. Tu pourrais penser à leurs femmes !

— Leurs femmes... Si elles faisaient ce qu'il fallait pour retenir leurs bonshommes ils n'iraient pas voir ailleurs.

— Ce n'est sûrement pas si simple.

— Peut-être... Écoute, je ne suis pas responsable de ce qui se passe dans les couples. Les types mariés qui entretiennent des relations adultères le feraient de toute façon, avec ou sans moi. Et puis je couche aussi avec des célibataires. Tiens, avant-hier au soir, j'ai passé un moment extra dans les bras d'un Espagnol. Bon, je ne me rappelle plus son prénom, mais quel sacré coup ! Il...

— Tais-toi ! Je ne veux rien savoir de plus !

Excédé, César monta le son de la radio. Michel Polnareff, un vieux tube de 1967.

— *C'est une poupée, qui fait non... non... non... non... Toute la journée, elle fait non... non... non... non,* reprit Elena à tue-tête pour provoquer son frère.

Elle reprit son sérieux et ralentit. Il lui semblait avoir reconnu le chemin qui menait à la villa d'Abadie. La demeure était perdue dans la garrigue, au bord du Chassezac, une bâtisse ancienne dans laquelle le propriétaire envisageait des rénovations. Elena et César venaient lui présenter un devis des matériaux et des travaux pour la transformation de trois chambres en une suite parentale avec salle de bains privative. Si Abadie acceptait le devis et le signait, l'entreprise Cheylard s'engageait à commencer le boulot dans un délai de dix jours. Elena baissa sa vitre et respira. Elle serait ravie de venir bosser dans ce petit coin de paradis. Pourvu qu'ils décrochent ce chantier !

Elle gara le Kangoo devant la grille et consulta sa montre. César avait raison, il était encore tôt, mais avec un peu de chance ils régleraient rapidement leur affaire avec Abadie et pourraient être sur le chantier de Villeneuve-de-Berg avant midi. Elle terminerait plus tôt la mosaïque du bassin sur laquelle elle bossait depuis huit jours et le client serait satisfait. Elle aurait surtout le temps de rentrer à Ruoms pour se changer avant de rejoindre ses amis pour la première grande fiesta de l'été.

# 4

Elena sortit de la douche, s'épongea, enfila un jean et un tee-shirt propres. Elle consulta son portable. Émile lui proposait de venir grignoter chez lui et ensuite de sortir pour boire un verre. Elle lui répondit qu'elle avait promis à sa mère de dîner en famille, elle le rejoindrait plus tard. Dans la cuisine, elle prépara deux grosses gamelles de viande, de légumes et de pâtes. Puis elle sortit sur la terrasse et appela ses chiens.

— Attila ! Hannibal !

Les mastodontes déboulèrent en remuant la queue. Dans un élan d'affection ils se jetèrent sur elle et elle dut s'appuyer contre le mur pour ne pas tomber.

— Non ! Pas de léchouilles ! dit-elle en les repoussant. Vous étiez où ? En balade dans les vignes ou affalés sous la tonnelle ? Je ne vous ai même pas vus quand je suis rentrée…

Elle caressa les deux truffes qui se tendaient vers elle.

— À l'ombre sous la tonnelle, décréta-t-elle en sentant leurs museaux tout frais. Allez ! C'est l'heure de votre dîner.

Elle déposa les gamelles à terre et alluma une cigarette. Elle aimait regarder ses chiens manger. D'abord, du bout de leur grosse langue, ils écartaient les pâtes et les légumes pour avaler la viande. Et lorsqu'il n'y avait plus un seul morceau de bœuf ou de poulet, ils se rabattaient sur le reste. Elle écrasa sa Marlboro et retourna à la cuisine pour remplir un saladier d'eau.

— Voici à boire pour la soirée, déclara-t-elle. Et personne ne me suit chez les parents !

Les deux dogues de Bordeaux observèrent leur maîtresse un instant puis, comme s'ils avaient compris son message, se couchèrent à ses pieds en prenant un air malheureux.

— Holà, les gars ! Pas de cinoche ! On dirait que vous êtes battus ! Vous savez bien que mamie Magda n'aime pas vous voir trotter dans ses jambes. Encore moins vous choper sur ses canapés ! Je laisse la baie ouverte mais que je ne retrouve personne dans mon lit ! OK ?

Elena fit une caresse à chacun des chiens sans guère d'illusions. Il n'était pas rare, lorsqu'elle rentrait tard, qu'elle les retrouve étalés sur la couette. Elle traversa la cour et entra dans la maison de ses parents. La vaste pièce commune du rez-de-chaussée, caractéristique des anciennes bastides, était déserte côté cuisine. Elle jeta un coup d'œil sur l'horloge lumineuse du four. 20 h 05. Elle était en retard de cinq minutes. Tout le monde était déjà à table et les assiettes étaient servies. Tomate, melon, olives et jambon sec. Son père tapota son index sur le cadran de sa montre. Un geste « élégant » dont il était coutumier lorsqu'on n'était pas pile à l'heure. Chez les Cheylard, on dînait à 20 heures.

— Vous auriez pu m'attendre ! réagit Elena, agacée.

— L'heure, c'est l'heure, grogna Damian.

— Je suis rentrée du boulot il y a vingt minutes à peine. Tu m'as entendue arriver, non ? Le temps de prendre une douche et de remplir la gamelle des chiens, je n'ai pas traîné, figure-toi.

— Le temps aussi de fumer une clope !

Elena soupira, exaspérée. Son père l'avait-il vue en train de fumer ou le devinait-il seulement ? Peu importait.

— Je n'aime pas qu'on me flique.

— Assieds-toi et mange.

— Bah, je crois bien que je vais aller me préparer un sandwich chez moi !

— Chez toi ? Tu oublies que tu habites sur ma propriété !

— Il me semblait que les chais étaient à moi. Je me trompe ? Tu veux que je déménage ?

— *Parar ! Suficientemente !* rugit Magdalena en se redressant.

Elle avait retrouvé instinctivement les expressions espagnoles employées par sa mère lorsqu'elle se mettait en colère. Des mots maintes fois entendus quand Luisa voulait calmer sa nombreuse marmaille. Elena baissa les yeux et Damian se renfrogna. Il n'était pas question de contrarier sa femme. À la maison, c'était elle la *madre*, et elle ne tolérait aucune dispute lors des repas. Combien de fois leur avait-elle sommé de régler leurs comptes dehors ! C'était un ordre indiscutable. Damian avala un morceau de melon. Sa femme avait eu raison de le freiner. Il connaissait suffisamment Elena pour savoir qu'il était allé trop loin. Sur un coup de tête, elle aurait très bien pu prendre ses cliques et ses claques. Avec ses fils, c'était différent. Ils ne s'opposaient guère à lui et il pouvait les malmener sans trop de crainte. Avec Elena, c'était une autre paire de manches.

Il avait réhabilité les chais et les granges il y a quelques années et en avait fait don à ses enfants. Chacun vivait chez soi, mais tous sur la même propriété. C'était commode pour le travail et agréable pour la vie de famille. C'était surtout répondre au souhait de Magda d'avoir ses enfants auprès d'elle et de voir sa petite-fille grandir. Parfois, Elena regrettait d'avoir accepté la facilité. Cette proximité grillait son indépendance. Indépendance sur laquelle elle veillait un peu comme une sauvage. Elle songea qu'il lui faudrait peut-être partir un jour. Les querelles avec son père étaient fréquentes et plombaient souvent l'ambiance. Loger loin d'ici permettrait des relations moins tendues. Elle pensa à ses chiens, au vaste espace dont ils disposaient à la bastide, et grimaça. Nulle part ailleurs elle leur retrouverait un tel paradis.

— Le jambon est délicieux, maman, dit-elle. Il vient de chez Guèze, n'est-ce pas ?

— Oui, je suis allée à la salaison ce matin. Il y avait une de ces queues ! On voit que les touristes sont de retour.

— Il a de bons produits, Guèze, renchérit Damian.

Magdalena sourit, soulagée. La hache de guerre était enterrée entre le père et sa fille. Elle redoutait toujours leurs éclats de voix. Ni l'un ni l'autre n'arrivait à se contrôler et elle craignait toujours qu'ils se jettent à la figure des mots irréparables. De ceux qui ne s'effacent pas. Damian n'avait pas un caractère facile, Elena non plus, et Magdalena était souvent prise entre deux feux avec eux. Ce n'était pas le cas avec les garçons qui avaient toujours été plus dociles. Trop, peut-être, ne s'opposant quasiment jamais à la volonté paternelle. Avec les années, Damian devenait tatillon, exigeant, à cheval sur des principes ridicules tels que l'heure du dîner. Cinq minutes plus tôt ou plus tard, qu'est-ce que ça changeait ? Nul besoin de se chicaner pour ça. Elle le lui dirait quand les enfants seraient partis. Elle ne voulait pas de fâcherie et surtout garder ses enfants près d'elle, la réussite de toute sa vie, bien plus importante que de posséder une superbe demeure et d'être à la tête d'une entreprise qui tournait bien. Magdalena continuait à gérer la comptabilité de la boîte parce que ça l'occupait et qu'elle n'avait pas les contraintes de ceux qui bossent pour un patron. Mais quand elle n'était pas plongée dans les calculs de devis ou les factures, elle tenait à préserver les moments de tranquillité. Elle ne songeait pas à la retraite ni ne rêvait de voyager autour du monde. Elle se plaisait chez elle, entourée de sa tribu, c'était amplement suffisant. Elle aimait cette grande table où, avec Damian, elle retrouvait les garçons pour le dîner, plus rarement Elena.

— Qui veut des toasts au chèvre avec la salade ? demanda Magdalena.

Elle sortit un plat fumant du four. César se leva pour l'attraper et le déposa sur la table. Il était toujours serviable, soucieux d'aider sa mère. Il n'était pas le premier-né pour rien. Sans doute l'enfant auquel elle avait le plus donné. Cet homme doux et tendre n'avait pas eu de chance avec la mère de Julianne qui l'avait plaqué juste après la naissance de la petite. Il n'avait jamais refait sa vie après son départ. Magda ne s'en portait pas plus mal. Elle redoutait d'avoir une nouvelle belle-fille qui pourrait lui arracher l'un de ses fils.

— Mange un peu, dit César à Julianne.

L'adolescente répondit par un grognement. Il avait du fil à retordre avec sa fille. Elle était devenue une jeune femme mais son comportement restait celui d'une gamine désobéissante et féroce. Comme à son habitude, elle faisait la moue, grignotant du bout des lèvres sans relever le nez ni participer à la conversation avec ses aînés. Ou alors elle jouait avec sa fourchette et remuait sur sa chaise comme si elle avait des épines sous les fesses. Assis à sa droite, Martin, le deuxième fils Cheylard, avait déjà dévoré le contenu de son assiette et lorgnait celle de sa nièce. Taillé comme un rugbyman, ce gaillard n'aurait pas donné sa part. Entre deux morceaux de jambon, il tirait à boulets rouges sur les touristes qui avaient envahi la région et qui, selon lui, ne respectaient rien.

— Ils arrivent avec leur pognon et se croient tout permis ! déclara-t-il en attrapant la bouteille de rosé pour servir les verres.

— Ce n'est pas faux, mais c'est aussi grâce à cet argent qu'on a du boulot et qu'on vit bien, fit remarquer Bastian.

Bastian, le troisième fils Cheylard, était un garçon à l'œil aussi noir que sa chevelure. Il était fin et élancé, beau comme un dieu. Il pouvait être tantôt expansif et bavard, tantôt sombre et renfermé. Lorsqu'il était dans son monde, seule Elena trouvait grâce à ses yeux. Les garçons adoraient leur sœur malgré son caractère bien trempé et sa façon de rembarrer les autres quand on lui faisait une réflexion qui n'était pas à son goût.

— Puisqu'on parle de touristes, intervint Damian, nous aurons un nouveau chantier à Labeaume, à la rentrée. Un couple de Belges a racheté le vieux mas des Saint-Genest. Ils campent à Ruoms chaque été depuis vingt ans et veulent s'y installer pour la retraite. On aura du pain sur la planche. Il y a pas mal de travaux à prévoir pour remettre la bâtisse en état.

— Quand je dis que c'est l'invasion ! rétorqua Martin. Deux de plus qui viennent s'incruster !

— Faut voir le côté positif. Il y a beaucoup de maisons abandonnées, des ruines dont on ne pourra plus rien tirer. Le patrimoine de la région est remis en valeur grâce à ces acquisitions. Et comme l'a souligné Bastian, ça nous donne du boulot.

— Comme si on en manquait ! On croule sous les demandes. On ne peut même pas prendre de congés pendant l'été parce que ces messieurs dames venus du Nord veulent nous rencontrer pour leurs travaux.

— On ne va pas remettre ce sujet sur le tapis, gronda Damian. Si j'en avais la possibilité, je vous donnerais trois ou quatre semaines en août. Mais il faudrait que j'embauche, et...

— On ne peut pas, le coupa Magdalena. L'entreprise tourne bien comme ça. Avoir les yeux plus grands que le ventre est un coup à se casser les reins.

Agacée, Elena se leva et apporta la corbeille de fruits. Cette discussion était vaine. La soirée était déjà bien avancée et elle avait envie de rejoindre ses amis. Elle attrapa une pêche et croqua dedans. Le jus coula sur son menton qu'elle essuya d'un revers de la main. Son fruit à peine avalé, elle commença à débarrasser la table.

— Tu es bien pressée ! constata son père.

— Je vais rejoindre mes potes pour boire un verre.

— Ne te couche pas trop tard ! Tu bosses, demain.

— Je sais, papa.

Il fit la moue, s'apprêtant à ajouter quelque chose, mais le regard de Magda l'en dissuada.

— Vous êtes partants, les gars ? demanda Elena à ses frères après avoir embrassé ses parents. Je vous offre une tournée.

Ils déclinèrent l'invitation devant Julianne qui bouillait d'envie d'accompagner sa tante. Elle, au moins, elle savait s'amuser. Elena repassa par les chais. Attila et Hannibal étaient affalés, l'un sur le carrelage, l'autre sur le canapé. Elle saisit les clés du Kangoo. Quelques minutes plus tard, elle garait la voiture dans la rue Nationale, à quelques pas de la terrasse du bar des Grottes.

# 5

— Allez ! Bouge-toi ! Il est 7 heures, on va être en retard, cria Bastian.

Il secoua sa sœur. Elena grogna, la tête enfouie dans l'oreiller. Il l'attrapa par les épaules.

— Lève-toi !

— Lâche-moi !

Elena se retourna et se blottit sous le drap. Bastian se dirigea vers l'une des fenêtres en soupirant et ouvrit les volets. La lumière du jour inonda la pièce. C'était une jolie chambre, qu'Elena avait aménagée avec soin et décorée dans des tons framboise et orange qui égayaient les murs de pierre des anciens chais et le plafond voûté. Deux grandes baies s'ouvraient sur un verger de pêchers. Le mobilier était limité au strict minimum mais choisi avec goût. Dans un angle, une énorme pierre supportait un plateau de verre sur lequel reposait une bonne dizaine d'orchidées en pot. L'ambiance était ensoleillée, douce et tropicale, propice au repos et à la détente. Pendant quelques secondes, Bastian s'immobilisa pour admirer les fleurs puis revint vers sa sœur.

— Debout, Elena !

Celle-ci ne broncha pas. Elle avait dû rentrer tard et dans un bel état, à en juger par les vêtements et les chaussures qui jonchaient le sol. Il ramassa sa carte bancaire sans doute tombée d'une poche de son jean et la posa sur la commode entre une boîte à bijoux et un flacon de *Jicky*. Au pied du lit, étalés sur le parquet, Attila et Hannibal ronflaient.

— Ah ! Vaillants, les guerriers ! dit Bastian en leur donnant une caresse.

Ils avaient à peine remué la tête quand il était entré. Bastian n'était pas un inconnu.

— Lève-toi, Elena, insista-t-il. On devrait déjà être partis ! Tu as oublié le chantier chez Abadie ? C'est ce matin qu'on démarre.

Sa sœur ne répondait toujours pas. Il se demanda si elle le faisait exprès ou si elle sommeillait vraiment. Il saisit une bouteille d'eau minérale à moitié vide sur la table de chevet et la versa sur ses cheveux. Elena sursauta comme un diable et se redressa.

— T'es un grand malade ! hurla-t-elle. Fous-moi la paix !

— On va chez Abadie. On est en retard.

— Abadie ? Aujourd'hui ?

La jeune femme se frotta le crâne. Son cerveau était compressé dans un étau, elle sentait le sang battre à ses tempes.

— J'ai trop bu, murmura-t-elle en s'écroulant de nouveau sur l'oreiller.

— Je confirme, tu pues la sueur et l'alcool. Je te donne dix minutes pour te doucher et t'habiller. Je te prépare un café. Si t'es pas là dans dix minutes, je pars sans toi. César et Martin sont déjà en route.

Elena baissa les yeux et tira le drap sur elle pour cacher ses seins.

— Dix minutes, répéta Bastian en sortant de la chambre.

Elle l'entendit faire couler l'eau dans la cuisine. Elle se décida à se lever mais un étourdissement la saisit. Elle s'appuya au mur, enjamba les chiens qui dormaient toujours au pied du lit et passa dans la salle de bains. Au-dessus du lavabo, le miroir lui renvoya une image peu séduisante. Elle avait le visage bouffi et le teint terne. À 37 ans, il était peut-être temps de lever le pied, de faire un peu moins la fête et de réduire sa consommation d'alcool. Bref, d'être enfin sage. D'un haussement d'épaules, elle écarta cette idée grotesque. Elle attrapa sa brosse à dents, y déposa une noix de dentifrice, se brossa la bouche puis glissa sous la douche. La fraîcheur du jet acheva de la réveiller.

Dix minutes plus tard, habillée à la va-vite et les cheveux dégoulinants d'eau, elle rejoignit Bastian à la cuisine. Il lui tendit une tasse de café qu'elle avala d'un trait. Il fit sauter la clé de la voiture dans sa main. C'était l'heure de partir.

— Une minute, dit-elle. Juste une minute.

Elle remplit deux grandes gamelles d'eau froide, les déposa dans la cuisine puis fit coulisser la baie qu'elle laissa entrouverte. Quand elle monta dans le Kangoo, Bastian enclenchait déjà la première. Il avait l'œil sombre, celui des mauvais jours.

— Tu ne vas pas me faire la tête toute la journée, j'espère, lança Elena en se regardant dans le miroir.

Elle tira ses cheveux humides en arrière et les attacha avec une grosse pince. La douche lui avait fait du bien. Ses joues avaient retrouvé une jolie couleur rose et ses yeux étaient moins gonflés.

— Tu exagères, marmonna-t-il. Tu ne pourrais pas essayer de te ranger ?

— Me ranger ?

— Oui, te calmer. Cesser de bourlinguer. Te marier peut-être.

Elle éclata de rire.

— Me marier ? Tu parles comme maman. Et toi, quand comptes-tu épouser une de tes chéries ?

— C'est pas pareil !

— Comment ça, c'est pas pareil ? Alors parce que t'es un mec tu peux mener joyeuse vie à ta guise ? Continuer à faire la bringue avec tes potes et te payer du bon temps avec les nanas qui te tombent dans les bras ? Tu crois vraiment, parce que je suis une femme, que je dois impérativement me caser et faire des gosses ?

— Ce serait raisonnable.

— J'ai pas envie d'être raisonnable, Bastian.

— Alors respecte notre travail et cesse de sortir en semaine. Faire la nouba et picoler ne te réussissent pas du tout.

— C'est la première fois que j'ai une panne de réveil et tu en fais tout un plat ! Laisse tomber tes leçons à deux balles. Je fais ce que je veux.

Son frère avait néanmoins raison, du moins sur la question de l'alcool, mais jamais elle ne l'aurait reconnu. Elle appuya son coude sur la portière et rêvassa tout en regardant la route. Elle regrettait de ne pas avoir avalé un comprimé de paracétamol avec son café. Ses maux de tête s'étaient aggravés. Elle sentait la douleur descendre le long de son front et frôler ses arcades sourcilières. Elle ouvrit le vide-poches et saisit une paire de lunettes de soleil qu'elle chaussa pour se protéger du soleil insolent malgré l'heure matinale. Pendant une dizaine de minutes ils écoutèrent la radio sans parler. Joe Dassin chantait *L'Été indien*. Bastian fixait la route tandis qu'Elena tentait de remettre ses idées en place.

La veille, à la terrasse du Bar des Grottes, elle avait retrouvé Émile et quelques copains, une petite clique d'éternels célibataires, même si certains avaient déjà été mariés… et vaccinés. « Rhum pour tout le monde, chef, s'il vous plaît ! avait crié Elena au patron. C'est moi qui régale. » Au troisième verre, elle avait senti que sa tête tournait. D'habitude, elle tenait mieux l'alcool. Elle s'était éclipsée pour aller aux toilettes et rafraîchir son visage sous le robinet. Quand elle avait traversé de nouveau la salle, il lui avait semblé apercevoir Bastian accoudé au comptoir en compagnie de deux types dont un ne lui était pas tout à fait étranger.

— Mais, dis donc ! s'exclama-t-elle alors que son souvenir lui revenait clairement, toi aussi tu es sorti, hier soir ! Je t'ai vu au Bar des Grottes ! Tu étais avec des potes apparemment, dont un bel Espagnol. Il ne m'est d'ailleurs pas totalement inconnu. Enfin, ça, c'est une autre histoire.

— De quoi tu parles ? Non, je n'étais pas aux Grottes ! J'étais claqué. Au lit à 22 heures, et sûrement dans les bras de Morphée cinq minutes plus tard !

— Pourtant, j'ai bien cru t'apercevoir.

— Quand je te dis que tu bois trop !

— Je t'ai vu hier soir aux Grottes, insista-t-elle.

— Mais non ! Je te dis que je n'ai pas mis les pieds dans ce bar hier soir, ni dans un autre d'ailleurs. J'étais crevé. Tu délires, ma pauvre !

Elena se renfrogna, vexée. La veille, ils avaient liquidé une bouteille de rhum à quatre. Se pouvait-il que l'alcool ait à ce point altéré son jugement ? Si ce n'était pas son frère qu'elle avait vu, le gars lui ressemblait bigrement. Elle remit en place les différents éléments de la soirée, se souvint avoir repéré l'Espagnol avec lequel elle avait vécu une nuit torride au début de l'été, et à côté de lui, appuyé sur le comptoir, Bastian.

— Tu n'étais donc pas au bar hier soir ? s'obstina-t-elle.

— Ce que tu peux être têtue... Donne-moi une raison, une seule, pour laquelle je te cacherais être allé prendre un verre.

— Pour le plaisir de me faire la leçon !

— Tu le penses vraiment ?

Elle ne répondit pas, essayant de se rappeler les visages aperçus la veille. Les images s'entrechoquaient dans son esprit. Elle revit ses amis, puis de nouveau le bel Espagnol, et enfin Bastian... Elle secoua la tête. Elle devait confondre. L'alcool et la mémoire ne faisaient pas bon ménage. Elle cessa d'y penser dès que Bastian ralentit pour s'engager sur le chemin qui menait chez Abadie. Comme lors de sa première visite deux semaines plus tôt, elle fut séduite par le cadre. La demeure, perdue dans la garrigue et à deux pas de la rivière, était un paradis.

— Tu rêves ?

La voix de Bastian la fit sursauter. Il était déjà en tenue et déchargeait les outils et du matériel. Elle passa à l'arrière du Kangoo, ôta son jean et enfila une cotte blanche. Quand elle entra dans la maison, elle croisa le regard de César. Il avait l'air mécontent et elle savait pourquoi. Chez les Cheylard, le mot « retard » était tabou. Lorsqu'elle passa près de lui, il murmura :

— T'as de la chance que papa soit chez un fournisseur. Il ne viendra ici que cet après-midi.

La jeune femme ne répondit pas et fila vers le fond de l'habitation. Martin était déjà au boulot dans une chambre, il disposait les étais destinés à supporter le plafond. Dans une maison ancienne, il n'est pas simple de définir si les murs sont porteurs ou pas. Pour chaque chantier, Damian Cheylard imposait la pose d'étais à ses enfants. C'était une sécurité incontournable. Il y avait plusieurs cloisons à faire tomber et Damian refusait de courir le risque de voir un plafond s'effondrer. Martin leva à peine les yeux sur sa sœur et marmonna quelques mots. Elle réprima l'envie de crier qu'ils l'emmerdaient tous avec leurs reproches et leurs règles de bonne conduite. Elle se tut et s'empara des plans pour se donner une contenance. Trois chambres à transformer en une seule et vaste pièce avec une salle de bains attenante. Un beau chantier en perspective. Bastian et César travaillaient en tandem dans la deuxième chambre. Elle rejoignit Martin et s'empara d'une masse.

À 13 heures, tous les étais étaient posés et deux larges brèches étaient ouvertes dans les cloisons. César sonna l'heure de la pause.

— Allons dans la cuisine. Monsieur Abadie n'est pas là et m'a dit qu'on pouvait l'utiliser pour le déjeuner.

Elena sortit dans la cour et brossa la poussière qui recouvrait sa cotte, ses cheveux et son visage. Puis elle rentra à l'intérieur pour se laver les mains. La cuisine était ancienne, peu fonctionnelle. Elle se demanda si Abadie avait prévu de la restaurer. Il suffirait d'abattre le mur commun avec le séjour et celui de la remise, puis de percer une grande baie pour en faire une belle pièce à vivre qui donnerait sur la terrasse, avec vue sur le Chassezac.

— Tu m'aides ? lui demanda César.

Il lui tendit un panier et déballa le contenu d'une glacière. Elle déboucha une bouteille d'eau fraîche, sortit des gobelets. Martin rompit le pain, en donna un morceau à chacun, tandis que Bastian tranchait du jambon et du saucisson. Personne ne parlait, Elena en avait plus qu'assez de cette atmosphère lourde et tendue.

— César, j'ai un truc à te demander de la part d'Émile, lança-t-elle, espérant rompre la glace. Sa fille a quitté l'école. Les études de secrétariat ne lui plaisaient pas. Elle ne sait pas quoi faire et elle tenterait volontiers la maçonnerie. On s'est dit que si tu acceptais de la prendre un mois avec toi, elle pourrait se faire une idée du métier. Si ça marche, Émile l'inscrira à la rentrée dans un lycée professionnel. Il a téléphoné au rectorat la semaine dernière, la section n'est pas complète.

— La fille de l'instit veut être maçon ?

— Elle veut découvrir le métier.

César se gratta le crâne, indécis.

— Ça prend du temps de piloter un apprenti. Or, du temps, on n'en a pas. Et puis une fille, c'est toujours des emmerdes !

— Merci ! lâcha Elena, contrariée.

Il baissa la tête, gêné. S'il y avait bien une chose qu'il n'aimait pas, c'étaient les machos. Et là, il venait de se comporter comme eux !

— Pourquoi est-ce à moi que tu le demandes ? Pourquoi tu ne la prends pas avec toi ?

Martin et Bastian croquaient une tomate sans se mêler de la conversation. Aucun d'eux n'avait envie de se retrouver avec une gamine dans les pattes.

— Parce que c'est toi qui en connais le plus. Parce que c'est toi le plus patient de nous tous. Parce que tu as une fille du même âge. Alors Émile et moi, on a pensé que la petite serait bien avec toi.

— Elle s'appelle comment, cette petite ? Je ne me rappelle plus. Ça fait un bail que je ne l'ai pas vue. La dernière fois, elle était haute comme trois pommes.

— Elle s'appelle Angèle.

— Bon, dis-lui d'être dans la cour de la bastide à 7 heures lundi matin. On l'embarque. Préviens-la que c'est pas du tourisme à feignasse. Si elle vient, c'est pour bosser et pas pour se tourner les pouces. Si ça ne colle pas, je ne la garderai pas.

— Je transmettrai. Merci pour elle. Et pour Émile.

— N'oublie pas d'en parler à papa ! Il faut être réglo côté assurance et compagnie, pas question de prendre le moindre risque. Une connerie est vite arrivée.

— Pas de souci, je lui en touche un mot et je me charge des démarches.

## 6

— Laisse pas ton linge dehors, Magda, l'orage arrive ! affirma Pépé-la-Cigale en levant les yeux vers le ciel.

Le vieil homme descendit de sa bicyclette tandis que Magdalena se retournait pour observer l'horizon. Pépé avait raison. De gros nuages sombres s'amoncelaient au-dessus du rocher de Sampzon, qui culmine à plus de quatre cents mètres et domine la vallée de l'Ardèche. Il était couronné d'une auréole noire. Avant la fin de la journée, le ciel allait craquer.

— Je vais suivre ton conseil, dit-elle. Je plie les draps et je les range. Mais d'abord je bois un café. Tu en veux un ?

— C'est pas de refus.

Ils s'installèrent sur la terrasse. Magdalena ajouta une assiette de biscuits sur la table et regarda Pépé s'emparer d'un gâteau et le déguster avec une mine gourmande. Le vieil homme n'était pas malheureux, bien que vivant seul. Magdalena ne lui avait jamais connu ni épouse ni compagne. Ni aucun enfant. Elle n'avait jamais osé le questionner à ce sujet. Il menait une existence de solitude, ponctuée de quelques bavardages avec les voisins qui, comme les Cheylard, ne le considéraient pas comme un vieux fou dangereux.

— Tiens, voilà Damian. Il a fait une petite sieste. Damian, un café ?

— Avec plaisir.

Il s'assit avec eux et contempla le domaine avec la mine satisfaite de celui qui a bossé dur pour en arriver là. Damian était fier de leur réussite. Et plus simplement heureux de vivre dans un si bel endroit. Un peu partout dans la cour, les lauriers formaient de jolis bouquets roses et les buissons de lavande parfumaient l'atmosphère. L'air humide et lourd faisait ressortir leur fragrance.

— Je crois que tu peux prévoir un autre café, fit Damian en jetant un œil vers les chais. Elena arrive.

— Je ne la vois pas.

— Attila et Hannibal galopent vers ici. C'est qu'elle ne va pas tarder !

Les deux molosses déboulèrent oreilles au vent, soulevant un nuage de poussière. Ils s'arrêtèrent à quelques mètres de la terrasse et tournèrent la tête, guettant leur maîtresse. Celle-ci apparut derrière l'olivier centenaire, une pochette à la main.

— Je vous l'avais dit ! fit Damian en souriant.

Elena embrassa Pépé-la-Cigale et ses parents. Elle s'assit et remercia sa mère qui lui tendait une tasse de café. Attila vint se coucher discrètement à ses pieds et Hannibal posa la tête sur sa cuisse. Les dogues, qui totalisaient un poids de plus de cent vingt kilos à eux deux, tentaient de se faire tout petits. Ils savaient qu'ils n'étaient que *tolérés* sur le territoire de Magdalena. Elle n'aimait pas leur face un peu écrasée, leur museau court et leurs longues babines. Encore moins leur allure trapue et leur grosse voix lorsqu'ils aboyaient. Cependant, elle reconnaissait qu'ils étaient d'excellents gardiens. Aucun inconnu ne se risquait à pénétrer sur la propriété. Elle admettait aussi qu'ils étaient de bonnes pâtes, ne manifestant jamais la moindre agressivité.

— Je ne traîne pas, dit Elena en attrapant un biscuit. Je file aux Vans chez Laurent Abadie.

— Un dimanche ? s'écria Damian.

— Pas le choix. Je n'ai pas réussi à le voir cette semaine, et visiblement je ne le verrai pas non plus dans les jours à venir. Il n'est là qu'aujourd'hui. Il faut qu'il choisisse la faïence pour la salle de bains. Je la commanderai dès demain. J'espère qu'il n'y aura pas trop de délais pour la livraison, ou alors les travaux ne seront pas finis à temps.

— C'est sympa de ta part d'aller chez un client un dimanche, fit Damian.

Elena ne répondit rien mais apprécia le compliment. Chez son père, les mots gentils étaient rares. Ils se méritaient.

— Que fait-il dans la vie, Abadie ? Il habite où ? lui demanda-t-elle.

— Il habite à Nîmes. Je ne sais pas quel est son métier mais il s'absente beaucoup. Des voyages d'affaires sans doute. Ce qui explique pourquoi il est si compliqué de le rencontrer.

— Allez, je bouge ! annonça Elena en reposant sa tasse vide. Pépé, fais gaffe à l'orage. Ne va pas marauder dans le verger du voisin ce soir ! Faudrait pas succomber au coup de foudre !

Le vieil homme éclata de rire. Souvent, à la tombée du jour, Elena le voyait grappiller des pêches et il ne manquait jamais de lui faire un petit signe de la main.

— Ça me fait penser, marmonna-t-il en se tournant vers Magdalena, t'es finalement allée chercher des fruits chez les Volane ?

— Mais non, je t'ai dit l'autre jour que je les prenais sur le marché.

— Ah, tu devrais aller chez eux. Les fruits sont beaux et ils ont embauché plein de saisonniers cette année.

Il dévisageait Magdalena avec de grands yeux sérieux. Pourquoi voulait-il à tout prix qu'elle se rende chez les Volane ? se demanda Magdalena. Et pourquoi insistait-il à propos des saisonniers ? Il perd la boule à toujours rabâcher la même chose… Elle se tourna vers sa fille qui s'apprêtait à partir. Celle-ci déposa un baiser sur sa joue. Les molosses la suivirent jusqu'à la voiture. Elle leur fit une caresse et leur montra du doigt les chais, leur signifiant qu'ils ne seraient pas du voyage. Ils filèrent en trottinant.

Une bonne demi-heure plus tard, le Kangoo s'engageait sur le chemin menant chez Laurent Abadie. Ce dernier vint à la rencontre d'Elena tandis qu'elle se garait. Il la fit entrer dans le salon et lui proposa un rafraîchissement. La jeune femme ouvrit sa pochette, en sortit des catalogues et les étala sur la table basse. Son client avait l'air soucieux, il s'efforçait même à être courtois et elle eut le sentiment qu'elle le dérangeait.

— Je suis désolée, dit-elle, j'ai l'impression de vous mettre un peu le couteau sous la gorge. Les travaux sont bien avancés et je pense pouvoir bientôt m'atteler à la salle de bains. Reste à choisir la faïence murale et le carrelage de sol afin que je puisse commander au plus vite les matériaux. Les délais de livraison sont relativement longs, ce serait dommage de mettre le chantier en attente.

— C'est moi qui suis désolé de vous faire déplacer un dimanche. Je pensais vraiment me rendre plus disponible pour suivre le chantier mais je suis surbooké ces jours-ci.

— Regardons donc ces faïences sans perdre de temps, conseilla-t-elle.

Il était pressé, elle l'était aussi. Elle avait promis à Émile de l'emmener dîner à Vallon-Pont-d'Arc. Ils devaient retrouver leurs amis dans un restaurant du centre-ville. Laurent Abadie s'assit et feuilleta une brochure. Il se releva pour allumer la lumière. Il n'était que 17 heures mais le ciel était si sombre qu'on se serait cru à la tombée de la nuit. Il reprit sa place et se replongea dans l'étude des carrelages. Il s'arrêta sur plusieurs pages en soupirant puis releva la tête vers Elena.

— Vous choisiriez quoi ?

Elle écarquilla les yeux. Les clients ne lui posaient jamais ce genre de question. Elle était habituée à ce qu'on lui demande son avis sur des aspects techniques, comme les carrelages antidérapants ou l'entretien d'une tomette, mais pas qu'on la questionne sur ses goûts en matière de décoration.

— Vous devriez consulter votre épouse, suggéra-t-elle. Les femmes ont généralement une idée assez précise de ce qu'elles souhaitent pour la salle de bains.

D'un geste plus brusque qu'il ne l'aurait voulu, Abadie referma le catalogue qu'il avait entre les mains.

— Il n'y a pas de madame Abadie, murmura-t-il en se levant.

Il alla jusqu'à la fenêtre dont il repoussa un battant. Le vent se levait, il n'allait pas tarder à pleuvoir. Elena sentit le rouge empourprer ses joues. Elle attrapa son verre d'orangeade pour retrouver une contenance. Devait-elle formuler des excuses ? Elle aurait juré qu'il était marié. Il avait évoqué une épouse le matin où elle était venue en compagnie de César pour déposer les plans et les devis. Elle se souvenait même avoir vu une paire d'escarpins oubliée sur le tapis, près du fauteuil où elle était à présent assise. Une maîtresse, donc, mais pas d'épouse.

— Pardonnez-moi, fit-elle après quelques instants de silence. Dans une maison comme la vôtre vous avez deux options. Soit vous choisissez des matériaux et des coloris traditionnels pour garder l'esprit campagne, voire rustique, de la bastide. Soit vous vous orientez vers des choses épurées résolument contemporaines. Personnellement, j'opterais pour la seconde option. La sobriété peut apporter un charme fou aux vieilles pierres.

— D'accord. Vous avez des choses à me proposer ?

Elle s'empara d'une brochure, tourna quelques pages et s'arrêta sur une photo.

— Regardez, c'est un peu comme chez vous. La pierre blanche a été conservée sur deux côtés. Sur les deux autres, une faïence blanc cassé recouvre le placo. Au sol, pas de carrelage mais un parquet en teck et des sanitaires blancs. C'est classe !

Il la regarda, légèrement amusé. Elle avait raison. L'ensemble était élégant, raffiné sans être tape-à-l'œil. La pièce était claire et lumineuse.

— C'est très joli, admit-il. Et sobre. Ça me plaît. Vous pensez que c'est possible ici ?

— Bien sûr. Tout est possible, ou presque... Il faut tout de même que je vous montre les tarifs. Le parquet en teck, ça coûte bonbon.

Il éclata de rire et la dévisagea, cette fois vraiment déridé.

— J'aime bien cette expression. Je vous l'emprunterai.

— On regarde les prix ?

— On regarde les prix. Vous savez, le coût n'est pas un impératif. Je veux faire de cette maison quelque chose de bien.

Il la fixa tandis qu'elle reprenait le devis initial et qu'elle calculait le nouveau coût. Elle avait coincé un crayon à papier entre ses dents et suivait ligne par ligne les chiffres avant de les taper sur le clavier de son ordinateur portable.

— On dépasse de 3 000 euros l'enveloppe que vous aviez prévue pour le poste salle de bains, annonça-t-elle. C'est beaucoup.

— Peu importe, lâcha-t-il, je...

Une énorme détonation lui coupa la parole tandis qu'un éclair vrillait le ciel, presque sous leurs yeux.

— Ce n'est pas passé loin, constata Elena.

Elle se leva et s'approcha de la fenêtre restée entrebâillée. L'orage était juste au-dessus d'eux. Un nouvel assaut fit vibrer les murs de la maison. Les nuages semblaient s'enflammer, la lumière s'éteignit brusquement.

— C'est sans doute le disjoncteur, dit Abadie. C'est un vieux compteur. Il faudra que je le fasse remplacer.

Il s'éloigna un court instant et revint, l'air désolé.

— Plus d'électricité du tout ! annonça-t-il.

— C'est une coupure générale. Ça arrive, par ici. Vous avez des bougies ?

— Je crois.

Elle l'entendit fouiller dans les tiroirs de la cuisine puis le vit réapparaître quelques minutes plus tard avec trois bougies.

— Ça va suffire ? s'inquiéta-t-il. Vous ne devez pas distinguer grand-chose.

— C'est parfait. J'avais presque terminé de compléter le nouveau devis. Encore une ou deux cases à remplir et c'est bon. J'imprimerai tout ceci à la maison et je vous enverrai un exemplaire à signer.

— Je dois à nouveau m'absenter. Comment faire ? Allez-vous suspendre les travaux en attendant que je vous retourne les documents signés ?

— Ne vous tracassez pas. Ce n'est qu'un avenant au contrat. Ça ne nous empêche pas de poursuivre le chantier. Où puis-je vous adresser les papiers ?

— À Nîmes. Ou alors par mail, ce sera plus simple et plus rapide. J'imprimerai le fichier pour signer les papiers et je vous renverrai le tout.

— Parfait. Vous voyez, il y a plein de solutions possibles.

Elle nota ses coordonnées précises en songeant que son père les avait déjà. Mais Abadie semblait tellement soucieux que deux précautions valaient mieux qu'une. Elle se leva, rangea ses documents dans la pochette et referma son ordinateur. Elle tendit une main pour saluer Abadie. Ils sursautèrent en même temps, alors que la foudre éclairait de nouveau le ciel et que le tonnerre claquait, résonnant dans les massifs des Cévennes. Quelques secondes plus tard, un déluge s'abattait sur la bastide.

— Vous ne pouvez pas reprendre le volant maintenant, dit-il. C'est trop dangereux.

Elena consulta sa montre, il était 19 heures. Si elle traînait davantage, la soirée avec ses copains serait fichue.

— J'ai l'habitude, vous savez.

— Attendez un peu. Je ne serai pas rassuré de vous savoir sur la route.

Elle revint vers la porte-fenêtre du séjour et contempla l'averse. Il se posta à côté d'elle.

— Je vous remercie de votre aide pour la déco, dit-il. J'étais un peu paumé et sans vos conseils, jamais je n'aurais réussi à me décider.

— Je suis ravie d'avoir pu vous aiguiller.

— Il y avait une madame Abadie, murmura-t-il, mais depuis qu'elle est partie, tout est devenu compliqué.

— Je suis navrée, fit-elle, ne sachant que dire de plus. Elle n'était guère entraînée à écouter les confessions des clients et encore moins leurs peines de cœur. Elle patienta encore dix minutes, une éternité, avant de se décider à partir, faussant compagnie à Laurent Abadie qui, cette fois, ne parvint pas à la retenir.

# 7

L'orage avait duré deux jours. On avait craint pour les festivités du 14 Juillet, la pluie s'était finalement arrêtée en début de soirée et les feux d'artifice avaient pu être tirés. On avait dansé dans les bals populaires, chanté et bu tard dans la nuit.

Le lendemain, les villages et les gros bourgs paraissaient endormis. Les vacanciers récupéraient de leur nuit de folie. Le ciel était de nouveau bleu et le soleil insolent. Elena contempla le Chassezac. Les fortes pluies avaient fait monter le niveau des cours, la rivière était plus agitée que d'habitude et charriait quelques branches d'arbre sans doute arrachées par le vent. Elle ferma les yeux et respira. Gonflée d'humidité, la garrigue regorgeait de parfums délicieux transportés par une brise légère. Quand elle rouvrit les paupières, un lézard traversait la terrasse. Elle le regarda grimper sur le mur puis s'arrêter. Il ne bougeait plus. Sans doute avait-il repéré une proie. Elle soupira et avala d'un trait son café déjà froid. Il était temps de se remettre au travail.

Le chantier chez Abadie prenait forme. Il n'y avait plus aucune trace des trois chambres minuscules et sombres situées à l'arrière du mas, devenues une vaste pièce éclairée par de larges baies, avec dans le prolongement la salle de bains. Les garçons avaient achevé l'installation électrique et les travaux de plomberie. Elena pouvait s'atteler à la faïence. Damian avait envoyé Martin et Bastian chez Thérèse Volane, à Saint-Alban-Auriolles, pour réparer une toiture endommagée par l'orage. César et Angèle, son apprentie temporaire, étaient à Vallon chez un autre client. Elena était seule dans la demeure d'Abadie. Elle augmenta le son de la radio. Le journaliste de France Bleu Drôme Ardèche faisait un nouveau point sur les dégâts causés par l'orage durant les jours précédents. On déplorait des caves encore inondées, des poteaux électriques couchés, des champs de maïs ravagés. Les pompiers étaient intervenus sans relâche pendant des heures. Ils avaient sauvé un homme coincé dans sa voiture bloquée par des congères de grêle, et une personne handicapée prisonnière des eaux au rez-de-chaussée de son habitation qui avait été envahie par une coulée de boue. Les techniciens d'EDF étaient sur le terrain, l'électricité était peu à peu rétablie dans tous les foyers touchés... Elena songea au moment passé auprès d'Abadie le premier soir d'orage et à sa curieuse confession à propos du départ de son épouse. Ce type était plutôt sympathique mais étrange. Énigmatique. Elle haussa les épaules comme pour chasser cette pensée et attrapa le niveau qu'elle plaça sur le mur. D'un geste rapide et précis, elle traça un trait au crayon le long du placo, délimitant la ligne sur laquelle elle allait poser la première rangée de carreaux.

— Allez ! On prépare le béton, lança César en essuyant son front d'un revers de la main. C'est l'étape suivante après les fondations. Ah ! juste une précision. Il faut toujours creuser les fondations hors gel. Ce qui signifie que d'une région à l'autre la profondeur peut varier. Si tu n'es pas sûre de toi, tu consultes le service géologique régional qui te précisera la profondeur requise.

Angèle hocha la tête, signifiant qu'elle avait enregistré l'information. César sourit. Il n'avait jamais imaginé avoir une élève aussi attentive et courageuse. La petite ne se contentait pas de le regarder travailler, elle ne se ménageait pas et s'avérait être une aide précieuse et non un poids mort, comme il l'avait redouté. Il en parlerait à Elena. Elle pourrait rassurer Émile, sa fille était volontaire et elle ne restait pas les deux pieds dans le même sabot.

— Je suppose que dans le nord de l'Ardèche on creuse davantage. L'hiver y est plus froid, dit-elle après un instant de réflexion.

— C'est exactement cela. Sur un même mur, tu comptes environ dix centimètres de plus pour tes fondations. C'est valable si ton chantier se situe à Saint-Agrève, par exemple. Mais revenons au béton. On mélange du ciment, du sable sec, du gravillon et de l'eau en respectant bien les proportions.

Il se tut et attrapa une pelle.

— Je t'écoute, dit-elle.

Elle avait sorti un calepin de sa poche et le fixait, la bouche légèrement entrouverte, attendant la suite. Il leva les yeux sur elle et les baissa aussitôt, réprimant un frisson. Elle était adorable avec ses bouclettes blondes attachées et en partie cachées par une casquette. Ses joues rosies par le soleil étaient creusées de deux fossettes qui lui donnaient un air de chérubin. Un ange dans un corps de femme. Elle n'était plus une petite fille.

— C'est chouette de bosser avec toi, reprit-elle. On s'entend bien tous les deux.

De nouveau, il la fixa et eut un pincement au cœur. Sous le vieux jean déchiré qu'elle enfilait pour les chantiers se dessinait une superbe paire de fesses. Quant à son tee-shirt bleu délavé par le temps, il ne pouvait masquer sa poitrine ferme et généreuse, emprisonnée dans un soutien-gorge blanc dont on devinait les bretelles. La peau de ce décolleté devait être douce et tendre. Il serait bon d'y poser la tête, d'y laisser courir ses doigts ou d'y promener ses lèvres...

César sursauta, sortant brusquement de sa torpeur. Il grimaça, son sexe en érection comprimé sous sa braguette lui faisait mal. Il se secoua, se demandant s'il devenait fou. Angèle avait l'âge de sa fille, ce n'était qu'une gamine. Furieux contre lui-même, il enfonça sa pelle d'un geste brusque dans le tas de sable. Quel démon pouvait bien l'habiter pour avoir de pareilles idées ? Et dire qu'il se permettait de faire la leçon à Elena et de lui reprocher ses aventures avec des hommes mariés... Il n'était pas mieux. Bander devant une jeune fille ! C'était monstrueux.

— Alors, ces proportions ? demanda Angèle.

— Ne t'embarrasse pas à noter tout cela, grogna-t-il. Je te donnerai un tableau, ce sera plus simple. Moi, je fais un peu à la louche. Avec l'expérience je n'ai plus trop besoin de compter. C'est au coup de pelle que je sens que le béton est prêt. Tu vas voir.

Elle l'observa tandis qu'il réalisait le mélange. César sentait son regard posé sur lui et la mécanique s'emballait dans sa poitrine. Il se cramponna à son outil pour échapper à ce sentiment étrange qui lui broyait le corps. *Vivement ce soir,* songea-t-il. *Je déposerai Angèle chez son père, je foncerai à la maison et prendrai une bonne douche pour retrouver mes esprits.* Il se tourna vers le soleil et fut ébloui par ses rayons impertinents. La fin de la journée était encore loin.

— Pour l'eau, on adapte la quantité au taux d'humidité du sable, précisa-t-il, la voix enrouée par l'émotion. Le tas de sable a pris la pluie. Je vais mettre moins d'eau que si nous avions monté ce mur la semaine dernière avec un sable bien sec.

Il maniait la pelle d'une pogne experte, se forçant à concentrer toute son attention sur sa besogne. À chaque mouvement, les muscles de ses épaules et ses bras se tendaient, les veines saillaient sous la peau. Angèle continuait de l'observer, il le devinait, se sentait à la fois flatté et horrifié.

— On dit qu'on gâche le béton, ajouta-t-il pour ne pas perdre les pédales. Quand on en prépare une grosse quantité, il arrive qu'on gâche à la bétonnière. Ici, sur ce chantier en particulier, je voulais te montrer le travail quand on le fait manuellement.

Elle fit un pas vers lui et posa une main sur ses doigts qui serraient le manche.

— Je peux essayer ? fit-elle.

Le contact le fit tressaillir. Il aurait juré qu'elle l'avait fait exprès. Elle n'avait pas bougé et ne relâchait pas la pression, le dévisageant, souriante. Lui ne voyait plus que ses jolies dents. Pour la seconde fois, il sentit son sexe à peine calmé se dresser de nouveau. Le désir enflamma ses tripes et augmenta sa transpiration. Un peu comme si le thermomètre avait grimpé de plusieurs degrés en quelques secondes. Que lui arrivait-il ? Il était chaste depuis des années. Il n'avait guère eu d'aventures depuis le départ de son ex-épouse. Les premiers temps, il n'avait pas renoncé à sortir et avait rencontré deux ou trois jeunes femmes. Des histoires qui n'avaient jamais duré. À cette époque il cherchait une partenaire, mais ces aventures éphémères ne l'intéressaient pas vraiment et peu à peu l'envie de sexe avait passé. Cette abstinence ne lui avait pas coûté, or là, face à Angèle, son corps était broyé par la douleur du désir. Il s'ébroua pour se raisonner.

— C'est sympa de bosser seuls tous les deux, dit-elle. Plus paisible que lorsqu'il y a tes frères et ta sœur. J'aime bien être avec toi.

— Je te laisse faire, je vais boire un coup.

Il dégagea sa main et elle attrapa la pelle. Il ouvrit la glacière et décapsula une cannette d'eau pétillante. Angèle laissa tomber son outil pour le rejoindre.

— Moi aussi j'ai soif.

Elle ouvrit une bouteille d'eau et but de longues gorgées à même le goulot. Quelques gouttes dégoulinèrent le long de son menton et de son cou, se perdirent au creux de ses seins. César la contemplait, interdit. Il était foutu, il le savait, mais il luttait encore avec l'énergie du désespoir.

— On s'y remet ! ordonna-t-il d'un ton bourru, sachant qu'il jouait sa dernière chance de s'en sortir.

La jeune femme s'approcha et fit tomber la pelle dont il venait de s'emparer. D'un geste rapide, elle enleva son tee-shirt et se colla contre lui. César haletait, perdu. Il aurait dû s'enfuir, ou bien la gifler pour qu'elle cesse son numéro et la raccompagner chez son père. Mais il ne bougea pas d'un pouce. Il songea encore à sa fille qui avait le même âge. Un type de 40 balais viendrait à la toucher, il le tuerait. Angèle dégrafa son soutien-gorge et posa ses mains sur la nuque de César, l'obligeant à baisser la tête. Quand il sentit la peau sous ses lèvres, il n'eut plus aucune envie de lutter, ni de la repousser. Il eut encore quelques secondes de lucidité durant lesquelles il se demanda si elle était vierge. La manière dont elle le déboutonna pour libérer son sexe lui ôta tout doute. Il n'était pas son premier amant. Cette découverte ne le déçut qu'un court instant. Ce n'était plus une gamine, contrairement à ce qu'il pensait. Mais lorsqu'il la fit crier de plaisir, il se sentit de nouveau un homme. Une satisfaction qui fut de courte durée, il ne s'était jamais autant détesté.

— On prend un verre au bar des Grottes avant de rentrer ? demanda Martin à Bastian en posant son doigt sur le clignotant.

— Non. Pas envie.

— Y a un problème ? Tu fais la gueule depuis ce midi.

— Tout va bien.

— Ne te fous pas de moi. Tu n'as pas dégoisé dix mots de tout l'après-midi.

— Je suis fatigué, c'est tout.

Martin leva un sourcil circonspect mais n'alla pas plus loin. Son frère était contrarié, ça se voyait comme le nez au milieu de la figure. Un problème lié au travail ? Peu probable. Peut-être une histoire de fille, même si Bastian n'était pas du genre à déprimer pour une amourette.

— Tu diras à maman que je ne viens pas manger ce soir, annonça Bastian alors que Martin engageait la camionnette dans la cour de la bastide.

— C'est grave alors.

— Nan. Je suis crevé, c'est tout.

— Est-ce...

Martin n'eut pas le temps de finir sa phrase. Le moteur à peine coupé, Bastian était descendu du véhicule en claquant la portière et filait tout droit vers l'ancienne grange dont il occupait une moitié. Il ferma la porte d'un tour de clé et resta de longues minutes le dos collé au mur. Puis il regarda autour de lui comme s'il découvrait un endroit inconnu. Il déposa ses vêtements sales dans la buanderie et revint vers le séjour. Il se servit un verre de whisky qu'il avala d'un trait. Sa tête était ravagée de pensées toutes plus extraordinaires les unes que les autres. Les images fusaient, débordaient. Il but un autre verre en espérant que l'alcool apaiserait le défilé de délires qui lui traversait l'esprit, mais à part l'embrumer davantage, le whisky n'eut aucun effet sur les pièces du puzzle éparpillées. Il se leva, se rendit à la salle de bains et se contempla longtemps dans le miroir. Dans son cerveau des portraits se rencontraient, se confondaient. Il fit couler de l'eau et rafraîchit son visage. Il s'observa encore longtemps. Pas de doute, il avait bien croisé son double chez les Volane. Le type avait la même stature que lui et, surtout, il lui ressemblait comme deux gouttes d'eau. Un hasard de la génétique ? Bastian n'y croyait pas. Le sosie était trop parfait. Il se tourna devant le miroir et, examina, son profil. Qui était donc cet inconnu croisé chez les Volane ? Un saisonnier ? Bastian était perché sur le toit en train de remplacer des tuiles quand il l'avait repéré. Il avait abandonné Martin, prétextant l'envie d'aller aux toilettes. Il avait enfoncé son bob jusqu'aux oreilles et chaussé des lunettes de soleil pour suivre l'homme. Le gars était allé vers les vergers. Bastian l'avait vu attraper un panier et rejoindre d'autres cueilleurs. Il s'était retenu d'aller le voir. De lui demander : « Qui es-tu, toi ? »

Écrasé par une avalanche de questions, Bastian eut du mal à contenir les larmes qui gonflaient ses paupières. Il était partagé entre le chagrin et la colère. Il avait beau songer à tous les scénarios possibles, un seul était envisageable. Son père avait eu une aventure extra-conjugale et avait fait un enfant. Un enfant qui était devenu un homme dont le portrait était en tout point celui de Bastian.

— Le salaud ! hurla Bastian en frappant son poing contre le miroir.

Le bruit du verre qui se brise eut raison de ses dernières forces et il s'écroula à genoux devant le lavabo, sanglotant comme un môme perdu dans le noir.

# 8

— Tu dors ?

— Non, je somnole. Je flotte entre deux eaux. C'est bon…

Les yeux fermés, Elena écarta les narines et huma un parfum. Du romarin, probablement quelques pousses sauvages perdues dans le maquis qui s'agrippait à la roche.

— Tu ne trouves pas que Bastian est bizarre en ce moment ? demanda Martin.

Sa sœur répondit par un grognement qui ne signifiait rien. Elle n'avait pas envie de parler, juste de paresser. Martin avait eu une riche idée en suggérant de passer le dimanche après-midi au bord de l'eau. Le nez posé sur son drap de bain, elle revivait la douce soirée de la veille. Elle l'avait passée en compagnie d'un vieil ami qu'elle avait retrouvé à une fête donnée chez des amis communs. Luc bossait à Privas, dans une célèbre fabrique de crème et de marrons glacés. Ils avaient bu et dansé, puis avaient fini la nuit chez Elena. Ce n'était pas la première fois qu'ils couchaient ensemble. Ils avaient eu une courte liaison quand Luc était marié. Il avait divorcé depuis mais il avait une femme dans sa vie. Ce qu'il n'avait pas caché hier soir à Elena puisque cela ne la dérangeait pas le moins du monde. Ils avaient renoué avec un certain bonheur, profitant de la facilité qu'apporte la familiarité sans avoir eu besoin de jouer une quelconque comédie ou de tourner autour du pot. Luc était parti aussitôt après le petit déjeuner.

En début d'après-midi, Martin avait proposé à Elena d'aller farnienter à Chauzon, sur les rives de l'Ardèche. Elle avait un peu tiqué, craignant la foule des vacanciers, et finalement elle ne regrettait pas de s'être laissée convaincre. Ils s'étaient installés au-dessus de la plage, sur les gros rochers qui s'étalaient en terrasses et dominaient la rivière. Seuls quelques amateurs de plongeon grimpaient parfois jusqu'à eux, mais ils ne s'attardaient pas, pressés de prendre leur élan pour sauter dans l'eau fraîche. Elena et Martin s'étaient également baignés.

— Bastian m'inquiète, reprit Martin.

Elena se retourna et dévisagea son frère. Il avait l'air sombre. Elle comprit qu'il avait une idée derrière la tête quand il lui avait offert de passer l'après-midi avec lui. Il voulait lui parler. Elle se redressa.

— Qu'est-ce qui t'inquiète ?

— Bastian n'est pas bavard depuis quelques jours. Il est renfermé. Taciturne. Il y a un truc qui cloche.

— Je n'ai rien remarqué.

— Peut-être parce que tu n'as pas bossé avec lui ces derniers jours.

— C'est vrai que je n'ai fait que le croiser.

— Il n'est pas dans son état normal, Elena. Quelque chose ne va pas.

— Tu lui as posé la question ?

— Oui. Deux fois. Il m'a d'abord répondu qu'il était crevé, puis il a botté en touche et s'est éloigné. Je n'ai pas insisté.

Elena reposa sa tête sur le drap de bain. Martin se montait le bourrichon pour rien. Bastian était comme tout le monde, sujet à des sautes d'humeurs. Peut-être était-il dans une période un peu difficile. Ou tout simplement fatigué. Ils bossaient tout l'été et allaient devoir attendre la fin du mois de septembre pour avoir des congés... C'était dur de travailler sous ce soleil de plomb alors que la plupart des gens étaient en vacances.

— Ne te fais pas de mouron, marmonna Elena. S'il y avait eu quelque chose de grave il nous l'aurait dit.

— T'es vraiment pénible ! On dirait que rien ne te soucie.

Elle soupira, ronchonna un peu mais promit qu'elle tenterait de sonder Bastian. Ce qui ne lui plaisait guère car elle avait horreur de se mêler de ce qui ne la regardait pas. Et elle savait que Bastian lui demanderait de lui ficher la paix. D'un autre côté, si elle ne le faisait pas, Martin reviendrait à la charge. Décidément, tout ceci l'agaçait. Elle était à deux doigts de s'assoupir et n'avait pas envie de gâcher ce moment de quiétude. Demain ils seraient de retour sur les chantiers, les week-ends filaient vite, il fallait en profiter.

— Peut-être que c'est une peine de cœur, murmura Martin.

Elle se redressa. Son frère ne la laisserait pas tranquille.

— Ça m'étonnerait. Bastian a des aventures mais il ne s'attache pas.

— Jusqu'alors ! Peut-être qu'il est tombé amoureux et que ce n'est pas réciproque. Après tout, il a très bien pu avoir une liaison qu'il aurait prise au sérieux et il s'est fait larguer par la fille.

Perplexe, Elena ne répondit pas tout de suite. Avait-elle vu Bastian avec une femme ces derniers temps ? Non. Il n'était pas sorti plus que d'habitude.

— Tu te fais des films, Martin. C'est bon, je vais creuser l'affaire. Mais ça m'étonnerait qu'il se lâche, si tu veux mon avis. Et en attendant, n'essaie pas d'inventer des trucs qui n'existent pas.

— Ce n'est pas parce que tu ne tombes pas amoureuse que ça ne peut pas arriver à l'un de nous ! rétorqua son frère, contrarié.

— Je ne prétends rien de tel. Je ne force personne à suivre mon exemple. J'aime mon existence et je tiens à préserver mon indépendance, c'est tout.

— T'es pas indépendante, t'es sauvage !

— Et toi ? Qu'en est-il de ta vie amoureuse ?

Martin se renfrogna. Il ne refusait pas d'aimer mais il n'avait pas rencontré la femme à laquelle il aurait eu envie de passer la bague au doigt. L'Ardèche était agréable et animée l'été, mais elle n'était plus qu'une terre désolée l'hiver. Difficile d'y croiser l'âme sœur. Passés les mois de juillet et août, les villages étaient vides. Il n'y restait que des gens d'un autre âge tandis que les jeunes partaient dans des régions plus attractives...

— Je ne désespère pas de fonder une famille un jour, murmura-t-il, mais ici c'est compliqué. Et toi, tu n'as vraiment pas envie d'avoir un mari et des enfants ?

— Même pas en rêve. C'est dingue, vous n'arrêtez pas de me bassiner avec ça !

Elle s'allongea de nouveau sur le ventre. Autour d'eux, planquées dans la garrigue, les cigales chantaient leur mélodie ininterrompue qui invitait à la sieste en ces heures chaudes. Quelques mètres plus bas, des kayaks remontaient le cours de l'Ardèche et s'engageaient dans le cirque de Gens.

— Ça fait un bail que je n'ai pas fait une descente des gorges, dit-elle. Et toi ?

— *Idem*. C'est tentant.

— Oui. J'attendrai la fin de l'été, quand il y aura un peu moins de touristes.

— Ça me ferait plaisir de venir avec toi. On pourrait aussi embarquer les frangins.

— Bonne idée ! Une escapade comme quand on était jeunes !

— Tu te souviens du jour où César s'est retourné ? Il ne parvenait pas à remettre son canot à l'endroit !

— Évidemment que je me souviens ! J'ai eu la trouille de ma vie cet après-midi-là. Il était tout bleu quand on l'a ramené sur la berge...

— Et le jour où une couleuvre s'est invitée pour faire une virée en kayak avec lui ?

— Je me rappelle surtout ses hurlements. Tu me diras, je n'aurais pas fait la fière moi non plus. Drôle d'impression que de sentir tout à coup cette chose ramper sur tes jambes alors que tu es enfermé dans ton bateau ! Il a toujours cru que l'un de nous lui avait fait une mauvaise blague.

— Ce n'était pas moi !

— Ni moi !

Ils éclatèrent de rire. Elena dévisagea son frère. Parfois, elle avait le sentiment qu'ils n'avaient pas grandi et que le temps n'avait pas eu d'emprise sur eux. Surtout quand elle songeait aux bêtises qu'ils avaient faites ensemble lorsqu'ils étaient enfants.

— J'ai toujours pensé que c'était Bastian qui avait planqué cette couleuvre dans le kayak de César, reprit-elle. Il adorait les bestioles. Tu te souviens de ses élevages ?

— Oui ! Escargots, têtards...

— Et les mouches qu'il avait congelées après avoir vu *Hibernatus* à la télé !

— Et la tête de maman quand elle a trouvé les bestioles dans ses bacs à glaçons... Elle n'a pas trouvé ça drôle du tout, tu te souviens ?

— Elle était même très fâchée !

— On retourne se baigner ?

De guerre lasse, Elena abandonna tout espoir de faire une sieste. Sourire aux lèvres, elle tendit une main à Martin qui l'aida à se lever, bien décidé à profiter de cette belle journée.

— Vous n'étiez pas obligé de venir jusqu'ici pour remettre le devis, monsieur Abadie, dit Damian.

— J'ai oublié de le renvoyer à votre fille alors que je le lui avais promis. Il a traîné un moment sur mon bureau. J'ai songé qu'il était plus correct de vous le rapporter.

Laurent Abadie était arrivé cinq minutes plus tôt à la bastide des Cheylard. Damian était venu à sa rencontre dans la cour, surpris d'avoir la visite d'un client un dimanche.

— C'est très aimable à vous mais vous savez, nous avons encore une bonne semaine de boulot chez vous, peut-être même deux. J'ai dû ralentir votre chantier après les orages pour effectuer quelques réparations urgentes chez des clients. Du coup, on a pris du retard.

— J'ai entendu dire qu'il y avait eu de gros dégâts dans le coin.

— Oui, des toitures arrachées, des caves inondées, des murs effondrés sous le poids de l'eau ou de la boue. Mais c'est bien pire en Haute-Ardèche. Vous êtes passé aux Vans aujourd'hui ? Vous êtes satisfait des travaux ?

— Tout à fait.

— Tant mieux.

Il n'y avait plus grand-chose à ajouter mais Laurent Abadie ne se décidait pas à partir, dansant un pied sur l'autre, une main posée sur la portière de sa voiture. Il devait le reconnaître, s'il était venu chez les Cheylard, ce n'était pas pour rendre un devis mais pour voir Elena. Cette femme l'attirait sans qu'il sache pourquoi. Il aurait aimé la surprendre et discuter quelques instants avec elle. Continuer son histoire et peut-être lui raconter qu'il souffrait. Il n'encaissait pas le départ de sa femme. Après tant d'années passées ensemble il n'avait jamais imaginé qu'elle pourrait le plaquer. Mais elle avait osé. Il n'avait pas vu le coup venir. Il était tellement secoué qu'il n'en parlait à personne. Un peu comme si c'était honteux. Pour le moment, sa famille, ses amis ignoraient tout du drame personnel qu'il était en train de vivre. Sa seule confession avait été pour Elena. Une parfaite inconnue pour lui, mais elle lui avait semblé tellement… Tellement quoi ? Il ne savait plus. Ce soir d'orage, alors que tout lui paraissait terne et mort, il avait apprécié sa compagnie. Il avait éprouvé le besoin de lui dire que sa femme l'avait quitté. L'avouer pour la première fois à quelqu'un sans être jugé en retour l'avait soulagé. C'était sans doute pour cette raison qu'il aurait aimé revoir Elena et prolonger cette discussion avec elle. Lui confier sa tristesse. Admettre qu'il méritait ce qui lui arrivait. Il aimait Valérie mais il n'avait pas su la garder. Toujours par monts et par vaux, se consacrant entièrement à son travail et rarement à son épouse. Ils n'avaient même jamais envisagé de faire un enfant. Comment était-ce possible ? Dix ans de mariage sans jamais avoir rêvé d'enfant ? Il réprima un frisson. Il n'avait pas su entendre les reproches de sa femme...

— Ça va ? s'inquiéta Damian en voyant le visage livide de Laurent Abadie. Voulez-vous boire quelque chose de frais avant de repartir ?

Abadie sursauta et se rendit compte du ridicule de la situation. On était dimanche et il s'était pointé sans prévenir chez l'entrepreneur qui restaurait sa maison. Il n'avait plus qu'à filer. Il tendit la main à Damian Cheylard et le salua.

— Merci pour tout. Je ne vous importune pas davantage. Présentez mes excuses à votre fille pour avoir oublié de lui renvoyer le papier.

Il monta dans sa voiture, démarra et fit demi-tour dans la cour, jetant encore un coup d'œil sur les magnifiques bâtiments qui composaient la bastide. Il prit le chemin qui traversait les vignes jusqu'à la route, roulant au pas pour éviter les ornières. En face de lui, un véhicule freina pour le laisser passer. Il reconnut Martin Cheylard qui était au volant, Elena était assise à la place du passager. La chance lui souriait. Il coupa le moteur, constata que le frère d'Elena avait fait de même.

— Bonjour ! lança Martin. Un problème sur le chantier ?

— Pas du tout ! J'ai rapporté le devis signé.

— Merci, répondit Elena. Vous savez, on a continué à bosser sans attendre ce bout de papier !

Elle souriait et il rougit, conscient du grotesque de la situation. Elle ne l'avait pas cru une seule seconde, c'est sûr. Pire, il avait l'impression qu'elle s'était montrée gentille en usant de ce prétexte pour ne pas se moquer de lui.

— J'espère que vous n'avez pas gâché votre dimanche pour un devis, reprit-elle. C'est une belle journée.

Il l'observa. Elle portait un short et une tunique, un drap de bain roulé autour de son cou.

— Oui, c'est une belle journée, répéta-t-il, priant Dieu qu'Il lui donne une idée de génie pour poursuivre la conversation.

— Les travaux entrepris au mas vous conviennent ?

— C'est parfait. Vos conseils pour la déco de la salle de bains étaient vraiment judicieux.

— Tant mieux. C'est un investissement conséquent, je ne voudrais pas que vous regrettiez votre choix.

— En fait, je suis venu jusqu'ici car j'aurais encore besoin de votre avis. C'est à propos du bassin qui se trouve au bout de la terrasse.

— Il est en piteux état. Les anciens propriétaires ne l'ont pas entretenu...

— J'aimerais bien le remettre en valeur.

— Vous avez raison. On en reparle plus tard ?

Il acquiesça de bon cœur, ravi d'avoir trouvé un prétexte pour la revoir. Son frère semblait pressé, il ne pouvait les retenir davantage. Il les salua d'un signe de la main et remonta dans sa voiture.

— Je me trompe ou tu as un sérieux ticket avec ce type ? ironisa Martin. Il te mange des yeux !

— Tu fais fausse route. Et même si j'avais « un sérieux ticket », comme tu dis, ce mec est bien trop sage pour moi !

# 9

César faisait les cent pas dans le salon en bougonnant. Assise sur le canapé, Julianne boudait.

— Soit tu cesses de voir ce type, soit je confisque les clés de ton scooter ! s'écria-t-il. Sache que je peux aussi te couper les vivres. Sans argent de poche, tu ne pourras plus sortir comme tu le fais.

— De quel droit ? hurla la jeune fille.

Julianne était défigurée par la rage et les larmes qu'elle ne pouvait contenir. Elle avait espéré que son père se calmerait et cesserait ses sempiternelles leçons de morale, mais depuis vingt minutes c'était tout le contraire qui se produisait. Sa colère était montée en puissance et s'accompagnait maintenant de menaces. Tout ça parce qu'elle sortait avec un mec de 35 ans, un saisonnier venu d'Espagne qui bossait sur l'exploitation agricole des Volane. Pourquoi n'avait-elle pas tenu sa langue ? Son père les avait aperçus ensemble, il s'était fâché. Par défi, elle avait jeté de l'huile sur le feu, lui expliquant que c'était un divorcé et qu'il avait deux gamins.

— Du droit que je suis ton père ! mugit César. Parce que je sais que tu vas droit dans le mur. Cet homme a été marié, sans parler des deux enfants qu'il doit élever ! Ce n'est pas quelqu'un pour toi.

— Qu'est-ce que tu en sais ? Quand je sors avec des jeunes de mon âge, tu râles parce que tu as peur que je boive ou que je me drogue ! Et maintenant que j'ai rencontré quelqu'un de plus mûr, de plus sérieux, ça ne te convient pas non plus !

— Quelqu'un de sérieux ? Tu parles ! Il n'est là que pour trois mois, tu n'es qu'une conquête parmi d'autres ! Le jour où il partira travailler ailleurs, il trouvera une nouvelle fille. Et s'il veut refaire sa vie, il restera en Espagne. Mets-toi bien ça dans la tête. Il ne vient ici que pour gagner sa vie.

— Tu te trompes, il m'aime. Il m'a même proposé de venir avec lui en Espagne quand la saison sera terminée.

— N'importe quoi ! rugit César en faisant un énième aller-retour entre les deux fauteuils. Tu te vois élevant deux gosses dont tu n'es pas la mère ? Tu crois que tu accepteras d'éduquer les enfants d'une autre ? Tu imagines réellement que tu vas partir d'ici pour aller habiter en Espagne et t'occuper d'une maison ? Tu ne repasses même pas tes fringues ! T'es pas foutue de me filer un coup de main ! Jamais un brin de ménage, jamais tu ne m'aides pour les courses ! Tu n'es même pas capable de rapporter une assiette dans l'évier. Tu n'as aucun projet pour la rentrée ni aucune idée pour ton avenir. Tu n'as pas fini tes études, tu ne sais que paresser ou te promener. Et tu voudrais jouer les dames ? Mais tu n'as même pas fini de pousser, ma fille...

César ne s'arrêtait plus, vidant le trop-plein de reproches contenu depuis des semaines.

— Bref, je suis un boulet pour toi, marmonna Julianne. Je te préviens, s'il me propose de le suivre en Espagne, je fonce ! Comme ça, tu seras débarrassé.

— Je ne veux pas que tu partes avec lui. Je te l'interdis !

— Je suis majeure, papa.

— Sur le papier seulement ! Parce que dans ta tête tu ne dois pas dépasser 10 ans d'âge mental. Comme d'habitude, tu ne réfléchis pas. Comme d'habitude, tu démarres au quart de tour. C'est pas ça, la vie. On ne peut pas toujours faire ce qu'on veut quand on veut.

Ce type, s'il a un peu d'expérience et du plomb dans la cervelle, il devrait le savoir et ne pas t'entraîner derrière lui. Sois raisonnable, Julianne, et mets un terme à cette histoire stupide avant qu'elle te cause du chagrin.

— Raisonnable..., répéta Julianne tout bas. T'es gonflé de me balancer ça ! Tu l'es, toi, quand tu couches avec Angèle ? Une fille qui a mon âge, je te rappelle !

César se figea, la bouche ouverte, incapable de prononcer un mot. Se surprenant elle-même d'avoir osé faire sauter un verrou, Julianne reprit de plus belle :

— Mais qu'est-ce que tu croyais, papa ? Que je ne verrais rien ? Que votre secret ne serait jamais éventé ? Tu as envisagé l'idée que si tu fais un enfant à Angèle tu auras l'âge d'être son grand-père ? Tu as songé à papi et mamie ? À la façon dont ils vont prendre la chose ? Et le père d'Angèle, tu penses qu'il va être d'accord ?

Abasourdi, César se posa sur l'accoudoir d'un fauteuil. En un éclair, sa fille venait de lui asséner tout ce qu'il avait voulu occulter. Il était monstrueux et elle le jugeait comme tel. Il vit soudain une avalanche de problèmes s'abattre sur lui. Comment pourrait-il s'expliquer ? Se justifier ? Il avait été faible, il n'avait écouté que son cœur et surtout son corps. Un corps assoiffé de caresses et de tendresse après des années d'abstinence. C'était Angèle qui était venue à lui la première. Mais pourquoi ne l'avait-il pas repoussée ? Avec son expérience d'homme, il aurait dû tuer cette idylle dans l'œuf. Et pourquoi avait-il laissé cette première fois recommencer ? Jamais il n'aurait dû entrer dans cette relation. Jamais. Pourtant, le seul fait de penser à elle, d'envisager qu'il lui faudrait la quitter le ravageait. Il avait toujours eu la tête sur les épaules, mais c'était avant Angèle. Depuis qu'elle était entrée dans son existence, il était heureux. Heureux à en perdre les pédales. Quand ils se retrouvaient seuls sur un chantier et qu'elle se collait contre lui pour l'embrasser ou le dévorait des yeux, il avait dix ans de moins, vingt peut-être, et une envie immense de croquer la vie. Tout était devenu bonheur. Il savourait chaque moment auprès d'elle et balayait tout ce qui aurait pu nuire à leur amour. Leur amour ? Oui, c'était le terme exact. Car il était réellement tombé amoureux.

— Comment tu l'as su ? murmura-t-il, effondré.

— J'ai discuté avec Angèle un jour, elle était passée à la bastide pour prendre du matériel. J'ai trouvé qu'elle parlait beaucoup de toi, en tout cas pas que de votre travail. Ça m'a surprise, alors je vous ai espionnés. Et vendredi, je vous ai vus ensemble devant chez elle alors que tu la raccompagnais.

Julianne n'avait pas besoin d'en dire plus. César baissa les yeux pour cacher les larmes qu'il sentait venir. Sa fille l'avait sans doute vu embrasser Angèle. Un vrai baiser. L'étreinte de deux amants qui se quittent à regret et s'embrassent encore et encore tant il est difficile d'abandonner l'autre. Il n'avait pas dit à Angèle qu'il l'aimait mais il avait l'impression qu'elle partageait ses sentiments. Quand elle se pendait à son cou et qu'elle attrapait ses lèvres entre ses dents pour les mordiller doucement, quand elle s'offrait à lui et qu'elle gémissait, elle ne jouait pas la comédie. Pourquoi l'aurait-elle jouée, d'ailleurs ? Il n'avait ni fortune ni situation sociale enviable.

— Pourquoi tu ne m'as rien dit avant ? demanda César.

— Parce que ça me dégoûte. Jusqu'à ce que je vous surprenne, je me disais que ce n'était pas possible. Mon père ne peut pas coucher avec une fille de mon âge. Mais si ! Alors tes leçons de morale… Je ne veux même plus t'écouter !

Elle se leva et quitta la pièce. César l'entendit monter l'escalier et claquer la porte de sa chambre. Il n'y avait rien à ajouter. Il était déchiré par le remord et la culpabilité. Il contempla ses mains. Comment pouvait-il oser les poser sur une jeune fille qui avait l'âge de sa propre fille ? Une nausée lui tordit l'estomac et il courut aux toilettes.

Elena se jeta sur le canapé et détendit ses jambes. Ce moment, elle en rêvait depuis des heures. La journée avait été pénible, la chaleur accablante. Du moins pour ceux qui, comme elle, travaillaient et ne pouvaient pas s'ébattre dans l'eau d'une piscine ou de la rivière. En ce dernier jour de juillet, le soleil avait cogné sans relâche et les températures avaient brusquement grimpé. La météo annonçait une canicule pour encore au moins cinq jours. Peut-être davantage. Dans les chais, la vieille pierre conservait un peu de fraîcheur, mais dehors, l'air était brûlant. Elena avait passé la journée à bosser avec Bastian. Martin avait raison, leur frère était morose. Lugubre même. Elle avait essayé de le faire parler, en vain. Il lui avait répondu qu'il n'avait pas de souci mais qu'il était fatigué. Fatigué ? Abattu, épuisé, anéanti auraient sonné plus juste. Elle ferma les yeux et laissa tomber sa main. Elle sentit le pelage doux d'un de ses chiens sous sa paume. Elle le caressa, goûtant cet instant de complicité et de calme. Son estomac commençait à crier famine mais elle était presque trop courbatue pour se lever.

— Hannibal, Attila, vous ne voudriez pas me préparer un petit plateau-repas ? Pour toutes les fois où je vous sers votre gamelle…

Elle sourit et se redressa. Elle avait vraiment faim. Dans la cuisine, elle coupa plusieurs tranches de pain, lava deux tomates et écala deux œufs durs. Elle mit le tout dans une assiette, ajouta un morceau de beaufort, un autre de roquefort, puis revint se poser sur le canapé. Elle attrapa la pile de *Côté Sud* qu'elle avait sortie du placard et feuilleta un magazine en grignotant. Elle avait revu Laurent Abadie dans son mas des Vans et avait commencé à réfléchir avec lui à la rénovation du bassin.

Elle n'avait guère d'idées à lui proposer. Piocher dans cette revue de déco, qui mettait en valeur des demeures plus belles les unes que les autres, lui permettrait d'étoffer ses propositions de décoration. Il était bizarre, le bonhomme. Il n'avait pas terminé les travaux à l'intérieur de la maison et il se préoccupait du jardin. Mais après tout, pourquoi pas ? Le client était roi. Elle serait ravie de bosser en extérieur s'il décidait de maintenir le projet. Elle repéra une photographie intéressante et colla un Post-it sur la page. C'était un bassin d'ornement de style résolument contemporain. Elle ferma les yeux et l'imagina dans la propriété d'Abadie. Le mélange des vieilles pierres avec cette passerelle en teck au milieu de l'eau lui parut une bonne idée. Pour la couleur du pavé autour du bassin, elle songea à un gris béton. Les plantes ressortiraient mieux. Elle prit un autre magazine, remarqua encore deux pièces d'eau assez jolies, moins que le premier modèle, toutefois, dont le design moderne et sobre irait parfaitement dans le jardin où la nature dévorait l'espace. Elle avala la dernière bouchée de fromage et se servit un verre d'eau.

— Une cigarette, les gars ?

Les dogues se redressèrent. Ils la devancèrent sur la terrasse, connaissant chacune de ses habitudes. Elle écrasait son mégot quand César apparut. Il avait une vilaine tête.

— Une dispute avec Julianne ? dit-elle. Je t'ai entendu élever la voix tout à l'heure. Je crois bien qu'elle criait aussi fort que toi. Allez, viens, je t'offre un verre et tu vas oublier cette querelle.

Il la suivit dans le salon et la regarda servir deux rhums. Elle sortit un citron vert du réfrigérateur et le coupa en rondelles.

— À nous ! lança-t-elle.

— J'ai fait une grosse connerie.

Elle observa son aîné. Il était blême et serrait les mâchoires comme s'il souffrait. Elle comprit que c'était sérieux. Cette dispute n'était pas qu'une petite chamaillerie, comme celles qui opposaient régulièrement le père et la fille.

— Raconte.

Il expliqua les reproches adressés à Julianne à propos de son amourette avec ce père de famille et la peur qu'il ressentait à l'idée qu'elle puisse le suivre en Espagne. Attila était venu se coucher à ses pieds, quémandant des caresses. César passa machinalement la main sur la tête du dogue.

— Tu t'emballes pour rien, murmura Elena après un instant de réflexion. Si ça se trouve, il est marié et il lui a menti pour la conquérir. Tu penses bien qu'il ne se risquera pas à l'embarquer avec lui. Des gars comme lui, on en voit tous les ans par ici.

— Et s'il lui avait dit la vérité ? S'il comptait l'emmener ?

— Tu ne peux pas attacher ta fille, répondit Elena. Si elle part, laisse-la.

— T'es folle ! Je ne veux pas qu'elle s'éloigne. Encore moins qu'elle parte à l'étranger.

— L'Espagne, ce n'est pas le bout du monde. Elle reviendra.

— Tu dis ça comme si c'était... naturel !

— Mais c'est tout naturel qu'elle soit amoureuse. Et tout aussi naturel que tu t'énerves. Qu'elle parte donc avec son mec si c'est ce qu'elle veut, tu verras qu'elle rentrera au bercail dès qu'elle s'apercevra que jouer à la maman avec des gosses qui ne sont pas les siens et être la bobonne de leur père ne lui conviennent pas.

— Pourquoi je me confie à toi ? Tu ne comprends rien. Tu te fous de tout. Même quand c'est grave.

— Grave ? Non, ça ne l'est pas. Ce serait grave si ta fille était malade. Ce serait grave si elle couchait à droite à gauche sans pilule et sans préservatifs. De ce côté-là, d'ailleurs, tu peux être rassuré, il y a belle lurette que je veille au grain !

— Quoi ?

— Tu as très bien saisi... Je n'ai pas attendu qu'un pépin arrive pour la mettre au parfum. Comme je me doutais que ce serait compliqué pour toi, je lui ai expliqué l'essentiel il y a déjà quelques années.

— Quelques années ? Mais quel âge avait-elle ?

— Je ne sais plus. 15 ans peut-être, ou 16. Peu importe. Quand je l'ai vue devenir femme et que les garçons ont commencé à tourner autour d'elle, j'ai pris le taureau par les cornes. Rendez-vous gynéco, ordonnance pilule, information sur l'obligation de protéger ses rapports, et quelques conseils perso.

— Mon Dieu !

— Mon Dieu ? Mais tu devrais me remercier. Même si je ne l'ai pas fait pour toi. Tu n'ouvrais pas les yeux. Elle commençait à fréquenter des garçons et toi tu lui offrais encore de la barbe à papa à la fête foraine de Ruoms !

César baissa les yeux. Il n'avait pas vu sa fille grandir. Ou plutôt, il n'avait pas voulu le voir. C'est dur pour un père de sentir son enfant s'éloigner, et plus encore quand il est seul pour l'élever. Il était complètement décalé.

— Laisse-la vivre son expérience, reprit Elena en avalant une gorgée de rhum. Laisse-la sortir avec ce mec et le suivre si elle le désire.

— T'es dingue.

— Non. Il faut qu'elle juge par elle-même. Permets-lui de commettre cette erreur. Sans hurler. Qu'elle parte si c'est ce qu'elle veut. Et toi, range les couteaux ! Dis-lui que ta maison sera toujours la sienne quoi qu'il arrive. C'est important. Si elle se plante, elle saura qu'elle a un refuge.

— T'es sûre ?

— Non. Je n'ai pas de boule de cristal pour prédire l'avenir. J'essaie juste de t'aiguiller afin que tu ne jettes pas d'huile sur le feu. Tu es arrivé ici en disant que tu avais fait une connerie, essaie de ne pas envenimer la situation.

— J'ai fait une autre grosse connerie…

Elena regarda les verres vides, puis le visage de son frère dont les paupières étaient gonflées de larmes.

— Je t'écoute, dit-elle tout en lui servant un autre rhum.

# 10

Magdalena conduisait comme un robot, ne regardant ni à droite ni à gauche. Ses yeux suivaient le chemin de terre un peu comme si elle se trouvait sur une piste toute droite sur laquelle elle ne pouvait rencontrer aucun obstacle. Quand le tracteur déboucha devant elle, elle écrasa la pédale de frein. Un nuage de poussière s'envola et elle attendit le choc.

— Vous êtes blessée, madame ? Madame ?

Magdalena ouvrit les paupières. Un homme la secouait.

— Ça va, murmura-t-elle tout en constatant qu'elle avait encore ses jambes. Je n'ai rien.

— Bon, plus de peur que de mal. Vous ne m'aviez pas vu ?

— Non. Je suis désolée.

— Un étourdissement ? Ou un éblouissement peut-être ? C'est qu'il cogne, le soleil !

Le paysan ôta sa casquette, essuya son front dégoulinant de sueur et leva le nez vers le ciel comme pour chercher de l'air.

— Vous voulez un peu d'eau ?

Elle le remercia de sa sollicitude et s'excusa pour l'incident. Inutile d'en dire plus.

— Prudence, hein ? dit le gars en retournant à son tracteur. Surtout quand vous serez sur la nationale. Faut pas rêver comme ça !

— Je serai vigilante, promis.

Il fit un signe de la main, démarra sa machine et s'éloigna. Magdalena l'observa un instant puis sa tête s'effondra sur le volant. De gros sanglots la secouèrent et l'étranglèrent. Elle songea qu'elle allait mourir étouffée par ses larmes. Comment tout cela était-il possible ? Pourquoi le destin lui envoyait-il une telle épreuve ?

La veille, après le dîner, elle avait attendu que Damian s'installe dans le canapé et que les garçons regagnent leur logis avant d'aller frapper à la porte de Bastian. Depuis plusieurs jours elle le trouvait renfermé. Elle n'était pas la seule à se tracasser, d'ailleurs, à voir la mine inquiète de Martin. Bastian devait avoir un gros souci. Elle ne s'était pas trompée, même si elle n'avait pas envisagé la gravité de la situation. À force de questions, il avait craqué et tout dit de l'homme croisé sur la propriété des Volane le jour où il était allé avec son frère réparer quelques tuiles envolées du toit. Son sosie. Et comme il ne croyait pas aux coïncidences, il n'y avait vu qu'une seule explication : son père était allé semer ses chromosomes chez une autre femme. Pétrifiée par ce que son fils lui racontait, Magdalena n'avait eu aucune réaction. Elle n'avait ni nié ni confirmé ce qu'il prétendait. Elle avait alors pensé à Pépé-la-Cigale qui n'avait pas arrêté d'insister pour qu'elle aille chercher ses fruits à la ferme des Volane et non pas au marché… Le vieux avait sans doute repéré ce saisonnier qui ressemblait tant à son fils. Sous le choc, incapable de discernement ni de cracher le morceau, elle avait laissé Bastian à ses interrogations et était rentrée se coucher sans dire un mot de cette histoire à son mari. Malgré trois somnifères, elle avait à peine fermé l'œil, torturée par ce qui arrivait et par ce qui allait advenir. Elle le savait, cette rencontre entre Bastian et son double n'était que le début d'une longue série de tracas.

Le matin, elle avait pris la décision d'aller chez les Volane pour se rendre compte par elle-même. Et voilà qu'elle avait failli avoir un accident avec le tracteur alors qu'elle sortait des vergers, le cœur et la tête chamboulés, bouleversée par ce garçon qu'elle avait aperçu cueillant les fruits. Bastian avait dit vrai. Qui était cet homme ? Comment avoir des renseignements sur lui ? Risquait-il de mettre en péril ce qu'elle avait mis des années à bâtir ? Était-ce le hasard qui l'avait conduit en Ardèche, à deux pas de chez elle ?

Sans réponse à ses questions, elle décida d'aller voir Thérèse Volane, son amie de toujours et propriétaire du domaine de la Combe. Thérèse était une femme solide, elle menait son affaire d'une main de maître, aidée par ses deux fils, son petit-fils et sa nièce. Elle possédait désormais une des plus belles exploitations fruitières de la région et sa production était renommée pour l'excellence de sa qualité. Deux années plus tôt, le domaine s'était lancé dans la culture des fraises et aujourd'hui, Thérèse venait d'acquérir un nouveau verger de cerisiers. Elle avait besoin de bras et embauchait des jeunes pendant l'été. Depuis son veuvage, elle était peu disponible et Magdalena la voyait rarement, surtout en pleine saison. L'hiver, quand la nature dormait et qu'il y avait moins de travail sur l'exploitation, Thérèse venait volontiers passer un moment chez les Cheylard. Parfois, les deux femmes s'offraient une journée de shopping à Nîmes. Elles s'entendaient bien et Magdalena savait qu'elle pouvait avoir toute confiance en son amie. À peine arrivée à la bastide, elle lui parla de ce saisonnier qu'elle avait vu dans ses vergers et qui ressemblait comme deux gouttes d'eau à son fils puis lui demanda ce qu'elle savait sur lui.

— Je ne vois pas du tout qui c'est. Je ne vois même pas le jour en ce moment. Avec les orages, j'ai eu peur pour nos arbres. À vrai dire, rien d'autre ne m'a préoccupée ces derniers temps. Allons faire un tour dans les vergers et montre-moi ce gars. Peut-être que ce n'est qu'une vague ressemblance.

Thérèse espérait ainsi rassurer son amie, la calmer, surtout, car elle semblait très agitée.

— Comment va toute la famille Cheylard ? dit-elle pour détendre l'atmosphère tandis qu'elles empruntaient un petit chemin de terre. Ça fait un bail que je n'ai pas vu Damian. Je n'ai même pas eu le temps de passer embrasser Martin et Bastian la semaine dernière, quand ils sont venus pour réparer le toit, ni même pris une minute pour leur dire merci d'être intervenus aussi vite. J'étais occupée avec un client. Et la belle Elena ? Toujours la même ?

— Regarde, murmura Magda qui ne prêtait aucune attention aux questions de son amie. Il est là, le type qui ressemble à Bastian.

Thérèse scruta son employé et pâlit. Impossible de nier la ressemblance entre les deux hommes.

— C'est fou, répéta-t-elle au moins dix fois en revenant à la ferme. Comment est-il possible que je n'aie rien remarqué ! C'est vrai, j'ai beaucoup de contacts avec les ouvriers agricoles et le contremaître avec qui je fais le point chaque matin, mais je ne rencontre guère les intérimaires. Sauf s'il y a un problème. Je passe à côté d'eux dans les vergers, je lance un bonjour auquel ils répondent en bossant. Je regarde leurs mains qui cueillent les fruits et les posent dans les paniers. Mais leurs têtes, toutes couvertes de casquettes ou de chapeaux, je n'y fais guère attention… Tu as raison, il y a un lien entre eux. Ce saisonnier ressemble à ton fils. Tu penses que Damian t'a trompée ? C'est terrible. Jamais je…

— Non, Damian n'a commis aucune faute. Je ne peux pas tout te dire, il ne faut pas m'en vouloir. Je te raconterai plus tard, c'est promis. En attendant, pourrais-tu me donner toutes les informations que tu as sur cet homme ?

Thérèse chaussa ses lunettes et alla chercher le cahier dans lequel elle notait les coordonnées des saisonniers, leurs dates d'arrivée et la durée des séjours d'une année à l'autre. Certains venaient bosser pour elle depuis plusieurs années. Il suffisait de compter les astérisques à côté de leur patronyme pour savoir depuis quand.

D'autres noms étaient barrés d'un trait rouge. Ceux qui n'avaient pas été assez sérieux et que Thérèse ne réembaucherait pas.

— Je l'ai ! Il s'appelle Miguel Barros Montoro. Il est espagnol. Je me souviens de sa demande. Il m'avait envoyé un e-mail en fin d'année dernière. Il cherchait un travail en Ardèche pour l'été avec un ami. Je l'ai contacté en février. Un habitué venait de m'informer qu'il avait signé un CDI ailleurs et qu'il ne viendrait pas pour la cueillette de l'été. J'ai envoyé un courriel à Miguel et il m'a appelée. Au téléphone, j'ai été soulagée d'entendre qu'il parlait un bon français. Je me suis dit que ça serait plus facile pour le boulot. Il est arrivé avec son copain début juin, comme convenu.

— C'est tout ce que tu as sur lui ?

— J'ai une adresse en Espagne, et bien sûr sa date de naissance.

— Tu me notes tout ça sur un papier ?

— D'accord, mais pas de bêtise, hein ? S'il y a une embrouille, je veux être au courant.

— Promis. Je voudrais vérifier deux ou trois choses avant de tout t'expliquer.

Une fois rentrée, Magdalena déplia la feuille sur laquelle Thérèse avait noté les coordonnées de son saisonnier et elle la relut pour la troisième fois. L'Espagnol était né en 1975, comme Bastian. Dans la région de Valence, comme Bastian. Ce ne pouvait pas être un hasard. Elle leva les yeux. Le Sampzon se découpait dans le bleu du ciel. Un azur intense, magnifique, trop magnifique pour Magdalena dont l'esprit plongeait dans les ténèbres. Toute sa vie venait de basculer.

— Tu as bien respecté la notice pour préparer le mortier ? demanda Elena en s'agenouillant près d'Angèle.

— Oui, j'ai mis l'eau dans les proportions indiquées pour un kilo de poudre, répondit la jeune femme.

Elle essuya ses mains sur sa cotte et replaça une mèche de cheveux qui s'était échappée de sa barrette.

— Parfait. Mélange encore une fois. Stop ! La texture est bonne maintenant. Allez, je commence. Tu regardes bien parce qu'ensuite, ce sera à toi de jouer. Avec la truelle, tu attrapes le mortier et tu le poses entre chaque carreau. Puis tu passes la raclette en caoutchouc plusieurs fois pour remplir les joints en profondeur, et enfin tu lisses, soit du bout du doigt, soit avec la raclette.

Elena avait pratiquement terminé la salle de bains chez Laurent Abadie. La faïence était posée, il ne restait plus que les joints à faire. Un travail qui exigeait de la patience et du savoir-faire. La touche finale en quelque sorte. Elle se recula, tendit la truelle à Angèle et l'observa. Le travail devait être impeccable, pas question de la laisser faire n'importe quoi. De temps à autre, elle rectifiait le geste et ajoutait un conseil. Angèle s'appliquait. Même si elle était plus en phase de découverte que d'apprentissage, il était évident qu'elle avait trouvé son métier. Elle était volontaire, dynamique et ne restait jamais à se tourner les pouces.

— La finition, expliqua Elena, c'est la touche esthétique du travail. Celle sur laquelle on te jugera.

— Je fais attention. Ne t'inquiète pas.

Elena sourit. Angèle tirait la langue, très concentrée sur sa tâche. Pour une première fois, elle se débrouillait très bien. Elle était seulement un peu lente. Ce qui n'avait rien d'anormal. Elena consulta sa montre. La pièce ne serait pas terminée aujourd'hui, à moins qu'elle n'écourte sa pause déjeuner. Elle soupira. Que n'aurait-elle pas fait pour aider son frère ? Quand César lui avait avoué sa liaison avec Angèle, elle était tombée des nues.

— Toi, une maîtresse ? s'était-elle écriée. Je ne le crois pas ! Bah, il était temps que ça arrive. J'avais peur que tu finisses moine. Pour la peine, je nous sers encore un rhum. Faut qu'on arrose ça !

— Je te dis que je couche avec Angèle et c'est tout l'effet que ça te fait ? avait rugi César. Elle a l'âge de ma fille, Elena ! Je suis un monstre. Une ordure. Je ne vaux pas mieux que tous ces pédophiles auxquels on impose une camisole chimique !

— Tu veux que je te coupe les couilles ? avait-elle hurlé pour qu'il se taise.

Il avait grogné et, de colère, avait jeté son verre sur le carrelage. Les chiens, peu habitués à ce genre de comportement, s'étaient collés aux pieds de leur maîtresse dans une attitude de protection.

— Tu calmes ta rage tout de suite, avait murmuré Elena, estimant qu'élever la voix ne servirait à rien. On discute tranquillement. Et tu arrêtes de dire des conneries, sinon tu te casses !

Elena s'était levée pour aller chercher l'essuie-tout et un balai que César lui avait pris des mains en s'excusant. Il avait tenu à ramasser lui-même les éclats de verre. Ce n'est qu'ensuite qu'il lui avait parlé de sa relation avec Angèle, de cet amour qu'il n'avait pas vu venir mais qui était bien là, déchirant son cœur maintenant qu'il se rendait compte qu'il lui faudrait y renoncer. Elena avait conseillé à son frère de faire une parenthèse sans toutefois abdiquer. Elle prendrait Angèle avec elle sur les chantiers afin de l'éloigner de lui pour qu'il ait le temps de réfléchir. Il ne devait pas foncer… pour le regretter ensuite. Elle n'était pas choquée par l'écart d'âge entre les deux amants. S'ils se plaisaient, s'ils s'entendaient, c'était l'essentiel.

— On va me regarder comme un vieux salaud, avait dit César.

— Si tu t'occupes des autres, tu ne feras rien de ta vie. Tu abandonnerais celle que tu aimes pour des cancans ?

— Et son père, tu crois qu'il va être ravi ?

Certes, Émile ne serait pas heureux de voir sa fille au bras d'un homme qui avait plus du double de son âge. Mais il serait bien obligé de s'y faire. Si Angèle était amoureuse, son père devrait plier. Émile était intelligent, pas borné pour un sou. Et il adorait sa fille… César était un type droit, il ferait sûrement le bonheur d'Angèle. Elena comprenait tout ce qui avait pu rapprocher ces deux-là. Leur discrétion, leur sensibilité, leur caractère effacé, leur besoin d'une vie simple, et le métier… Parce qu'Angèle semblait réellement intéressée par ce qu'elle découvrait.

— Comment fais-tu pour ne pas voir le mal là où tout le monde ne voit que ça ? avait demandé César à sa sœur.

— Peut-être parce qu'on a beaucoup bavé sur mon dos et que j'en ai souffert. Je n'ai plus de patience pour la bêtise. Ce n'est pas de l'orgueil. Simplement, je veux vivre comme je l'entends. Les critiques auraient pu avoir raison de moi, j'ai décidé que je n'étais pas obligée de plaire à tout le monde. Me sentir bien avec ceux que j'aime me suffit. Je me fous des hypocrites et des donneurs de leçon. Ceux-là n'ont qu'à balayer devant leur porte !

— Tu dis ça parce que je t'ai reproché tes aventures avec des hommes mariés ?

— Non, car je sais que tu l'as fait parce que tu tiens à moi. Mais tu as tort de te tracasser pour des racontars. Moi, je ne les écoute pas. Je te l'ai dit, si un homme marié va voir ailleurs, c'est qu'il n'est pas totalement heureux chez lui. Je ne veux pas de fil à la patte, tout comme je ne tolère pas qu'on me manipule. Je préfère être en paix avec moi-même. Tu saisis ça ? Quand je conseille à ta fille les préservatifs, ce n'est pas pour l'inciter à aller baiser avec n'importe qui mais pour qu'elle puisse goûter à l'amour sans risquer de choper le sida ou une autre saloperie. Et je suis ravie qu'elle suive mes consignes. Je ne t'ai pas trahi. Alors ce soir, je te recommande de m'écouter. Ne jette pas Angèle parce que tu as peur des autres. Fais le point, et ensuite assure-toi qu'elle éprouve la même chose pour toi. Si vous êtes bien ensemble, rien ne doit gâcher votre bonheur. Je sais bien ce qui te trotte dans la tête, tu redoutes la réaction de nos parents. Tiens-toi-le pour dit, personne n'acceptera ta relation avec Angèle parce qu'elle n'est pas conforme à la morale. Un mec de 44 ans avec une fille qui en a 18 ! Je les entends déjà, les commères. Si tu tiens à Angèle et elle à toi, bouchez-vous les oreilles et vivez votre histoire !

César avait souri. Elena avait des tas de défauts mais elle était franche, loyale et surtout pragmatique, avec cette capacité de balayer tout ce qui pouvait lui compliquer la vie. Il allait faire un break dans sa liaison, le temps d'y voir plus clair dans ses sentiments et d'être sûr qu'il aimait Angèle, et réciproquement...

# 11

En ce 1er août, le thermomètre avait atteint 39 degrés, une température record pour l'Ardèche méridionale. Il n'y avait pas un souffle de vent, la chaleur était telle qu'à 14 heures, Damian avait rapatrié ses troupes et donné à ses enfants leur après-midi. Pas question d'avoir un malaise sur un chantier. La canicule s'était installée et d'après la météo ce n'était pas fini. Il s'était allongé au frais sous l'antique tonnelle recouverte de vigne vierge, le meilleur endroit de la bastide pour trouver un peu de fraîcheur. Attila et Hannibal étaient affalés à côté de la chaise longue où il paressait. Magda avait préféré demeurer à l'intérieur de la maison. Elle se sentait fatiguée et se reposait dans sa chambre.

Damian se frotta le crâne puis passa les doigts sur ses paupières. À bien y réfléchir, le mot « fatigué » était bien faible. Il la trouvait épuisée, ou plutôt abattue. Il s'inquiétait de la voir aussi peu souriante, presque triste, comme si elle avait un chagrin ou une énorme contrariété à gérer. Elle qui d'ordinaire était tout feu tout flamme paraissait éteinte, et ce n'était pas seulement la chaleur qui était la cause de cette lassitude. Elle lui dissimulait quelque chose et il se demandait comment aborder le sujet avec elle sans la fâcher. Magdalena ne montrait jamais ses faiblesses, il fallait les deviner. Y avait-il eu une embrouille avec les garçons ? Ou avec Elena ? Ou alors Julianne ? La petite n'était pas facile et donnait du fil à retordre à César, à sa grand-mère aussi. Damian sourit en essayant d'imaginer un stratagème pour faire parler son épouse. Le grincement d'une roue de vélo lui fit lever la tête. Pépé-la-Cigale traversait la propriété. Damian lui fit un signe de la main et le vieil homme s'arrêta.

— Du vélo sous un soleil pareil ! T'es pas un peu fada, Aristide ?

Le vieux haussa les épaules. Depuis quand la chaleur de son pays l'aurait-elle fait mollir ?

— Viens ! J'ai de la citronnade faite maison. Et bien fraîche !

Pépé grimaça, ce qui fit sourire Damian qui avait très bien compris que le vieux aurait préféré du vin. Il lui servit tout de même un verre de citronnade.

— C'est pas mauvais, admit le vieil homme en faisant claquer sa langue. Elle est pas là, Magda ?

— Elle se repose.

— Elle a une petite mine ces jours-ci.

— J'ai remarqué. J'y pensais à l'instant. Peut-être devrais-je lui proposer des vacances. Tu te rends compte, Aristide, presque cinquante ans de mariage et on n'a dû partir en tout et pour tout que deux ou trois fois.

— Partir, grommela Pépé, mais pour aller où ?

— Je ne sais pas. Dans un bel hôtel pour que Magda n'ait rien à faire et qu'elle reprenne des forces. Pour être ailleurs, tout simplement...

— Tu peux aussi prendre des vacances et rester là.

— Non, ce ne serait pas pareil. Magda a toujours à faire alors que si je l'emmène quelques jours loin d'ici, elle aura une vraie pause. Se promener, mettre les pieds sous la table, ne pas penser aux courses, au linge. Et à la comptabilité de l'entreprise.

— Tu serais prêt à laisser l'affaire à tes enfants quelques jours ? Voilà qui m'étonnerait. Tu les diriges comme des débutants.

— T'exagères !

— Juste un chouïa !

— Tu as raison, concéda Damian en soupirant, je ferais mieux de raccrocher les gants. J'ai 62 ans, je pourrais me retirer doucement et laisser les rênes à César qui est tout à fait capable de faire tourner la maison. Il lui manque seulement un peu d'autorité. Il est trop gentil et aurait besoin d'un peu plus de poigne pour s'imposer auprès de ses frangins et surtout de sa sœur !

Pépé-la-Cigale ricana. Il n'était pas né celui qui arriverait à dompter la belle Elena. C'était un sacré bout de femme.

Après être restée allongée une trentaine de minutes, Magdalena s'était relevée. Impossible de s'endormir, même pour une courte sieste. Ce n'était pas la faute de la chaleur, il faisait bon dans la chambre. Les vieilles pierres gardaient la fraîcheur si on prenait soin de n'ouvrir les fenêtres qu'après le coucher du soleil et de les fermer à l'aube. Non, ce qui empêchait Magda de trouver le sommeil, c'était Miguel. Elle ne pouvait pas se résoudre à admettre qu'il était là par hasard. Quand elle revoyait son visage, le comparait à celui de Bastian, elle tremblait de peur. Elle ouvrit le dernier tiroir de la commode et sortit son livret de famille. Celui qu'on leur avait remis à Damian et à elle le jour de leur mariage. Elle le feuilleta, s'arrêta sur la page où figuraient la date de naissance de César, puis celle de Martin, de Bastian, et enfin celle d'Elena. Quarante-quatre ans de vie…

Elle déplia plusieurs papiers rangés à la fin du livret de famille et les relut. L'acte de naissance de Bastian, les documents qui attestaient sa venue au monde dans un couvent d'Ozon, un village des Hautes-Pyrénées… Magdalena n'avait pas oublié ce monastère de bénédictines. Elle y avait été accueillie avec bonté et simplicité. Elle était restée en relation avec une des sœurs. Elle savait que la communauté avait quitté Ozon au début des années 1990, quand on avait construit l'autoroute entre Tarbes et Toulouse. Les moniales s'étaient alors installées dans l'Ariège. Elles avaient remis en état le corps de ferme du Pesquié puis avaient fait construire des bâtiments neufs ainsi qu'une chapelle et un cloître. Elles avaient ensuite eu un projet plus ambitieux et avaient fait bâtir une église abbatiale, inspirée du style cistercien.

Magda replia les feuilles et les rangea soigneusement dans le livret de famille. Devait-elle contacter sœur Marie-Madeleine ? Lui demander conseil ? Elle hésitait. La religieuse était-elle encore en vie ? Magda fit un rapide calcul, Marie-Madeleine devait approcher les 80 printemps... Elle glissa les papiers sous une pile de mouchoirs, récupéra une enveloppe contenant une petite croix en or et une chaînette. Elle revit cet instant où elle avait tenu Bastian dans ses bras pour la première fois, si émue de découvrir ce bébé qu'elle avait tant attendu, comme si elle l'avait porté dans son ventre. Tout avait commencé au début de l'année 1975. Magda avait reçu un appel de son frère aîné qu'elle n'avait pas revu depuis qu'il était retourné vivre sur la terre de leurs ancêtres, comme l'avaient fait tous les enfants de Luisa et Juan Aguila, sauf Magda qui avait été la seule de la fratrie à rester en France. Elle avait tout de suite compris que c'était grave et quand il avait demandé à la voir, elle n'avait pas refusé. Ils s'étaient retrouvés à Perpignan. Carlos lui avait raconté son existence en Espagne, qui ne correspondait en rien à ce dont il avait rêvé quand il avait quitté la France. Le pays était dans une situation économique peu reluisante, à la limite du sous-développement dont on parlait tant pour l'Afrique. Après vingt ans d'autarcie et de protectionnisme, l'Espagne ramait pour s'en sortir, ébranlée par le choc pétrolier de 1973. La récession était sévère et le taux d'inflation élevé. La population survivait dans une misère parfois indicible, espérant pourtant une transition politique alors que le général Franco continuait à visser le pays. Ce n'était un secret pour personne en

Europe. Mais il se passait aussi des choses dont personne ne parlait, comme ces histoires terribles de bébés qui disparaissaient à leur naissance.

— Nous avons de gros soupçons, avait murmuré Carlos. Quelques preuves. Mais on ne peut rien faire sous peine d'aller en prison. C'est une affaire d'État.

Il avait expliqué que, depuis des années, des sbires à la solde de Franco volaient des enfants à leur famille biologique pour les donner à d'autres, voire les vendre. Des gens haut placés du sérail politique étaient impliqués dans le trafic, avec la complicité d'obstétriciens et de gynécologues. Les enlèvements se déroulaient au sein des maternités, les certificats de naissance étaient falsifiés par les médecins eux-mêmes. On ignorait combien de petits avaient été soustraits à leurs parents. On chuchotait que la pratique avait commencé sitôt après la prise du pouvoir par Franco en 1938. Les victimes des rapts étaient surtout des enfants nés hors mariage ou alors nés de parents opposants au régime. Le but était de ne pas laisser aux « rouges » leur progéniture afin de la rééduquer dans les valeurs nationalistes et catholiques. Plusieurs institutions religieuses étaient également complices de cette ignominie.

— Les médecins et les infirmières enlèvent le nouveau-né, avait murmuré Carlos, puis ils disent à la mère que son bébé est mort-né. On édite un certificat de naissance au nom d'une autre famille et le tour est joué. Comme les autorités sont dans le coup, c'est facile. Nous, on ne peut rien prouver. Si on ouvre la bouche, on nous élimine.

— Qui c'est, « nous » ?

— Je ne peux pas te dire. Pas maintenant. J'ai besoin de ton aide. Je peux compter sur toi ?

— Je t'écoute.

L'idée de Carlos était à la fois simple et ardue. Il voulait enlever à des familles franquistes les bébés qu'on leur avait donnés ou vendus.

— On sait que ça se passe partout en Espagne et que ça dure depuis des décennies, avait ajouté Carlos. On n'a pas l'intention de mener une opération à grande échelle. Il s'agit juste de sauver quelques enfants. De les mettre à l'abri et de les rendre à leurs vrais parents quand tout sera fini.

— Quand tout sera fini ?

— Franco n'est pas éternel. L'Espagne est ligotée mais elle bouge et les liens se desserrent. Viendra un jour où elle sera libre. Alors les petits auxquels nous aurons épargné une éducation franquiste rentreront chez eux.

Magdalena avait compris. Il fallait trouver des personnes de confiance en France pour accueillir ces gosses. Mais n'était-ce pas leur infliger une double peine ?

— Non, puisqu'ils retrouveront tôt ou tard leur vraie famille.

Les yeux de Carlos étaient pleins d'espoir ce jour-là et Magdalena avait été convaincue qu'elle devait lui apporter son soutien, même si elle n'ignorait pas que ce qu'il lui demandait était illégal. Les événements s'étaient précipités. Moins d'un mois plus tard Carlos la rappelait. Son groupe d'action avait enlevé à des franquistes un petit garçon qu'on avait volé à sa mère dans une maternité de Valence. Il passerait bientôt la frontière avec l'enfant et rejoindrait Ozon, dans les Hautes-Pyrénées, où une communauté religieuse leur était favorable. C'était dans ce couvent que Magdalena avait retrouvé Carlos et le bébé.

— Je n'ai pas encore trouvé de famille pour accueillir cet enfant, avait dit Magdalena quand Carlos lui avait tendu un petit paquet entouré d'une couverture d'où s'échappaient des cris de détresse. Ce n'est pas facile, je ne sais pas à qui je peux me confier sans te mettre en danger toi et tes compagnons. Et puis je veux être sûre que ce gosse sera entre de bonnes mains.

Elle avait calé l'enfant contre sa poitrine et il avait cessé de pleurer. Damian, qui accompagnait Magda, avait murmuré :

— Pourquoi on ne le garderait pas ? Il sera heureux chez nous. César et Martin ne verront aucun inconvénient à partager ce qu'ils ont avec un petit frère.

La discussion qui avait suivi avait été courte. Magda et Damian s'étaient engagés à prendre le bébé, à l'aimer et à l'éduquer jusqu'à ce que, comme Carlos l'espérait, la situation s'arrange en Espagne. Il en était sûr, la dictature ne tiendrait plus longtemps et la démocratie serait bientôt rétablie dans son pays. Quand tout irait mieux, l'enfant serait rendu à sa mère.

— On ne connaît pas le père. Sa maman est une jeune militante qui bosse avec nous. Elle sera soulagée quand je lui dirai que son fils est chez ma sœur. Il faut lui choisir un prénom.

— Comment sa mère l'a-t-elle appelé ?

— Bastian.

— Alors ce sera Bastian.

Damian et Magda étaient rentrés à Aubenas avec le petit. Ils l'avaient immédiatement adopté et adoré tout en sachant que cet enfant pouvait leur être repris n'importe quand. Carlos n'avait finalement pas fait appel à sa sœur pour placer d'autres bébés. Ayant trouvé un soutien auprès des sœurs, qui étaient prêtes à recevoir des enfants à Ozon s'il le fallait, Carlos avait été soulagé de ne rien avoir à demander de plus à Magda. Pendant trois ans il n'avait plus donné de nouvelles, estimant que la sécurité de Bastian n'en serait que mieux préservée. Et puis un matin, Bastian avait 3 ans, Carlos avait téléphoné à Magda. La mère du petit était morte dans une prison espagnole. Elle avait été arrêtée pour crime contre le régime et avait succombé à une détention trop rigoureuse. On ignorait si elle avait été torturée, assassinée... Franco était mort depuis trois ans mais la transition vers la démocratie était lente. Magdalena avait été à la fois sidérée et soulagée par l'horrible nouvelle. Elle aimait Bastian comme si elle l'avait porté et mis au monde, elle garderait cet enfant.

Elle s'en voulait encore de son égoïsme et du sentiment d'apaisement qu'elle avait ressenti quand elle avait su que Bastian serait à elle pour toujours. Pour toujours ? Comment réagirait-il quand elle lui apprendrait sa véritable histoire ? Il n'était plus temps de tergiverser, le secret qu'elle et Damian portaient en eux ne tiendrait plus longtemps. Et c'était à elle que revenait le devoir de tout raconter à son fils.

# 12

— C'est parfait ! déclara Laurent Abadie en tournant sur lui-même.

Depuis une vingtaine de minutes, il allait et venait entre la vaste chambre et la salle de bains dont les travaux étaient terminés. César le regardait, satisfait lui aussi du travail accompli. Damian avait un sourire jusqu'aux oreilles, pas peu fier de ses enfants. Il ne subsistait rien des trois minuscules pièces sombres et mal agencées qu'il avait découvertes quand il avait visité pour la première fois la propriété d'Abadie. Il observa encore les murs. Partout où cela avait été possible, César avait gardé la pierre. Les anciennes petites fenêtres avaient été remplacées par des baies coulissantes qui apportaient une belle lumière à l'intérieur. Quant à la salle de bains, Damian y reconnaissait la patte de sa fille. Elena n'avait pas son pareil pour réaliser les faïences et elle avait eu le bon goût ici de choisir les matériaux et les couleurs qui s'adaptaient le mieux à la vieille bâtisse. Le mas avait conservé son cachet et son authenticité.

— Avez-vous apporté la facture ? demanda Abadie en sortant son chéquier de la poche de sa veste.

Damian lui tendit un papier plié en quatre.

— Elena a-t-elle un peu de temps à m'accorder ? reprit Abadie. J'aurais aimé lui reparler du bassin.

César appela sa sœur. Elle était dans la cour et rangeait ses outils à l'arrière du Kangoo. Elle attrapa un chiffon et s'essuya les mains.

— César et moi on y va, dit Damian en brandissant les clés de la fourgonnette Peugeot. On va faire un petit crochet par Lablachère, on a un client à voir. Tu dînes avec nous ?

— Non, pas ce soir.

Elena fit un signe à son père et se tourna vers Abadie, qui hésitait à l'aborder.

— Je ne voudrais pas être indiscret mais je risque ma question. Surtout, dites-moi si vous me trouvez impoli. Quand je suis passé chez votre père pour lui rendre le devis signé, il m'a expliqué que vous et vos frères résidiez sur sa propriété. N'est-ce pas un peu pesant de vivre aussi près de ses parents ?

— Pas pour moi ! Je ne m'embarrasse pas des obligations. Je n'aime pas qu'on marche sur mes plates-bandes, et ça, ma famille l'a très bien saisi. Vous savez, je n'hésite pas à brandir la hache de guerre si on tente de pénétrer sur mon territoire. Mon espace de liberté, c'est sacré !

Il écarquilla les yeux et recula. Elena éclata de rire.

— Vous souhaitiez me parler ? reprit-elle. Un souci avec la salle de bains que vous n'avez pas osé mentionner devant mon père ?

— Non, pas du tout. Elle me plaît beaucoup. Vraiment. Et c'est à vous que je dois la décoration ! Vos conseils étaient avisés et je dois dire que le résultat est superbe. C'est justement parce que votre opinion m'est précieuse que je voulais revenir sur le projet de réfection du bassin. J'ai beaucoup aimé la proposition que vous m'avez envoyée. Vous avez deux minutes pour qu'on en rediscute ?

La jeune femme acquiesça et le suivit derrière la maison. Elle descendit dans le vieux bassin où il n'y avait plus d'eau depuis des années. Elle s'agenouilla et gratta le fond. Le carrelage était en mauvais état, les joints s'effritaient et les parois partaient en lambeaux.

— Pour commencer, voyez-vous, il faut retirer tout ça, réparer ces fissures dans le béton et évidemment vérifier l'alimentation en eau. Ensuite on pourra envisager la déco.

Il ne répondit pas. Elle se releva et le fixa, légèrement contrariée. Manifestement, il ne l'avait pas écoutée. Elle contint son envie de lui faire une remarque désagréable. Ce type lui faisait perdre son temps. Où avait-il la tête ? Songeait-il à son épouse et à tous ces travaux de rénovation qu'il ne partagerait pas avec elle ? Sans doute aurait-il rêvé d'échanger un avis avec elle, de décider à deux de la restauration de ce vieux mas... Elle jugea qu'elle devait s'éclipser.

— Vous devriez prendre le temps de réfléchir pour le bassin, dit-elle sur un ton qu'elle voulut doux afin de ne pas le brusquer. Rien ne presse. Vous me recontacterez quand vous aurez tranché.

— Je... Heu...

— Il y a encore beaucoup à faire à l'intérieur de la maison. Dans le séjour par exemple. Je vous ai entendu dire à mon père que vous vouliez faire tomber le mur de la cuisine pour agrandir la pièce à vivre.

— Oui, c'est ce que j'ai prévu. Votre père pense qu'on pourrait envisager de commencer les travaux en octobre.

— Pas avant, c'est vrai, le carnet de chantiers est quasi complet en août, et en septembre nous prenons nos congés. Si vous le voulez, on pourra revoir le bassin plus tard dans l'automne.

Il fit un rapide calcul dans sa tête. L'automne était loin. Bien trop loin. Il devait au moins amorcer quelque chose s'il voulait la revoir avant et apprendre à la connaître... Il ne savait pas pourquoi, mais sa compagnie lui plaisait. Peut-être parce qu'elle ne ressemblait pas aux femmes qui l'entouraient habituellement. Il se jeta à l'eau.

— Ça vous dirait d'aller dîner aux Vans ? Je connais un excellent restau. Je reprendrais ensuite la route pour Nîmes.

L'invitation surprit Elena qui ne sut quoi répondre. Elle dansait d'un pied sur l'autre, cherchant ses mots.

— C'est gentil, finit-elle par répondre, mais je ne peux pas.

Elle se reprocha aussitôt ces paroles ridicules d'adolescente qui cherche à se défiler.

— Ce que je veux dire, reprit-elle d'une voix calme mais mal assurée, c'est que vous êtes un client. En principe, j'ai pour habitude de ne pas mélanger le travail et… le reste.

— Mais vous ne bossez plus pour moi, insista-t-il, vous venez d'achever votre contrat.

— On vient tout juste d'évoquer le prochain !

— Vous ne pouvez pas oublier tout ça quelques instants ? Juste ce soir.

Elle lui trouva un air adorable, s'étonna d'avoir eu cette pensée alors qu'elle ne s'arrêtait jamais sur ce genre de détails et jugeait un homme sur sa belle gueule, sur sa paire de fesses rebondies ou encore sur ses épaules bien taillées… Un comble. Elle secoua la tête comme pour écarter cette idée. Abadie n'était pas dans son programme de drague. Concernant la soirée, elle n'avait rien de prévu et il semblait plutôt sympa. Un peu paumé mais sympa. Après tout, le dîner le serait peut-être aussi.

— D'accord. Mais je dois d'abord aller à ma voiture pour me changer.

Elle l'abandonna une dizaine de minutes, puis ils partirent séparément jusqu'aux Vans et se retrouvèrent sur le parking d'un hôtel-restaurant installé dans un ancien couvent. Le Carmel était un établissement de charme, la table était gourmande mais sans sophistication inutile. Elena fut silencieusement reconnaissante à Laurent Abadie de ne pas l'avoir entraînée dans un endroit trop chic. Ils s'installèrent sur la terrasse, profitant du parc arboré et d'un environnement feutré, propice à la conversation. Ils commandèrent un apéritif, puis une mousse de foie de canard aux noix suivie d'une sole meunière. Elle lui laissa le soin de choisir les vins. Le repas fut plus agréable qu'elle ne l'avait espéré. Laurent

Abadie était un homme aimable et intéressant. Il lui expliqua qu'il dirigeait avec son frère une entreprise de produits de beauté installée à Nîmes. Il la tenait de son père qui avait su exploiter le potentiel que représentaient la lavande et l'huile d'olive pour fabriquer savons et shampooings selon des recettes artisanales. L'usine s'était peu à peu agrandie et la gamme de produits diversifiée. Mais il fallait lutter pour imposer ces produits plus coûteux que ceux proposés dans les supermarchés. Laurent parcourait la France, démarchait les parfumeries, faisait découvrir les crèmes de beauté, les laits pour le corps, les gels douche et les déodorants de la marque. Depuis deux ans, il cherchait des débouchés à l'étranger. Il voyageait beaucoup pour que leur affaire tienne bon.

— Aujourd'hui, si on ne pense pas mondialisation quand on entreprend, on est fichu. Sans arrêt je dois étoffer notre clientèle. C'est indispensable pour faire face à la concurrence. Si nous voulons garder la boîte et les emplois sans faire flamber les prix, je dois démarcher ailleurs qu'en France. Ça m'a coûté mon mariage. J'ai été happé par mon job. Je ne m'en plains pas car je l'apprécie, mais j'ai encore du mal à croire à ce qui m'est m'arrivé. Me faire plaquer comme ça, sans rien avoir vu venir… J'avais l'impression qu'on formait un couple uni, solide, mon ex-épouse et moi. Comment ai-je pu être aussi aveugle ? Je ne l'ai pas vue s'éloigner. Peut-être s'est-elle lassée de mes continuelles absences…

La gaieté qui habitait son regard depuis le début du repas s'évada en un instant. Elena but une gorgée de vin. Elle ne savait quoi lui répondre, ils n'étaient pas intimes. Elle n'osa pas le questionner, au risque de paraître indiscrète et curieuse. Il ne lui était pourtant pas indifférent et sa franchise l'avait touchée. Rares sont les hommes qui avouent leurs blessures intimes.

— Je ne suis pas mariée, dit-elle. Je n'ai guère envie de m'attacher. Encore moins dépendre de quelqu'un.

Mais je comprends qu'on puisse souffrir du départ de l'autre. Je suppose qu'il faut du temps pour retrouver la paix.

— J'ai le sentiment que je ne retrouverai jamais cette sérénité, murmura-t-il, comme si mon avenir était condamné par un mur infranchissable. On n'arrive plus à envisager demain parce qu'on revient toujours à hier. Les images du passé et les moments heureux vous hantent, parfois à la limite du supportable...

— C'est terrible ce que vous dites. Comment voulez-vous vivre normalement si vous regardez sans cesse en arrière ?

— J'essaie pourtant de ne penser qu'à l'avenir et de profiter du présent ! Tenez, je passe un agréable moment avec vous. Je suis ravi que vous ayez accepté mon invitation.

— Merci.

— Je voudrais non pas oublier, mais du moins dépasser cette séparation et ce chagrin. Je m'y emploie. Quand j'ai acheté le mas, j'ai songé que cet endroit serait pour ma femme une jolie maison de week-end. Nous avions déjà un petit appartement en bord de mer à Palavas mais elle n'y allait jamais. Cette demeure, plus vaste, lui aurait permis d'accueillir des amis ou sa famille. Et puis j'ai imaginé que les travaux l'occuperaient. Faire des projets, choisir une déco, acheter des meubles, des bibelots... En réalité, je cherchais surtout à ne pas culpabiliser de la laisser seule... Elle n'est venue que deux fois aux Vans. Je n'ai même pas compris que cette bâtisse ne l'intéressait pas. Je crois qu'elle avait déjà pris sa décision. D'une certaine manière, elle m'avait déjà quitté.

— Je puis me permettre une remarque ? avança Elena.

— Je vous en prie.

— Vous devriez peut-être songer à vendre la maison. Si vous l'avez achetée pour votre femme, n'est-ce pas vous tourmenter davantage que de la garder ?

Abadie différa sa réponse. Le serveur déposait devant eux deux superbes parts de gâteau au chocolat et oranges confites. Elena tapota son ventre et grimaça. Elle avait trop mangé. Comment ferait-elle pour avaler ce dessert ?

— Prenez votre temps, suggéra-t-il, sourire aux lèvres. Vous savez, la bastide, j'ai bien songé à la revendre. Mais je l'aime cette baraque ! Et j'ai envie d'en faire quelque chose de joli. Alors pourquoi m'en séparer ? Ça n'enlèverait rien à ce qui s'est passé. Et puis j'ai eu de la chance de tomber sur un entrepreneur dont la fille veut bien m'aiguiller dans mes choix. Mais bon, j'en reste là puisque celle-ci ne souhaite pas mélanger le travail... et le reste !

Elena faillit contester mais se retint devant sa franche gaieté. Elle tendit son verre et se fit servir encore un peu de vin.

— À nous ! lança Abadie.

Il choqua doucement son verre contre celui d'Elena. La jeune femme leva un sourcil surpris. Il se reprit aussitôt.

— À notre « collaboration », celle dont on ne doit pas prononcer un mot !

# 13

Comme chaque année, Ruoms célébrait la quarante-deuxième fête des vignerons ardéchois. Les viticulteurs de l'Uvica, l'Union des vignerons des coteaux de l'Ardèche, étaient prêts à accueillir la foule et à faire déguster de nombreux vins, en particulier les rosés, moins alcoolisés que les rouges et se dégustant frais. Rien n'aurait laissé supposer un tel succès il y a cinquante ans, quand quelques viticulteurs du département avaient eu l'idée de s'unir pour promouvoir leurs produits. À l'époque, les vins étaient souvent coupés avec d'autres, certains venaient même d'Algérie. Avec des années d'efforts et de travail, l'Uvica avait amélioré les assemblages et la vinification et réussi à élaborer une production plus haut de gamme. Les festivités, qui se déroulaient traditionnellement le premier dimanche d'août, récompensaient ce beau succès.

Après avoir hésité, Bastian était venu rejoindre un groupe d'amis à l'heure du déjeuner. Il avait eu du mal à se garer malgré les parkings aménagés spécialement pour l'événement. Il finit par regretter de ne pas être venu à pied. Ruoms grouillait de monde. Comme toujours, l'événement attirait de nombreux touristes. Les rues avaient été décorées, un orchestre jouait une samba tandis que les vignerons défilaient dans les rues sur des chars tirés par des tracteurs, offrant grappes de raisin et verres de rosé aux badauds. On se bousculait pour goûter la première pressée, les gens parlaient, riaient, mais Bastian n'avait qu'une envie : s'enfuir loin de cette gaieté collective. Depuis que Magdalena lui avait avoué les circonstances de sa naissance et les événements qui avaient suivi, il ne savait plus qui il était. Il avait toujours été heureux, tellement gâté d'amour par ceux qu'il croyait être ses parents qu'il trouvait ce cadeau de la vie parfois indécent au regard de ce qui pouvait arriver à d'autres. Maintenant, il avait l'impression de mourir à petit feu.

Lorsque Magdalena était revenue sur son passé, il était d'abord resté interdit, ne voulant pas y croire. Ce n'était qu'une mauvaise plaisanterie, certes la pire qu'on puisse faire à quelqu'un, mais il se réveillerait et tout redeviendrait comme avant. Pourtant le cauchemar était bien réel. Quand Magdalena avait compris qu'elle ne pouvait plus reculer l'instant de vérité, elle avait sorti de sa commode les quelques preuves dont elle disposait pour lui parler de ses racines. Des papiers qui montraient qu'il n'était pas né à Aubenas, comme le reste de la fratrie, les vêtements qu'il portait quand il était arrivé au couvent et la petite croix qui lui avait été offerte par les moniales. L'une d'elles, bien que très âgée, était toujours en vie. Magda l'avait contactée en présence de Bastian. Il pouvait aller la voir s'il souhaitait vérifier les informations. Il pouvait également appeler Carlos, son oncle, qui confirmerait.

— Je t'aime, avait dit Magdalena pour conclure. Tu es mon fils, quoi qu'il se soit passé avant. Le reste ne compte pas.

— Quoi qu'il se soit passé avant ? avait-il hurlé comme s'il se réveillait. Le reste ne compte pas ? Tu te moques de moi ? On ne parle pas d'une broutille, là, mais de moi, ou plutôt de *mon* moi. Qui suis-je ? Ou plutôt, de qui suis-je ! Tu ne m'as pas sauvé, maman, tu as volé un enfant. Tu as volé mon existence en dissimulant mon passé, mon histoire. Tu n'es pas mieux que ceux qui m'ont soustrait à ma mère biologique.

— Je t'aime, avait-elle répété. J'ai voulu te protéger.

Le protéger ? Non… Elle ne l'aimait pas puisqu'elle lui avait menti pendant des années. Et elle lui aurait encore menti si elle n'avait pas pressenti le danger en tombant sur ce saisonnier qui lui ressemblait tant. Si ce type ne s'était pas pointé en Ardèche, jamais il n'aurait su qui il était. Sa colère s'était transformée en rage. D'un geste de la main, il avait balayé tout ce qui se trouvait sur la table.

— Ne me dis pas que tu regrettes ton silence ! avait-il crié avant de claquer la porte. Tout ça, tu aurais pu me l'avouer depuis longtemps ! Une mère, une vraie, n'embobine pas son enfant comme tu l'as fait.

Il s'était enfermé chez lui, prétextant être malade, avait ressassé tout ce qui le rongeait. Celle qu'il avait toujours appelée maman lui avait caché la vérité. C'était impardonnable. Il en était arrivé à la conclusion qu'il lui faudrait quitter la propriété et son travail, s'éloigner des Cheylard dont il n'avait que le nom. Damian était venu le voir pour essayer de l'apaiser, le consoler et lui demander pardon. Bastian l'avait jeté dehors. Son père n'était ni plus ni moins qu'un pion à la botte de Magdalena. Il lui avait toujours tout cédé. Même le vol d'un enfant ! César et Martin avaient également toqué à sa porte. Il ne les avait pas rembarrés mais ne les avait pas fait entrer. Apparemment, ils n'étaient au courant de rien, ce qui l'avait rassuré. Ils n'étaient pas complices de ce mensonge. L'aimeraient-ils encore comme un frère quand ils apprendraient qu'il n'était pas du même sang qu'eux ? De son côté, Elena n'avait pas pointé son nez, sans doute parce qu'elle n'avait pas imaginé autre chose qu'une simple dispute entre sa mère et lui. Et puis elle n'intervenait jamais quand il y avait un problème dans la fratrie, sauf si on lui demandait un coup de main. Que dirait-elle quand Magdalena lui confesserait toute l'histoire ? Il avait toujours éprouvé une infinie tendresse pour sa petite sœur, pourtant, elle n'était pas facile. Aurait-il dû se tourner vers elle ? Mais qu'aurait-il pu attendre en retour ? Sa mère était morte en le mettant au monde en Espagne, son père était un inconnu. Ses parents n'étaient pas les siens et son sosie se baladait dans une exploitation agricole voisine ! Si Elena n'était pas venue le voir comme les autres, c'est qu'elle s'en fichait.

— Elle ne vit que pour elle ! Qu'elle soit maudite comme tous les Cheylard ! marmonna-t-il. Je les hais !

Il se rendit compte qu'il parlait seul au milieu de la foule. Il avala une gorgée d'air et respira profondément. Il fit encore quelques pas et aperçut ses copains qui l'attendaient à l'endroit convenu, une buvette où l'on pouvait déjeuner. Des saucisses grillaient déjà sur un brasero. Au comptoir, une jeune femme servait des verres de rosé à la chaîne. Les vignerons régalaient. Bastian songea qu'il allait s'enivrer. Boire jusqu'à l'oubli. Il remonta ses lunettes de soleil sur le nez. Personne ne devait voir ses yeux. Personne ne devait deviner que depuis deux jours il pleurait.

Enrique Quintanar était arrivé seul à Ruoms. Seul et en colère. Miguel avait préféré ne pas sortir. Il avait besoin de se reposer, réfléchir..., avait-il prétexté. Enrique secoua la tête sans parvenir à évacuer sa fureur. Miguel ne réfléchissait pas, il pinaillait et était incapable de se décider, regardant de loin les Cheylard sans agir. Bientôt l'été s'achèverait, leur contrat au domaine de la Combe aussi, et ils n'auraient pas avancé d'un pouce. Il était grand temps de provoquer les choses. Les Cheylard étaient bardés de thunes. Il suffisait de voir leur bastide pour le comprendre. Leur fils Bastian ressemblait comme deux gouttes d'eau à Miguel. Il ne faisait aucun doute qu'il y avait un lien de parenté entre eux. Ce Cheylard était le frère que Miguel était venu chercher en France. Son ami n'avait qu'à réclamer la part qui lui revenait et tout serait fini. S'il y avait du blé à prendre, ils n'avaient qu'à se servir. Ils rentreraient en Espagne et seraient riches comme Crésus ! Miguel pouvait retourner bosser dans sa ferme si ça lui chantait. Lui voulait en finir de vivoter comme un miséreux, de chercher des petits boulots qui lui permettaient tout juste de ne pas crever de faim mais ne lui suffisaient pas pour s'offrir un toit. Le problème, c'est qu'au lieu de foncer, Miguel tergiversait, ne sachant pas comment aborder les Cheylard.

Enrique avait suivi Miguel en France avec une seule idée en tête : rafler tout le pognon possible. Il alluma une cigarette et aspira une longue goulée de tabac. Au moins, lui n'avait traîné pour approcher de près les Cheylard. Hasard des circonstances, il avait rencontré la fille et couché avec elle au tout début de l'été. Une fois, juste une fois. Non pas qu'il n'ait pas apprécié ce moment, mais quand il avait su qui elle était, il avait songé que ça pouvait être dangereux. On la disait déterminée et guère malléable, il avait préféré ne pas prendre le risque de s'amuser avec elle. Elena était une fille facile mais non dénuée d'intelligence. Son côté tigresse, certes appréciable sous les draps, pourrait se révéler périlleux. Il n'avait eu cependant aucun mal à séduire Julianne, la nièce, et à la mettre dans son lit. La gamine était en pleine rébellion contre sa famille, ce qui avait facilité les choses. Des mots doux, des compliments, des baisers, des caresses, des rêves et quelques belles promesses... Avec ses airs de beau gosse il avait emballé la petite comme un bonbon fondant. Un peu trop, d'ailleurs, car elle n'avait pas arrêté de le coller ensuite. Dans un premier temps il avait dû mesurer ses ardeurs, puis il avait fini par la larguer. Elle avait pleuré, s'était accrochée à lui en lui sortant une longue tirade. Il était son premier amour, elle mourrait s'il la laissait tomber... Bref, le baratin classique d'une ado qui se fait plaquer et qu'il n'avait nulle envie d'écouter. Il avait fini par la repousser un peu violemment, lui balançant à la figure qu'il n'avait jamais eu l'intention de faire sa vie avec elle ni de l'emmener en Espagne ou ailleurs. Il avait fait joujou avec elle, c'est tout. Julianne était partie brisée mais elle s'en remettrait. Finalement, il n'était pas fâché d'avoir semé un peu de zizanie dans tout ce petit monde.

Il écrasa sa cigarette. Il avait repéré Bastian à la buvette. Il tempêta intérieurement contre Miguel qui n'était toujours pas là alors qu'il avait promis de le rejoindre. Depuis le temps qu'il attendait la rencontre des deux hommes, ce moment où leurs regards se croiseraient et où on causerait enfin famille et pognon... Il tendit la main et attrapa le gobelet de rosé qu'un vigneron lui tendait. Il sirota son vin en observant le fils Cheylard donner deux bises à une jeune fille puis discuter durant quelques minutes avec elle. Il l'avait déjà vue quelque part, il ne savait plus où mais son visage ne lui était pas inconnu. La gamine s'éloigna. Enrique la suivit. Elle semblait bien connaître Bastian, c'était peut-être bon à prendre. Et puis elle était jolie et bien faite. Il ne lui fallut pas longtemps pour l'accoster. Ni pour l'amadouer. Angèle était perdue depuis que César l'avait éloignée de lui. Elle ne comprenait pas son silence et cherchait désespérément quelle faute elle avait commise pour qu'il l'abandonne ainsi. Elle laissa le bel Espagnol lui offrir un verre. Elle l'écouta lui conter sa vie de saisonnier, accepta un deuxième verre. En quelques secondes, il avait bâti un scénario d'enfer. Sa fiancée l'avait plaqué, il était malheureux. Fragilisée, Angèle se sentit tout de suite proche de ce beau garçon aux yeux tristes. Elle but un troisième verre, puis un quatrième alors qu'il l'entraînait un peu à l'écart dans une ruelle du village, à l'abri d'un porche. L'endroit était désert. On entendait à peine les bruits de la foule, tout juste percevait-on le rythme entraînant du morceau joué par l'orchestre.

Angèle ne repoussa pas Enrique quand il l'embrassa. Ni quand il glissa sa main sous sa robe. Des doigts parcoururent ses seins, se posèrent sur ses fesses et se glissèrent entre ses cuisses. Elle songea que César lui reviendrait quand il saurait qu'elle s'était jetée dans les bras d'un autre. C'est bien connu, pour être aimée d'un homme et surtout le garder, il faut le rendre jaloux. Elle eut à peine un mouvement de recul quand l'Espagnol descendit sa braguette pour libérer son sexe. Elle le sentit gonfler entre ses jambes et ne broncha pas lorsqu'il écarta sa petite culotte avant de s'enfoncer en elle.

Quand il se répandit en elle, Enrique eut l'impression d'accéder deux fois au plaisir. Il jouissait de cette intimité conquise avec si peu d'efforts, et plus encore à l'idée qu'il venait de baiser une amie de Bastian Cheylard. Sans savoir pourquoi, il les détestait de plus en plus, lui et toute sa famille.

# 14

— Oh ! tu es toute belle ! Tu as un rencard ?

Elena ouvrit les yeux et sourit à Martin. Elle était allongée sur un transat, à l'ombre d'un parasol. Elle portait une jolie robe bleu turquoise à fines bretelles qui dévoilait ses épaules et ses jambes à la fois fines et musclées. Pour une fois, elle n'avait pas relevé ses cheveux en chignon. Éclaircis par le soleil, ils tombaient en pointe sur son dos, formant des reflets ambrés. Martin admira sa sœur et la complimenta encore. Il était rare de la voir dans des tenues aussi féminines.

— Alors, un rendez-vous ? insista-t-il.

— Absolument pas. J'ai tout simplement enfilé ce que j'avais de plus léger.

— Tu ne vas pas à la fête à Ruoms ?

— Plus tard, sans doute. À cette heure-ci il fait trop chaud pour piétiner dans les rues. Émile m'a dit qu'il n'y serait pas avant 20 heures. Il mange chez ses parents ce midi. Et toi, tu as prévu d'y aller ?

— Bah, j'hésite aussi. Je retrouverai mes potes ce soir. César et Bastian, ils sont où ?

— Je ne sais pas du tout. Je ne les ai pas vus.

— Et les parents ?

— Ils sont là-bas, c'est sûr. Sans doute en train de déjeuner avec les vignerons. Papa adore cette ripaille ! J'irais bien faire une balade avec les chiens. Tremper mes pieds dans la rivière. Ça te tente ?

— Bonne idée. On étouffe un peu aujourd'hui.

— Une promenade, les gars ? lança-t-elle à Attila et Hannibal en attrapant ses clés de voiture.

Les dogues se mirent aussitôt au garde-à-vous puis grimpèrent à l'arrière du Kangoo dès qu'elle ouvrit la porte. Elle roula jusqu'au village de Labeaume, un peu à l'écart de la plage prisée par les vacanciers. À peine arrivés, les chiens se jetèrent à l'eau. La Baume n'était guère profonde à cet endroit. En été, quand la sécheresse s'installait, le niveau de la rivière était encore plus bas mais c'était assez pour que les chiens se rafraîchissent. Ils adoraient jouer dans l'eau, rapporter inlassablement les bâtons qu'Elena et Martin leur lançaient.

— Tu as discuté un peu avec Bastian ? demanda-t-il après un moment de silence.

— Il ne m'a rien dit de particulier. Il est crevé, je pense.

— César aussi, apparemment. Il tire une de ces gueules…

Elena approuva sans répondre. César n'avait probablement rien raconté de son aventure avec Angèle à ses frères. Il devait encore ruminer, se demandant comment il pourrait confier un truc pareil. Peut-être n'aurait-il pas besoin de le faire car il avait pris ses distances avec Angèle, sans toutefois avoir rompu. Mais il était possible que leur histoire en reste là. Elena avait écouté son frère et lui avait donné son point de vue. Comme il le lui avait demandé, elle avait récupéré Angèle auprès d'elle pour terminer son chantier afin de le soulager. Mais elle estimait que son rôle s'arrêtait là. Le reste, c'était à César et à Angèle d'en décider. Elle alluma une cigarette et tira une bouffée de tabac, souffla doucement la fumée et resta quelques secondes à méditer, les lèvres entrouvertes.

— César a probablement des soucis avec Julianne, reprit Martin. Elle n'est pas facile. Tête en l'air, pas préoccupée par son avenir…

— Elle est à l'âge où on croit tout savoir. Tout ce que peuvent lui dire les autres ne l'intéresse pas, répondit Elena.

Elle devina que César n'avait pas non plus évoqué devant ses frères les amours de sa fille avec ce père de famille divorcé qui voulait l'embarquer avec lui en Espagne.

— On passe pour de vieux cons quand on lui donne des conseils. Souviens-toi, on était pareils à 18 ans.

— Tu as raison. Mais nous étions tout de même moins rebelles !

— Parce que les parents nous tenaient la bride ! C'est vrai qu'ils n'avaient pas tellement le choix avec quatre mômes à gérer. Mais Julianne est une enfant unique élevée par un père célibataire. Et elle n'a ni cousin ni cousine avec qui elle pourrait partager des choses.

— Un petit regret de ne pas avoir de gosses ?

— Qui ? Moi ? Non, pas le moins du monde. Mais je serai ravie si tu es papa un jour !

Martin négligea de répondre et ôta son jean.

— Je n'ai pas pris mon maillot mais tant pis !

— Ton caleçon est joli, ne t'inquiète pas.

Elle le regarda entrer dans l'eau puis repousser Attila et Hannibal qui tentaient de le lécher et voulaient s'amuser avec lui. Martin s'éloigna du rivage en quelques brasses. C'était un moment comme Elena les aimait. Elle cala ses fesses sur les galets, admirant la falaise sur l'autre rive et les reflets du soleil qui paraient la rivière de mille teintes différentes. Un SMS la sortit de sa rêverie. C'était Émile qui la prévenait qu'il l'attendrait à Ruoms vers 20 heures.

De retour à la bastide, Martin passa chez lui pour se changer et Elena troqua sa robe contre un pantalon de lin et une chemise. Puis elle prépara le repas des chiens et retourna à la voiture où Martin l'attendait.

Au village, la fête battait son plein et la chaleur cuisante de l'après-midi s'était évaporée. Elena aimait ces réjouissances simples et populaires, quand on se retrouve entre copains. Les lampions multicolores éclairaient les rues et la musique résonnait dans les haut-parleurs. Ça dansait de partout. Sur la place, sur les trottoirs... Il fallait parfois jouer des coudes pour se frayer un passage. Elena dut repousser plusieurs fois les gestes entreprenants de quelques individus éméchés et Martin finit par la prendre par la taille comme si elle était son amoureuse. Émile était à l'endroit indiqué, attablé avec sa clique d'amis devant des portions de frites-saucisses et un pichet de rosé. Elena se tourna et leva la main pour attirer l'attention de la serveuse. Elle suspendit soudain son geste et demeura quelques instants le bras en l'air. Laurent Abadie. Que pouvait-il bien faire ici ? Ce n'était pas le genre d'endroit où elle aurait pensé le rencontrer. Des festivités de ce genre, ça ne devait pas être son truc. Elle l'imaginait plutôt dans des réceptions bourgeoises, voire huppées. Peut-être avait-il été entraîné par des copains un peu plus délurés que lui. Il tournait sur lui-même, sans doute cherchait-il quelqu'un dans la foule. Elle le perdit de vue et l'oublia très vite, happée par ses amis. On lui apporta des acras et un cornet de frites brûlantes et un peu grasses qu'elle attrapa du bout des doigts. Émile parlait de la rentrée. Dans les supermarchés, les fournitures scolaires étaient déjà en rayon.

— Ça me fiche le bourdon, avoua-t-il. Les vacances ne sont même pas finies qu'on nous cale déjà dans les starting-blocks pour la reprise du boulot !

— N'y pense pas. Août ne fait que commencer.

— Le temps file vite. Et puis j'ai un gros souci avec Angèle, je ne sais toujours pas ce qu'elle va devenir. Il y aurait bien une place pour elle au lycée professionnel d'Aubenas, mais elle doit trouver elle-même une entreprise pour ses stages. Tu crois que ton père accepterait d'être son tuteur cette année ? Ou alors César ?

Elena se tortilla sur sa chaise, mal à l'aise. Elle qui était du genre à affronter les problèmes plutôt que de les laisser mijoter se trouva soudain gênée. Émile n'était donc au courant de rien. Angèle ne lui avait rien dit à propos de sa relation avec César, ni que ce dernier avait préféré s'éloigner d'elle parce qu'il craignait de passer pour un vieux salaud… Pourquoi son frère n'était-il pas allé voir Émile pour tout lui avouer ? Lui expliquer qu'il était tout bêtement tombé amoureux ? Apparemment, il avait tiré un trait sur cette affaire avec l'espoir qu'Émile n'en saurait jamais rien. Elena but une gorgée de rosé.

— Tu m'as dit que tout s'était bien déroulé pendant qu'Angèle était chez vous, insista Émile, inquiet du silence de son amie. C'est vrai ? ou bien tu m'as caché un truc ? Elle a déconné ?

Elena se sentit coincée et vida presque d'un trait son verre de vin. L'alcool commençait à lui chauffer les joues. Elle n'avait pas envie de mentir à Émile mais elle ne savait pas comment lui refuser son aide. Elle ne pourrait jamais réussir à persuader César d'accepter qu'il prenne Angèle en stage. Que faire ? La jeune femme était vraiment douée pour les métiers du bâtiment. Pendant dix jours, elle avait bien bossé. La maçonnerie, le carrelage ou la pose de la faïence l'intéressaient. Elle ne manquait pas de dynamisme et avait de vraies dispositions pour ce job.

— S'il était arrivé le moindre pépin, répondit enfin Elena, tu penses bien que tu aurais été le premier informé. Angèle a été parfaite. Motivée, attentive. On ne peut rien lui reprocher. Elle est sérieuse mais la suivre toute une année est compliqué. Prendre un jeune sous son aile, ça veut dire lui consacrer du temps. Pas sûr que mon père puisse assumer ça… Il fatigue. Il a même évoqué la possibilité de prendre sa retraite.

— Je comprends, mais entre tes frères et toi, ça devrait le faire ! À quatre vous pourriez vous la partager, non ?

Martin offrit une tournée générale, dispensant ainsi Elena de lui répondre.

— C'est tout de même bizarre que tes frangins ne soient pas là, s'exclama soudain Émile.

— Ils sont peut-être venus. Ce n'est pas facile de repérer quelqu'un dans cette cohue.

— Et Julianne ?

— À 18 ans, tu penses bien qu'elle fait la nouba avec ses potes.

Il acquiesça. La nièce d'Elena avait effectivement mieux à faire que de venir manger à la fête du vin.

— Je meurs de faim ! s'exclama-t-il en piquant une frite dans le cornet d'Elena. Je boulotterais bien une seconde portion !

La jeune femme chercha des yeux la serveuse, se leva pour tenter de l'apercevoir dans la foule de plus en plus dense, de plus en plus bruyante aussi. Elle se rendit finalement au comptoir pour commander une ration supplémentaire. Alors qu'elle regagnait la table, quelqu'un la héla dans son dos :

— Bonsoir, Elena !

Elle se retourna et se retrouva nez à nez avec Laurent Abadie.

— Bonsoir ! Vous êtes venu à la fête ?

Elle regarda autour de lui, cherchant à voir s'il était accompagné. Elle eut l'impression qu'il était seul.

— Oui, je m'épate moi-même ! s'écria-t-il.

Elle fit des yeux ronds, ne comprenant pas ce qu'il voulait dire.

— Je peux vous offrir un verre ? reprit-il.

— Je suis avec mon frère et des amis.

— Juste un verre. Il n'y a pas un endroit plus calme ?

— Vous savez, je crois que ce soir il ne faut pas espérer le calme !

— Alors acceptez un verre, tout de même ! Dans cette ambiance de folie, soyons fous !

Il l'attira jusqu'à une baraque en bois et demanda deux rosés. Ils firent quelques pas et s'assirent sur un banc un peu à l'écart. À défaut d'être paisible, l'endroit était un peu moins bruyant et on pouvait parler sans crier.

— Je suis venu pour vous, Elena, lâcha-t-il.

Il avait parlé très vite de crainte de ne pas avoir le courage de prononcer les mots qu'il se répétait depuis le matin.

— Je vois. Vous avez pris une décision pour le bassin et vous voulez qu'on en discute maintenant ? plaisanta-t-elle.

— Non, pas du tout. Je suis venu pour vous. J'espérais bien vous croiser à cette fête du vin. J'étais à peu près sûr que vous seriez là. J'ai adoré le moment que nous avons passé ensemble au restaurant. Je me suis senti bien. Ça vous semble idiot, n'est-ce pas ? À voir votre tête dépitée, je crains que oui...

Elena le dévisagea, déconcertée. Que pouvait-il lui trouver ? Il ne devait pas manquer de femmes autour de lui. Elle grimaça, comprenant soudain ce qui se tramait. Ce type lui avait raconté sa vie, elle l'avait écouté et il venait encore chercher son oreille attentive et complaisante, une épaule sur laquelle se lamenter ou se reposer...

— J'ai également passé un moment très agréable. Mais je ne suis pas quelqu'un de... Comment dire ? Quelqu'un de bien ! Si vous êtes venu jusqu'ici pour panser vos peines de cœur et chercher conseil, vous n'êtes pas face à la bonne personne.

Laurent Abadie déglutit. S'était-il épanché à ce point ? Oui, bien trop. Maintenant qu'elle le lui faisait remarquer il se rendait compte qu'il avait laissé les confidences déborder. Elle saisit son embarras et songea qu'elle n'y était pas allée de main morte.

— Je suis désolée d'avoir été si directe, continua-t-elle. Je ne suis pas très indulgente. On me le reproche assez souvent, d'ailleurs. Je suis mal placée pour aider une personne qui a un chagrin d'amour. Enfin, chagrin d'amour n'est certainement pas un terme juste. Ce que je veux dire, c'est que je ne suis même pas capable d'imaginer la détresse dans laquelle vous êtes plongé depuis le départ de votre épouse. Le mariage, ça n'est pas mon truc, alors ma compassion est limitée. Mais ne me prenez pas pour un monstre, hein ?

Elle sourit et il sourit aussi. Elle n'avait rien d'un monstre. Il avait connu des visages beaucoup plus affables et des comportements beaucoup plus empressés derrière lesquels se dissimulaient de *vrais* monstres. Les diables se terrent souvent derrière de belles apparences. Elle, elle ne cachait rien. Pas même son exaspération de l'entendre geindre sur le départ de sa femme ! Sa franchise aurait pu le désarmer, voire le rebuter, c'était tout le contraire. Elle lui plaisait de plus en plus et il était bien avec elle. Il décida de le lui avouer, d'être honnête comme elle l'était avec lui.

— Sans vous connaître beaucoup, je suis à l'aise en votre compagnie. Tout me paraît simple. C'est peut-être ce que j'apprécie le plus chez vous.

Il se tut. Il ne parvenait pas à se lâcher complètement. Il but une gorgée de rosé, priant pour que le vin lui délie la langue.

— Ce soir, j'aurais voulu vous dire tout ce que j'aime en vous et je n'y parviens pas.

Il la fixa. Peut-être lirait-elle dans son regard ce qu'il ne pouvait lâcher. Il se cramponna à ses yeux et supplia silencieusement qu'elle fasse de même. Il vit une ombre dans le brun de ses iris. Une ombre qui plombait les paillettes d'or qui y pétillaient d'habitude. Se méfiait-elle ? Il ne lui mentait pas, pourtant... Tout ce qu'il avait préparé, les phrases rabâchées devant le miroir de sa salle de bains tandis qu'il se rasait ce matin, le monologue vu et revu alors qu'il roulait vers Ruoms, rien de tout ça n'avait pu jaillir de ses lèvres, comme s'il avait avalé la jolie tirade qu'il avait apprise par cœur avant de venir. Son regard s'éloigna de celui d'Elena, s'égara sur son cou, ses épaules, sa poitrine qui se soulevait régulièrement sous la chemise blanche. Ses yeux la parcouraient mais il ne la voyait même plus, noyé dans sa timidité.

Elena était à des années-lumière de cet embarras un peu gauche. D'abord parce qu'elle n'imaginait pas l'effort qu'il avait dû fournir pour venir jusqu'à elle pour lui parler, ensuite parce que l'alcool commençait à épuiser son bon sens. Elle ne voyait que ses paupières légèrement baissées mais se méprit sur la signification de ce mutisme. Elle termina son verre de rosé et le posa sur le banc. Du bout des doigts, elle massa son front, glissa sa main dans ses cheveux, indécise, grisée. Il n'était pas mal du tout. Ses cheveux noirs grisonnant sur les tempes la touchaient plus que sa tristesse. Sa femme s'était envolée, il avait besoin d'oublier. De vérifier qu'il pouvait encore plaire pour se rassurer. Elle hésita encore quelques instants, continua de le contempler. Une veine battait le long de son cou. Elle avança sa main et risqua une caresse. Il ne broncha pas. Elle se pencha et l'embrassa. Il recula, interdit.

— Je... Non ! Ce n'est pas ce que j'attendais. Je voulais...

Les mots restèrent coincés dans sa gorge. Décontenancée, Elena le toisa. Que cherchait-il ? Elle ne comprenait plus rien et n'avait plus l'esprit assez clair pour se poser les bonnes questions. Il ne lui restait que cette petite voix qui lui marmonnait qu'elle avait fait une sacrée connerie en voulant lui donner un baiser, une petite voix qui lui recommandait de filer vite fait. Elle se redressa, lui lança un « bonne soirée » à peine aimable et disparut dans la foule.

# 15

Elena fit quelques pas, un peu étourdie, à la fois ivre et désappointée. Laurent Abadie l'avait déconcertée. Que voulait-il au juste, s'il ne cherchait pas un brin de tendresse et un corps pour se consoler ? Une épaule sur laquelle pleurer ? Elle l'avait prévenu qu'elle n'était pas douée pour s'apitoyer. Il était vraiment trop compliqué pour elle ! Elle secoua la tête. Autant oublier tout ça. Elle regagna l'endroit où elle avait laissé ses amis et son frère quelques instants plus tôt, mais elle ne les trouva pas. Sans doute avaient-ils fini de manger et étaient-ils partis s'amuser. Elle envoya un SMS à Martin et attendit la réponse. Elle s'écarta pour laisser passer une voiture de la gendarmerie qui semblait pressée. Plus la soirée avançait, plus ils avaient de travail… Les esprits s'échauffaient. Trop de vin et une température qui restait élevée malgré la tombée de la nuit. Elle fit de nouveau quelques pas, scrutant les visages autour d'elle. Elle consulta encore son portable. Martin ne donnait pas signe de vie. Où pouvait-il être ? Elle contint son impatience. Son frère avait peut-être fait une agréable rencontre. Elle s'appuya contre le mur d'une boutique et reprit son téléphone dans l'espoir de joindre Émile. Pépé-la-Cigale jaillit au même moment.

— Je te cherchais ! s'écria-t-il.

— Moi ? T'es venu boire un petit verre à l'œil ? Je t'offre une frites-saucisse pour accompagner le rosé ?

— Non ! Viens, il y a un problème. Des mecs ont cherché des noises à tes frères et ça a viré à la bagarre.

— Mes frères ? Tu es sûr ? Tu n'aurais pas trop bu ?

Il serra les dents et elle comprit qu'il n'était pas saoul mais qu'elle l'avait vexé.

— Excuse-moi.

Le vieux ne répondit pas mais l'attrapa par le bras et la tira vers lui. Il marchait vite malgré son âge, bousculant des gens, s'excusant à peine. Ils contournèrent la scène sur laquelle se produisait un groupe de jazz. Arrivés à l'entrée d'un parking, ils virent les gendarmes en discussion avec les différents protagonistes, tentant de remettre un peu d'ordre. Elena aperçut quelques types qu'elle ne connaissait pas aux prises avec un lieutenant qui relevait des noms sur un carnet en promettant de les mettre en cellule de dégrisement s'ils ne coopéraient pas. Puis elle repéra Émile et Angèle en discussion avec une gendarmette et enfin ses trois frères qui s'expliquaient avec le capitaine Roc. Elle s'approcha du groupe. César avait l'œil amoché, Bastian une plaie ouverte au-dessus de l'arcade et un poing en sang. Martin paraissait indemne.

— Vous les ramenez à la maison, ordonna le capitaine à Martin. Immédiatement. Si j'en vois encore un qui traîne, je le coffre. Vous passerez demain à la gendarmerie pour faire votre déposition, après avoir vu le médecin.

— Je ne veux pas porter plainte, intervint César.

— Je ne parle pas de déposer une plainte. Je vous rappelle que vous n'êtes pas totalement innocent dans l'affaire.

— C'est exact.

— Bon, s'il n'y a pas de gros bobos, on en restera là. Mais je prendrai tout de même votre déposition demain matin avec celles des autres. Pour ce soir, on s'en tient aux identités et vous déguerpissez.

— D'accord, dit Martin.

Il se tourna vers ses frères, s'apprêtant à donner le signal du départ, quand il aperçut Elena.

— Ah, t'es là. C'est bien. On rentre tous à la bastide. Il faut qu'on ait une conversation sérieuse avec les parents.

— Maintenant ? Mais ils sont peut-être couchés.

— Dans ce cas, ils se lèveront. Je n'ai pas l'intention d'attendre jusqu'à demain pour avoir des explications.

Il avait l'air si contrarié qu'Elena ne chercha pas à le contredire. Que s'était-il donc passé ? Apparemment pas une simple échauffourée entre des types ayant trop bu. Elle tenta de l'interroger mais ses yeux noirs l'en dissuadèrent. Elle se tourna vers César et Bastian, espérant apprendre quelque chose. Ils avaient eux aussi l'air maussade et manifestement aucune envie de parler.

— Vous m'énervez, les gars ! cria-t-elle. Il n'y en a pas un qui pourrait me mettre au parfum ?

— On se tire d'ici ! ordonna Martin.

Vingt minutes plus tard, ils arrivaient à la bastide. Magdalena et Damian étaient dans le salon et regardaient la télévision. Magdalena bondit de son fauteuil en découvrant les visages de ses deux garçons. Elle comprit que quelque chose de grave s'était produit.

— Vous êtes blessés ! hurla-t-elle.

— Qu'est-il arrivé ? gronda Damian.

— Assieds-toi, maman, commanda Martin. C'est rien de méchant. Elena, tu veux bien apporter du désinfectant et des pansements ?

Elena fila aussitôt vers l'étage et revint avec un paquet de compresses. Machinalement, Magdalena regarda l'heure sur la pendule. Il était un peu plus de 22 h 30. Elle eut un mauvais pressentiment… La nuit allait être longue. Elle se rassit dans son fauteuil, face à Damian.

— César et Bastian se sont battus avec des types, annonça Martin. Rien de tragique, mais…

Il hésita, tant il lui était compliqué de demander des justifications à ses parents. Cependant il savait qu'il n'avait pas le choix.

— Vous allez nous dire la vérité, marmonna-t-il. C'est qui, ce mec qui ressemble à Bastian ?

Damian gronda, prêt à bondir. Magdalena l'arrêta d'un regard. Elle joignit ses mains, les frotta l'une contre l'autre. Elle avait tellement redouté cet instant, tellement prié pour que tout s'arrange et qu'elle n'ait pas à dévoiler son secret. Elle faillit rabrouer Martin, lui ordonner de se mêler de ses affaires, mais ses enfants n'étaient plus des gamins, il n'était pas question de les envoyer balader. Et puis Martin ne bougerait pas avant de savoir.

— J'ignore presque tout de cet homme, murmura-t-elle. Je ne peux vous révéler que ce que j'ai déjà raconté à Bastian il y a quelques jours concernant sa naissance.

Tous les yeux se tournèrent vers Bastian dont le visage était figé dans une expression partagée entre chagrin et colère. D'une voix tremblante, Magda raconta une nouvelle fois comment Bastian avait rejoint leur famille. Bouche bée, Martin, César et Elena observaient tour à tour leur frère et leurs parents.

— Je ne me souviens de rien, dit César en remuant la tête comme pour faire jaillir une image. Je ne me souviens pas de Bastian petit.

— Tu avais à peine 2 ans ! intervint Damian. Comment pourrais-tu t'en rappeler ? L'arrivée de Bastian s'est faite naturellement et nous en avons été heureux.

— Personne ne s'est douté de rien ? demanda César après un long silence. Personne ne t'a jamais interrogée, maman ? Personne ne t'a vue enceinte. Pas un voisin ne s'est posé de questions ?

— J'avais gardé des rondeurs de mes deux grossesses précédentes, soupira Magdalena. Ce n'était pas facile de déterminer si j'avais porté le petit ou pas. Quand nous avons accueilli Bastian, c'était encore un nourrisson. Les gens ne font pas la différence entre un bébé d'un mois ou deux. Et à l'époque, on bossait beaucoup et on ne voyait pas grand monde. Notre vie sociale était réduite. Je crois sincèrement que quand nous sommes revenus des Pyrénées avec Bastian, tous ont cru qu'il était notre nouveau-né. Et il l'était. Nous l'avons aimé comme chacun de vous. Depuis, rien n'a changé dans nos sentiments. Nous vous aimons autant tous les quatre.

— Mais comment avez-vous fait pour les papiers ?

— Au couvent, les sœurs avaient fabriqué un certificat de naissance pour faire de nous les parents de Bastian.

— Un faux, donc ! intervint Martin.

— Oui, un faux... qui avait tout d'un vrai. Quand nous sommes revenus, on est allés à la mairie et Bastian a été ajouté sur le livret de famille. Il appartenait bien à la famille Cheylard, né à Ozon.

Magdalena fixa Bastian qui détourna les yeux. Son fils ne parvenait pas à lui pardonner d'avoir gardé un tel secret. Il en voulait aussi à son père, mais sa colère se concentrait davantage sur celle qu'il avait cru être sa mère. Il ignorait pourquoi. Il ne pouvait s'empêcher de songer que ce n'était pas le sang de cette femme qui coulait dans ses veines, qu'ils n'avaient rien en commun... à part des années d'illusion durant lesquelles elle l'avait trompé.

— Ce type qui ressemble à Bastian comme deux gouttes d'eau, dit Martin, qui est-ce ?

Magdalena haussa les épaules.

— Ne mens pas, maman. Cette fois, dis-nous la vérité.

— Je l'ignore. Quand Bastian m'a parlé de lui, je suis allée chez les Volane pour obtenir quelques renseignements. Je n'en ai pas eu beaucoup. Je crois qu'il est temps que nous le rencontrions et que nous discutions avec lui. Il est possible qu'il ait un lien de parenté avec Bastian. Nous ne pouvons pas ignorer ça. Je vais le convier à venir ici, ne serait-ce que pour savoir d'où il vient et ce qu'il veut, car je ne pense pas qu'il soit arrivé ici par hasard.

— Quelles sont les informations que tu as sur lui, maman ?

Martin ne lâchait pas le bout de gras. Magdalena sentit son cœur se compresser dans sa poitrine. Elle songea à toutes ces fois où elle avait voulu appeler le médecin… Elle ne l'avait pas fait et pourtant les alertes étaient de plus en plus fréquentes. Après tout, partir maintenant et en finir avec toute cette histoire, ça ne serait pas si mal. L'idée la traversa durant une seconde. Les yeux pleins de tendresse de son mari la rassurèrent. Elle pouvait rester encore un peu. Elle le devait même. Son homme serait toujours là pour la défendre, quoi qu'il arrive.

— Ce saisonnier s'appelle Miguel Barros Montoro. Il est espagnol. Il a contacté Thérèse Volane par e-mail il y a quelques mois, il cherchait un travail pour l'été avec un ami. Elle l'a embauché avec son copain pour la cueillette. Ils sont arrivés en Ardèche début juin. Thérèse m'a dit qu'il parle un bon français. Elle a son adresse en Espagne. Ici, il loge sur la propriété des Volane.

— C'est tout ? insista Martin.

— Il est né en 1975. Comme Bastian.

Le silence s'installa de nouveau. Elena sortit sur la terrasse et alluma une cigarette. Elle était sonnée. Bastian n'était pas du même sang qu'elle. Elle s'en moquait car ils avaient grandi ensemble et elle l'aimait comme elle aimait César et Martin, mais la nouvelle était tout de même terrible. Surtout pour Bastian. Elle comprenait maintenant sa méprise ce fameux soir où elle avait cru le croiser au bar des Grottes. Ce n'était donc pas lui… mais le fameux Miguel. Sa mère avait raison, il n'était pas là par hasard. Il savait qu'il allait trouver son double à Ruoms. S'il était en quête d'une histoire, d'un parent, pourquoi n'était-il pas venu frapper à la porte des Cheylard ? D'ailleurs, comment avait-il appris que son double vivait ici, en Ardèche ? Elle écrasa son mégot et rentra dans le séjour. Personne ne disait mot.

— Tu as appelé ton frère, maman ? Tu lui as raconté cette histoire ? demanda-t-elle en s'approchant de Magdalena.

Elle avait posé la main sur son épaule. Magda posa à son tour la sienne sur son bras, sensible à ce geste de réconfort. C'était tout Elena. Elle pouvait mener sa vie à sa guise, agir comme un bulldozer écrasant Cupidon sans aucune arrière-pensée, mais elle était toujours attentive et rassurante dès qu'on avait besoin d'elle.

— J'ai tenté de le joindre, murmura Magdalena, mais il ne répond pas. J'ai laissé des messages à sa femme. J'aurais aimé parler à Carlos... Il a peut-être une explication à me donner.

— Et moi ? hurla Bastian, sortant soudain de son mutisme. Pourquoi personne ne me demande mon avis ? Carlos, toi et papa, vous m'avez volé à ma mère, à mon pays. Aujourd'hui, votre seule préoccupation est cet inconnu. Mais moi, hein ? Que faites-vous de moi ? De ce que je ressens ? De ce que j'endure ? J'aurais aimé ne jamais vous connaître ! Je ne veux plus rien avoir à faire avec vous !

Il fusilla ses parents du regard et fit valdinguer une chaise.

— Je comprends ta colère, dit Elena, mais pas que tu en veuilles à maman et à papa qui ont voulu soutenir Carlos et sa cause et t'ont sauvé. Notre oncle n'a pas cherché à te soustraire à ta mère mais à une famille franquiste. C'était une autre époque. Je ne suis pas sûre qu'on mesure bien ce que cela représentait pour Carlos et les siens. Quant à papa et maman, ils t'ont accueilli et t'ont rendu heureux. Tu pourrais me dire le contraire les yeux dans les yeux ? La seule erreur qu'ils ont commise, c'est de ne pas t'avoir tout révélé plus tôt. C'est vrai, ils n'auraient pas dû te cacher tes origines, mais ce n'est pas une raison pour les juger. Peut-être que j'aurais fait pareil. Tu saurais dire, toi, comment tu aurais réagi dans le même cas ?

Bastian déglutit. Sa fureur s'apaisa. Magdalena, reconnaissante, porta son visage vers sa fille qui, une fois de plus, avait su trouver les mots.

— Il y a un truc que j'ai pas pigé, fit Martin. Pourquoi cette bagarre ce soir ? Bastian, on t'a provoqué ? Et toi, César, qu'est-ce que tu fichais dans cette castagne ? Pourquoi le pote de Miguel t'a-t-il traité de vieux pervers ? Pourquoi Émile voulait-il te démonter le portrait ?

Bastian haussa les épaules. Il s'était battu sans savoir pourquoi. La vue de son sosie lui avait fait perdre tout contrôle et les coups étaient partis. En revanche, il ignorait pourquoi César et Émile s'étaient joints à la bataille. Les têtes pivotèrent vers César. Il était livide et une énorme veine palpitait à la naissance de son cou. Magdalena vit ses paupières papillonner, puis son visage rougir. Elle sut qu'elle n'en avait pas terminé avec les ennuis. Il bafouilla quelques paroles inaudibles, s'étouffa avec sa salive. L'émotion et la honte l'étranglaient.

— Vas-y, murmura Elena. Mieux vaut tout dire maintenant. Même si c'est dur.

César fixa sa sœur. Elle avait raison. Il puisa le peu de courage qui lui restait et, les larmes aux yeux, raconta sa liaison avec Angèle. Ce soir, quand il avait aperçu le copain de Miguel tenant la jeune fille par la taille, son sang n'avait fait qu'un tour. Poings serrés, il lui avait foncé dessus tandis que Bastian se battait avec Miguel.

— Ce type est odieux, hoqueta César. Il a dit qu'il avait baisé ma fille puis qu'il avait baisé Angèle ! Il a dit que je n'étais qu'un vieux salaud pour avoir couché avec elle et l'avoir plaquée ensuite. C'est à ce moment-là qu'Émile est arrivé. Et Martin tout de suite après... Puis les gendarmes sont intervenus. Je ne voulais pas tout ça. Je voulais seulement oublier...

Un énorme sanglot noua sa gorge et il s'effondra, cachant son visage de ses mains.

# 16

— Bastian n'est plus là ! cria Martin en entrant chez Elena sans frapper. Il est parti, on ne le reverra pas.

Elle déglutit et posa son mug de café sur la table. Elle n'était pas totalement surprise. Il y avait tant de colère et de chagrin dans les yeux de Bastian hier soir… Attirés par le bruit, Hannibal et Attila arrivèrent, un peu patauds et encore endormis. Elena les regarda se secouer puis s'étirer.

— Je l'ai attendu vingt minutes, reprit Martin. Ce matin on devait aller tous les deux sur un chantier, près d'Aubenas. Ne le voyant pas arriver, je suis allé chez lui et j'ai frappé à sa porte. Elle n'était pas fermée, je suis entré. Il n'y avait personne. Son lit n'était même pas défait. Il n'a pas dormi là. J'ai vérifié sous l'appentis, sa voiture n'y était pas. Il a dû partir hier soir, juste après l'explication chez les parents. On fait quoi ? On se lance à sa recherche ?

Elena attrapa la cafetière, tendit une tasse à Martin. Son esprit était encore tout embrouillé des révélations de leur mère. Bastian n'était pas leur frère de sang mais un enfant volé recueilli par les Cheylard…

— Merde, dis quelque chose ! hurla Martin.

— Oh ! Calme-toi. Je réfléchis.

Elena consulta sa montre et sortit sur la terrasse. Elle songea que César devait lui aussi être prêt à partir pour une nouvelle journée de boulot. Elle l'aperçut en train de charger du matériel à l'arrière du Kangoo. Elle lui fit de grands signes pour qu'il les rejoigne. Il hocha la tête, ne dit mot lorsqu'elle lui fit part de la disparition de Bastian. Il était aussi bouleversé qu'eux par ce qu'il avait appris la veille au soir, effondré également qu'Angèle se soit laissée aller dans les bras d'un inconnu, et très mal à l'aise d'avoir dû avouer devant sa famille son histoire avec elle.

— Je propose qu'on donne à Bastian le temps de faire le point, murmura Elena. À sa place, j'aurais sûrement fait pareil. Je me serais éloignée pour réfléchir à tête reposée. Je ne comprends même pas qu'il ne l'ait pas fait plus tôt. Maman lui avait pourtant tout raconté. Mais il est resté avec sa souffrance, sans se plaindre…

— Combien de temps on patiente ? demanda Martin. Un jour, deux jours, une semaine, un mois ? On ne sait pas où il est. T'imagines s'il est en route pour l'Espagne ?

— Pour y faire quoi, à part passer une petite annonce informant qu'il recherche ses parents ?

— Tu fais suer, Elena, avec ton cynisme !

— Calme-toi. Je crois que Bastian n'est pas loin d'ici. Il cogite dans son coin. Tu as regardé s'il avait emporté des affaires ?

— Non, je n'y ai pas songé, admit Martin. Je vais vérifier tout de suite.

Elena s'approcha de César et posa une main sur son bras. Elle avait mal pour lui. Plus que tous les autres il méritait d'être heureux tant son parcours avait déjà été compliqué. Il avait tellement souffert du départ de la mère de Julianne.

— Ça va aller ? lui demanda-t-elle. Tu vas tenir le coup ?

Ses yeux se remplirent de larmes. Il ne tarderait pas à craquer. Serait-il assez solide pour remonter la pente ? Elena eut soudain très peur.

— Ne va pas faire de connerie, hein ? Bon, inutile de se voiler la face, tu vas passer un très mauvais moment. Mais tu n'es pas tout seul. On est là.

— Ça m'étonnerait que les parents me soutiennent. Je n'ai plus qu'à faire mes bagages. Comme Bastian.

— Ne dis pas n'importe quoi. Ils sont contrariés mais ils ne vont pas te jeter la pierre pour ça et encore moins te chasser. Après tout, l'histoire de Bastian nous montre qu'ils n'ont pas été exemplaires, même si leur geste était noble au départ. Ensuite, ils t'aiment. Il faut juste qu'ils avalent la pilule.

— Même s'ils me pardonnent, je ne pourrai pas rester ici.

— César, pour pardonner il faudrait qu'il y ait eu faute. Or tu n'as pas commis de faute. Tu n'as tué personne ! Tu n'es pas un assassin, tu es simplement tombé amoureux d'une femme plus jeune que toi. Beaucoup plus jeune, c'est vrai, mais elle est majeure ! Tu n'as rien à te reprocher. Tu as été emporté par tes sentiments, c'est tout.

— Je dois tout de même me casser d'ici. Les gens vont cancaner, m'insulter. Et puis croiser Émile, ou même Angèle, je ne le pourrai pas.

— Laisse les gens causer. Ils savent si bien le faire. Jusqu'à ce qu'ils se retrouvent à leur tour confrontés à un gros pépin qui leur cloue le bec. Pour le moment, ne bouge pas. Essaie de ne rien changer à tes habitudes. Sinon, c'est clair, tu passeras pour un coupable. On parlera sur ton dos ? Eh bien, tu t'en fous ! Papa et maman, même s'ils ne t'approuvent pas, te défendront. Comme Martin, comme Bastian. Et comme moi, bien sûr. On est tous avec toi.

Le retour de Martin dispensa César de répondre.

— Ses affaires sont là ! s'écria-t-il. Ses fringues, son ordinateur portable, tout est là. Son gros sac de voyage est sous l'escalier, comme d'hab.

— C'est une bonne chose, fit César.

Elena n'était qu'à moitié soulagée. Était-ce bon signe ou fallait-il craindre que Bastian ait décidé de disparaître définitivement ? Elle garda ses sombres pensées pour elle. Bastian s'était juste envolé pour quelques heures. Il a eu besoin de s'isoler, il reviendra.

— Il y a tout de même un truc qui me tracasse depuis hier soir, souffla Elena. Vous n'avez aucun souvenir de l'arrivée de Bastian ?

— Aucun, soupira César. J'ai essayé en vain de retrouver quelques images, mais rien de particulier ne me vient à l'esprit. Comme papa nous l'a fait remarquer, j'avais 2 ans et Martin 1 an. Comment pourrait-on se souvenir de quelque chose ? Peut-être qu'il y a des infos emmagasinées très loin dans mon cerveau, mais franchement, rien ne me revient.

— Tu te souviens, toi Elena, de tes 2 ans ? ajouta Martin. Ça m'étonnerait. Moi, quand je remonte dans mon passé, les souvenirs les plus anciens que j'ai gardés en moi c'est l'école maternelle. Et encore, c'est très flou.

— Tu as raison, admit Elena. Et une parole qui aurait échappé à maman ou à papa ? Un mot attrapé dans une conversation que vous auriez entendue ? Ça ne vous est jamais arrivé non plus ?

Ses deux frères remuèrent la tête négativement. Elle vida son mug de café et grimaça. La boisson était froide. Les circonstances de l'arrivée de Bastian chez les Cheylard l'obsédaient presque davantage que sa disparition. Ses parents avaient dû se montrer extrêmement prudents pour ne pas éveiller les soupçons. Mais ça ne suffisait pas toujours. La preuve… Comment avaient-ils pu garder leur secret toutes ces années ? Rien n'était venu entraver les rouages de la mécanique, jusqu'à l'arrivée soudaine de Miguel dans la région. D'ailleurs, Bastian était peut-être tout simplement avec lui. Cette idée rassura Elena. Après tout, il avait très bien pu aller à sa rencontre pour en apprendre un peu plus, discuter avec lui autrement que par un échange de coups de poing…

— Bon, on fait quoi ? demanda Martin qui trépignait près de la porte. On avertit les parents ?

— Non, on n'affole personne pour le moment. On va bosser. Martin, tu assures le chantier prévu à Aubenas. Si le client est là, tu lui dis que l'électricien est souffrant et qu'il ne viendra que demain. On ne va pas aller expliquer nos embrouilles de famille maintenant… César et moi, on file à la villa de Vallon où on a encore pas mal de boulot. Mais d'abord, on passe chez Pépé-la-Cigale. Il est toujours à l'affût de tout, il voit tout, il sait tout. S'il a vu Bastian ou s'il le croise dans la journée, il nous le dira.

Ils approuvèrent la proposition d'Elena et se rendirent ensemble chez Pépé. Le vieux n'avait pas vu leur frère mais promit de rester aux aguets. Comme Elena, lui aussi pensait que Bastian avait pu vouloir approcher Miguel. Il leur proposa de se rendre au domaine des Volane. Si Bastian s'est pointé là-bas, on le lui dirait. Martin décida de l'accompagner. Avant de partir, Elena envoya tout de même un SMS à Bastian. Comme elle le prévoyait, elle n'eut pas de réponse. Elle espérait toutefois qu'il lirait son message. Il saurait qu'on pensait à lui, que tout le monde souhaitait son retour.

Elle eut l'estomac noué toute la journée. Malgré le calme apparent qu'elle affichait devant César pour ne pas le perturber davantage, elle devait sans cesse repousser le scénario du pire qui lui traversait l'esprit. Ne pas céder à la panique, se répétait-elle chaque fois qu'elle consultait son portable. Mais elle avait de plus en plus de mal à imaginer Bastian assis tranquillement au bord de l'eau en train de cogiter, ou de bavarder avec Miguel comme elle l'avait suggéré à ses frères pour les rassurer. Jamais les heures ne lui avaient semblé aussi longues. Et ce n'était pas César qui aurait pu la distraire. Depuis la cuisine où elle posait de la faïence, elle le voyait étaler une chape dans la pièce voisine. Il ne se ménageait pas, comme s'il avait voulu se tuer à la peine pour écarter ses soucis ou pour se punir…

À 18 heures, épuisé, il s'affala sur la dernière marche de l'escalier qui menait au sous-sol. Elena rangea le matériel et ils rentrèrent à la bastide. Pépé-la-Cigale n'avait pas vu Bastian, ni chez les Volane ni ailleurs. Elena prit une douche puis elle appela Émile. Depuis la bagarre de la veille, elle ne lui avait pas parlé. Sans doute était-il très contrarié. Elle n'obtint aucune réponse, ce qui confirma ses craintes. Elle reprit sa voiture et roula au hasard. Où Bastian était-il allé ? Il commençait à se faire tard. Elle prit le chemin de la bastide. Elle ne pouvait plus reculer le moment d'avertir Damian et Magda de la disparition de leur fils. Elle frémit en songeant à l'épreuve qu'elle leur imposerait.

Tout à coup, mue par un pressentiment, elle fit demi-tour et prit la route qui montait au rocher de Sampzon. Bastian avait toujours aimé cet endroit en surplomb de la vallée de l'Ardèche, ce rocher posé sur la montagne comme une sorte de table basse au plan incliné. Roulant au pas, elle traversa le minuscule village qui s'agrippait à la pente. Elle aperçut la voiture de son frère garée non loin de l'église et soupira de soulagement. Soudain, sa poitrine se serra. Elle pensa à l'abîme. À la chute. Juste en dessous du belvédère d'observation prévu pour les touristes qui venaient ici en nombre, il y avait quatre cents mètres de vide. Quatre cents mètres pour un grand saut vers l'au-delà. Elle laissa le Kangoo au bord d'un sentier et grimpa le long du petit chemin escarpé, se forçant à garder son calme alors que son cœur cognait dans sa poitrine. Elle devina soudain la silhouette de Bastian et se retint de courir. Il était assis face à l'immensité et fixait l'horizon. Elle s'approcha et eut l'impression de découvrir pour la première fois la beauté du paysage qui s'étendait sous ses yeux. La confluence de l'Ardèche et du Chassezac, les crêtes du Coste du Moure Frey, les côtes de la Serre de Pinet… Elle respira et s'assit près de son frère. Que devait-elle faire maintenant ? Que devait-elle lui dire ? Elle estima qu'il valait mieux se taire plutôt que de lui sortir des banalités ou lui faire des reproches inutiles et injustifiés. Il était là, près d'elle, rien d'autre ne comptait. Cet instant partagé était plus fort que tout. Elle laissa son regard s'égarer sur la rivière qui coulait en contrebas. Les canoës paraissaient minuscules comme des jouets. Ils restèrent ainsi un long moment sans bouger, admirant le soleil qui descendait devant eux. L'astre rougissait comme s'il allait s'embraser. C'était magnifique. Émue par le spectacle, bouleversée par ce trop-plein d'émotions, Elena ne put contenir ses larmes. Bastian mit un bras autour de ses épaules et elle posa sa tête contre lui. Heureuse.

— Je vais envoyer un SMS à César et à Martin, dit-elle pour rompre le silence. Ils étaient inquiets pour toi.

Il répondit d'un battement de cils. Elle ne savait pas si elle lui avait déjà vu un visage aussi grave. Quelles pensées pouvaient traverser son esprit ? Elle l'imagina l'esprit torturé, en proie à de multiples questions qui devaient se bousculer dans sa tête. Pour le moment elle ne pouvait pas le secourir. Elle était seulement là.

# 17

Magdalena raccrocha le téléphone et revint vers son ordinateur. Elle était sur cette maudite facture depuis le matin et n'en voyait pas le bout. Elle s'appuya sur le dossier de son fauteuil et ferma les yeux. Quand elle les rouvrit, son regard fit le tour de la pièce. Elle aimait cet endroit dont elle avait fait son bureau. La porte-fenêtre s'ouvrait sur l'angle de la terrasse, à l'est de la maison. Elle avait vue sur les vignes et les pêchers qui entouraient le domaine et, tout au fond du chemin qui sinuait dans le verger, sur la petite bâtisse dans laquelle vivait Pépé-la-Cigale. Face à sa table de travail, un mur était consacré à ses photos préférées. Toutes de Damian et des enfants. Ils étaient sa vie. Toute sa vie. Elle eut un frisson. Le bonheur basculait si vite. Comment allaient-ils se sortir de cette épreuve ?

Depuis deux jours, elle ne respirait plus. Elle se redressa et tenta de fixer sa concentration sur sa comptabilité. Elle reprit une par une les notes laissées par Damian dont une facture à clôturer, main-d'œuvre et matériaux pour la rénovation d'une salle de bains chez un client de Vallon : faïence, colle, joints, carrelage pour le sol, sanitaires et robinetterie, et enfin le ballon d'eau chaude. Elle vérifia une fois encore sur l'écran de son ordinateur qu'elle n'avait rien oublié. Apparemment, tout était bien là. Il ne lui restait qu'à ajouter la TVA. Elle soupira en lançant l'imprimante, se retourna pour regarder les feuilles sortir de la machine. On toqua à la porte, qui s'ouvrit avant même qu'elle n'ait eu le temps de répondre. Elena entra.

— Tu n'es pas partie bosser avec tes frères ? demanda Magdalena, étonnée.

— Si, mais je suis revenue pour parler avec toi. Seule à seule. Il est temps. Ça fait deux jours qu'on tourne en rond avec cette histoire. Deux jours que personne ne cause. Bastian fait la gueule et César est malade à en crever d'avoir dû vous avouer sa… connerie. Quant à papa, il évite tout le monde. Si on ne se décide pas à faire quelque chose, on n'en sortira pas. La politique de l'autruche, ça n'amène jamais rien de bon.

Magdalena agrafa les feuilles et les déposa sur un coin du bureau. Elle fit pivoter sa chaise et se retrouva face à sa fille.

— Je n'ai pas joué à l'autruche, murmura-t-elle. Je tente d'y voir clair et de gérer les problèmes les uns après les autres. Mais mon esprit est tellement embrouillé ! J'ai l'impression que le ciel m'est tombé sur la tête. Tant d'années et d'amour pour bâtir notre existence, pour faire en sorte que chacun de vous vive heureux, pour vous éviter le besoin… Et voilà qu'une tempête vient de tout ravager.

— Le bateau n'est tout de même pas en train de couler, ironisa Elena. Si on essayait d'analyser la situation sans dramatiser ? Que pense papa de tout ceci ?

— Tu connais ton père… Il s'en remet à moi. Il fera tout ce que je lui demanderai mais il ne prendra aucune initiative.

— Alors on n'a plus qu'à se débrouiller entre femmes. Que fait-on pour Bastian ? Tu as proposé d'inviter ce Miguel. Ça me paraît effectivement indispensable si on veut vraiment savoir qui il est, ce qu'il sait, ce qu'il veut. Après tout, il n'est peut-être pas le mauvais garçon qu'on imagine. De toute façon, on ne peut pas l'ignorer. Il ressemble comme deux gouttes d'eau à Bastian et il y a fort à parier qu'il soit son frère. Je suggère de ne pas attendre. Bon, on prend le taureau par les cornes et on va voir ce saisonnier maintenant ?

— Miguel est parti.

— Parti ?

— Je suis allée chez Thérèse hier. Je voulais faire sa connaissance, discuter avec lui et le convier ici. Il s'est envolé. Il a demandé son compte le matin qui a suivi l'altercation avec tes frères et il a filé.

— Et son ami ?

— Il est toujours là. Il s'appelle Enrique Quintanar. Je ne l'ai pas rencontré mais j'ai parlé avec un autre saisonnier qui loge aussi sur le domaine. Il ne m'en a pas dit du bien. Apparemment, il est du genre à chercher des noises à tout le monde. On ne le croit pas très honnête et on lui prête aussi beaucoup de conquêtes. Julianne et Angèle ne seraient pas ses seuls trophées de chasse, aux dires du saisonnier qui m'a également raconté qu'il s'était querellé avec Miguel après la bagarre dimanche soir. Miguel lui aurait jeté quelques billets à la figure alors qu'il venait de récupérer sa paie et qu'il préparait son sac pour partir.

— Ils se seraient disputés à quel sujet ?

— Le saisonnier n'a pas compris, ils parlaient en espagnol. Mais ça s'engueulait fort. À tel point que certains employés sont sortis de leurs chambres pour voir ce qui se passait. Ils étaient à deux doigts d'en venir aux poings.

— Cet Enrique, tu crois qu'il va nous chercher des poux ?

— Je ne sais pas. J'ignore ce qu'il veut et ce qu'il peut savoir de Miguel. Mais son comportement avec Julianne et Angèle prouve qu'il n'est pas sain.

— Ce type est néfaste. Il faudrait pouvoir le maîtriser, souffla Elena. Voire le neutraliser…

Elle eut quelques scrupules à poursuivre. Elle n'était guère à l'aise sur le sujet car elle avait couché avec cet homme. Juste une fois, comme ça, au début de l'été.

Une affaire classée sans suite. Elle hésita à se confier à sa mère. Ne serait-ce pas un pavé supplémentaire jeté dans la mare ? Elle ne tergiversa pas longtemps, le mensonge et les cachotteries n'étaient pas son fort, et lui avoua tout de son aventure.

— Quoi ? s'écria Magdalena. Tu as eu une liaison avec ce type ?

— Non, pas une liaison. On n'a même pas passé une nuit entière ensemble. On a juste...

Elle se retint de balancer l'expression qui aurait heurté sa mère.

— Écoute, reprit-elle, ce que j'ai fait avec lui ne change rien à notre problème. Mais je préfère t'en parler avant si jamais il en venait à se répandre sur notre famille. J'en toucherai aussi un mot à papa. Ainsi, personne n'aura de mauvaise surprise. Je ne suis pas une gamine comme Julianne. Je sais ce que je fais et j'assume. Évidemment, si j'avais pu prévoir la suite, j'aurais évité ce type et je serais allée voir ailleurs !

Magdalena dévisagea sa fille. Elena se débarrassait de tout ce qui la gênait d'une pichenette. C'était à la fois affligeant et apaisant.

— Je ne te comprends pas, dit-elle enfin. Tu ne peux pas mener une vie rangée comme tout le monde ?

— Je ne suis pas venue pour discuter de moi. On a mieux à faire. Et puis mes choix de vie n'ont créé de problème à personne ! En revanche, je ne me suis jamais permis de porter un jugement sur tes choix, y compris aujourd'hui malgré ce que tu as infligé à Bastian en lui cachant la vérité sur sa naissance ! J'ai même pris ta défense face à l'incompréhension générale !

Elle avait jeté des mots qu'elle regrettait déjà, élevant la voix plus qu'elle ne l'aurait souhaité. Magdalena avait les larmes aux yeux.

— Pardon, maman. Je ne voulais pas te faire de mal. Je veux t'aider, c'est tout. Et aider mes frères. Je reste toujours en retrait, j'en suis consciente, et je ne me plie pas à vos règles. Je reconnais que je ne viens pas manger tous les soirs avec vous ni ne passe mes dimanches en famille, mais là, je me sens profondément concernée par ce qui vous arrive. J'aime ma liberté, mon indépendance, mais je vous aime aussi. Ne pleure pas.

Magdalena saisit le mouchoir que lui tendait Elena et essuya ses yeux. Dans sa poitrine, son cœur s'était affolé. Elle se força à respirer lentement.

— J'ai peur d'Enrique, chuchota-t-elle comme si on pouvait les entendre. Il est dangereux. Il a profité de Julianne avant d'entreprendre Angèle, je me demande de quoi il est encore capable. J'ai la trouille qu'il prépare un mauvais coup contre nous. S'il sait comment Bastian est arrivé chez nous, il pourrait tout révéler sans que j'aie eu le temps de m'expliquer. Il faudrait peut-être que j'appelle un avocat. La justice ne me fera pas de cadeau si la vérité éclate.

— Pas d'affolement. Mais contacte un avocat.

Si parler avec un homme de loi pouvait rassurer sa mère, elle n'y voyait pas d'inconvénient. Par ailleurs, il pourrait leur être utile. Mais personne d'autre ne devait être mis au courant.

— Tu ne dis pas un mot de cette affaire à quiconque. Pas même à Thérèse. Même si c'est ton amie, même si tu as confiance en elle. Il faut qu'on soit prudents. Peut-être que cet Enrique ne compte pas rester très longtemps.

— À mon avis il ne partira pas avant la fin août, à la fin de son contrat. Et qui sait s'il ne va pas s'éterniser. S'il a dans l'idée de nous ennuyer…

— Il faut que ce mec se casse ! C'est à ce prix qu'on pourra retrouver la paix. Pour ma part je m'en moque, mais je pense à toi, à papa, à Bastian, et surtout à César.

— Ton frère est un imbécile ! rugit Magdalena qui s'agitait de nouveau. S'amouracher d'Angèle ! Une fille qui a l'âge de la sienne… Que peut-il bien trouver à cette gosse ? Si ce n'était pas mon fils, si je ne le connaissais pas aussi bien, je dirais moi aussi que c'est un vieux pervers. Mais je sais qu'il n'est pas cet homme-là. Il est paumé depuis que la mère de Julianne s'est fait la malle... Encore une qui ne valait rien et dont il s'est entiché au point de lui faire un gosse. Heureusement qu'elle est partie, cette greluche.

— Oh ! maman, tu dérailles ! Surveille tes propos. Et évite de dire ce genre de choses devant Julianne. Je ne crois pas qu'elle apprécierait, même si elle n'a jamais compris pourquoi sa mère l'avait abandonnée.

— Peu importe. Ma bru n'était pas faite pour être mère. Ni pour être la femme de César. J'aurais dû entourer davantage mon fils, être plus présente. Il n'aurait pas mis une gamine de 18 ans dans son lit !

— Enfin, maman, tu ne peux pas diriger la vie de ton fils et encore moins remplacer une épouse qui s'est fait la malle, comme tu dis ! César a plus de quarante balais ! Il est tout de même assez grand pour se débrouiller. Il aurait même dû en profiter pour sortir, voir des femmes et, pardonne-moi, tirer son coup !

— Tu te trompes. Ton frère était très bien sans femme. Angèle a dû bien le chauffer. Elle est loin d'être innocente pour avoir flirté avec cet Enrique !

— Angèle avait bu et l'autre salopard a profité de la situation. D'accord, elle n'est pas irréprochable, mais César n'est pas tout blanc non plus dans cette affaire. Peut-être que...

Elena se tut et réfléchit. Il lui semblait que la relation entre César et Angèle était sérieuse et leur amour réciproque. Se serait-elle trompée ? Angèle avait l'air mordue et César lui avait déclaré qu'il tenait à elle. Peut-être s'était-elle jetée dans les bras de l'Espagnol par dépit, parce que César l'avait plaquée. Elle formula son idée à haute voix.

— Non ! C'est juste une sale gamine qui a le feu aux fesses ! cria Magdalena en levant le bras avant de donner un coup de poing sur le bureau.

— Ne t'énerve pas. Ce qui est fait est fait et on ne peut rien y changer. On doit songer à l'avenir. À Bastian, et donc à Miguel. À César aussi. Quant à moi, il faut que je parle avec Émile entre quatre yeux. Je dois lui expliquer que César n'a pas profité d'Angèle et qu'il était réellement épris de sa fille. Émile m'a fait confiance quand il l'a placée chez nous. J'imagine qu'il est très contrarié. Pire que ça même.

— Tu m'étonnes ! Si un homme t'avait fait ça au même âge qu'Angèle, ton père lui aurait déjà fracassé le museau.

— Ce n'est pas le genre d'Émile. Il doit souffrir dans son coin. Je vais passer le voir. Je bosserai un peu plus ce soir pour rattraper mon retard.

— Laisse tomber. Le boulot n'est pas l'essentiel ces jours-ci.

— Si, c'est essentiel. Il nous maintient et nous évite les dérives. Et pour Enrique, on fait quoi ?

Magdalena leva les yeux au ciel.

— Donne-moi un peu de temps, murmura-t-elle. On en reparle demain.

— D'accord. Je file chez Émile puis je rejoindrai les garçons sur le chantier de Villeneuve. Ne t'inquiète pas, maman, dit Elena en s'approchant de sa mère pour l'embrasser, ce n'est pas la première fois qu'on prend des coups. Ça fait mal, mais on s'en sortira.

Magdalena sourit en faisant un petit signe de la main. Elle laissa sa fille partir, se tourna vers la fenêtre et entendit le Kangoo démarrer. Elle s'assit de nouveau dans son fauteuil. Son sourire avait disparu. Ses yeux se gonflèrent de larmes. Elle pleura longtemps, la tête cachée entre ses bras posés sur son bureau. « Ce n'est pas la première fois qu'on prend des coups. Ça fait mal, mais on s'en sortira. » Les mots d'Elena tournaient en boucle dans sa tête. Ce n'était pas à sa fille de trouver une solution mais à elle. C'était par elle que le mal était arrivé. Parce qu'elle avait volé un enfant, inconsciemment peut-être, mais volé tout de même. Et c'était elle qui avait emmuré ce secret pendant des années, elle qui avait menti à Bastian.

— C'est à moi de réparer, dit-elle en se levant. Il faut que je me calme, j'ai besoin d'y voir plus clair.

Elle monta à l'étage, passa dans la salle de bains, ouvrit le robinet et laissa l'eau couler sur ses joues. Quand elle se sentit mieux, elle se recoiffa et posa une touche de rouge sur ses lèvres. Dans la cuisine, elle récupéra son trousseau de clés dans une bannette qui servait de vide-poches et sortit. La journée s'annonçait magnifique. Elle vida la boîte à lettres, mit de côté les factures et s'arrêta sur une enveloppe sans timbre. Elle l'ouvrit et blêmit à la lecture du courrier qui avait été glissé dedans. Deux fois, elle le relut. Ses doigts tremblaient et ses mâchoires s'entrechoquèrent quelques instants. Elle inspira très fort, cherchant l'apaisement. Puis elle replia la feuille et la rangea dans son sac à main. Quand elle monta dans sa voiture, son visage affichait un air sérieux, presque grave. Déterminé. Elena avait raison, Enrique était un individu néfaste, qu'il fallait neutraliser...

# 18

— J'en ai ma claque ! cria Bastian en jetant sa pelle dans le tas de sable.

Malgré le bruit de la bétonnière qui tournait sans arrêt, Elena l'avait entendu hurler. Elle posa le râteau en bois avec lequel elle lissait la dalle, ôta sa casquette et épongea son front. Pour ne pas abîmer le béton tout frais, elle s'approcha de l'engin avec précaution pour l'arrêter puis rejoignit Bastian. Il s'était assis par terre, les bras autour des genoux, et fixait l'horizon, immobile. À son menton tremblant et à ses yeux brillants, elle devina qu'il était au bord des larmes. Elle s'agenouilla près de lui et alluma une cigarette. Elle tira une longue bouffée de nicotine et expira en observant la fumée qui s'échappait de sa bouche. Elle tenta de calculer le nombre d'heures qui serait nécessaire pour terminer le chantier et abandonna ses comptes. Ce n'était pas important. Ce n'était qu'une terrasse, après tout. Elle examina la façade de la maison, une bâtisse ancienne déjà maintes fois rénovée. En contrebas de l'endroit où ils se trouvaient, l'Ardèche sillonnait le val, paisible. Un peu plus loin, accroché à la falaise, le village médiéval de Balazuc resplendissait au soleil. Le cadre lui rappela le mas de Laurent Abadie, perdu dans la cambrousse au-dessus du Chassezac. Elle ne l'avait pas revu depuis la fameuse soirée de la fête des vignerons. À vrai dire, elle n'avait même pas pensé à lui. Ils se croiseraient de nouveau quand les travaux reprendraient dans sa maison. S'il maintenait ses projets, ce qui n'était pas certain.

Il n'avait pas eu l'air très sûr de lui et hésitait sur tout. Elle n'avait toujours pas compris pourquoi il était venu la voir à Ruoms ni ce qu'il attendait d'elle. Elle tira une dernière bouffée sur sa Marlboro et l'écrasa, oubliant Abadie et ses états d'âme trop complexes pour elle. Elle tendit la main vers Bastian, la posa sur sa nuque et attira son frère vers elle.

— On parle ? murmura-t-elle à son oreille. On crève l'abcès ou on reste muets en attendant que, dans son infinie bonté, Dieu nous vienne en aide et te sorte de cette dépression qui te ronge ? Tiens, je vais lui demander !

Elle mit ses mains en porte-voix, leva la tête et s'égosilla.

— Dieu ! Tu m'entends ? Il faudrait faire un truc pour mon frère parce qu'il ne va pas bien. Il part en vrille. Tu peux lui prescrire une ordonnance de Prozac pour qu'il voie la vie en rose ?

L'écho renvoya ses paroles et les multiplia.

— T'es con, chuchota Bastian. T'es con mais je t'aime.

Les derniers mots s'étranglèrent dans sa gorge et il se mit à sangloter, le visage enfoui dans le cou de sa sœur.

— Pleurer c'est mieux qu'une boîte entière de médocs, dit-elle. Pleurer, râler, déverser la colère qui te ronge à petit feu… Tu aurais dû le faire depuis longtemps.

Elle le laissa épancher son chagrin. Quand elle le sentit apaisé, elle s'éloigna de lui pour lui faire face.

— Que veux-tu faire ? Tu souhaites vraiment quitter la maison ? T'éloigner de la famille comme tu l'as dit plusieurs fois ?

— Non. Si c'était si facile, je l'aurais déjà fait. Je n'ai pas envie de partir. Ni de rester, d'ailleurs… Je suis perdu. J'ai l'impression que je ne peux être bien nulle part parce que je ne sais pas qui je suis…

— T'es mon frère, que tu le veuilles ou non. Quand je suis née, tu étais là. J'ai appris à parler et à marcher avec César, Martin et toi. Et avec nos parents, comme toi. Tu ne peux pas renier quarante ans de ta vie. Même s'il coule dans tes veines un sang différent on a été élevés ensemble, on a reçu la même éducation et on a partagé plein de choses. Tu ne peux pas oublier ces mercredis où on allait pêcher dans l'Ardèche quand on habitait à Aubenas, tu ne peux pas non plus oublier nos escapades à vélo. Tu te souviens du jour où nous sommes partis tous les deux jusqu'à Thueyts ? Tu voulais rendre visite à ta petite amoureuse, la jolie rousse qui était au collège avec toi. On n'avait rien dit à personne, on était rentrés tard… Je me rappelle encore la fureur de papa. La nuit était tombée. Tout le monde s'inquiétait à la maison. Et nous, on riait sous cape. On était heureux, totalement inconscients aussi ! Tout ça ne s'efface pas d'un coup de balai. C'est un peu comme des gènes qu'on partagerait.

— J'aurais aimé savoir plus tôt que j'étais un enfant… venu d'ailleurs.

— Maman a fait ce qui lui semblait être le mieux pour toi.

— C'est faux. Maman a fait ce qui lui semblait être le mieux pour elle !

— Je ne crois pas que ce soit si simple. Égoïstement, la première pensée qui me vient à l'esprit quand je songe à maman, c'est que je suis bien contente de ne pas avoir eu d'enfant ! Je me réjouis d'avoir fait ce choix. Parce que la marmaille, c'est toujours des emmerdes. J'ai ressassé ton histoire des dizaines de fois depuis que maman nous l'a racontée. J'ai imaginé Carlos te donnant à nos parents. Nos parents te ramenant à Aubenas. Et puis il y a eu le décès de ta mère. Qu'est-ce que j'aurais fait si j'avais été à la place de maman ? J'aurais probablement attendu avant de te dire la vérité, me demandant chaque jour si c'était le bon moment pour tout t'avouer. À quel âge des parents peuvent-ils révéler à leur enfant qu'ils ne sont pas ses parents biologiques ? À 10 ans, quand le môme baigne encore dans l'innocence ? À 15 ans, quand il est en pleine adolescence et fait des conneries à tour de bras ? À 20 ans, quand il est un jeune adulte et se lance dans la vie ? Ou à 30 ans parce qu'il devient plus sage ? Sincèrement, tu peux retourner le problème dans tous les sens, je suis sûre que tu n'auras pas la réponse. Je crois que maman s'est posé la question mille fois et qu'elle n'a jamais eu le courage de t'attraper entre quatre yeux pour t'avouer que tu n'es pas son fils mais celui d'une autre femme et que celle-ci est décédée. Elle a eu peur de tout bousiller.

— Tu la soutiens… Ça me dégoûte.

— Je préfère te voir dégoûté plutôt que de te voir avancer comme un robot. Ce que tu fais depuis plusieurs jours. Tu bosses en silence, sans sourire, sans crier, comme un esclave résigné. Tu encaisses les coups presque sans broncher alors que tu as envie de riposter. Je défends maman, c'est vrai, parce que je n'aurais pas aimé être à sa place. Parce que je sais combien c'était compliqué pour elle. C'était sans doute plus facile pour elle de se taire, de faire comme si elle t'avait mis au monde et de te voir pousser heureux. C'était une manière de se protéger elle-même, mais aussi de te protéger toi. Je comprends ta détresse et ton chagrin et je ne les minimise pas. C'est pourquoi je te demande ce que tu veux faire. Quoi que tu décides, je suis prête à t'aider.

Bastian ne répondit pas. Son regard s'égara vers le ciel. De gros nuages noirs s'amoncelaient sur les Cévennes en une masse menaçante qui venait vers eux. Après des jours de canicule et de sécheresse, un peu de fraîcheur et d'humidité ferait le plus grand bien.

— Il va pleuvoir, dit-il.

— Pas maintenant. Ce soir sans doute. À mon avis, avec toute cette chaleur ça va claquer. Les orages du 15 août, comme d'habitude.

— J'espère qu'il n'y aura pas trop de dégâts et du boulot en plus pour nous…

Elena soupira. Il avait détourné la conversation sans avoir répondu à ses interrogations. Devait-elle l'asticoter davantage ? Elle alluma une nouvelle cigarette et attrapa le poste de radio qu'ils emportaient sur les chantiers. Sur France Bleu, Dalida chantait. *Arriva Gigi l'amoroso, croqueur d'amour, l'œil de velours comme une caresse...*

— On joue franc-jeu maintenant. Et tu cesses de botter en touche, articula-t-elle soudain. Parce que je t'adore et que j'ai un tout petit peu de patience. Avec des limites, tout de même !

Il la dévisagea. Elle avait cet air sauvage qui ne l'avait jamais quittée depuis l'enfance. Il admirait son côté casse-cou et un peu dingue. Rien ne la déstabilisait. Il appréciait aussi cette façon simple qu'elle avait de l'aimer sans chercher à prouver ses sentiments.

— Je ne sais pas quoi faire, avoua-t-il. Maintenant que Miguel est parti, je me dis que j'ai réagi comme un con. Au lieu d'aller vers lui et de lui parler, je me suis contenté de lui casser la gueule. J'avais tellement la trouille de ce que je pouvais découvrir que j'ai gâché la chance de pouvoir l'aborder. Et maintenant que son copain est parti lui aussi, je ne vois pas comment me rattraper. Tu as une idée ?

Elena saisit une poignée de sable et la fit glisser entre ses doigts. Thérèse Volane les avait avertis qu'Enrique s'était sauvé comme un voleur trois jours après Miguel, sans même demander son salaire. Il ne devait pas être net, le bonhomme.

— Tu ne réponds rien ?

— Je réfléchissais, murmura Elena. Qu'est-ce qu'on a comme infos sur l'Espagnol ?

— Presque rien. Il est arrivé ici avec Miguel. C'est un drôle de loustic, un gros dragueur. À Julianne, il a dit qu'il était père de famille et divorcé... J'en sais pas plus.

— Ils viennent d'où tous les deux ?

— De la région de Valence.

— Comme l'oncle Carlos, alors... Écoute, je n'ai pas trente-six propositions à te faire mais j'en vois une qui tient la route. Si tu es d'accord, on part en Espagne toi et moi en septembre, pendant nos congés. Il faut qu'on rencontre Carlos. Lui aura peut-être des explications à nous donner.

— Il est vieux. Si ça se trouve, il ne se rappellera de rien.

— Il est vieux, certes, mais il n'est pas pour autant sénile. On l'interrogera et on verra bien. On lui demandera de nous parler de ta mère. Il nous racontera peut-être aussi son histoire, comment il a essayé de résister au franquisme. S'ils ont lutté ensemble, ils devaient bien se connaître. On ne partage pas de tels engagements avec des étrangers. On tentera d'apprendre le nom de ton père. Et qui sait si on ne mettra pas la main sur Miguel, ou Enrique. Et puis on visitera un peu la région. Je pense que c'est important que tu découvres le pays où tu es né.

— Tu veux dire renouer avec mes racines, c'est ça ?

— Exactement. Ça te permettra peut-être de retrouver un équilibre, de savoir ce que tu veux. Nous quitter, ou pas...

Elena se tut. Elle n'avait pas envie de convaincre son frère de rester, même si elle mourait d'envie de le garder près d'elle. Il devrait faire son choix tout seul. Elle se releva, ouvrit la glacière et attrapa une bouteille d'eau.

— On y retourne ? proposa-t-elle en montrant la terrasse.

Bastian acquiesça et remit la bétonnière en marche. Il saisit le jet et aspergea le béton. Puis il s'empara de nouveau de sa pelle et piocha dans le tas de sable. Elena l'observa un instant du coin de l'œil. Il lui semblait que son frère avait un visage plus détendu. Elle reprit son râteau, écarta les jambes, les cala sur des tasseaux de bois qui permettaient de ne pas marcher sur le béton frais et recommença son travail de lissage. De temps à autre, elle relevait la tête vers Bastian. Il avait l'air absorbé par son travail mais elle devina qu'il cogitait. Au voyage en Espagne sans doute. C'était un quitte ou double qu'elle lui avait offert. La possibilité de savoir d'où il venait et de demeurer là-bas si la terre de ses ancêtres lui plaisait. Elle était certaine d'avoir fait la bonne suggestion, mais elle ne put s'empêcher de penser qu'elle ne fanfaronnerait pas si jamais il décidait de ne pas rentrer avec elle. Elle serra les dents et se concentra à sa tâche. Quoi qu'il arrive, elle respecterait les désirs de son frère. Même si elle devait en souffrir. L'important était qu'il se retrouve, qu'il reprenne goût à la vie. Et s'il s'éloignait, il n'oublierait pas pour autant la famille dans laquelle il avait grandi.

Ils travaillèrent en silence jusqu'à la fin de la journée. Au moment de partir, alors qu'ils se dirigeaient vers la camionnette, Bastian demanda :

— Tu as toujours des solutions à tout !

— Je ne crois pas, répondit Elena en haussant les épaules.

— Je te confie ce qui ne va pas et tu me proposes tout de suite une solution… Tu as aussi une idée pour César ?

— Pour César ?

— Oui, César et Angèle.

— Ah ! là, je sèche. Avec les derniers événements, je ne suis pas sûre qu'il puisse y avoir raccommodage. Angèle a couché avec Enrique, César doit en avoir gros sur le cœur. Il faudrait qu'il lui pardonne. Il aime Angèle mais j'ignore si c'est réciproque. Si ça ne l'est pas, je ne vois que la vie monacale pour lui !

— T'es vache, sourit Bastian.

— Non, réaliste !

— Et s'ils s'aimaient vraiment ?

— Ils se marieront et auront beaucoup d'enfants !

Bastian éclata de rire et son regard fixa un instant celui d'Elena. Elle comprit que rien n'avait changé. Il existait entre eux des liens aussi solides que ceux du sang.

# 19

*Enrique tend la main en se traînant sur la berge humide. Il rampe encore sur quelques mètres et implore Magdalena de l'aider. Elle hésite un instant puis s'approche. Il a le front en sang. Un éclair vrille le ciel, le tonnerre gronde et elle ferme les yeux. Quand elle les rouvre, Enrique a disparu. Elle est seule au bord de l'Ardèche. La rivière a perdu ses jolis reflets verts. Elle est aussi noire que les nuages.*

Magdalena se redressa d'un bond et regarda autour d'elle. Il lui fallut quelques secondes pour comprendre qu'elle était dans sa chambre. À côté d'elle, Damian dormait paisiblement, d'un sommeil profond que rien ne pouvait troubler. Le réveil indiquait 2 h 34 et dehors il faisait clair comme en plein jour. L'orage se déchaînait et illuminait le ciel à travers les volets entrebâillés. Des roulements de tambour claquaient plus ou moins régulièrement puis la foudre dégringolait, traçant des découpes blanches dans l'obscurité de la nuit. Le spectacle rassura Magdalena. Tout le reste n'était qu'un cauchemar. Elle soupira et reposa sa tête sur l'oreiller. Combien de temps cette histoire la tracasserait-elle ? Combien de temps devrait-elle supporter les angoisses jusqu'à se ronger les ongles, ressasser des questions sans réponses ? Elle vit défiler les minutes, puis les heures. À 5 heures elle n'était pas parvenue à se rendormir. Son esprit moulinait sans arrêt et son corps était douloureux tant il était contracté. Elle se leva sans bruit, enfila son peignoir et descendit à la cuisine. Elle se servit un verre d'eau et l'avala

en … lait sur les carreaux.
L'o… entendait encore le
tor… Ardèche répercutaient
le … ultipliaient.
… bureau. Elle s'assit
da… et en sortit la lettre
qu… ne. Elle en connaissait
le… elle déplia le morceau
d… *tiens à ta famille, il faut*
*p… eures, au bout du chemin*
*F…* uand elle avait décou-
v… aucun doute. Il prove-
r… , un type peu apprécié
… s dires de Thérèse. Elle
… is avec l'argent qu'elle
… qu'elle avait retirés d'un
… pte courant. C'était tout
… ait pas touché au compte
… anque appelle son mari.
… ait jamais eus. Leur seule
… Si Enrique n'était qu'un
… cherait ce qu'elle lui offri-

… it indiqué avant l'heure.
… e pierre ronde, à quelques
… ois pêcheurs traînaient un
… rant est plus rapide. Plus
… éclabousser. Sans surprise,
… it vu Enrique arriver. Elle
… nu son visage qu'elle avait
… été des Volane. S'il n'avait
… méchant, il aurait été beau.
… es forces pour éloigner son
… ne céderait pas devant cette
… ettrait pas qu'il détruise sa
… proché, elle avait senti son
cœur … effort, avait-elle songé. Un

MÈRE

SAINT-LOUIS

FERVENTE, CHARITABLE ET AUDACIEUSE

Issue de la noblesse, Marie-Louise-Elisabeth de Lamoignon est une épouse et une mère comblée avant d'être frappée par l'épreuve : 3 de ses 5 enfants sont emportés par la maladie et son mari est guillotiné à la Révolution Française.
Sa méditation du mystère de la Croix la conduit à désirer se consacrer à Jésus Sauveur dans une communauté contemplative : en 1803, l'évêque de Vannes la nomme alors supérieure de la Congrégation qu'elle a fondée pour l'éducation de la jeunesse abandonnée et l'œuvre des retraites spirituelles, sous le nom de Mère Saint-Louis.

Au décès de sa fondatrice, la Congrégation compte une cinquantaine de religieuses et quatre établissements en Bretagne. Aujourd'hui, les Sœurs de la Charité de Saint-Louis sont présentes dans une dizaine de pays.

effort et j'en aurai fini avec cet être nuisible. Il avait à la main une bouteille de whisky à peine entamée dont il but une rasade en toisant Magdalena.

— Besoin de courage pour m'affronter ? avait-elle dit en se composant une mine téméraire.

Il avait rugi et balancé des insultes avant de boire de nouveau.

— Le fric ! avait-il ordonné en posant sa bouteille par terre pour attraper le sac de Magdalena.

— Je n'ai pas les 100 000 euros, avait-elle annoncé en sortant une enveloppe. Vous prenez ce que je vous donne, vous partez d'ici et vous quittez l'Ardèche sans jamais y remettre les pieds.

— Je veux 100 000 sinon je balance que tu as volé un enfant. Bastian n'est pas ton fils.

— Je n'ai pas volé d'enfant. Si vous vous avisez de répandre quoi que ce soit à mon sujet ou au sujet de ma famille, je vais à la police et je vous dénonce pour chantage. J'aurai peut-être des ennuis, mais vous aussi. Sachez que j'enregistre notre conversation depuis le début et que je ne suis pas venue seule.

C'était faux, mais elle avait tenté le coup et il avait failli y croire. Il avait jeté un œil autour de lui, puis s'était mis à rire.

— Alors comme ça il y a du monde avec toi ? Menteuse !

Il s'était alors rué sur Magdalena pour lui arracher l'enveloppe. Elle l'avait repoussé mais avait trébuché sur les galets. Elle avait basculé vers l'arrière et était tombée. Par chance sans se briser un os. Il avait foncé sur elle et l'avait attrapée par le cou avant qu'elle n'ait pu se relever.

— Tu te débrouilles pour m'apporter le reste de l'argent demain, sinon…

— Je n'ai pas cet argent.

— Tu paies ou je te tue !

— Tu prends l'argent que je t'ai apporté et tu pars.

Il avait serré davantage les doigts autour de son cou et Magdalena avait suffoqué. Elle avait pensé que tout allait s'achever là, au bord de cette rivière. Il lui ferait la peau et s'en irait tranquillement. Sous sa main en appui sur le sol, elle avait senti un galet. Une arme pour se défendre. D'un geste, elle avait saisi la pierre et frappé Enrique au front. Il s'était effondré. Sonné, il avait été incapable de se redresser.

— Tu gardes ce fric, avait-elle dit en lui collant l'enveloppe sur le ventre, et tu t'éloignes d'ici pour toujours. Sinon, je dirai que tu as tenté de m'étrangler. Je suis certaine qu'il y aura des témoins pour t'enfoncer davantage et t'accuser de tous les maux et de tous les crimes. Quand on racontera comment tu as abusé de la jeune Angèle, je crois que tu n'auras personne pour te soutenir. Repars d'où tu viens, ou alors tu crèveras en prison.

Elle avait frotté son cou meurtri, ne doutant pas que l'étreinte d'Enrique y avait laissé de belles marques. À son regard contrarié, elle avait compris qu'elle ne se trompait pas. Peut-être aurait-il peur qu'elle dépose une plainte contre lui... Peut-être partirait-il enfin. Elle s'était éloignée, le laissant affalé sur la berge, le crâne sanguinolent. Tandis qu'elle lui tournait le dos, son cœur s'était mis à cogner de nouveau dans sa poitrine, comme s'il allait exploser. Elle avait marché en titubant jusqu'à sa voiture les mains plaquées sur ses seins. Chancelante, oui, mais victorieuse. Elle n'avait pas capitulé face à lui. Elle n'avait montré aucune faiblesse. Il était plus de 21 heures lorsqu'elle était rentrée à la bastide, sale, décoiffée et marquée. Devant l'affolement et les questions de Damian, elle avait expliqué avoir eu un malaise. La chaleur lui avait fait tourner la tête et elle était tombée alors qu'elle sortait de la ferme à Saint-Alban-Auriolles où elle était allée acheter des produits.

— Je suis allée chercher des œufs et un poulet. Ils sont restés dans le coffre de la voiture. Tu veux bien y aller ?

— Je m'en fiche du poulet et des œufs ! avait hurlé Damian. C'est pour toi que je me tracasse. Tu ne pouvais pas me téléphoner afin que je vienne te chercher ? Reprendre le volant dans cet état était imprudent.

— J'ai attendu d'aller mieux. C'est pourquoi je rentre si tard.

— Et répondre à mes appels c'était trop demander ? Tu n'as pas vu mes messages ?

— Quand je vois à quel point tu es fâché, je me dis que j'ai bien fait !

Damian avait remué la tête et ouvert les bras. Magdalena s'était blottie contre lui, honteuse de lui avoir menti. Mais c'était pour le protéger et protéger la famille. Si un jour elle devait avouer la vérité, il comprendrait.

Magdalena replia la lettre et la rangea. Devait-elle s'en débarrasser ? Elle hésitait sur la conduite à tenir. Enrique était parti le soir même de leur rencontre au bord de la rivière. Il s'était envolé sans même repasser au domaine des Volane pour réclamer son salaire et reprendre ses affaires. Comptait-il revenir ? Magdalena le craignait. Thérèse avait promis de la tenir informée si jamais l'homme réapparaissait.

Quand elle avait appris le départ d'Enrique, Magdalena avait été soulagée. Mais qu'il se soit sauvé si brusquement la souciait. Elle l'imaginait tapi quelque part, préparant un mauvais coup. Elle avait prié pour qu'il parte, face à lui elle s'était montrée déterminée, mais jamais elle n'aurait pensé arriver à ses fins aussi rapidement. Elle frotta son front douloureux. Une migraine la guettait, comme chaque fois qu'elle ressassait un souci. Elle se leva et ouvrit les volets avant de s'asseoir de nouveau. Elle détendit son corps, allongea ses jambes et posa sa tête sur le dossier de son fauteuil. L'orage grondait toujours au loin. Le soleil se levait, caché par d'épais nuages. Il était presque 6 heures. Damian n'allait pas tarder à se réveiller. Jour férié ou pas, il ne restait guère au lit.

Magdalena abandonna son bureau pour la cuisine. Elle prépara du café et coupa quelques tartines de pain. La pluie avait enfin cessé de tomber. Elle entrebâilla la porte-fenêtre pour faire entrer un peu d'air frais. La température avait baissé d'une dizaine de degrés pendant la nuit, la journée à venir serait moins chaude que les précédentes. C'était la fin de la canicule et de la sécheresse. La terre, gorgée d'eau, respirait et exhalait ses parfums. Tout était calme dans la cour, très calme. Trop ? Elle jeta un coup d'œil vers le portail. Il était grand ouvert ; ils ne le fermaient jamais. Elle songea que ce n'était pas prudent. Les deux gros chiens d'Elena dormaient dans les anciens chais avec leur maîtresse, il n'était pas certain qu'ils entendent du bruit si un étranger s'introduisait dans la bastide durant la nuit. Un frisson la parcourut et elle resserra les pans de son peignoir sur sa poitrine. Ses yeux parcoururent le jardin, scrutèrent l'allée, les bosquets de lauriers, les troncs des oliviers, cherchant si une silhouette n'était pas dissimulée quelque part dans le jardin. L'espace était bien trop vaste, avec de nombreuses cachettes possibles. Quant à l'arrière de la maison qui donnait sur les vignes et les vergers, il n'était même pas clôturé. Son inquiétude redoubla. Durant quelques secondes elle s'attendit à voir surgir Enrique. Elle se raisonna. Elle devait dépasser cette frousse de le voir réapparaître. Par sécurité, elle demanderait à Damian de veiller à ce que la propriété soit bouclée chaque soir. Ce fut la première chose qu'elle lui dit lorsqu'il se leva.

— Tu n'as rien à craindre, murmura-t-il en la serrant dans ses bras. Que voudrais-tu qu'il arrive ? Je sais que tout est compliqué en ce moment. On traverse unc mauvaise passe mais on va s'en sortir. Si ça peut te rassurer, dorénavant je fermerai le portail pour la nuit. Il faudra avertir les enfants qu'ils fassent de même. Ils sortent souvent. Enfin, Elena surtout.

— Et derrière ? On pourrait installer un grillage avec une haie pour que ça ne soit pas trop moche.

— Derrière ? Et Pépé-la-Cigale, tu as pensé à lui ? Sa bicoque est au cœur des vignes. Il doit traverser le verger et notre terrain pour rejoindre la route.

— Il pourrait emprunter l'autre chemin.

— Magda, chuchota Damian en l'enlaçant de nouveau, calme-toi. Pourquoi toutes ces frayeurs ? Tu m'as dit toi-même que l'Espagnol était parti. Respire. Tout va s'arranger. Tu ne perdras pas un seul de tes enfants. Jusqu'à preuve du contraire Bastian est toujours là. Cet Enrique n'a pas mis sa menace à exécution. Même s'il est fâché, sa colère passera et il finira par comprendre.

# 20

— Stop ! cria Elena.

Les deux molosses s'arrêtèrent net sur la terrasse. Ils avaient les pattes couvertes de boue.

— On ne bouge plus ! dit-elle en attrapant le tuyau d'arrosage. Alors on est allés faire la nouba dans les vignes ?

Attila et Hannibal remuaient la queue, sentant que leur maîtresse râlait pour la forme. Ils la laissèrent nettoyer leurs pattes, gigotant pour tenter de laper l'eau.

— Au tapis ! leur ordonna-t-elle en les faisant rentrer dans la cuisine. Et on ne bouge pas le temps que ça sèche !

Ils obéirent et se couchèrent chacun sur sa carpette. Elena referma la baie. Il pleuvait de nouveau. Ce serait un 15 août gris, comme souvent dans la région. Bientôt les campings, les locations, les hôtels et les clubs de vacances commenceraient à se vider et le coin redeviendrait désert ou presque. Elena sourit à l'idée qu'elle pourrait reprendre ses longues marches au bord de l'Ardèche avec ses chiens sans craindre de déranger les touristes qui se baignaient ou paressaient sur la plage. Et puis ce serait à son tour d'être en vacances ! Elle songea à la conversation qu'elle avait eue la veille avec Bastian. S'ils se décidaient pour un voyage en Espagne ils ne devaient pas partir à l'aveuglette. Elle se servit une tasse de café, glissa un CD de Bernard Lavilliers dans le lecteur et s'allongea sur le canapé, son ordinateur portable posé sur ses cuisses. Elle pianota sur le clavier, cherchant tout d'abord une carte de l'Espagne afin de localiser Valence.

— Ouille ! fit-elle. Jamais je n'aurais placé Valence à cet endroit ! J'aurais mieux fait d'écouter les cours de monsieur Moinnier.

Elle sourit à l'évocation de son professeur d'histoire-géographie, se rappelant surtout l'énergie qu'il dépensait à vouloir lui faire admettre qu'il fallait apprendre les leçons. Ce à quoi elle répliquait qu'il était inutile de tout apprendre puisque les livres pouvaient apporter les réponses aux questions. « Si on sait tout, il n'y a plus rien à découvrir et on se prive du plaisir d'explorer ! avait-elle rétorqué un jour. Christophe Colomb, par exemple, s'il n'avait pas cherché une nouvelle route pour les Indes, il n'aurait jamais rencontré l'Amérique sur son chemin ! Comme quoi il est bon d'être un peu ignorant. » Forte de cet argument, elle lui avait cloué le bec. Maintenant qu'elle y songeait, il aurait pu réagir et peut-être même lui démontrer combien il était important de posséder un minimum de culture. Elle s'en était rendu compte lorsqu'elle avait quitté l'école. Depuis, elle essayait de combler ses lacunes en bouquinant ou en surfant sur le Net. Mais son bagage culturel était encore trop léger à son goût. Wikipédia lui permit d'attraper quelques informations sur Valence, une ville riche d'un patrimoine architectural renommé, agrémentée d'une côte bordée de belles plages de sable fin où il devait être agréable de paresser. Peut-être profiteraient-ils de leur séjour pour faire un peu de tourisme, pensa-t-elle.

Elle poursuivit son tour d'horizon, calcula le temps du trajet en voiture pour se rendre là-bas, puis se lança à la recherche d'un hébergement sur place. Elle releva quelques noms d'hôtels qui lui semblaient à la fois convenables et abordables. Que prévoir de plus pour préparer ce périple vers la Péninsule Ibérique ? Périple qui n'était encore qu'une hypothèse… Elle appuya sa tête sur un coussin et ferma les yeux tout en écoutant

Lavilliers. *La musique parfois a des accords majeurs qui font rire les enfants mais pas les dictateurs. De n'importe quel pays, de n'importe quelle couleur, la musique est un cri qui vient de l'intérieur...* Elle se redressa, soudain attentive aux paroles de la chanson. Les dictateurs... Elle reprit son ordinateur et se plongea dans l'histoire récente de l'Espagne. La guerre et le franquisme, elle en avait bien sûr entendu parler. Magdalena leur avait raconté pourquoi ses parents avaient fui leur pays quand ils étaient jeunes. Mais de là à pouvoir saisir tous les rouages de ce conflit... Elle fit défiler plusieurs pages et lut quelques articles sur la guerre civile qui avait ravagé l'Espagne de 1936 à 1939. Les républicains avaient combattu les nationalistes menés par Franco et perdu la partie. Victorieux, le général avait établi une dictature qui avait tenu plus de trente-six ans. La transition vers la démocratie s'était faite doucement après la mort du Caudillo. Elena laissa de côté les aspects politiques pour s'intéresser aux enfants volés à l'époque où Franco dirigeait le pays. En fonction des sources, le nombre de bébés enlevés à leur famille oscillait entre trente et trois cent mille. Une note précisait cependant que ce dernier chiffre était sans doute exagéré. L'odieux trafic avait sévi de 1939 à 1989. Soit bien après la fin du régime fasciste. Elena passa d'un article à l'autre, cherchant à s'approcher de la vérité. L'affaire paraissait complexe. Dans un premier temps, les petits de moins de 3 ans avaient été soustraits aux prisonnières politiques pour les placer dans les familles franquistes. Ils y étaient rééduqués car être républicain était considéré comme une tare. Puis le système avait été perfectionné pour capter les bébés dès la naissance. Les maternités publiques et les établissements religieux avaient coopéré à part égale à ces crimes. Sitôt l'accouchement terminé, on annonçait à la mère le décès de son enfant qui était en réalité confié à une autre femme. Le retour de la démocratie avait à peine freiné les criminels. Dans les hôpitaux, certains médecins avaient organisé un véritable négoce. Les petits étaient volés aux mères adultères ou célibataires et revendus à de riches couples qui ne pouvaient pas procréer.

Elena frotta ses yeux et se redressa. Elle se servit un nouveau café et revint s'installer dans le salon. Attila et Hannibal la regardaient, l'air malheureux.

— C'est bon, vos pattes sont sèches. Vous pouvez venir !

Les molosses ne se firent pas prier. Attila sauta sur un fauteuil et Hannibal sur le canapé. Il posa sa grosse tête sur les mollets de sa maîtresse.

— Tout ça me semble très compliqué, dit-elle en reprenant sa lecture. Je ne sais pas si je vais parvenir à aider tonton Bastian. Vous en pensez quoi vous deux ?

Attila ouvrit une paupière et tenta de s'étirer dans le fauteuil trop petit pour lui. Hannibal ronflait déjà, ses babines se soulevant au rythme de sa respiration.

— Vous ne m'éclairez pas beaucoup. C'est que je suis un peu perdue dans ces histoires d'enfants volés. Je me demande par où commencer. Si j'accompagne Bastian en Espagne, j'aimerais partir avec quelques pistes possibles. Hannibal ? Attila ? Une opinion sur le sujet ?

Attila soupira, les yeux fixés sur sa maîtresse.

— Évidemment, il y a Carlos. C'est le premier que nous interrogerons. Mais s'il n'a pas d'info à nous donner comment procédera-t-on ? Vous n'avez pas une idée ?

— Tu parles à qui ? Je te dérange ?

Elena sursauta et sourit en apercevant le visage de Bastian par la porte entrebâillée. Attila et Hannibal avaient déjà bondi pour accueillir le visiteur.

— Je parle à mes chiens ! Entre !

— Je me doutais que tu étais seule, il n'y a que ta voiture.

— Je suis contente de te voir.

— T'es un peu bizarre, tu sais. Bavarder avec des chiens...

— Ils m'écoutent ! Leur présence m'apaise. Souvent, quand je partage un problème avec eux je trouve plus vite la solution. Ce sont de bons compagnons. Fidèles, loyaux et dévoués. Je sais que ça t'échappe, mais je ne suis jamais seule ! Sers-toi un café et viens t'asseoir.

Bastian s'exécuta et prit place dans un fauteuil. Hannibal vint aussitôt se coucher à ses pieds.

— Fidèles, loyaux et dévoués mais de véritables pots de colle ! plaisanta Bastian.

— Oui. C'est pour ça que je les aime. Justement, on parlait de toi. Enfin, de l'Espagne et d'un possible voyage.

— C'est pour cette raison que je suis là ! Mais t'es encore en pyjama ? Tu ne sors pas aujourd'hui ?

— Non, il pleut. J'ai décidé que ce 15 août serait glandouille à la maison. Alors tu as réfléchi à ma proposition ?

— Oui. Je serais heureux d'aller en Espagne avec toi.

— J'ai commencé à chercher quelques informations sur Internet, quelques noms d'hôtel, le trajet… J'ai également glané quelques infos sur l'affaire des bébés volés, ajouta-t-elle doucement. Cette page de l'histoire espagnole est plutôt atroce. Tu n'as pas peur de ce qu'on pourrait trouver ? Je ne voudrais pas que tu sois encore plus mal que tu ne l'es.

Son frère sourit. Elena prenait mille précautions pour ne pas le heurter. Il la découvrait plus sensible qu'il ne l'avait imaginé.

— J'ai fouiné de mon côté et lu pas mal de choses sur le sujet, dit-il. Finalement, ça ne fait pas si longtemps que ça qu'on s'intéresse à ce trafic d'enfants. C'est resté longtemps tabou, bien enfoui dans les mémoires.

— Je me demandais où nous pourrions aller à la pêche aux infos. En dehors de Carlos, qui pourrait-on contacter ?

— On verra sur place. Carlos nous orientera peut-être vers des connaissances.

Il se tut, soudain embarrassé.

— Qu'est-ce qui te tracasse ? demanda sa sœur.

— Je ne sais pas si tu as mesuré que cette enquête risque de m'obliger à révéler ce que maman et papa ont fait.

Elena ne répondit pas tout de suite. Elle avait déjà ressassé cette question. Ils allaient devoir fouiner sans rien dévoiler de Damian et Magdalena. Ce serait plus que compliqué.

— Tu comptes aller voir les autorités locales ? lâcha-t-elle soudain.

— Si je le fais, je serai obligé de citer les parents.

— Je ne pourrai pas te laisser faire ça.

— Je m'en doute. C'est pourquoi je voulais que nous ayons cette conversation. On continue, ou on arrête là ?

Elena déglutit, un peu refroidie par sa mine déterminée. Pour une fois, elle décida de manier la chèvre et le chou et de ne pas ruer dans les brancards comme elle en avait l'habitude.

— Peut-on envisager de démarrer nos investigations sans rien divulguer de notre famille ? Si oui, je maintiens mon offre.

— D'accord.

Elle respira. Bastian n'était pas déterminé à confronter Damian et Magdalena avec la justice.

— Il y aura bientôt un procès en Espagne, reprit-il. Un ex-médecin gynécologue doit être jugé pour son implication dans l'affaire des bébés volés sous Franco. C'est une première. Il aurait pris un nouveau-né à sa mère pour le donner à une autre femme. Le type a 82 ans, j'espère que la justice ne va pas traîner… Apparemment, la date du procès n'a pas encore été fixée. Ce médecin travaillait dans une clinique de Madrid et il a falsifié le certificat de naissance d'une femme qui a aujourd'hui 50 ans. La mère adoptive est décédée après avoir tout révélé à sa fille.

Elena écoutait, partagée entre le désir de vérité et celui de protéger ses parents. Bastian avait fait plus que de simples recherches sur Internet. Il avait appris quantité de choses sur les associations de victimes, les enfants volés qui avaient réussi à retrouver leur famille grâce à des tests ADN. Il avait également poussé son enquête du côté du Conseil de l'Europe. L'assemblée parlementaire, qui avait déjà évoqué le sort de ces enfants volés il y a une dizaine d'années, avait pu établir que des enfants de réfugiés avaient été enlevés en France par le service extérieur du rapatriement du régime pour les placer ensuite dans des institutions de l'État franquiste.

— Même en France, j'aurais pu ne pas être en sécurité, murmura-t-il.

— Mais tu l'as été. Protégé et aimé par maman et papa.

Un long silence s'installa. Dehors, la pluie avait cessé. Le gris du ciel se déchirait, laissant apparaître de jolis coins de ciel bleu. Attila était aux aguets devant la baie vitrée. Il attendait le moment où sa maîtresse ouvrirait de nouveau la fenêtre et où il pourrait aller gambader. Elena l'appela et il vint aussitôt à ses pieds. Bastian contempla un instant sa sœur et le chien, leur échange de tendresse sans parole et ce bien-être qu'ils semblaient ressentir tous les deux alors que lui-même ne parvenait plus à être tout simplement bien.

— J'ai envie de savoir d'où je viens, dit-il soudain.

— Je te comprends, mais j'aimerais que tu oublies ta colère et que tu ménages nos parents. Pour toutes ces années passées...

Il secoua la tête. Il ne reniait rien mais nourrissait encore de la rancune à leur égard. Ils avaient gardé pour eux le secret de sa naissance tant de temps, la pilule était difficile à avaler.

— J'ai tellement mal, avoua-t-il.

— Je sais. Les parents aussi ont mal.

— J'essaierai de mener mon enquête sans les faire souffrir. Ça ne veut pas dire que je leur pardonne mais j'ai du respect pour ce qu'ils m'ont donné.

Elena acquiesça. Elle avait une demi-promesse, elle s'en contenterait pour le moment. Elle jeta un œil vers l'extérieur. Le temps s'éclaircissait. La pluie avait cessé.

— Que dirais-tu d'une balade avec tes neveux ? Ensuite on ira manger une plancha à Vallon.

— Mes neveux ?

— Attila et Hannibal, bien sûr. J'enfile un jean et des baskets et je suis prête.

Bastian soupira. Sa sœur était vraiment déjantée. Mais c'était aussi pour cela qu'il l'aimait autant. Comme toujours dans les situations difficiles, elle avait cette capacité à écarter les problèmes pour se donner un nouveau souffle avant d'affronter la réalité. Elle ne rejetait jamais ses faiblesses ou ses erreurs et avait le génie de les utiliser pour avancer. Il aurait été bête de ne pas profiter de cette main qu'elle lui tendait.

— On va se promener avec maman et tonton les garçons ? dit-il avec humour en s'adressant aux chiens.

Les deux dogues étaient déjà à la porte.

# 21

Quand Magdalena vit la voiture de Thérèse se garer dans la cour, elle sut que quelque chose de grave était arrivé. Jamais Thérèse Volane ne serait venue chez les Cheylard à 8 heures du matin sans avoir une excellente raison. Magdalena courut à sa rencontre.

— Tu es seule ? demanda Thérèse en l'embrassant.

— Oui, ils sont tous partis depuis presque une heure.

— Tant mieux. On peut s'asseoir ?

Thérèse montra la terrasse de la main, passa son bras sous celui de son amie et avança sans attendre de réponse. Attila et Hannibal, attirés par la visiteuse, vinrent jouer aux curieux. Magdalena les écarta d'un geste.

— Laisse, dit Thérèse. Ils ne me dérangent pas. Ils sont beaux, dis donc.

— Beaux mais encombrants. Allez ! Filez d'ici !

Les chiens s'éloignèrent sans se presser.

— Enrique est mort, annonça Thérèse.

Magdalena resta bouche bée, puis pâlit et joignit ses mains, attendant la suite.

— Les gendarmes sont venus me prévenir hier soir. Il n'était pas loin de minuit. Je crois qu'ils vont venir ici pour poser des questions.

— Des questions ? À qui ? Pourquoi ?

— D'après les premières constatations, Enrique ne serait pas mort tout seul. Son décès ne serait pas accidentel. Il est possible qu'on l'ait assassiné. Les gendarmes ont parlé de traces de coups. Ils songent à une bagarre qui aurait mal tourné. L'un d'eux a évoqué la dispute et la bastonnade lors de la fête des vignerons. Ils ont parlé de l'altercation entre tes fils, Enrique et Miguel, et aussi Émile, le copain de ta fille. Ils voudraient savoir s'il y a eu une autre empoignade après ce premier incident. À mon avis, ils vont interroger Bastian et César.

Magdalena sentit un brusque afflux de sang comprimer ses tempes comme si les battements de son cœur résonnaient jusque dans sa tête. Elle se força à calmer sa respiration et fixa son attention sur les rayons de soleil qui balayaient la cour. Après une nuit et une journée d'orage et de pluie, les lauriers avaient perdu leurs fleurs sous la violence des trombes d'eau et un tapis rose recouvrait le sol. Mais leurs branches, pourtant mises à mal par des jours de canicule et de sécheresse, se tendaient de nouveau vers le ciel et leur feuillage vert foncé brillait. Un puissant parfum s'exhalait des plantes et de la terre enfin rafraîchie. Magdalena écarta les narines et inspira longuement. Thérèse saisit sa main et la caressa.

— Je voulais te prévenir pour ne pas que tu t'affoles. J'ai pensé aussi que ce serait mieux si je t'en parlais avant que les flics débarquent chez toi. J'ai expliqué au capitaine que Miguel avait quitté le domaine dès le lendemain de la bagarre, de son plein gré et après avoir touché son salaire, et qu'Enrique était parti quelques jours plus tard sans prévenir ni même demander son dû. Je leur ai montré son logement, ils ont pu constater que toutes ses affaires étaient encore là. La chambre est mise sous scellés, personne ne peut y pénétrer. L'affaire est très sérieuse, tu comprends ?

— Comment Enrique est-il décédé ? demanda Magdalena.

Elle fronça les sourcils, ne reconnaissant plus sa propre voix. Était-ce bien elle qui s'exprimait avec ce timbre sourd, comme venu d'ailleurs ?

— On ne connaît pas les circonstances exactes de sa mort. D'où l'enquête. Les gendarmes m'ont dit que le décès remontait à plusieurs jours, vraisemblablement celui de sa disparition. Je suppose qu'on en saura plus après l'autopsie.

Magdalena approuva d'un hochement de tête.

— Où l'a-t-on retrouvé ? demanda-t-elle soudain.

— Sur une berge de l'Ardèche, du côté de la Grand'Terre. D'après le capitaine, le corps a séjourné longtemps dans l'eau.

Le regard de Magdalena s'éloigna. La Grand'Terre... C'était à trois cents mètres à peine de l'endroit où elle avait rencontré Enrique le soir même où on ne l'avait plus revu. Les images de leur rendez-vous défilèrent, s'arrêtèrent sur la dernière, celle d'Enrique affalé sur les galets, non loin de la rivière, sous le pont. Enrique et son front sanguinolent...

— Je dois aller faire une déposition ce matin, reprit Thérèse. J'imagine que je ne dois rien dire de ce que tu m'as demandé, les renseignements sur Miguel, Enrique... Mais comment faire s'ils interrogent les autres saisonniers ? Si les gars se souviennent de ta visite ou d'un autre détail gênant ?

Elle se tut, embarrassée. Elle n'avait nulle envie de trahir son amie mais mentir aux gendarmes lui semblait impossible. Au mieux, elle pourrait dissimuler quelques éléments si ces derniers ne se montraient pas trop curieux.

— Alors, insista Thérèse, que dois-je faire si ton nom est prononcé ?

Magdalena ne répondit pas tout de suite, réfléchissant à la situation. Miguel et Enrique avaient causé beaucoup de souci à sa famille. À cause d'eux, les Cheylard étaient en perdition, sans parler des relations avec Bastian qui restaient très compliquées. Il n'était peut-être pas nécessaire de mêler Thérèse à cette zizanie ni de la faire plonger à son tour dans les ennuis.

— Ne te mets pas en danger, lâcha-t-elle. S'ils te questionnent à mon sujet, tu dis la vérité. Je me débrouillerai.

— Comment ?

— Comme toi, je dirai la vérité.

— Tu ne m'as même pas tout raconté. À moi, ton amie...

— C'est pour te protéger. Moins tu en sais, mieux c'est.

— Tu as fait quelque chose de grave ?

Magdalena leva les yeux au ciel. Était-ce grave de défendre ses enfants et de veiller sur eux ? De vouloir écarter une petite ordure qui faisait souffrir tout le monde ?

— Les gendarmes semblent vraiment penser que cette mort n'est pas accidentelle, insista Thérèse. Enrique est un ressortissant étranger, je crains qu'ils ne fassent du zèle pour établir les faits avec certitude et boucler leur enquête au plus vite. Ils ne vont pas laisser tomber l'affaire de sitôt.

Magdalena esquissa un sourire chargé de tristesse. Son amie cherchait à la mettre en garde... Enrique était mort mais le pire était peut-être à venir. Il y aurait encore des jours difficiles.

— Je ne t'ai même pas offert un café, dit Magdalena alors que Thérèse se levait pour partir.

— Une autre fois. Ce sera avec plaisir.

Magdalena ne retint pas son amie. Elle avait envie d'être seule. Elle se sentit brusquement fatiguée. Presque prête à retourner se coucher alors que la journée ne faisait que commencer. Elle regarda la voiture de Thérèse quitter la propriété tout en se demandant quand viendrait le moment où elle verrait celle des gendarmes arriver. Elle songea aussi à ses deux fils et la peur l'étrangla. Jamais elle ne laisserait César ou Bastian aller en prison pour cette petite frappe d'Enrique. Pourquoi ne pas aller voir elle-même les gendarmes et tout leur raconter ? Qu'on en finisse, et vite ! Elle fit demi-tour et se dirigea vers la maison. Arrivée sur le seuil, une nausée la plia en deux. Elle voulut courir aux toilettes mais elle ne pouvait plus bouger, paralysée par l'étau qui serrait sa poitrine. Sa respiration fut coupée par la douleur. Elle s'accrocha à la clenche, son regard fit le tour de la cour. Il n'y avait personne à appeler, seulement Hannibal et Attila, couchés au pied d'un olivier. Elle vit encore le ciel bleu et le feuillage dans les arbres qui remuait sous une brise légère. Puis la lumière déclina doucement. Le crépuscule en plein jour…

— Bon Dieu ! C'est pas possible ! Qu'est-ce qu'ils ont à gueuler comme ça ces clebs ? Je peux même plus siffler, moi !

Dans sa bicoque perdue entre vergers et vignes, Pépé-la-Cigale avait reconnu l'énorme voix des chiens d'Elena. Depuis une dizaine de minutes, les molosses ne cessaient d'aboyer. Ce n'était peut-être pas sans raison. Habituellement, ces bêtes étaient plutôt silencieuses. Pourquoi étaient-elles aussi énervées ?

— Un rôdeur peut-être bien, grogna Pépé.

Il jeta un coup d'œil vers sa vieille carabine suspendue au mur mais renonça à l'emporter. Il attrapa son couvre-chef accroché à un clou et enfourcha sa bicyclette. Sur le chemin, il concentra son regard sur la roue de son engin, slalomant pour éviter les ornières encore pleines de boue. À part le ramdam des chiens, tout semblait calme aux alentours. Il ne remarqua rien de particulier lorsqu'il arriva aux abords de la maison des Cheylard. Hannibal, ou Attila – il avait du mal à les différencier –, se précipita vers lui et faillit le faire tomber. Le clébard sautait comme un dingue autour du vélo. Il avait l'air mauvais et ses babines étaient pleines d'écume.

— Tu ne vas pas me mordre, dis ? marmonna Pépé, méfiant.

Jamais il n'avait vu le chien aussi excité et agressif. Inquiet, peut-être… Pépé tendit la main et Hannibal recula vers la maison en aboyant. Sur la terrasse, le second dogue semblait monter la garde. Pépé abandonna sa bicyclette et avança prudemment. Il n'y avait personne dans la cour, Magdalena était sûrement dans son bureau. Ou peut-être dans la cuisine. Elle était là, c'est sûr, puisque la porte était ouverte et que sa voiture était garée sous l'appentis.

— Magda ? demanda-t-il en s'approchant.

Il hésita un instant. Il n'avait pas l'habitude de la déranger, jamais il ne se serait permis de l'importuner. D'ordinaire, c'était elle qui l'invitait à s'arrêter lorsqu'il passait, quand elle avait le temps de discuter ou quand elle voulait lui donner une bricole à manger. Il marchait lentement. Sans doute trop. Hannibal revint vers lui comme un dératé et lui donna un coup de tête dans les genoux puis repartit aussitôt vers la terrasse, toujours en aboyant.

— Tu vas te taire, couillon ! râla Pépé-la-Cigale.

Au lieu d'obéir, Hannibal redoubla d'agitation. Il gueulait, tournait sur lui-même, remuait la queue. Pépé l'observa, étonné.

— J'arrive, marmonna-t-il.

Le vieux posa un pied sur la première marche tout en ôtant son chapeau. Magdalena était très sensible à cette marque de politesse. En haut des escaliers, Hannibal continuait son cirque.

— Magda ! cria soudain Pépé tout en se précipitant vers la silhouette qu'il avait immédiatement reconnue.

Elle était allongée sur le seuil, Attila assis au garde-à-vous à ses côtés, vite rejoint par Hannibal.

— Magda, dit doucement Pépé en lui soulevant la tête. Magda, tu m'entends ?

Il lui sembla qu'elle respirait. Il voulut la relever mais n'en eut pas la force. Comme elle ne bougeait pas, il entra dans la maison et chercha le téléphone. Il n'était guère habitué à ces appareils mais au bout de quelques essais infructueux, il parvint enfin à composer le numéro des pompiers. Il revint sur la terrasse et s'agenouilla près de Magda. Les chiens n'avaient pas bougé.

— J'avais pas compris, leur dit-il. Je serais venu plus tôt si j'avais su.

Il donna une tape sur la tête d'Hannibal. De braves bêtes... Il dirait à Elena que ses chiens l'avaient alerté. Il saisit la main de Magda et pencha sa tête tout près de son visage.

— Tu vois, chuchota-t-il, tu ne les aimes guère ces deux gros cabots, mais c'est tout de même grâce à eux que je suis là. Allez, petite, tiens le coup, hein ? Tout va bien se passer. Un docteur va venir, il te donnera des médicaments et puis... basta !

Ni Magda ni les chiens ne réagirent. Les dix minutes qui s'écoulèrent lui parurent une éternité...

# 22

— Votre épouse est très faible, répondit le cardiologue à Damian qui s'était jeté sur lui et l'avait harcelé de questions dès qu'il était apparu dans le couloir de l'hôpital. Elle est épuisée. Son cœur a subi de gros dommages, il est encore trop tôt pour se prononcer. Pour le moment, nous sommes parvenus à stabiliser son état afin d'éviter que la situation se dégrade davantage. Nous allons procéder à des examens plus approfondis dans les heures qui viennent. Son médecin traitant, que nous avons contacté, n'a mentionné aucun problème cardiaque. Elle ne s'est jamais plainte de quoi que ce soit ?

L'homme s'était adressé à Elena, estimant que l'époux de la patiente était trop agité.

— Pas à ma connaissance, dit-elle. Et vous ?

Elle se tourna vers ses frères. Ils hochèrent la tête négativement. Le choc les avait rendus muets. Damian et ses enfants étaient arrivés à l'hôpital d'Aubenas en fin de matinée. On les avait orientés vers les urgences où ils avaient fait les cent pas pendant des heures et plongés dans l'incertitude, aucune infirmière ne voulant se risquer à un commentaire avant que le chef de service ne se soit lui-même exprimé.

— Mais elle va bien, n'est-ce pas ? insistait Damian. Quelques jours à l'hôpital et elle sera sur pied, c'est ça ?

Encore bouleversé par la nouvelle, Damian niait la réalité et ne comprenait rien à l'air embarrassé du médecin.

— Le pronostic reste réservé, lâcha le praticien. Votre épouse a fait un infarctus du myocarde, une crise cardiaque dans le langage courant. Un caillot a bouché une artère coronaire, le cœur n'a pas été vascularisé durant plusieurs minutes. Certes, il est reparti, mais les tissus ont été endommagés. On ignore combien de temps elle est restée inanimée. Difficile pour le moment de se prononcer sur l'étendue des dégâts.

— Ça se répare, un cœur ! lança Damian. On peut même mettre une pile ! Pourquoi vous ne le faites pas maintenant ?

— Papa ! s'exclama César, mal à l'aise de voir son père haranguer le médecin.

Elena lui agrippa la manche et le tira en arrière, laissant César, Martin et Bastian poursuivre l'entretien avec le cardiologue.

— Papa, viens, il faut que je te parle.

Elle parvint à l'éloigner et à le faire asseoir dans une minuscule salle d'attente située au bout du couloir.

— C'est grave, murmura-t-elle. Le médecin ignore pour l'instant si maman va s'en tirer, s'il peut même la sauver. Tu entends, cette fois ? Tu comprends ?

Le menton tremblotant, les yeux pleins de larmes, son père posa sur Elena un regard signifiant qu'il avait enfin compris la gravité de la situation.

— Il ne nous reste plus qu'à patienter, reprit-elle, et surtout on va cesser d'accaparer le médecin. Ils ne vont pas tarder à installer maman dans une chambre. On pourra la voir quelques minutes. Quelques minutes seulement, hein ?

Damian hocha la tête. Ses paupières papillonnèrent. Il sortait du déni qui l'avait frappé quand on l'avait appelé pour lui annoncer que sa femme avait été transportée à l'hôpital d'Aubenas. Les mots du cardiologue cheminaient dans son esprit et prenaient forme. Magdalena avait eu une crise cardiaque. La « pompe » avait cessé de fonctionner pendant quelques instants. Combien de temps ? Personne ne le savait. Pépé-la-Cigale avait bien averti les pompiers, mais il n'était pas là quand Magda avait eu son malaise. Certes, le cœur s'était remis en route, mais il faudrait attendre les résultats des autres examens.

— Tu n'es pas seul, papa, murmura Elena, on est avec toi.

Elle vit une grosse larme couler sur le visage de son père. Une seule, qui dévala sur l'arête du nez, le coin des lèvres, puis courut se perdre sous son menton. Elle aurait voulu lui mentir, lui affirmer que tout irait bien, que Magdalena allait s'en sortir, mais aucun mot de réconfort ne pouvait jaillir de sa bouche.

— On peut voir maman, chuchota Martin qui venait les chercher.

Ils entrèrent dans la chambre deux par deux. Elena eut du mal à reconnaître sa mère dans l'enchevêtrement des tuyaux. Les écrans et le bruit des machines étaient les seuls indicateurs de vie de ce pauvre corps allongé sur le lit et couvert d'un drap bleu ciel. Magdalena ouvrit les yeux en entendant les voix familières, elle les referma très vite.

— Elle est très faible, déclara l'infirmière. Il ne faut pas la fatiguer davantage.

Elena et ses frères embrassèrent leur mère et s'écartèrent du lit. Damian avait saisi la main de sa femme et lui parlait, la questionnant et s'énervant qu'elle ne puisse lui répondre. L'infirmière mit fin à la visite.

— Demain, vous pourrez peut-être rester auprès d'elle plus longtemps, dit-elle à Damian qui ne parvenait pas à s'éloigner de sa femme. N'hésitez pas à appeler le service cette nuit si vous voulez avoir des nouvelles.

Damian acquiesça et suivit ses enfants d'un pas lourd. Elena le regarda monter dans la camionnette avec les garçons. Son corps s'était voûté, il avait pris dix ans en quelques heures. Elle se dirigea vers son Kangoo, alluma une cigarette et aspira une longue bouffée. Le jour déclinait. Quelle heure était-il ? Elle avait perdu toute notion du temps dans l'atmosphère blafarde de l'hôpital. Elle consulta son portable, 19 h 52. Elle ouvrit la portière, la referma aussitôt et revint sur ses pas. L'unité de soins intensifs où était soignée sa mère était presque déserte. Elle ne vit pas le cardiologue, interrogea l'infirmière qui l'accompagna jusqu'à son bureau. Elle frappa à la porte et se trouva nez à nez avec le praticien. Elle ne le dérangerait pas longtemps, s'excusa-t-elle. Elle le priait seulement de la contacter en priorité si un événement grave survenait. Elle voulait préserver son père. Le médecin céda sans problème à sa requête. Alors qu'elle démarrait son Kangoo, elle songea qu'elle n'avait même pas été capable d'employer le mot « décès ». « Un événement grave », avait-elle dit pour ne pas prononcer ce mot tabou... Bouleversée, elle appuya son front sur le volant. Elle n'avait pas envie de rentrer, pas envie de retrouver sa maison et encore moins de passer un moment avec son père et ses frères. Elle avait besoin de faire le plein de vie pour échapper à la mort qu'elle sentait rôder autour d'elle depuis quelques heures. Elle composa le numéro d'Émile. Il était seul et ne prévoyait pas de sortir.

Quand Elena sonna à sa porte, il comprit tout de suite qu'elle allait mal en voyant son visage décomposé.

— J'ai du rhum, dit-il en montrant une bouteille. Mais pas une seule orange, ni de citron !

— Pas grave. Sec, ça fera très bien l'affaire.

Il servit deux verres et la regarda vider le sien en trois gorgées.

— Un autre ? proposa-t-il.

Elle fit non de la tête. Il ne lui avait jamais vu une mine aussi ravagée.

— Que t'arrive-t-il ?

En quelques phrases, elle lui expliqua la situation. Il n'y avait rien à répondre, rien à dire. Émile n'avait pas de mots qui auraient pu la consoler et il n'était pas sûr d'avoir envie de lui venir en aide. Lui aussi avait vu sa vie s'écrouler quand il avait su que le frère d'Elena avait couché avec sa fille avant de la plaquer et que sa gamine s'était jetée dans les bras d'un inconnu pour noyer son chagrin... Si au moins Elena l'avait averti, il aurait pu empêcher ce désastre. Il lui en voulait et les mots qui auraient pu soulager Elena ne venaient pas. Il s'ébroua pour se ressaisir et écarter ce ressentiment qui l'entravait. Elena était effondrée parce qu'elle risquait de perdre sa mère. Il ouvrit les bras, elle s'y réfugia. Après cette journée de tension et de peur, elle avait besoin d'être rassurée. Il l'attira vers le canapé et la fit asseoir. Elle paraissait égarée, fragile. Il en fut ému. Du bout du doigt, il écarta une mèche de cheveux qui masquait son regard.

— Je sais que tu m'en veux, murmura-t-elle en devinant ce qui traversait l'esprit de son ami. Je te l'ai déjà dit, je n'ai rien vu venir. Et quand César m'a mise au courant, il était trop tard. Mais ce n'était pas à moi de cafeter. C'était à Angèle ou à César de tout t'avouer.

Il hocha la tête. Il lui faudrait du temps pour digérer cette affaire et avoir une vraie conversation avec Angèle qui, pour le moment, le fuyait. Elle était partie chez sa grand-mère, mettant délibérément un peu de distance entre elle et César et ce salopard d'Espagnol. Entre elle et son père aussi... Il ne comprenait rien à son attitude. Il ne comprenait pas comment sa fille avait pu s'amouracher d'un homme de plus de 40 ans ni comment elle avait pu ensuite coucher avec un inconnu... Des images s'imposèrent à lui : sa fille dans les bras d'un homme qui aurait pu être son père, sa fille dans les bras d'un étranger dont elle ignorait tout...

— Tout est encore trop frais pour que je passe l'éponge, lâcha-t-il. Mais tu es mon amie et je ne te laisserai pas tomber. On ne va pas ruiner une amitié de plus de vingt ans, tout de même ! Je suis heureux que tu sois venue ce soir même si je suis bien incapable de te réconforter. Détends-toi un peu. Demain, peut-être que tout ira mieux. Ta mère est à l'hôpital, on la soigne. Il n'y a rien d'autre à faire qu'attendre.

Il passa un bras autour des épaules d'Elena et la serra contre lui.

— Tu te sens mieux ? chuchota-t-il à son oreille.

— Chut...

Elle était comme une pauvre gosse perdue, à mille lieues de son air de garçon manqué qui la caractérisait parfois. Mais il savait qu'elle était en train de rassembler ses forces. Toutes les cellules de son corps se régénéreraient et elle oublierait la peur. Le chagrin et la désolation des dernières heures ne tarderaient pas à s'effacer et elle se redresserait, plus combative que jamais. Elle était solide, Elena. Il la garda contre lui en prenant soin de ne pas bouger et resta silencieux un long moment, se demandant si elle ne s'était pas endormie. Quand elle se redressa enfin, elle lui donna un baiser sur le front et lui fit un petit signe de la main pour dire qu'elle allait bien.

Il y avait de la lumière dans la maison de ses parents quand elle pénétra dans la cour de la bastide. Son père n'était peut-être pas encore couché. Elle franchit la porte sans frapper et fut accueillie par César. Il avait les yeux sombres et son ton n'était guère aimable.

— T'es gonflée de nous avoir laissé tomber, râla-t-il. Tu étais où ?

— Où est papa ? demanda-t-elle, ignorant sa question.

— Il est monté dans sa chambre. Je pense qu'il dort maintenant. Il était très agité. Le médecin est venu et lui a donné un petit truc pour passer une nuit tranquille. Alors, t'étais où ?

— Mêle-toi de tes affaires !

César la dévisagea. Elle n'avait plus cette mine contractée qu'elle affichait lorsqu'ils avaient quitté l'hôpital. Malgré les cernes qui marquaient ses yeux, elle semblait apaisée. Mais il ne put contenir sa colère.

— Maman est à l'hôpital, papa au bord de l'abîme et toi tu vas prendre un verre avec les copains !

— Morte de rire ! intervint Julianne. T'es gonflé de faire la morale aux autres alors que tu t'es envoyé en l'air avec une fille de mon âge. Pour mes amis, mon père est un sadique ! Un pédophile !

César fit volte-face. Elena retint son bras de justesse et épargna à Julianne une gifle magistrale.

— Julianne, dit-elle, on ne parle pas comme ça à son père. Quant à toi, César, je n'ai pas de compte à te rendre.

— Tu…

— Stop ! intervint Martin. On a assez d'emmerdes comme ça. Il est inutile de se prendre le chou. Ça ne soignera pas maman et ça n'aidera pas papa. Elena, sais-tu que ce sont tes chiens qui ont alerté Pépé-la-Cigale, ce matin ? Il est passé prendre des nouvelles de maman quand on est rentrés de l'hôpital et il nous a raconté comment les aboiements d'Attila et d'Hannibal avaient attiré son attention. L'un montait la garde auprès de maman et l'autre gueulait au milieu de la cour. C'est grâce à eux que Pépé l'a découverte effondrée sur la terrasse. Tes dogues et Pépé ont sauvé la vie de maman !

— J'irai le voir et je lui apporterai un jambon. Quant à mes chiens, je vais de ce pas les retrouver et leur faire un gros câlin.

— Et demain, on fait quoi ? demanda César. On va travailler ?

— Le mieux est que l'un d'entre nous accompagne papa à l'hôpital et que les autres aillent bosser, proposa Martin.

— Qu'est-ce que tu racontes ? rugit César. Maman va peut-être mourir et on doit faire comme si tout était normal ?

— Je n'ai jamais dit que tout était normal. T'as la trouille ? Eh bien, moi aussi, figure-toi. Mais on ne peut pas être sans arrêt dans les pattes des toubibs et je ne vois pas l'intérêt de me morfondre toute la journée dans une salle d'attente. Je préfère encore être occupé et ne pas ruminer.

— Je crois que Martin a raison, renchérit Elena. Il est inutile de camper à l'hôpital. S'il y a un souci, on nous appellera. Maman doit se reposer, et nous, faire en sorte de ne pas gêner le personnel soignant. On pourrait tous se retrouver là-bas en fin de journée, qu'en dites-vous ?

Elle se tourna vers Bastian qui était resté muet.

— Je viendrai, dit-il.

Elle attrapa son frère par le cou et lui donna un baiser sur le front. Malgré tout ce qu'il venait d'encaisser, malgré sa colère, Bastian aimait leur mère et le clan restait soudé.

# 23

Elena s'était levée avec la gueule de bois. La douche n'avait pas réussi à la sortir de la brume. Elle se servit un nouveau café et retourna s'asseoir sur la terrasse. Il faisait bon et la journée promettait d'être belle. Les oliviers ployaient doucement sous la brise, couvrant la cour d'ombres aux formes changeantes. Elle suivit le mouvement pendant quelques secondes puis ferma les paupières. Le week-end commençait, c'était en principe une bonne raison de décompresser mais elle ne parvenait pas à se détendre. La veille, elle avait craqué. Une crise de larmes qu'elle avait tenté de noyer dans l'alcool. Elle aurait pourtant pu se réjouir et souffler. Sa mère allait mieux, le médecin était optimiste même s'il la gardait encore à l'hôpital quelques jours. Elena avait à peine savouré la bonne nouvelle que d'autres ennuis étaient apparus. Les gendarmes s'étaient présentés à la bastide et avaient demandé à voir Magdalena. Martin les avait mis au courant des derniers événements et leur avait demandé quel était le motif de leur visite. Le capitaine n'avait pas été très loquace. Enrique avait été retrouvé mort, une enquête était ouverte et la gendarmerie souhaitait entendre Magdalena. Il n'avait rien ajouté. Pourquoi leur mère ?

Enrique était mort… Elena ne cessait de ressasser cette nouvelle qui tournait dans sa tête comme un vieux 45 tours rayé. Elle avait cru que l'Espagnol s'était enfui. Elle avait imaginé qu'après les crasses qu'il avait faites à droite et à gauche il avait fini par prendre peur parce qu'une de ses victimes cherchait à se venger. C'était peut-être ce qui s'était produit. Enrique n'était pas décédé naturellement, avaient dit les gendarmes, d'où leurs investigations. Mais en quoi le témoignage de Magdalena pourrait-il les aider ? Les gendarmes avaient-ils découvert que Bastian n'était pas le fils légitime du couple Cheylard ? Dans ce cas, ils auraient pu interroger Damian. Mais non, c'était Magdalena qui les intéressait...

Elena posa sa tasse vide et aspira une longue gorgée d'air. Elle devait se concentrer et réfléchir. Attila vint s'asseoir à côté d'elle et posa sa tête contre la cuisse de sa maîtresse. Elle le caressa et soupira. Comme toujours, la présence des chiens l'apaisait. À midi, elle se secoua enfin. Elle n'allait pas gâcher son samedi en cogitations inutiles et jugea plus perspicace d'aller faire une visite à sa mère à l'hôpital. Elle en profiterait pour lui tirer les vers du nez.

Elle trouva Magdalena assise dans son lit, la mine un peu plus rose que la veille. Le cardiologue ne mentait pas, elle récupérait et le danger semblait écarté même si, désormais, un suivi médical serait obligatoire. Pendant une vingtaine de minutes, elles échangèrent quelques banalités. Elena annonça que le chantier sur lequel elle travaillait avec Bastian à Balazuc était bouclé.

— Lundi, on sera à Vogüé, ajouta-t-elle, un chantier dans une maison située à deux pas du château.

— Ah oui ! s'exclama Magdalena, chez madame Rochecolombe. J'étais avec ton père le jour où il est allé faire le devis pour ses travaux. Elle est sympa, cette dame. À mon avis elle vous fera goûter sa fameuse terrine dont elle tait le secret. Un régal !

— Si elle me propose une tartine, je ne dirai pas non ! Je suis passée chercher la faïence pour sa salle de bains hier soir mais je n'ai pas pu récupérer le lavabo. Le fournisseur n'avait pas été livré. J'espère l'avoir dans la semaine. En attendant, j'ai de quoi m'occuper. Je vais commencer par retirer la baignoire et j'attaquerai la douche à l'italienne.

— Dis aux garçons de ne pas oublier de réparer le toit de son garage.

— Ne t'inquiète pas, c'est noté. Tes instructions sont ancrées dans ma tête au mot près ! « Remplacer tuiles rondes endommagées de la dépendance. » C'est bien ça ?

Magdalena sourit. Elena avait toujours eu une excellente mémoire. Savoir que l'entreprise tournait la rassurait. La vie continuait.

— Madame Rochecolombe…, reprit-elle d'un air songeur. Je l'ai connue il y a des années. Elle n'a pas eu de chance, elle a perdu son mari très jeune. Un arbre est tombé sur lui. La foudre. Il est mort sur le coup. Puis son fils s'est tué dans un accident de voiture.

Elena déglutit. Puisque sa mère n'était plus dans les conversations légères, c'était le moment d'aborder le sujet qui lui tenait à cœur.

— Hier soir, nous avons appris le décès d'Enrique, murmura-t-elle.

— Ah ! fit seulement Magdalena.

Elena dévisagea sa mère. Elle ne semblait pas surprise.

— On croyait tous qu'il avait quitté la région alors qu'en réalité il était mort, continua Elena. Ça ne t'étonne pas, on dirait. Tu étais au courant ?

— Oui, marmonna Magdalena. Thérèse m'a avertie.

— Pourquoi tu ne nous as rien dit ?

— Je n'en ai pas eu le temps. C'était juste avant mon… malaise.

— Thérèse est venue te voir pour te parler d'Enrique ?

— Oui, elle avait eu la visite des gendarmes et elle voulait me prévenir qu'ils passeraient probablement chez nous.

— Elle ne s'est pas trompée, grogna Elena. Ils sont venus hier soir.

Les mains de Magdalena se crispèrent sur le drap et ses traits se durcirent.

— Que voulaient-ils ?

— Te voir.

— Moi seule ?

Elena acquiesça. Magdalena soupira de soulagement. Elle se moquait éperdument d'être mise en cause dans la mort d'Enrique. Tout ce qui importait était que ses fils ne soient pas inquiétés. Elle savait que son temps était compté. Le médecin avait rafistolé son cœur, certes, mais il l'avait aussi prévenue qu'il y avait eu des dommages sur lesquels aucune réparation n'était possible. Elle allait devoir lever le pied, se ménager... Les gendarmes pourraient bien l'interroger, elle leur avouerait tout ce qu'ils souhaitaient. Pourvu que Bastian et César soient protégés.

— Ils reviendront me voir quand je sortirai d'ici, je suppose.

— Sans doute. Que puis-je faire pour t'aider ? Il n'y a rien de plus que tu pourrais me dire ?

— Que voudrais-tu que je te dise ? Je suis fatiguée. Je vais me reposer un peu. Ton père va venir tout à l'heure avec Julianne. Il faut que je sois en forme lorsqu'ils arriveront.

Elena comprit le message, sa mère la congédiait. Cette façon de faire ne lui ressemblait pas. Que cherchait-elle à éviter ? De faire des confidences dangereuses ? Elena était certaine que sa mère lui cachait quelque chose. Quand elle quitta l'hôpital, elle faillit se rendre chez Thérèse pour la cuisiner mais se ravisa. Thérèse était comme Magda, discrète, secrète. Elle n'arriverait pas à lui faire cracher le morceau... Si tant est qu'elle ait quelque chose à cracher ! Et puis elle rapporterait sa visite à sa mère qui en serait contrariée. Or il valait mieux pour le moment éviter de la perturber. Elle savait pourtant que les problèmes ne tarderaient pas à surgir. Elle reprit la route de Ruoms et s'arrêta à la bastide. Elle fit grimper les chiens à l'arrière du Kangoo et les emmena au Garel, bien à l'écart de la plage fréquentée par les vacanciers du camping. Dès qu'elle les libéra de leur laisse, ils coururent se jeter dans la Baume. Elle alluma une cigarette et les regarda nager, revenir sur la berge, s'ébrouer puis retourner à l'eau. Quand ils furent fatigués, repus des jeux, ils vinrent se coucher à ses pieds, collant leur truffe humide sur ses orteils. Elle ferma les yeux, espérant chasser les idées noires qui la harcelaient depuis des heures. Elle devait à tout prix garder son sang-froid, ne pas céder à la panique. Elle huma les senteurs de la rivière, l'odeur de l'eau mélangée à la terre, le parfum de la mousse qui recouvrait les pierres à demi émergées et celui de la garrigue un peu plus haut sur la falaise. Elle écarta les narines et attrapa l'arôme du thym, puis celui du romarin. Elle aurait pu rester ainsi pendant des heures à attendre le coucher du soleil. Cet instant de bien-être épongea le stress qui l'étouffait depuis la veille. Quand son téléphone sonna et qu'elle vit s'afficher le nom d'Émile, elle soupira de bonheur.

— On va manger une pizza à Vallon, ce soir ?

Elle sourit alors qu'elle remettait son portable dans sa poche. Émile revenait vers elle... Pour de vrai. Pas seulement par compassion pour la belle trouille qu'elle avait eue quand sa mère avait été hospitalisée. Sans doute avait-il compris qu'elle n'était pas responsable de l'aventure de César et Angèle. Sa douleur de père contrarié était légitime. Que sa gamine de 18 ans couche avec un homme qui avait plus du double de son âge était une pilule difficile à avaler. Il avait eu besoin de prendre un peu de recul et de distance. Émile était intelligent, il avait réussi à faire le tri dans ses émotions.

La soirée lui donna raison. Émile était redevenu ce copain débordant de subtilité et d'humour, avec lequel elle aimait partager des discussions sérieuses autant que des conversations légères.

— Alors, que nous réserve l'avenir ? dit Émile en sortant de sa poche un jeu de tarot.

— Ah non ! Pas les cartes ! s'exclama Elena. Tu ne vas pas encore jouer les diseuses de bonne aventure.

— Allez ! Juste pour se marrer !

— OK, mais essaie de me prédire un avenir tout en rose, hein ? Parce qu'en ce moment, ce sont plutôt les tuiles qui s'accumulent.

Émile lui caressa la joue.

— Ne t'inquiète pas pour ta mère, ça va aller. Elle est entre de bonnes mains.

Elena lui sourit, reconnaissante. Il écarta son assiette pour étaler les cartes sur la table.

— Choisis-en une.

Elle tira une carte et la retourna. Il grimaça et lui ordonna de piocher quatre autres cartes sans les regarder puis de les disposer en croix sur la table.

— Pose ta question, Elena ! déclara-t-il avec sérieux.

— L'été va-t-il mieux se terminer qu'il n'a commencé ?

Il retourna les cartes. Il se gratta la tête, hésitant à poursuivre.

— La Maison Dieu… La représentation du chaos, de la destruction, mais aussi du renouvellement. Tu vas traverser une période mouvementée.

— Ce n'était pas difficile à trouver avec les ennuis qu'on a en ce moment !

— Rhooo ! Je vois un coup de foudre !

— Impossible, réussit-elle à articuler. Si j'étais capable d'aimer, je le saurais depuis longtemps.

— Non, tu ne peux pas le savoir puisque je parle de coup de foudre ! Ça va te dégringoler sur le coin du nez sans que tu t'y attendes ! Mais…

— Il y a un hic ? demanda Elena, amusée.

— Oui, car je vois une femme.

— Une femme ?

— Ton coup de foudre, c'est avec une femme.

Le rire d'Elena redoubla. Émile essuya ses larmes en pouffant.

— Incroyable ! parvint-il enfin à articuler. Mon Elena serait éprise d'une nana ?

— Bon, tu ne vois rien d'autre ? Parce que là, tu te plantes.

— Si ! Je vois un enfant…

— Bon, je vais boire, me saouler encore un peu avant d'envisager d'épouser une femme et de devenir mère de famille, ironisa Elena.

Elle avala une gorgée de vin et fit claquer sa langue. Émile l'imita.

— Et ton avenir à toi ? demanda-t-elle. Et celui d'Angèle ? osa-t-elle ajouter.

— On va laisser les choses se tasser. Angèle reste chez sa grand-mère pour l'instant. Elle y est bien, et moi je suis mieux tout seul en ce moment. Je lui passe un petit message de temps en temps, mais pas plus. On avait besoin de cette coupure. On a échangé des mots pas tendres le soir de la fête. Début septembre, j'aviserai. Ce que j'aimerais, c'est l'éloigner d'ici. Ne le prends pas mal, Elena, mais je préférerais qu'elle ne croise plus César. Elle a cru être amoureuse et elle a souffert de la rupture qu'il lui a imposée. C'est bien le seul acte sensé de ton frère dans cette histoire. Mais je lui en veux tout de même. Angèle m'a dit son désespoir, elle m'a avoué que l'alcool lui avait fait perdre les pédales et qu'elle avait couché avec ce salopard d'Espagnol par dépit. Bref, on n'y changera rien. Faut qu'elle accuse le coup. Je me suis dit qu'une école assez loin lui permettrait de rebondir. En août tous les établissements sont fermés, je ne peux contacter personne. J'attendrai la rentrée. Je cherche un lycée avec internat où elle pourrait suivre des études dans le secteur du bâtiment. C'est en tout cas ce qu'elle semble avoir envie de faire.

— Je comprends. Une dernière question, si tu me le permets. Émile, as-tu envisagé un instant qu'elle puisse réellement aimer César ? Pas seulement qu'elle ait cru être amoureuse…

— Je ne veux même pas y penser.

Il héla le serveur pour réclamer l'addition. Elena comprit qu'il était inutile d'insister.

# 24

— César et Martin, 8 heures demain matin à Lagorce chez monsieur Châtaigne, déclara Damian.

Les sourcils froncés, il pianotait sur son clavier, faisant défiler le programme de la semaine sur son écran. L'hospitalisation de Magdalena les avait bouleversés et ils avaient pris du retard. Rien cependant qui puisse leur être reproché, ils tiendraient les délais. Les congés approchaient, Damian tenait à ce que les travaux soient achevés avant. C'était important pour les clients.

— Monsieur Châtaigne… Le type qui souhaite faire aménager les combles de sa maison, c'est ça ? demanda Martin en s'étirant.

Il était rentré brisé de sa journée et avait hâte de se mettre au lit.

— Oui, tu trouveras les plans et les devis dans la pochette verte. Le matériel a déjà été livré. Vous pouvez commencer le boulot.

Martin s'empara des documents et s'assit pour les feuilleter.

— Bastian, si tu pouvais passer dans la matinée chez monsieur Abadie, reprit Damian. Il y a un souci avec son disjoncteur. Depuis l'orage, les plombs sautent sans arrêt. L'installation n'est peut-être plus aux normes. Une fois chez lui, profites-en pour voir avec lui les prochains travaux qu'il compte engager. Il s'est décidé à casser le mur de la cuisine pour agrandir le séjour. Si tu pouvais dresser avec lui une bonne ébauche de son projet, je n'aurais plus qu'à l'étudier avant de lui présenter un devis bien ficelé.

— Je n'aurai pas le temps. Je te rappelle que tu as promis au boucher de vérifier l'alimentation de sa chambre froide qui déconne depuis plusieurs semaines. Ça risque d'être long.

— Ah oui ! c'est vrai, je l'avais oublié celui-là. Tu iras tout de même chez Abadie pour le disjoncteur. Il a pris sa journée pour nous. Tu n'as qu'à embarquer Elena. Elle se chargera des plans pendant que tu t'occuperas de l'électricité.

— Ça marche, répondit Bastian. Elena, départ à 8 heures ?

— Passe plutôt chez le boucher avant et reviens me chercher. J'ai du boulot ici, il faut que je me colle à la compta.

— Tu nous prépares les sandwichs pour midi, s'il te plaît ?

Elle acquiesça et observa son frère. Il était redevenu celui qu'il était auparavant. Du moins en apparence. Elle se demanda si, à sa place, elle aurait été aussi docile. Si le fait qu'on lui ait caché qu'elle n'était pas l'enfant biologique de ses parents ne l'aurait pas rendue inflexible et beaucoup moins obéissante... Pourrait-elle continuer à vivre aux côtés d'une famille avec laquelle elle n'avait pas de liens du sang ? Pour la première fois, il lui sembla qu'elle envisageait les choses autrement. Si Bastian se décidait à les quitter un jour, elle lui pardonnerait. Mais peut-être la sagesse de son frère était-elle feinte, peut-être n'était-elle que l'expression d'une trêve accordée parce que Magdalena était souffrante et fragile, et toujours hospitalisée.

— On passe à table ? suggéra Martin. La paëlla est chaude !

— Elle risque même de cramer, ajouta Julianne en soulevant le couvercle de la cocotte.

Damian sursauta et consulta sa montre. Il était plus de 20 heures et il n'avait pas terminé de préparer la journée du lendemain et de répartir les chantiers. Depuis que Magda était absente, tout était désorganisé et il ne s'en sortait pas. Sur le conseil d'Elena, il avait embauché une aide-ménagère. Une femme charmante qui venait chaque jour à la bastide pour s'occuper des courses, préparer le dîner, faire le ménage et le repassage. Le courant passait bien avec l'ensemble de la famille. Elena songeait d'ailleurs à garder Jess après le retour de Magdalena pour la soulager. La décharger de l'intendance quotidienne serait une bonne façon de la contraindre à un minimum de repos. Mais s'agissant de l'entreprise, elle reconnaissait que Magda, qui avait toujours géré les factures et la comptabilité, faisait cruellement défaut. Sa fille essayait bien de compenser le manque en passant chaque jour une ou deux heures au bureau pour liquider les affaires courantes, réclamer l'argent auprès des clients ou régler les fournisseurs, mais ce n'était pas suffisant et la paperasse s'accumulait.

— À table ! dit Damian en refermant son ordinateur.

Il jeta un œil vers Elena, un peu surpris de constater qu'elle se soit jointe à eux pour le dîner ce soir encore. Il savait qu'elle faisait un effort pour prendre ses repas en famille. Probablement pour s'assurer que tout se déroulait bien en l'absence de Magda et pour veiller à ce qu'il ne s'écorche pas trop avec ses fils. Et puis il fallait toujours veiller à tempérer le caractère fougueux de Julianne.

Elena s'assit puis se releva aussitôt pour aller chercher le pain. Elle s'arrêta devant la fenêtre de la cuisine. Une voiture de la gendarmerie se garait dans la cour.

— On a de la visite, annonça-t-elle d'une voix sourde. La maison poulaga…

Elle ouvrit la porte et s'effaça pour laisser entrer le capitaine et son lieutenant. Elle nota que ni l'un ni l'autre ne lui firent la bise. Elle les connaissait pourtant depuis toujours, il lui arrivait même de boire un verre avec eux au bar des Grottes, l'hiver surtout, quand le village était quasi désert et que ces messieurs de la maréchaussée étaient moins mobilisés qu'en période estivale. Ils adoptèrent la même distance avec Damian et ses frères, les saluant poliment mais de loin.

— Il est tard, on est désolés, fit le capitaine Roc, mais il faut absolument qu'on discute avec Magdalena.

— Elle est toujours à l'hôpital, soupira Damian. En quoi pourrait-elle vous aider ?

— On essaye de clarifier quelques points de notre enquête. César, Bastian, j'ai besoin que vous me précisiez votre emploi du temps cette soirée du 10 août.

César et Bastian se regardèrent.

— Ils ont mangé là, intervint Damian. La semaine on dîne toujours ensemble. Comme ce soir, vous voyez bien.

— Laisse-les répondre eux-mêmes, Damian.

— Comme vous l'a dit mon père, j'ai mangé ici, s'empressa de répondre César. Bastian aussi. Après, je suis rentré me coucher. On bossait tôt le lendemain.

— À quelle heure avez-vous dîné ?

— Vers 19 h 45 j'imagine. La plupart du temps on rentre vers 19 h 30. En général, on file chacun chez soi pour prendre une douche et on rejoint les parents pour le dîner.

— Pas plus tard ?

— Je vous l'ai dit, on doit se lever tôt. On quitte la bastide à l'aube. On fait des journées de dix heures, parfois plus en été, et le soir on est KO. Alors oui, on arrive toujours à 19 h 45 et on mange à 20 heures. Aussi parce que papa y tient.

— Il est 20 h 30 et vous n'avez pas commencé le repas ! rétorqua le lieutenant.

— On est un peu déboussolés depuis que maman est à l'hôpital, déclara Elena. C'est logique, non ?

— Ainsi, vous confirmez que le soir du 10 vous étiez tous ici avant 20 heures ? Et Magdalena, elle était là elle aussi ?

Damian eut une seconde d'hésitation. Le soir du 10… N'était-ce pas ce jour-là que Magda était rentrée tard ? Il la revit toute décoiffée, avec sa robe sale… Elle lui avait raconté qu'elle avait eu un malaise en ressortant de la ferme de Saint-Alban-Auriolles où elle était allée acheter des œufs et un poulet. Il avait oublié cet incident. Même devant le médecin, quand il lui avait demandé si Magdalena avait eu des alertes, il avait occulté ce détail… Que s'était-il réellement passé ? Lui avait-elle menti ? Il se ressaisit et toisa les gendarmes.

— Tout le monde était là ! grogna-t-il. Écoutez, les gars, quand on travaille on garde toujours ce rythme. Faut vous le dire comment pour que vous compreniez ?

Le capitaine fit une moue embarrassée. Les Cheylard ne lui facilitaient pas la tâche. Il lui était compliqué d'interroger des gens qu'il avait l'habitude de croiser tous les jours. Surtout les Cheylard, une famille particulièrement serviable, qu'on pouvait déranger le dimanche quand il fallait rafistoler une toiture dans l'urgence, qu'on appelait en plein hiver à n'importe quelle heure quand la chaudière lâchait. Bref, une famille d'artisans qui répondait toujours présent. Pourtant, il devait lever certains voiles d'ombre qui planaient sur son affaire. Les Cheylard pouvaient y contribuer. S'ils disaient la vérité…

— La bagarre avec les Espagnols à la fête des vignerons, c'était à quel sujet ? demanda-t-il, s'adressant de nouveau à César et Bastian.

— On a déjà répondu à cette question quand vous nous êtes tombés dessus, c'est dans la déposition qu'on a signée !

— Rafraîchissez-moi la mémoire. Bastian pourrait répondre, peut-être. À moins qu'il soit devenu muet. On ne l'entend pas.

Bastian déglutit. Depuis que les gendarmes étaient entrés il avait peur. Dans son dos, son tee-shirt collait à sa peau et il sentait cette horrible sueur lui glacer l'échine. Devait-il révéler ce qu'il savait de sa naissance pour expliquer son différend avec Miguel ? Mais c'était au sujet d'Enrique que les gendarmes étaient là. Peut-être Miguel n'avait-il aucune importance dans leur affaire puisqu'il était parti bien avant la disparition de son ami. Paniqué, il chercha le regard d'Elena. Elle lui sourit comme pour l'encourager à répondre.

— On avait bu, concéda-t-il. Bien trop bu. Je ne sais plus qui a provoqué l'autre, qui a lancé la première insulte et le premier coup de poing. On était ivres. Les Espagnols aussi. C'était une castagne de rien du tout. Un truc de mecs bourrés et cons.

— Avez-vous revu les deux Espagnols après cet accrochage ?

— Non.

— Ni l'un ni l'autre ? Vous êtes sûr ?

— Sûr, affirma Bastian, pensant que le danger s'éloignait.

— Et toi, César, qu'en dis-tu ?

L'aîné des Cheylard hocha la tête. Elena repéra tout de suite que quelque chose clochait. Son frère clignait des yeux, un tic récurrent dès qu'il était mal à l'aise. Elle comprit qu'il mentait. Il était bien trop gentil, bien trop pur pour être capable de raconter un bobard sans se trahir. Par chance, elle fut la seule à remarquer sa nervosité. Voyant qu'ils ne pourraient insister davantage, les gendarmes prirent congé. Le dîner fut morose. Chacun ruminait dans son coin. Après le repas, personne n'eut envie de discuter davantage. Damian annonça qu'il était fatigué et montait se coucher.

— Vous fermerez en partant, dit-il, un pied sur la première marche de l'escalier.

Julianne partit juste après son grand-père, suivie de Bastian et Martin. Elena emboîta le pas de César et le rattrapa au beau milieu de la cour, noyée dans l'obscurité. La lune, voilée par les nuages, ne diffusait qu'une faible lumière.

— Dis-moi la vérité, chuchota-t-elle. Tu as cherché à revoir Enrique après la bagarre ? Je ne veux rien te reprocher, je veux seulement t'aider.

— Le soir du 10, il était environ 19 heures, j'ai averti papa qu'on ne m'attende pas pour dîner. J'ai menti en prétextant que je bouclais un chantier et je suis allé jusqu'au domaine de Thérèse. Je voulais coincer cet Enrique et lui péter sa sale gueule. Pour Julianne. Pour Angèle... Pour tout le mal qu'il leur a fait. Mais il ne s'est rien passé. J'ai attendu l'Espagnol jusqu'à 20 heures, en vain. J'ai ensuite quitté les Combes et je suis rentré chez moi. Il était 20 h 15, 20 h 30 tout au plus.

— Peut-être que quelqu'un t'a vu là-bas et qu'il l'a répété aux gendarmes.

— Je n'ai croisé personne.

— Une dernière question. César, as-tu tué Enrique ?

— Non ! Et je te jure que je ne l'ai pas revu après l'escarmouche à la fête.

Elena grimaça. Dans la pénombre, elle ne distinguait pas le visage de son frère. Elle ne pouvait savoir s'il était sincère. Cependant, il avait répondu sans hésitation et sa voix n'avait pas tremblé.

— Bonne nuit, murmura-t-elle, sans insister davantage.

— Attends, je voudrais te demander un service. C'est au sujet de Julianne.

— Ah non ! Tu ne vas pas encore exiger de moi que je la surveille !

— Non, ce n'est pas ça du tout. C'est au sujet de son avenir. Elle n'a aucun projet pour la rentrée. Elle ne veut pas poursuivre ses études. Elle ne veut pas non plus venir avec nous sur les chantiers pour apprendre le métier. Quand je me fâche, elle me promet qu'elle cherchera du boulot en septembre et qu'elle est prête à faire n'importe quoi. Or c'est ce « n'importe quoi » qui m'ennuie. Alors je me disais qu'on pourrait lui trouver un vrai job. Quelque chose qui la plonge dans le milieu du travail et lui change les idées. Tu pourrais m'aider. Tu discutes plus facilement que moi avec nos clients et tu as des contacts...

— Tu veux en venir où ?

— Martin m'a dit que tu t'entends bien avec Abadie. Tu ne voudrais pas intervenir auprès de lui ? Il a peut-être besoin d'une petite main dans son entreprise de produits de beauté. Qui sait s'il ne pourrait pas prendre Julianne...

Elena souffla bruyamment. Elle n'avait aucune envie de solliciter Laurent Abadie. Elle ne voulait en aucun cas lui être redevable de quoi que ce soit. Elle s'était juré de maintenir avec lui des relations strictement professionnelles.

— S'il te plaît, implora César.

— Je verrai si l'occasion se présente.

— Merci. Bonne nuit, petite sœur.

Elena se contenta de bougonner et regagna lentement les anciens chais, contrariée par cette mission imprévue que son frère lui imposait. Comme si elle n'avait pas assez d'ennuis comme ça.

— Bon, laissons tomber cette histoire pour le moment ! marmonna-t-elle. J'ai besoin d'avoir l'esprit clair.

Ses chiens se redressèrent en reconnaissant sa voix.

— Comment ça va, les monstres ? dit-elle en les caressant.

Elle s'assit sur un transat et alluma une cigarette. À part le bruissement de quelques insectes, tout était calme dans la cour. La température avait baissé, la nuit serait agréable. Elle songea à César, à Bastian, à sa mère... Si les gendarmes s'obstinaient avec leurs questions, ce n'était pas sans raison. Quelque chose lui échappait mais elle ignorait quoi. Et Émile ? Se pouvait-il que lui aussi ait rendu visite à Enrique pour le secouer un peu ? Après tout, il pouvait avoir eu envie de venger l'honneur de sa fille... Pourtant, à bien y réfléchir, elle ne l'imaginait pas châtiant un type, aussi rébarbatif soit-il. Alors qui avait liquidé cette rognure d'Enrique ? Elle ressassa le problème pendant quelques minutes sans en venir à bout. Elle était épuisée par le boulot et les soucis. Elle jeta son mégot dans le pot de sable prévu à cet effet et rentra à l'intérieur de la maison, suivie par Attila et Hannibal.

— Au dodo, les gars !

Les molosses ne se firent pas prier. Quand elle parvint dans sa chambre, ils avaient déjà grimpé sur le lit. Elle n'eut pas le cœur de les chasser et se glissa entre les deux dogues, les poussant du pied afin de se faire une place. Elle n'eut pas le temps de compter jusqu'à 10 et s'endormit.

## 25

Elena coinça son crayon à papier entre ses dents et déplia le mètre. Elle mesura la largeur de la pièce, nota le chiffre sur son calepin et revint vers la table où elle avait posé son ordinateur portable.

— Alors, cuisine ouverte avec ou sans élément central, monsieur Abadie, demanda-t-elle, ou cuisine américaine avec un comptoir ? Toutes les possibilités sont envisageables. Vous avez l'espace nécessaire.

Elle fixa son écran, songeant au ridicule de la situation. Elle donnait du « monsieur » à un type auquel elle avait volé un baiser… Elle se retourna vers Laurent Abadie, attendant une réponse. Qui ne vint pas. Abadie avait l'air captivé par un lézard qui traversait la terrasse. Elle toussota discrètement pour lui rappeler qu'elle était là.

— Pardon, j'avais la tête ailleurs. Vous pouvez répéter, s'il vous plaît ?

Il était troublé depuis l'arrivée d'Elena. Il ne s'attendait pas à la voir, Damian Cheylard lui ayant seulement annoncé qu'un de ses fils viendrait vérifier l'état du disjoncteur et établir les plans des travaux à entreprendre dans le séjour. Mais ils avaient débarqué à deux et cet imprévu l'avait chamboulé. Il aurait voulu trouver les mots justes pour excuser son comportement imbécile le soir de la fête des vignerons mais il n'y était pas préparé.

La jeune femme réitéra sa question. Il fit quelques pas dans la pièce en essayant de se projeter dans un nouvel environnement.

— Ma mère me demande sans arrêt pourquoi je veux à tout prix rénover cette vieille bâtisse, murmura-t-il. Elle dit que c'est un coin perdu et que je vais passer mes week-ends ici à me lamenter sur ma solitude. Vous le croyez aussi ?

Elena serra les dents. Voilà qu'il recommençait avec ses états d'âme... Madame Abadie mère était sans doute une harpie jamais contente, une emmerdeuse de premier ordre qui ferait mieux de se taire. Son fils était bien assez grand pour faire ce qu'il voulait de sa vie.

— Alors, votre choix pour la cuisine ? répéta-t-elle, ignorant sa réflexion.

Elena s'efforça de maintenir la conversation sur un plan strictement professionnel, désireuse d'en finir vite. Elle n'avait pas oublié qu'il avait repoussé ses avances. En y songeant, elle savait qu'elle s'était montrée trop entreprenante, sans doute portée par les effets du vin dont elle avait abusé, mais elle n'avait pas envie de s'en expliquer et préférait tourner la page en reprenant de saines relations de client à entrepreneur.

— Ah, voilà mon frère ! lança Abadie en entendant le crissement de pneus sur le gravier. Je lui avais demandé de passer. Il va nous donner son avis.

Elena réprima un soupir. Si le frère était aussi indécis que lui, ça promettait d'être long. Elle reporta son attention sur l'écran de son ordinateur. Si elle parvenait à utiliser le logiciel qu'elle avait récemment installé, elle présenterait à Laurent Abadie une simulation en 3D de ce que pourrait être ce futur séjour. Du moins elle l'espérait !

— Elena, je vous présente mon frère Gautier.

La jeune femme releva les yeux, contrariée qu'il se permette de la nommer par son prénom. Elle sentit son sang se figer dans ses veines. Pas lui ! Pas cet homme qu'elle n'aurait jamais imaginé croiser de nouveau, et surtout pas ici. Il lui fallut quelques secondes pour réagir et saisir la main qui se tendait devant elle. Gautier

Abadie la dévisagea, un sourire au coin des lèvres. Il se souvenait bien sûr de leurs ébats au bord de l'Ardèche l'année précédente mais il fit comme s'il la rencontrait pour la première fois.

— Gautier, dit Laurent qui semblait avoir repris du poil de la bête, j'ai besoin de toi. Cuisine ouverte avec ou sans élément central ou cuisine américaine avec un comptoir ?

Même si Gautier Abadie avait eu la délicatesse de faire semblant de ne pas reconnaître Elena, celle-ci était embarrassée. Elle se pencha de nouveau sur son ordinateur, essayant sans succès de faire fonctionner son logiciel de simulation. Elle ne se souvenait pas avoir jamais été aussi mal à l'aise. Pourquoi diable Laurent Abadie avait-il prié son frère de venir au mas ? Quelle poisse !

— J'aime bien cet endroit, fit Gautier en se plantant devant la baie. C'est paisible. Tu devrais t'y sentir bien.

— Sans aucun doute. Quitter Nîmes de temps à autre pour venir profiter du calme, respirer le bon air et admirer cette si jolie vue, cette perspective me plaît.

Laurent Abadie fit un grand geste pour montrer la vallée du Chassezac en contrebas. Gautier hocha la tête et admira le panorama.

— Alors, cette cuisine ? fit-il en revenant à l'intérieur.

Laurent lui expliqua les différentes possibilités. Gautier l'écoutait d'un air sérieux, comme s'il s'agissait d'un sujet capital. Elena se détourna pour ne plus l'avoir dans son champ de vision. Décidément, ce type avait de la classe et de l'allure. Tout comme son frère, d'ailleurs. Sauf qu'il n'était pas coincé, lui, et qu'il avait un charme qui l'avait séduite. Elle chercha s'ils avaient parlé de leurs vies respectives. Non, il n'y avait pas eu de confidences. Juste des baisers et des caresses qu'elle n'avait pas oubliés. Quelques images défilèrent et elle sentit le feu lui monter aux joues.

— J'hésite, dit Laurent qui en avait terminé avec son exposé. Je ne veux pas me tromper. Ce n'est pas comme une peinture qu'on pourrait recommencer parce qu'elle ne vous plaît pas.

— Si vous n'êtes pas décidé, intervint Elena, on peut remettre ce projet à plus tard. Accordez-vous donc quelques mois de réflexion, feuilletez des revues de déco, relevez ce qui vous convient et on en reparle l'année prochaine.

Elle attrapa les catalogues des fournisseurs qu'elle avait étalés sur la table et commença à les ranger. En fait, elle n'avait qu'une idée en tête : filer d'ici ! Elle devrait juste attendre que Bastian termine de réparer le disjoncteur et ils pourraient plier bagage.

— Je n'ai pas l'intention de reporter les travaux, rétorqua Laurent. C'est décidé, on ouvre la cuisine sur le séjour pour gagner de l'espace. Pas de comptoir à l'américaine. J'hésite encore pour l'îlot central. Je n'y avais pas du tout pensé mais maintenant que vous le suggérez, pourquoi pas ?

— Quelle est votre opinion, Elena ? intervint Gautier. Que feriez-vous à la place de mon Laurent ?

Elle se retint d'éclater de rire. Décidément, il ne valait pas mieux que son frère. Entre Laurent Abadie, qu'elle avait vu paumé quelques semaines plus tôt parce que sa femme l'avait plaqué et qu'il ne savait pas quelle faïence choisir pour sa salle de bains, et son frère, incapable de trancher, elle n'était pas au bout de ses peines.

— C'est vous qui allez vivre ici, monsieur Abadie ! répondit-elle en s'adressant à Laurent. Donc à vous de voir ce qui vous paraît à la fois pratique et agréable. La cuisine est un endroit fonctionnel mais rien n'empêche de songer à l'esthétique.

— Vous ne m'aidez pas beaucoup... Gautier, tu penses, comme maman, que j'ai tort de restaurer cette maison ?

— Pas du tout. Si tu te préoccupes de son avis tu ne feras jamais rien. Allez ! Zou ! Tu dois trancher maintenant si tu veux avoir une cuisine.

— L'îlot central, vous me confirmez que c'est un bon compromis ? murmura Laurent en se tournant vers Elena. La table de cuisson serait donc installée là ?

— Oui, si ça vous convient. Ce peut être aussi un simple plan de travail. Vous avez deux ou trois jours pour y réfléchir, le temps qu'on casse le mur. Une fois celui-ci tombé, vous aurez une meilleure perspective de la pièce et de son volume. En revanche, vous devrez avoir choisi l'emplacement de l'évier et des plaques de cuisson quand on attaquera la maçonnerie et le sol. C'est indispensable pour réserver les arrivées d'eau et les futurs branchements électriques.

— D'accord.

Elena s'installa de nouveau devant la table du séjour et reprit son bloc-notes, un double décimètre et un crayon, puis commença à dessiner l'ébauche du plan en reportant les différentes mesures qu'elle avait prises. Gautier la regardait, toujours un brin amusé. Même en tenue de travail, cette fille était décidément jolie. Elle lui avait semblé facile le soir de leur rencontre à Vallon. En réalité, elle était du genre déterminé et n'en faisait qu'à sa tête. Elena releva le nez vers Laurent.

— Concernant les ouvertures, où les voulez-vous et que souhaitez-vous ? Baies coulissantes ? Portes-fenêtres ? Aluminium ou PVC ? Vous aurez aussi à choisir la couleur des encadrements.

— Unc grande baie ici, face à la terrasse, l'autre dans la cuisine, mais un peu plus petite je pense. Le tout en alu avec un encadrement anthracite. Au moins, sur ce point, je suis décidé !

— Parfait. Je vous laisse les catalogues de nos fournisseurs en carrelage. Si vous trouvez un modèle qui vous convient, je me chargerai de la commande. Dans ce cas, ce sera pour vous un gain de dix pour cent sur la facture. Sinon, vous pouvez aussi acheter le matériel où vous voulez. Il suffit de le faire livrer ici. Vous songerez également à la faïence murale ?

— Ah, cette foutue déco… Tout ça va encore me donner des cheveux blancs.

— Mais non. Allez sur Internet, feuilletez des magazines et regardez les tendances. Je suis sûre que vous trouverez des choses à votre goût.

— Dois-je vous répondre rapidement pour le carrelage et la faïence ?

Elena faillit rire devant sa mine paniquée. Gautier se moqua ouvertement de son frère.

— Mon Dieu, quel état de stress pour une cuisine ! railla-t-il. Tu vas y laisser ton cœur à ce rythme !

Laurent Abadie sourit. Son frère n'avait ni tout à fait tort ni tout à fait raison. Si son cœur s'emballait un peu, ce n'était pas à cause d'une kitchenette mais plutôt parce que la présence d'Elena le réjouissait et le troublait. Ces travaux à venir étaient autant de prétextes pour la revoir et lui offraient la perspective de se rattraper tant il avait été maladroit. La revoir, lui parler et en apprendre un peu plus sur elle, sur ce qu'elle aimait. La revoir et lui faire la cour… Sur ce point, il avait compris qu'il allait devoir faire preuve d'un peu plus de modernité ! Elena était une jeune femme indépendante et libre, elle avait cette assurance qui lui manquait tellement à lui… Il avait hâte de demander à son frère ce qu'il pensait d'elle. Hâte de savoir si Gautier était également conquis.

— Prenez votre temps, répondit-elle. Je referai les plans au propre ce soir, demain au plus tard. Mon père dressera ensuite le devis pour l'ensemble des travaux. Quand tout sera prêt, je vous enverrai les documents pour approbation.

— Je peux passer les chercher !

Il avait parlé si vite que Gautier le dévisagea, intrigué.

— Ne vous dérangez pas. Nous prenons bientôt nos congés et on a plusieurs chantiers à boucler. On a pris un peu de retard ces derniers temps. On ne pourra pas commencer les travaux avant octobre ou novembre.

— Votre père m'a effectivement fait part des ennuis de santé de votre maman. Vous lui souhaiterez un prompt rétablissement de ma part.

— Merci. Elle est toujours hospitalisée mais elle va mieux. Le cardiologue nous a laissé entendre qu'elle sortirait en fin de semaine.

— C'est une bonne chose. On est toujours mieux chez soi.

Elena acquiesça tout en rassemblant ses affaires, priant silencieusement pour que Bastian en ait terminé avec l'électricité. Elle n'avait pas du tout envie de poursuivre la conversation. Elle ne put cependant refuser le café que lui proposait Abadie.

— Cela vous dérange-t-il ? demanda-t-elle en montrant un paquet de Marlboro.

— Pas le moins du monde.

Elle savoura sa cigarette, appréciant chaque bouffée de tabac. Elle sentit que le moment était bien choisi pour lui parler de Julianne et de ce job qu'ils essayaient de trouver pour elle.

— Un très bel endroit, déclara Gautier, rompant le silence.

— Tu l'as dit ! approuva Laurent. Cette cambrousse me plaît beaucoup. Si tu as deux minutes, tout à l'heure je t'emmène jusqu'à la rivière par le sentier. Tu vas voir, c'est un joli coin de nature. N'est-ce pas, Elena ?

Elle hocha la tête en guise de réponse, réfléchissant à la façon dont elle allait formuler sa demande au sujet de Julianne. Elle maudit César qui l'obligeait à quémander de l'aide. Elle ouvrit la bouche, la referma, incapable de se lancer. Laurent la fixait du coin de l'œil tout en buvant son café. Avec sa cotte, son tee-shirt et sa paire de baskets elle n'était guère élégante, et pourtant elle ne manquait pas de charme. À l'opposé de son ex-épouse, si superficielle, toujours soucieuse des apparences. Tout comme son frère, Gautier ne quittait pas des yeux la jeune femme. Il était encore sous le choc. Jamais il n'aurait imaginé la recroiser un jour, et encore moins chez son frère. Que ressentait-il pour elle ? Il se secoua. Il n'avait plus jamais pensé à elle depuis leur rencontre et sans doute l'aurait-il complètement oubliée s'il n'était pas venu voir Laurent…

Bastian surgit enfin. Il en avait terminé avec cette installation électrique un peu vieillotte qu'il avait rafistolée de son mieux. Elena se hâta de ranger son matériel dans le Kangoo, soulagée de pouvoir s'échapper.

## 26

Elena coupa la communication et reposa son téléphone sur le siège passager en songeant qu'elle avait eu de la chance de ne pas croiser les flics. Elle avait bavardé pendant vingt minutes avec Laurent Abadie, le portable coincé entre l'épaule et la joue, une main sur le volant, l'autre sur le levier de vitesse. Quelques jours plus tôt, à son retour des Vans, César lui avait sauté dessus pour savoir ce qu'il en était concernant le stage de Julianne. Elle n'avait pas voulu mentir à son frère et lui avait avoué qu'elle n'avait pas osé solliciter leur client. Depuis, il ne cessait de la harceler et elle s'était finalement décidée à appeler Abadie pour exposer sa requête. Il n'avait pas refusé, mais pas accepté non plus, et lui avait proposé de venir à Nîmes avec Julianne afin d'en discuter. « Je vous emmènerai ensuite dans un petit restau très sympa », avait-il déclaré. Elena avait accepté l'invitation spontanément, se demandant si c'était parce qu'elle se sentait acculée par César et ses soucis de père ou si c'était la perspective de revoir Laurent Abadie – ou celle de croiser à nouveau Gautier – qui l'enchantait. Cette idée la troubla tellement qu'elle eut une minute d'inattention et dut faire une embardée pour éviter une bicyclette.

— Merde ! rugit-elle, furieuse contre elle-même de s'être laissée distraire par de mauvaises pensées. Laurent n'appartient pas à la même planète que moi et son frère est à oublier, point barre !

Elle ralentit et tenta de fixer son attention sur la route, mais les frères Abadie revenaient sans cesse galoper devant ses yeux. Elle avait passé un merveilleux moment dans les bras de Gautier, hormis cette petite aventure elle ignorait tout de lui. Son frère Laurent était apparemment quelqu'un de tendre, un fragile au caractère un peu ombrageux. Bref, le genre d'homme qu'elle ne fréquentait jamais. Pourquoi penser à ces mecs puisqu'elle se sentait bien toute seule et qu'elle n'avait nulle envie de se caser ? Elle leva de nouveau le pied. À chaque fois qu'elle s'emportait, elle avait un peu tendance à appuyer sur le champignon. Certes, avec la fin des vacances, la circulation était redevenue beaucoup plus fluide. Il n'y avait plus de bouchons aux abords des gros villages dont les rues et les trottoirs avaient été peu à peu désertés et on arrivait à se garer sans tourner en rond pendant des heures. Terminée aussi la queue aux caisses des supermarchés où l'on pouvait de nouveau remplir son caddie en flânant dans les rayons, et les interminables files d'attente devant les boulangeries n'étaient plus qu'un mauvais souvenir. Les commerçants prenaient de nouveau quelques minutes pour bavarder avec la clientèle d'habitués et les Ardéchois reprenaient possession de leur terre. Le flot de touristes évacué, les pêcheurs avaient retrouvé leurs habitudes sur les berges de la Baume ou de l'Ardèche. Aux terrasses des cafés, les hordes de jeunes avaient laissé place aux papis qui, casquettes vissées sur le crâne, sirotaient leur verre de vin en regardant le temps passer pendant que leurs épouses discutaient tricot, couture et confiture, assises à l'ombre des platanes sur les bancs autour de l'église ou sur la place du village.

Elena savourait ce retour au calme et en même temps redoutait l'ennui de la morte-saison. Bientôt, le paysage se teinterait d'ocre et de roux. Il y aurait encore de belles journées, l'arrière-saison ardéchoise est souvent chaude et agréable, mais les jours seraient de plus en plus courts et les nuits plus fraîches. Elle soupira. Bientôt, ce serait à son tour d'être en congés. Le voyage en Espagne avec

Bastian était toujours au programme. Pour le moment, ils n'avaient averti personne de leur projet, l'accident cardiaque de Magdalena ayant accaparé toute l'attention, mais ils ne devraient pas trop tarder à mettre la famille au courant.

Encore un sujet de conversation qui allait faire des vagues, se dit Elena. Elle jeta un coup d'œil dans le rétroviseur, rétrograda avant de ralentir pour s'engager dans le chemin qui menait à la bastide. Dans la cour, elle aperçut la voiture des gendarmes. Elle se hâta de couper son moteur, renonça à passer chez elle pour prendre une douche et fila directement chez ses parents. Son père, César et Martin étaient assis sur le canapé, Bastian se tenait debout, appuyé contre la cheminée.

— Où est maman ? demanda-t-elle sans saluer quiconque.

— Dans son bureau avec le capitaine et le lieutenant, répondit Martin.

— Mais elle sort à peine de l'hôpital !

— Ils voulaient l'entendre. C'était la meilleure solution pour éviter qu'ils ne l'emmènent à la gendarmerie.

— Et aucun d'entre vous n'est resté avec elle ? Les flics claquent des doigts et vous obéissez ?

— Ils voulaient l'entendre seule ! répéta Martin en haussant la voix. Tu piges ?

Elena se renfrogna et posa ses fesses sur l'accoudoir d'un fauteuil. Puis, incapable de tenir en place tant la situation la minait, elle sortit sur la terrasse et alluma une cigarette. Elle consulta sa montre dix fois en faisant les cent pas. Jamais elle n'avait trouvé le temps aussi long. Elle grilla une nouvelle cigarette, puis une troisième qui lui donna la nausée. Pourquoi les gendarmes retenaient-ils sa mère ? Quelles questions pouvaient-ils lui poser ? Et que pouvait-elle bien avoir à leur répondre ? Elle entendit le bruit d'une porte qu'on ouvre et sursauta. Elle revint dans le salon en même temps que Magdalena et les gendarmes.

— Vous avez tous menti dans cette maison, gronda le capitaine. Heureusement que Magdalena a rétabli la vérité. Ça aurait pu vous coûter cher à vous tous. Il était moins une pour que César et Bastian se retrouvent accusés de meurtre. La prochaine fois, et j'espère qu'il n'y en aura pas, n'essayez pas de nous faire tourner en bourrique. On y laissera moins de plumes les uns et les autres.

— Personne n'a menti ! s'insurgea Damian.

— Ne dis pas de bêtise, murmura Magda en s'asseyant sur la chaise que Martin lui présentait. Vous avez menti pour la soirée du 10. Vous étiez tous là, moi pas. Vous avez voulu me protéger, mais ça n'est plus nécessaire. J'ai tout raconté. Toute la vérité. Y compris une part de l'histoire que vous n'imaginez même pas.

Elena sentit ses tripes se contracter comme si on l'emprisonnait dans un corset dont on resserrait lentement les lacets. Magda se tourna vers Bastian.

— J'ai expliqué les origines de ta naissance, Bastian. Et comment tu étais arrivé parmi nous.

— Ça restera entre nous, assura le capitaine. Il n'est pas utile que cette information figure dans le dossier. Vous pouvez dormir tranquilles. À moins que quelqu'un d'autre n'ébruite cette affaire, évidemment… Il serait peut-être judicieux de retrouver Miguel. Il ne semblait pas avoir envie de vous faire du mal mais seulement de faire la connaissance de Bastian. S'il n'a plus de famille, on peut le comprendre. Quant à cet Enrique, c'est autre chose, et j'avoue avoir cru un moment que vous étiez mêlés à sa mort, de près ou de loin. Mes plus gros soupçons portaient sur Magdalena. Si elle n'avait pas eu son pépin de santé, elle aurait sans doute été arrêtée après la découverte du corps.

Damian, ses fils et Elena écarquillèrent les yeux. Il leur manquait une pièce du puzzle. Magdalena soupira. Il était temps de tout lâcher cette fois-ci.

— J'ai eu peur d'Enrique, peur du mal qu'il pouvait faire à notre famille. Je craignais qu'il balance ce qu'il savait sur Bastian et qu'il nous fasse souffrir. Ce qu'il avait fait à Julianne puis à Angèle me laissait présager le pire. Au début, je souhaitais seulement aller lui parler, l'inciter à partir. Et puis j'ai reçu la lettre.

Elle fouilla dans sa poche et en sortit une feuille qu'elle déplia. Elle la tendit à Damian qui la lut silencieusement avant de la donner aux enfants.

— J'ai décidé de rencontrer Enrique, reprit-elle, et de lui donner ce que je pouvais.

— Pourquoi ne m'as-tu pas parlé de ce chantage ? demanda Damian qui se sentait trahi d'avoir été écarté.

— Ne m'interromps pas, s'il te plaît. Je suis allée à la banque et j'ai vidé mon livret d'épargne. J'ai aussi retiré 3 000 euros du compte commun. Puis je suis allée au rendez-vous, au bout du chemin Fay-et-Carpenti. Enrique est arrivé, une bouteille de whisky à la main. Il s'est fâché quand il a su que je ne lui apportais pas les 100 000 euros attendus. J'ai eu peur qu'il devienne violent et je lui ai dit que je n'étais pas venue seule et que j'avais enregistré notre conversation. Évidemment, il ne m'a pas crue. Il a alors foncé sur moi pour m'arracher l'enveloppe. Il faut croire que l'argent que j'avais amené l'intéressait malgré tout. Je suis tombée et il m'a attrapée par le cou. Je ne sais pas s'il m'aurait étranglée, mais j'ai eu la trouille. J'ai saisi un galet et je l'ai frappé au front. C'était pour me défendre ! Son crâne saignait mais il était conscient. Je lui ai dit de garder l'argent et de disparaître. J'ai vraiment cru qu'il m'avait obéi, jusqu'à ce que Thérèse m'apprenne sa mort.

Elle baissa la tête, épuisée par sa confession. Elena lui servit un verre d'eau et serra les dents, ravalant sa colère. Si cette brute d'Enrique n'avait pas été tuée elle serait allée elle-même lui faire la peau. Elle se retint de le dire devant les gendarmes.

— Quand nous avons retrouvé le corps d'Enrique, dit le capitaine, il avait une enveloppe dans sa poche mais elle était vide. Le logo du Crédit agricole figurait dessus, je suis allé immédiatement à l'agence. L'employé n'avait pas oublié le retrait conséquent effectué par Magda. Bien sûr, nos soupçons se sont tout de suite portés sur votre famille. Après la baston du dimanche soir, il n'y avait pas à chercher loin. Mais je voulais tout de même en savoir plus et j'ai attendu les résultats de l'autopsie. L'examen du médecin légiste a révélé qu'il avait effectivement pris un coup sur le front, vraisemblablement celui porté par Magda. Mais il en a reçu un autre sur la nuque, mortel celui-là. Quelqu'un a probablement traîné son corps jusqu'à la rivière et l'y a poussé. Il a dû se coincer entre des rochers. Comme il avait plu, le niveau de l'eau est remonté et a libéré le corps.

— Nous étions les seuls suspects dans cette histoire ? demanda Elena.

— Non, mais l'enveloppe était tout de même un indice qu'on ne pouvait négliger. Et puis un pêcheur a raconté avoir aperçu vers 20 heures une femme sous le pont en compagnie d'Enrique. Dans son témoignage, il a précisé que la femme était repartie et que l'Espagnol était resté un moment tout seul et qu'il avait bu passablement. Le légiste a confirmé, le cadavre était gorgé de whisky. Le pêcheur n'a rien remarqué de plus. Quand il est reparti, vers 21 heures, Enrique était toujours sous le pont. On n'a pas eu besoin de beaucoup d'imagination pour deviner que la femme qu'il avait rencontrée était Magdalena. On savait qu'il y avait des tensions entre les Espagnols et votre famille depuis la fête des vignerons, alors on a fouiné. Mais sans grand succès. Magdalena vient de faire la lumière sur toutes les zones d'ombre.

— Et le meurtrier ? fit Martin.

— On ignore pour l'instant qui c'est. Il faut dire qu'en quelques semaines Enrique a réussi à se faire pas mal d'ennemis. Il n'y a eu personne pour le défendre quand on a mené les interrogatoires. Toutes les personnes entendues nous ont dit la même chose. Que ce type était une ordure, qu'il avait volé de l'argent à d'autres employés au domaine de la Combe. Pire, qu'il avait réussi à séduire l'épouse de l'un d'eux et avait pris des photos de leurs ébats. Photos qu'il avait menacé de divulguer si le mari ne lui donnait pas de fric. Un chantage de plus ! De son côté, le mari trompé avait un alibi incontestable la soirée du meurtre, alors on l'a vite écarté de l'enquête. *Idem* concernant Angèle et son père qui n'étaient pas dans le coin ce soir-là. On en a entendu des vertes et des pas mûres au sujet d'Enrique, je suis même persuadé qu'on ne nous a pas tout raconté ! Il se peut qu'un des saisonniers en ait eu assez de ses arnaques et de ses mauvais coups et qu'il les lui ait fait payer. Mais on n'a pas de preuve tangible. On n'a aucun témoin sur ce qui s'est déroulé ensuite au bord de la rivière et il est vraisemblable qu'on n'apprendra rien de plus. Les vacanciers sont partis maintenant. Les employés intérimaires du domaine de la Combe aussi. On a interrogé toutes les personnes susceptibles d'apporter une information dans les jours qui ont suivi la découverte du corps. Il ne restait que Magdalena. Nous savons maintenant quel a été son rôle.

Pressé de voir les gendarmes partir, Martin ne voulut rien savoir de plus. Un détail le tracassait cependant. Le soir où Enrique était mort, à part lui et son père personne d'autre n'était à la maison, contrairement à ce qu'ils avaient dit aux gendarmes. Pourquoi Magdalena avait-elle confirmé leur version ? Elena n'avait pas dîné avec eux. Ni Bastian. Ni Julianne. Ni César. Il se souvenait parfaitement de la soirée. Son père et lui s'inquiétaient pour Magdalena, ils avaient guetté l'entrée de la propriété et avaient soufflé de soulagement en voyant sa voiture franchir le grand portail qu'ils laissaient toujours ouvert. Quels étaient les véhicules garés dans la cour à ce moment précis ? Le Kangoo d'Elena ?

La vieille Peugeot de Bastian ? Celle de César ? Le scooter de Julianne ? Il ne savait plus…

— Alors, c'est fini ? demanda Elena.

— Pas tout à fait, dit le capitaine. Votre mère viendra déposer à la gendarmerie dans quelques jours. Ensuite elle sera vraisemblablement entendue par le procureur en charge de l'enquête.

— Encore des ennuis en perspective !

— Non, rassurez-vous. Mais il faut respecter la procédure. Le témoignage de Magdalena permettra de faire la lumière sur le vrai visage d'Enrique et en savoir un peu plus sur toutes les saloperies dont il est l'auteur.

— Je ne vois pas comment on pourra cacher que Bastian n'est pas notre fils ! intervint Damian. Si Magda doit parler au procureur, elle sera obligée de tout dire !

— Elle s'en tiendra à l'essentiel. Enrique l'a menacée pour avoir de l'argent, il vous pensait fortunés, elle a eu peur et l'a payé pour qu'il parte. En revanche, on ne pourra pas taire la petite aventure qu'a eue Enrique avec Julianne. Ni celle avec la petite Angèle. C'est à ce prix qu'on pourra cacher l'histoire de Bastian. Je ne suis pas satisfait de cette issue, masquer une partie de la vérité me coûte. Mais pour votre famille, je suis prêt à fermer les yeux.

Les paupières de Magda papillonnèrent. Son secret serait protégé. Le capitaine Roc était un bon gendarme. Un ami. Un bon père de famille également. Il ne détruirait pas les Cheylard. César serra les poings. À coup sûr il serait convoqué lui aussi avec Julianne et Angèle. Le procureur voudrait entendre les différents protagonistes de l'affaire. On ne le laisserait donc jamais tranquille ? Chaque fois que les choses se tassaient, il se produisait toujours un événement qui ravivait les blessures…

## 27

Elena contemplait le jardin, étonnée qu'un tel havre de paix puisse exister en plein cœur de Nîmes, à une rue de la Maison-Carrée. Totalement absorbée, elle ne suivait plus la conversation entre Julianne et Laurent Abadie.

— À quoi pensez-vous, Elena ? demanda soudain Abadie.

La jeune femme sursauta, sentant monter en elle une certaine colère de se retrouver coincée ici avec lui, mais aussi un étrange sentiment, une forme de plaisir qu'elle avait du mal à identifier. L'image de Gautier s'imposa à elle, qu'elle chassa vite de ses pensées. Comme c'était agaçant de se rappeler en permanence ses caresses chaque fois qu'elle se trouvait avec Laurent !

— À rien de particulier, dit-elle enfin. Je m'évadais, ou plutôt je rêvais. L'effet de cet excellent vin, sans doute.

— C'est ma meilleure journée depuis longtemps ! s'exclama Julianne en posant sa fourchette à côté de son assiette vide. J'adore ce restau !

— Je suis ravi de vous faire plaisir à toutes les deux, répondit Laurent.

Elena l'observa comme si elle le découvrait. Laurent était un homme élégant, possédant un chic naturel qui lui donnait une classe folle. Ses cheveux gris étaient coupés court sur la nuque, une mèche tombait sur son front, qu'il écartait souvent d'un geste de la main. Il portait un pantalon beige, des mocassins de la même couleur et un joli polo noir à la coupe parfaite. Elena se félicita d'avoir choisi pour l'occasion un jean noir et une chemise blanche. Au moins, elle ne dépareillait pas trop... Quant à Julianne, elle était adorable dans sa petite robe de coton bleu ciel. Ses cheveux attachés en chignon mettaient en valeur son visage. Elle souriait, visiblement heureuse que sa tante se préoccupe de son avenir.

Elles étaient arrivées par la rue des Chassaintes. De l'extérieur le restaurant ne payait pas de mine. C'était une simple maison de ville et il fallait sonner à la porte pour qu'on vienne ouvrir. Une fois le seuil franchi, on plongeait à l'intérieur d'une demeure nîmoise au décor à la fois sobre et sophistiqué. Laurent avait réservé une table en terrasse, un élégant patio où les clients pouvaient parler en toute intimité. Ce n'était pas à proprement parler un « petit restau sympa », comme il l'avait précisé au téléphone. Ici, l'accueil était parfait et la cuisine raffinée.

— À votre job, Julianne ! lança Laurent en levant son verre.

C'était la troisième fois qu'il trinquait depuis le début du repas. Elena faillit en rire tant la situation semblait cocasse. Si on lui avait dit qu'elle déjeunerait avec Laurent Abadie après qu'il lui avait refusé un baiser, elle aurait crié à la folie. Elle songea que la vie jouait parfois de sacrés tours et empruntait des chemins inconnus sur lesquels on pouvait trébucher mais où l'on faisait aussi de belles rencontres... Elle avait jugé Laurent trop vite, ou plutôt elle ne s'était pas assez intéressée à lui. Il n'était pas fragile, plutôt sensible. Il avait écouté Julianne avec attention. La jeune fille avait été honnête et avait déballé son histoire sans mentir. Elle avait quitté le lycée, le bac en poche, autrement dit elle n'avait rien pour entrer dans le monde du travail. Sans hésiter, elle avait raconté ses déboires avec Enrique dont elle s'était crue amoureuse et les tensions avec son père, tout en avouant qu'elle avait un caractère abominable depuis quelques mois ! Puis elle avait dit ses espoirs. Trouver un emploi, s'assumer, et si possible s'éloigner un peu de Ruoms. Laurent ne l'avait pas fait languir et lui avait proposé de l'embaucher durant trois mois comme manutentionnaire dans son entreprise. En revanche, il ne lui promettait rien pour la suite. Les fluctuations des ventes, les incertitudes du marché ne lui permettaient pas de signer un contrat sur un plus long terme.

— Le trimestre qui précède Noël, l'usine tourne à fond. Mais après le jour de l'An, comme chaque année, nous risquons une baisse des commandes. Nous ne gardons à ce moment-là qu'un minimum de personnel. C'est devenu compliqué de maintenir une entreprise à flot, aujourd'hui. Même dans le secteur des produits de beauté de luxe ! Ce sera pour vous une première expérience. De quoi démarrer un CV pour vos futures recherches d'emploi.

— Merci beaucoup, répéta Julianne, un sourire jusqu'aux oreilles. Merci à toi aussi, Elena.

— Je n'ai rien fait !

— Vous devez cependant savoir, Julianne, que mettre des flacons dans des cartons à longueur de journée n'est pas de tout repos, ajouta Abadie. Le bon côté de ce travail, c'est que vous manipulez de jolis produits aux parfums très agréables.

— Oui, je crois qu'on peut trouver pire, intervint Elena. Je tiens à vous remercier moi aussi.

Abadie se détendit. Elena semblait un peu moins rugueuse que lorsqu'elle était arrivée. Restait cependant à mettre au clair cet incident du soir de la fête. Ils ne s'étaient pas compris, mais encore fallait-il qu'il ose crever l'abcès s'il voulait repartir sur de bonnes bases… Il était heureux qu'elle ait pensé à faire appel à lui pour sa nièce. En réalité, il savait que le quota d'employés était déjà atteint. En ces temps difficiles, les candidatures ne manquaient pas et lui et Gautier avaient déjà prévu la main-d'œuvre pour assurer la production et la livraison de toutes les commandes vers les boutiques qui feraient le plein d'ici les fêtes. Mais que n'aurait-il pas entrepris pour faire plaisir à Elena ? Il se débrouillerait pour trouver une activité à Julianne. Une personne de plus ne serait peut-être pas de trop, d'autant qu'il avait démarché de nouveaux clients en Europe et qu'il faudrait certainement préparer des colis supplémentaires pour l'export. Il n'aurait pas de mal à trouver de quoi occuper la jeune fille.

Julianne enchaîna par une série de questions sur l'entreprise et l'attention d'Elena s'éloigna de nouveau. Elle se détendait après des jours difficiles. Les révélations sur la naissance de Bastian, l'hospitalisation de sa mère, la disparition de Miguel, la mort d'Enrique puis leurs démêlés avec les gendarmes avaient mis ses nerfs à vif. Tout était allé vite et pourtant elle avait eu parfois l'impression que les heures comptaient double. Les choses rentraient doucement dans l'ordre, elle se sentait moins oppressée et reconnaissait qu'elle passait un moment agréable dans ce restaurant. La présence de Laurent Abadie lui apportait comme un souffle d'apaisement. Elle discernait en lui des qualités insoupçonnées jusqu'alors. Il était humain, intuitif même, soucieux du bien-être de ses employés. Julianne, qui allait faire ses premiers pas dans le monde du travail, aurait un patron exigeant mais attentif. Elena se félicita d'avoir écarté ses préjugés et eu l'audace de lui demander d'embaucher sa nièce.

— Vous vagabondez, Elena ? dit-il en voyant qu'elle rêvassait. Mais peut-être notre conversation vous ennuie-t-elle. On ne parle que boulot, crèmes, gels douche et parfums.

La jeune femme sursauta, comme prise en faute.

— Je suis désolée. Non, je ne m'ennuie pas. Je me détends. Ça me fait du bien d'être un peu déconnectée de la réalité.

Le serveur s'approcha et leur présenta un grand plateau de fromages. Julianne et Laurent choisirent plusieurs morceaux avec gourmandise. Elena se contenta d'une part de pélardon, un petit fromage de chèvre affiné dans les Cévennes. Elle n'avait plus faim. Son esprit tournait à plein régime. Plus le temps passait et plus ses pensées s'emballaient. Non, cette conversation ne l'ennuyait pas. Même si elle avait du mal à en suivre le fil de par son manque de concentration, elle avait remarqué qu'Abadie était particulièrement à l'aise avec les jeunes. Il était à l'écoute de Julianne, apportait volontiers des réponses à ses interrogations, avec justesse surtout, ce qui dénotait de sa part une forme d'intelligence et une ouverture d'esprit qu'elle appréciait. Laurent Abadie n'avait pas manqué de dire à sa nièce qu'elle ne devait pas renoncer définitivement à ses études. Qu'elle fasse un break puisqu'elle n'avait trouvé aucune orientation qui lui plaise, mais qu'elle n'abandonne pas. Elle devait écouter ses envies, approfondir ses goûts.

— Les jeunes ont parfois une perception de la vie un peu éloignée des réalités. En prenant des décisions trop rapidement, il arrive qu'on le regrette plus tard ! conclut-il.

La remarque amusa Elena. Chez les Cheylard on tenait le même discours, à la différence près qu'ici, sa nièce ne ruait pas dans les brancards. Au contraire, elle buvait les paroles de son futur patron et approuvait sans bouder ni grincher...

— Si ton père était là, murmura soudain Elena, il n'en reviendrait pas !

— J'ai changé, marmonna Julianne. J'ai simplement besoin qu'on ne me traite pas comme une gamine.

— Je sais.

Laurent échangea un clin d'œil complice avec Elena qui se reprocha aussitôt de lui avoir répondu. Autant de connivence, ce n'était guère prudent.

— Ça ne vous dérange pas si je vous abandonne quelques minutes ? demanda Julianne. Je voudrais téléphoner.

— Oh ! nous avons tout notre temps, répondit Laurent.

Ils la regardèrent s'en aller au bout de la terrasse et s'asseoir à l'écart.

— Pas facile d'élever des enfants, hein ?

— C'est pourquoi je n'en ai pas ! sourit Elena. C'est trop de responsabilités. Trop de tout !

— Peut-être. Mais c'est beaucoup d'amour aussi.

— Et autant de problèmes !

— Ils traversent tous des périodes difficiles. Votre nièce n'est pas si terrible que ça ! Vous m'en aviez fait un portrait plus… volcanique.

— Elle peut l'être. Si vous saviez le nombre de fois où je me suis retenue de lui donner une paire de claques ! Mais Julianne n'est pas ma fille. Je n'ai pas voulu vous mentir en vous disant qu'elle était facile car elle ne l'est pas. Mon frère se tracasse beaucoup pour elle.

— Elle semble malheureuse d'avoir été plaquée par le garçon qu'elle a évoqué tout à l'heure.

— Je pense qu'elle n'était pas très attachée à lui. On s'emballe vite à cet âge, conclut Elena qui n'avait pas envie de parler davantage d'Enrique.

Elle saisit la carte des desserts que le serveur venait de déposer, espérant faire diversion.

— Vous savez, reprit Laurent, ça fait mal les chagrins d'amour.

— Non, je ne le sais pas. Tout bêtement parce que je ne sais pas aimer.

Il la dévisagea. De quel bois était-elle faite pour n'avoir jamais pleuré un amoureux ? Comment avait-elle pu échapper à l'amour ? Il se surprit à espérer qu'il pourrait être le premier à faire battre son cœur. Cette femme lui plaisait et en même temps l'effrayait ! Pourtant, il était certain qu'elle était capable de sentiments…

— C'est pour ça que vous n'êtes pas mariée ? se hasarda-t-il.

— J'aime ma liberté et mon indépendance, je ne m'embarrasse pas de ce que la morale considère comme défendu.

— Alors de quoi est faite votre vie ?

Elena raconta brièvement ses parents, ses frères, son travail, sa maison dans les chais de la bastide familiale, ses chiens, ses amis avec lesquels elle aimait passer les soirées et ses rencontres avec les hommes. Rencontres auxquelles elle ne voulait surtout pas donner de suite. Laurent Abadie accusa le coup et but une gorgée de vin.

— Si je comprends bien, le baiser de l'autre soir aurait été sans suite ?

Il s'essuya le front d'un revers de la main. Il n'en revenait pas d'avoir enfin été capable d'évoquer ce moment.

— Au risque de vous choquer, oui. J'avais un peu trop bu. Vous étiez seul et vous sembliez désemparé. Je vous ai embrassé, c'est vrai, et si vous ne m'aviez pas repoussée on aurait vraisemblablement terminé la nuit chez moi. Vous avez très bien agi en refusant mes avances. On va se revoir, bien sûr, puisqu'il y a le chantier à terminer, mais ça s'arrête là.

Abadie déglutit, se demandant s'il devait regretter de ne pas l'avoir suivie dans son jeu ou s'il devait s'en réjouir. Il n'avait jamais papillonné d'une femme à l'autre. Il en était incapable.

— Si…

Il s'arrêta net, Julianne revenait à leur table un sourire jusqu'aux oreilles.

— J'ai appelé une amie et aussi papa. Je lui ai dit pour le job ! Il est content. Du coup, j'ai faim pour un dessert !

Laurent lui tendit la carte. Ils choisirent tous les trois le « chocolat en duo avec l'abricot ».

— C'est délicieux ! s'exclama Elena.

La bouche pleine, Julianne et Laurent approuvèrent d'un hochement de tête. Il était près de 15 heures quand ils quittèrent le restaurant. Elena n'avait pas vu le temps passer. Sur le trottoir, Julianne remercia son futur patron pour le déjeuner et son embauche. Abadie aurait donné n'importe quoi pour les retenir mais Elena avait déjà sorti sa clé de voiture de son sac. Et puis qu'aurait-il pu ajouter en présence de sa nièce ? Une impression d'inachevé l'étrangla. Comment gagner du temps ?

— Si vous n'êtes pas pressées, je suggère que nous fassions quelques pas. Ne reprenez pas le volant tout de suite, Elena. Le vin était bon et il me semble qu'on a un peu forcé le trait, n'est-ce pas ?

Elena acquiesça tandis que Julianne emboîtait le pas à Laurent. Elle avait encore des questions à lui poser. Ils s'installèrent à la terrasse d'un café et elle ne cessa pas à babiller tout en sirotant une citronnade. Ils se trouvaient dans une rue piétonne, particulièrement fréquentée en ce samedi après-midi. Elena détaillait les bâtisses aux murs jaune orangé et les fenêtres fermées par de vieilles persiennes qui respiraient le soleil. Julianne s'éclipsa un instant pour aller aux toilettes, Abadie en profita pour s'engouffrer de nouveau dans la brèche.

— Nous n'avons pas terminé notre conversation tout à l'heure. Je comprends votre attrait pour la liberté, mais à deux on est bien aussi, on partage les bons comme les mauvais moments. Pour ma part, j'essaie de ne garder que les bons souvenirs de mon mariage.

Elena leva un sourcil. Il allait recommencer à lui confier ses secrets de couple et de mari délaissé. Il se reprit aussitôt, devinant qu'il l'agaçait.

— Rassurez-vous, je n'ai pas l'intention de vous ennuyer une fois de plus avec mes déboires conjugaux. J'ai enfin admis le départ de mon épouse et elle ne me manque plus. Vous n'êtes jamais tombée amoureuse ?

— Jamais. J'échappe à la quête universelle du prince charmant ! J'ai rencontré des hommes sympas, adorables même. Mais les dîners en tête à tête, les projets à deux, ça ne me dit rien. Avoir des enfants encore moins. Vous avez l'air consterné. C'est aussi affligeant que ça ? Dois-je m'inquiéter ?

Elle éclata de rire et il fut obligé de sourire.

— Je crois que vous avez peur, murmura-t-il, reprenant aussitôt son air sérieux.

— Peur de quoi ?

— De tomber amoureuse.

— Il n'y a donc que ça qui vous intéresse ? Le mariage, la vie à deux ?

— Quand je suis avec vous, oui !

Il éclata de rire à son tour, avant tout pour masquer sa gêne et en espérant que ses joues ne prendraient pas feu tant elles étaient bouillantes. Il avait osé ! Ce n'était pas une vraie déclaration mais il avait fait un pas énorme. Et à moins d'être stupide, elle avait semblé comprendre le message. Il la regarda allumer une cigarette et se tourner sur le côté pour souffler doucement la fumée. Touchée ! songea-t-il. Tout n'était pas perdu.

## 28

Pour une fois, Elena passa le dimanche en famille. La tempête semblait s'être apaisée, tout irait mieux désormais. Elle avait l'impression que ses frères partageaient son émotion. Ils étaient sereins, souriants, heureux de profiter de cette belle journée de septembre. La tribu s'était réunie sur la terrasse où la table avait été dressée pour profiter de la douceur du soleil et du filet d'ombre projeté par le feuillage du plus vieil olivier de la cour. César, Bastian et Martin bavardaient joyeusement, se rappelant leurs souvenirs d'école, en particulier les mauvaises blagues qu'ils avaient infligées à un instituteur réputé peu commode. Leur père était plus bavard qu'à l'accoutumée, intervenant parfois dans la conversation tout en surveillant la cuisson des gambas sur le barbecue. Julianne affichait un visage radieux. Depuis qu'elle savait qu'un emploi l'attendait dans l'entreprise de Laurent Abadie, son attitude avait complètement changé. Même si ce n'était qu'un job de trois mois, elle considérait cette opportunité comme un nouveau départ. Elle avait déjà trouvé un petit meublé à Nîmes, un studio au loyer raisonnable et pas trop loin de son travail.

Bien que fatiguée, Magdalena était aux anges de voir son clan réuni. Elle regardait chacun de ses enfants les uns après les autres, son cœur ne cessant de lui murmurer que rien n'était plus précieux que la famille. La peur de les perdre lui fit soudain monter les larmes aux yeux. Elle s'empressa de ravaler son trouble et se tourna vers Pépé-la-Cigale qu'elle avait convié pour ce déjeuner dominical. Damian avait longtemps cherché comment remercier le vieil homme pour avoir secouru Magda, il lui avait finalement proposé de partager un repas avec les Cheylard. Ravi, le vieil homme sirotait un verre de rosé tout en racontant de vieilles légendes ardéchoises.

— Et celle des templiers ? demanda Elena. Je l'aime bien celle-ci.

— Tu ne la connais pas par cœur depuis le temps que je la raconte ? Pour changer, écoute donc celle du pont du Diable. Autrefois, dans le village de Thueyts, les jeunes filles et les garçons avaient l'habitude de traverser la rivière pour mettre leurs amours à l'abri des regards. Mais au printemps, quand l'Ardèche est gonflée par la fonte des neiges, il devenait impossible de franchir le gué qui disparaissait jusqu'aux sécheresses de l'été. Les tourtereaux ne sachant plus où se cacher, le diable leur proposa de construire une arche qui relierait les deux rives. En échange, il demanda la première âme qui traverserait le pont. Les villageois acceptèrent, et croyant pouvoir tromper le diable mirent au point un stratagème...

Elena buvait les paroles de Pépé, imaginant et visualisant chaque détail du conte. Elle connaissait bien Thueyts, ses maisons bâties en vieilles pierres et les différents panoramas que l'on pouvait admirer quand on grimpait sur les hauteurs du village. La chaussée des Géants, une énorme coulée de lave figée telle une colonnade, l'avait toujours impressionnée. La cascade de la Gueule d'Enfer était une des plus jolies de la région. Quant au pont du Diable, son seul nom suffisait à la faire frémir lorsqu'elle était petite. Elle leva les yeux vers le ciel et observa au loin le rocher de Sampzon. Pour rien au monde elle n'aurait vécu ailleurs.

Pépé s'amusait de la voir s'émerveiller de tout comme une enfant. Elena adorait l'Ardèche et il l'aimait rien que pour cela. Le départ des jeunes vers des régions jugées plus attractives l'attristait ou le mettait en colère. Heureusement qu'il en restait quelques-uns comme les enfants Cheylard pour demeurer là où ils étaient nés...

— À table !

Tous se précipitèrent pour prendre place. Hannibal et Attila suivirent bien entendu la troupe et allèrent se coucher près de Magda, l'un à ses pieds, l'autre derrière sa chaise. Elle ne les repoussait plus depuis qu'elle savait ce qu'elle leur devait, et les deux molosses, contents de ne plus être chassés, lui témoignaient affection et attachement. Deux jours plus tôt, Elena les avait surpris à l'intérieur de la maison de ses parents et s'était dit qu'ils n'y étaient pas rentrés seuls mais sur l'invitation de Magda.

— Tu rêves, Elena ?

La jeune femme sursauta et saisit le plat de gambas que lui tendait Martin. Elle se servit avant de le passer à Julianne puis elle prit une cuillère de riz. Elle jeta un coup d'œil vers l'assiette de sa mère afin de vérifier si elle mangeait en quantité suffisante. Magdalena avait perdu ses rondeurs. Certes, le médecin était satisfait de ces kilos en moins et il l'encourageait à ne pas regrossir, c'était bien mieux pour son cœur, mais Elena s'inquiétait de cette fonte trop rapide. Sa mère se déplaçait lentement, comme si chaque pas lui coûtait. Elle avait le visage émacié, la peau terne, ses rides s'étaient creusées en quelques semaines. Il lui semblait qu'elle avait pris dix ans d'un coup.

— Réjouie d'être en vacances ? demanda Julianne en se penchant vers sa tante.

— Ah oui ! C'est qu'on les attendait !

— Moi, je commence dans huit jours dans l'entreprise de monsieur Abadie.

Les pensées d'Elena s'égarèrent. Laurent l'avait appelée la veille sous prétexte de la questionner à propos de la restauration de la maison des Vans. Ils avaient longuement bavardé, mais pas uniquement de la maison et du futur chantier de la cuisine. Chaque conversation qu'ils avaient eue depuis le déjeuner à Nîmes avait été une occasion de mieux se connaître. Au fil des jours, ils s'étaient découvert des goûts communs qui avaient fini par les rapprocher. Elena commençait à apprécier réellement Laurent Abadie mais elle savait que ses sentiments n'iraient pas au-delà de l'amitié, alors qu'il attendait autre chose de sa part qu'elle ne lui donnerait pas... Pourquoi se sentait-elle triste alors ?

— Salade d'avocat ! annonça Julianne en collant un plat sous le nez de sa tante. Décidément, tu planes !

— Je pensais.

— À quoi ?

— À tout et à rien, fit Elena, évasive.

Elle n'avait pas l'intention de discuter de Laurent avec sa nièce qui aurait pu tout rapporter à l'intéressé, ni avec sa famille qui s'étonnerait qu'elle se soit liée avec un client, même si ce dernier les avait dépannés pour le job de Julianne. Martin aurait vite fait de dire que Laurent Abadie était mordu, et tout le monde s'enflammerait. Sa mère l'imaginerait mariée et la harcèlerait de questions. Elena ne voulait pas avoir à se justifier, et quand bien même elle l'aurait voulu, elle en aurait été incapable. Elle appréciait la compagnie de Laurent, il n'y avait rien de plus.

— C'est un homme qui te met dans cet état ? chuchota Julianne à l'oreille d'Elena. On dirait que tu n'es pas avec nous.

— Non, pas du tout ! Tu fais fausse route, ma belle ! Ça doit être les vacances qui me font rêvasser un peu. Je décompresse. Ces derniers jours, j'ai traîné la patte. Ras le bol du boulot. Et toi, ça va ? Tu es mieux, il me semble.

— Oui. Je récupère. Je vais pouvoir passer à autre chose. Ce job loin d'ici, je ne pouvais pas espérer mieux pour tourner la page. J'ai grandi, je crois.

— Je le crois aussi.

Le fantôme d'Enrique s'éloignait. Julianne avait été furieusement éprise du bel Espagnol. Elle avait souffert quand il l'avait plaquée. Et plus encore quand elle avait découvert qu'il n'avait fait que se servir d'elle et qu'il avait couché avec d'autres femmes, dont sa tante... Durant quelques jours, elle n'avait plus parlé à Elena, avant d'admettre qu'elle était ridicule.

— Tu es une magnifique jeune femme, dit Elena. Les chevaliers servants ne manqueront pas de tourner autour de toi. Ne te presse pas, surtout. Ne donne pas ton cœur au premier venu.

— J'y veillerai. Peut-être d'ailleurs que je te demanderai conseil.

— Tais-toi, malheureuse ! sourit Elena. Si les autres t'entendaient...

Elle se tourna vers ses frères et fut rassurée. Dans le brouhaha général, il était facile d'échanger quelques confidences avec son voisin le plus proche sans attirer des oreilles indiscrètes. Martin, Pépé et Damian avaient le verbe haut et la parole un peu débridée. Sans doute était-ce l'effet du rosé. Ils se régalaient par avance de la partie de pêche prévue le lendemain et à laquelle ils tenaient absolument à faire participer Magda.

— On emportera une chaise longue, répéta Martin, tu pourras te reposer sous les arbres. À midi, petit pique-nique au bord de l'eau puis sieste dans un endroit qui ressemble au paradis ! Tout ça rien que pour nous !

César et Bastian conversaient à mots couverts. Elena devina qu'ils causaient de l'Espagne. Il n'avait pas été facile à Damian et à Magda de digérer le projet de Bastian et Elena. Lorsqu'ils avaient appris à leurs parents qu'ils comptaient aller en Espagne pour y trouver Carlos et essayer d'en savoir plus sur la naissance de Bastian et sur Miguel, Damian s'était fâché.

— Vous voulez faire mourir votre mère ? avait-il hurlé. Elle n'a pas assez subi ? Vous devriez avoir honte !

Elena l'avait laissé crier, le fixant droit dans les yeux tandis que Bastian contemplait ses chaussures. Quand son père s'était calmé, elle avait expliqué que tout était bouclé et qu'ils ne changeraient pas d'avis. Cette quête était importante pour Bastian. Il avait besoin de réponses à ses questions et était en droit d'en savoir plus sur son passé. Magdalena, qui était restée muette devant la colère de Damian, avait fini par approuver le choix de ses enfants. Son cœur de mère lui commandait de ne pas aller contre la volonté de Bastian. Elle avait déjà failli le perdre… Elle espérait secrètement qu'il ne découvrirait rien de nouveau. Rien qui pourrait l'inciter à demeurer en Espagne, sa plus grande crainte. Elena, avec qui elle s'était entretenue ensuite seule à seule, l'avait rassurée sur ce point. Bastian n'abandonnerait jamais sa vie en France et sa famille. Il avait simplement besoin de retrouver ses racines, de savoir d'où il venait et qui il était. Au moins découvrir le pays où il avait vu le jour à défaut de mettre la main sur ses véritables parents.

— Je comprends sa démarche, avait conclu Elena, et c'est pourquoi je l'accompagne. Bastian ne va pas se dépouiller de son identité, au contraire, il va l'enrichir. Aller en Espagne, c'est aussi s'imprégner de la culture qui l'a vu naître. Ce serait malsain d'empêcher cette curiosité. Et puis on ne va pas dans un territoire totalement inconnu puisqu'on passera chez ton frère. C'est lui qui t'a confié Bastian il y a des années. Il t'a fait confiance. Je suis certaine qu'il saura expliquer sa décision de l'époque. Il saura dire à Bastian qu'il a fait ce qu'il croyait être le mieux pour lui. Et toi aussi.

— Du fromage, maman ?

Magdalena sursauta. César lui tendait un plateau. Elle n'avait plus faim et faillit refuser mais le regard réprobateur d'Elena l'en empêcha. Sa fille la surveillait et lui avait fait promettre de manger un peu de tout. Elle coupa une fine tranche de tomme de chèvre de la ferme des Divols qu'elle grignota du bout des lèvres en observant Bastian. S'il ne revenait pas d'Espagne, elle en mourrait. Comme Damian l'avait prédit. Cependant, elle devait s'accrocher à l'assurance d'Elena et laisser son fils partir. Une prière apprise dans son enfance lui revint à l'esprit, quelques mots espagnols si souvent répétés par sa mère. Elle songea qu'elle aurait dû les partager depuis longtemps avec son fils. Elle les lui dirait. Demain, peut-être. Juste avant son départ...

— Une partie de pétanque ? lança César.

— Et le dessert ? demanda Elena.

— Je crois que tout le monde a bien mangé. Autant garder le dessert pour le goûter.

— D'accord. Un café ? Je vais le préparer.

Hannibal se redressa et remua la queue, prêt à suivre sa maîtresse si elle s'éloignait. Lorsqu'il la vit entrer dans la maison, il s'assit de nouveau et posa doucement sa grosse tête sur la cuisse de Magdalena. Celle-ci hésita quelques secondes, puis approcha sa main pour le caresser. Depuis la fenêtre de la cuisine Elena observait la scène en souriant. Elle se pencha pour voir où était Attila. L'animal était au garde-à-vous à côté de César qui sortait les boules de pétanque de leur étui.

— Ne touche pas ! ordonna César au chien. Ce n'est pas un jouet !

Le molosse recula et se coucha, le nez à ras du cochonnet, l'air un peu contrarié de ne pas être autorisé à s'amuser. Puis il se releva brusquement et courut chercher une balle de tennis qu'il apporta à César.

— Bonne idée, mon gros. Ça, c'est à toi.

Il attrapa la balle dans la gueule du chien et la lança dans la cour. Attila partit comme une flèche et revint aussitôt, prêt à recommencer le jeu.

— Ce sont de bonnes bêtes, hein ? dit Pépé-la-Cigale à Magdalena.

— Oui, Pépé, répondit-elle en lui faisant un clin d'œil.

# 29

Elena but une gorgée de café, tira une longue bouffée sur sa cigarette puis expira lentement la fumée. L'air était doux en cette fin de matinée.

— On a bien roulé, constata-t-elle en jetant un coup d'œil sur la carte qu'elle avait étalée sur le capot de la voiture.

— Pourquoi t'obstines-tu à utiliser ce vieux bout de papier alors qu'on a un GPS ?

— Parce que j'aime les cartes, Bastian ! Je veux avoir une vue d'ensemble du chemin déjà fait et des kilomètres qui nous restent à parcourir.

— Où sommes-nous ?

— Ici, tout près de Figueras, répondit-elle en pointant du doigt la localité.

Son frère se pencha sur la carte puis se redressa pour admirer le paysage. Quand ils avaient passé la frontière, il avait senti son cœur cogner plus fort dans sa poitrine. Naïvement, il s'était attendu à découvrir des lieux différents de ce côté des Pyrénées. La terre semblait seulement un peu plus sèche et la végétation plus rare. Peut-être qu'il pleuvait moins au sud des Albères et que la Catalogne lui dévoilerait un autre visage plus tard… Ou alors la province de Valence.

— Chocolat ? proposa Elena en lui tendant une tablette.

Il cassa un morceau avant de le grignoter sans gourmandise. Il était préoccupé, ce qui n'avait rien d'anormal. Il avait attendu ce voyage avec impatience et maintenant qu'il touchait au but, les questions se faisaient plus nombreuses et s'entrechoquaient dans son esprit torturé. Trouverait-il des réponses en Espagne ?

Elena en doutait. Si elle espérait faire la lumière sur quelques points du passé, elle avait vite compris qu'il serait impossible d'obtenir des explications complètes. Elle avait lu de nombreux témoignages sur Internet. L'affaire des enfants volés en Espagne sous la dictature franquiste s'affichait désormais au grand jour mais les pistes ne menaient jamais loin. Les enfants en quête de leurs parents, et *vice versa*, ne disposaient que de peu de preuves ou d'indices. Plusieurs associations de victimes avaient interpellé la justice espagnole pour connaître la vérité et quelques enfants étaient parvenus à renouer avec leur famille biologique grâce à des tests ADN, mais ces cas étaient rares. Elena avait lu l'histoire d'une Espagnole née en 1964, originaire de Valence, qui avait retrouvé totalement par hasard sa mère biologique près de cinquante ans après sa naissance. Dans le cadre d'une procédure judiciaire, la police avait en effet identifié une femme dont l'ADN prouvait qu'elle était sa mère biologique. Au moment de l'accouchement, le personnel hospitalier avait assuré à cette dernière que son bébé était mort-né. De son côté, l'enfant avait un certificat de naissance mentionnant qu'elle était née de mère inconnue et qu'elle avait été adoptée. Mère et fille avaient enfin pu se rencontrer mais cette issue était exceptionnelle, la plupart des enfants volés ignorant qu'on les avait retirés à leur mère… Et quand bien même on le leur révélait, comment retrouver la trace d'une maman alors que l'administration franquiste avait brouillé les pistes ? Qu'en serait-il pour Bastian dont la mère était décédée ? Qu'est-ce que Carlos pourrait leur apprendre de plus ?

— Reprends-tu un café ? demanda Bastian en montrant le thermos.

Elena acquiesça et tendit son gobelet. La main de Bastian tremblait légèrement. Peut-être ressassait-il la même chose, peut-être était-il ému... Elle devrait être forte pour deux, le soutenir dans cette aventure qui risquait de ne pas être facile, être là pour éponger les déceptions chaque fois qu'ils se heurteraient à une voie sans issue. N'avait-elle pas été présomptueuse en imaginant que sa présence aiderait son frère ? Avait-elle les épaules assez solides pour endosser ce rôle ? Elle n'en avait jamais douté jusqu'alors, et maintenant qu'ils étaient lancés, ses certitudes lui paraissaient plus fragiles. Elle faillit avouer ses craintes à Bastian mais renonça dans un éclair de lucidité. Si elle confiait ses faiblesses à son frère, comment pourrait-il affronter les journées à venir ?

— On y va ? proposa-t-elle en se forçant à sourire.

Sans attendre sa réponse, elle ouvrit la portière de la voiture et s'installa à la place du conducteur. Bastian avait conduit durant toute la première partie du trajet, à elle maintenant de prendre le volant. Tant qu'elle serait concentrée sur la route, elle serait bien obligée de chasser ses idées sombres. Ils roulèrent quelques heures et arrivèrent à Valence en fin d'après-midi. L'hôtel réservé par Elena se trouvait en centre-ville. Il était certes un peu plus cher que ceux de la périphérie, mais elle avait songé que le quartier serait plus distrayant.

Elle fut emballée dès qu'ils pénétrèrent dans le cœur historique de la ville, jusqu'à oublier les interrogations qui l'avaient taraudée pendant le voyage. Les bagages déposés dans leurs chambres, elle proposa à Bastian une balade dans les petites rues. Il la suivit avec bonheur, avec cette impression unique et intime de fouler enfin la terre de ses ancêtres. Elena déplia le plan qu'elle avait pris dans le hall de l'hôtel. Il suggérait un tour à pied dans les plus anciens quartiers de Valence, une balade d'une heure qui les mènerait des tours de Serranos à celles de Quart. Ils marchèrent en bavardant, s'extasiant devant les façades rose orangé, jaunes ou blanches des immeubles de construction médiévale, moderne ou Art déco qui s'offraient au regard des passants dans un harmonieux mélange architectural. Dans un accord tacite, ils ne parlèrent pas de Carlos ni de ce qui les avait amenés en Espagne. La soirée était pour eux. Magda avait prévenu son frère de la venue d'Elena et de Bastian sans préciser la date exacte, ils pouvaient donc s'accorder quelques heures de répit et jouer les touristes. Demain serait un autre jour.

À 19 heures, Elena commença à avoir faim. Ils étaient partis tôt le matin et n'avaient rien mangé de très consistant durant le voyage. Les restaurants étaient encore fermés et elle se souvint avoir lu qu'on ne dînait pas avant 21 heures en Espagne. Son ventre gargouillait et elle faillit entraîner Bastian vers le *Starbucks Coffee* qu'elle avait repéré sur une avenue. Elle se ravisa, elle n'en était pas encore au point de dévorer n'importe quoi. Ils firent une halte sur la place de la Reine, s'assirent sur un banc et regardèrent les gens déambuler devant eux, les palmiers, les jets d'eau et les calèches qui attendaient les visiteurs pour faire le tour de la vieille ville. L'arrière-saison attirait encore beaucoup de touristes, mais sans rapport avec la cohue de l'été.

Elena sentit son portable vibrer dans la poche de son jean. Un SMS de Laurent Abadie qui prenait de ses nouvelles. Elle lui répondit poliment et il envoya aussitôt un second message pour l'inviter à dîner le lendemain soir. Elle ne lui avait rien dit de son voyage. Il la savait en vacances mais la croyait à Ruoms... Elle tourna et retourna son téléphone entre ses mains avant de lui écrire qu'elle était en Espagne pour quelques jours. Sans autre précision. Elle n'avait nulle intention de lui parler des histoires de la famille Cheylard.

— J'ai les crocs ! lança soudain Bastian.

— Je suis bien contente de te l'entendre dire car moi aussi, et depuis un bon moment.

— Il y a pas mal de restaus dans le coin, constata-t-il en balayant la place du regard, mais ça doit être cher.

— Enfilons-nous dans les ruelles, on trouvera bien un endroit sympa et abordable.

Elle consulta sa montre. Il était un peu plus de 20 heures. C'était encore un peu tôt... Dans la rue dels Drets, ils tombèrent sur un bar à tapas qui était ouvert. Bastian tenta de déchiffrer la carte affichée à l'extérieur. Il fit la moue, se maudissant de n'avoir pas retenu le vocabulaire que Magdalena leur transmettait parfois au détour d'une conversation.

— Je ne comprends rien au menu. Tu veux qu'on aille voir un peu plus loin ?

— Je ne fais pas un pas de plus ! s'exclama Elena. La terrasse est accueillante, il ne manque plus que nous. Et je mangerais un bœuf !

Bastian éclata de rire.

— Ça m'étonnerait, toi qui n'aimes pas la viande rouge.

— Il y a bien quelques trucs sympas sur cette carte.

Elle avait raison. Le serveur, qui parlait le français, leur proposa un assortiment de tartines grillées, des gambas, une petite salade de moules, du jambon et du fromage qu'ils dégustèrent accompagnés d'un excellent vin rouge. La petite cour était éclairée par de petits lampions multicolores, les tables par des photophores en terre cuite.

— Tu crois que j'ai fait de la peine à maman ? demanda Bastian après avoir avalé une dernière bouchée.

— De la peine ? répéta Elena, étonnée.

Le vin l'avait légèrement enivrée et elle se sentait détendue, ce qui n'était apparemment pas le cas de son frère. Les sourcils froncés, il la fixait, attendant manifestement une réaction de sa part. Elle hésita à lui répondre, elle n'était pas sûre d'avoir les idées assez claires pour entamer une conversation aussi grave.

— Tu crois que je fais du mal à maman en venant ici pour retrouver les traces de... ma famille ? reprit-il.

Il n'abandonnera pas la partie de sitôt, pensa-t-elle. Elle alluma une cigarette et se servit un verre d'eau, le temps d'ordonner ses idées et de peser ses mots.

— Elle a du chagrin mais elle comprend ta démarche.

Il soupira, à la fois soulagé et attristé.

— J'ai digéré le fait qu'elle m'ait caché mes origines mais j'ai besoin d'en savoir plus.

— C'est normal.

— Ces dernières semaines j'ai repensé à mon enfance. À tout, même aux chagrins. Les chutes à vélo, mes pantalons déchirés, mes genoux abîmés... Et maman qui me prenait dans ses bras pour sécher mes larmes, désinfectait la plaie en me promettant un petit cadeau si je cessais de bouger. Je me suis souvenu des soirées quand elle me faisait réciter ces poésies que j'avais tant de mal à retenir, quand elle me réexpliquait une règle de grammaire que je n'avais pas comprise. Je n'ai pas oublié ses câlins, ses mots tendres et tout simplement ses regards. Quand on partait à l'école et qu'elle nous disait au revoir, ses yeux étaient toujours pleins d'amour. Le soir, quand on lui réclamait des crêpes elle se mettait immédiatement aux fourneaux. Elle a toujours été là pour nous, même quand elle était crevée par sa journée de travail. Je ne sais pas comment elle tenait le coup. Et puis elle ne se plaignait jamais...

— Elle nous a bichonnés, c'est vrai, sans toutefois céder quand on poussait le bouchon un peu trop loin. Je te rappelle qu'on a pris quelques fessées.

— On n'a pas été toujours faciles. Heureusement qu'elle a su se montrer sévère. Tu vois, Elena, tout aurait été plus simple pour moi si j'avais eu des reproches à lui faire. J'aurais voulu pouvoir lui dire qu'elle m'avait moins aimé que toi, César ou Martin. La vérité, c'est qu'elle m'a aimé autant que vous, et peut-être même plus.

Il ouvrit son portefeuille et déposa des billets sur la table, donnant le signal du départ. Dans les rues, l'ambiance était festive. Les Espagnols avaient coutume de profiter de la soirée et de se coucher assez tard.

— Maman nous aime tous, murmura Elena alors qu'ils approchaient de l'hôtel. Si elle t'a protégé plus que nous, franchement, on ne l'a pas remarqué. Il n'y a jamais eu de jalousie entre nous. Et dans nos cœurs d'enfants nous n'avons jamais senti la moindre différence. Je tiens à toi comme je tiens à César et à Martin. Mais... tu parles toujours de maman. Et papa dans tout ça ?

— Papa ? Il est totalement dévoué à maman. Il fait tout pour la contenter. C'est elle le pilier de la famille, pas lui. Et c'est pareil dans l'entreprise. Il n'est patron qu'en surface. Maman a toujours tout géré et tout décidé.

— Je ne crois pas, fit Elena en grimaçant. C'est papa qui tient les rênes de la boîte et de sa famille.

— Non, tu te trompes. Maman est dirigiste avec papa. Et elle est pareille avec nous !

— Avec nous ? Mais maman ne nous commande pas !

— Je n'ai pas dit qu'elle nous commandait. Mais regarde-nous ! On n'a rien construit. Ni toi, ni moi, ni Martin. Quant à César, il a bien tenté de prendre le large mais ça n'a pas marché puisque sa femme est partie. Du coup, il se démerde tout seul avec sa fille. Maman mène la barque sans avoir besoin d'ordonner quoi que ce soit. Elle a toujours eu cette autorité naturelle sur papa et sur nous.

— Je ne suis pas d'accord avec toi.

— Ah bon ? Parce que tu te considères comme indépendante et libre d'agir à ta guise ?

— Je le suis.

— OK. Tu ne manges pas à la table des parents tous les soirs, contrairement à nous les garçons, mais pour ce qui est du reste, comme nous, tu vis sous leur toit et comme nous, tu travailles dans l'entreprise familiale.

— Maman ne nous l'a pas imposé !

— C'est vrai, et elle n'en a pas eu besoin. Elle a tellement insisté pour que papa entreprenne des travaux dans les granges et les chais. Avant même de faire des améliorations dans la maison principale. Souviens-toi de tout ce que les parents ont investi pour réhabiliter ces bâtiments. Maman avait une idée derrière la tête, c'est évident. Elle savait qu'on s'y installerait dès que nous serions en âge de bosser. Et nous, on était tellement contents de ne pas avoir à payer de loyer qu'on ne s'est jamais posé la question de partir. Maman n'a jamais envahi notre espace, c'est vrai. Elle peut nous voir tous les jours et elle n'en demande pas plus, trop heureuse d'avoir réussi à nous retenir. Mais c'est peut-être déjà beaucoup. Trop pour qu'on construise notre propre existence. Tu penses toujours que je me trompe ?

Pour une fois, Elena resta sans voix. Bastian avait raison, il suffisait d'emboîter les éléments du puzzle les uns après les autres. Magdalena aimait tellement ses enfants qu'elle avait tout fait pour les garder avec elle. Au plus près…

## 30

Elena essayait de ne pas paraître trop curieuse mais elle ne put s'empêcher de s'approcher du mur tapissé de photos. D'autres trônaient sur le buffet dans des cadres un peu vieillots. Enfants et jeunes gens souriaient à l'objectif. Sans doute ses cousins et cousines, peut-être même la génération suivante, songea Elena qui aurait aimé observer ces clichés de plus près. Combien d'enfants Carlos avait-il eus ? Elle se découvrait soudain une famille à laquelle elle n'avait jamais pensé jusqu'alors. Pourquoi Magdalena n'avait-elle conservé aucun lien avec ses frères et sœurs partis s'installer en Espagne sur les terres de leurs parents dès qu'ils avaient été adultes ? La distance ne pouvait pas être la seule explication à cette rupture. On pouvait vivre loin des siens et se voir de temps en temps. L'Espagne, ce n'était pas le bout du monde… Elle remit ses cogitations à plus tard et se recentra sur la conversation.

— Nous travaillons avec papa dans son entreprise de bâtiment, dit Bastian pour répondre à Carlos.

Depuis qu'ils étaient arrivés, Carlos ne cessait de les questionner. Comment Magdalena et Damian se portaient-ils ? Quel âge avaient leurs enfants ? Étaient-ils eux-mêmes parents ? Magdalena était sans doute une adorable grand-mère. Que faisaient-ils dans la vie ? Bastian se prêtait au jeu avec plaisir. Elena parlait peu, examinant Rosa, l'épouse de Carlos, visiblement pas enchantée de les recevoir. Parfois, elle scrutait le visage de Carlos comme si elle était inquiète. Lorsqu'ils avaient été invités à entrer, les larmes aux yeux, leur oncle avait serré Bastian dans ses bras.

Ils bavardaient maintenant depuis près d'une heure et Carlos avait toujours le regard brillant et chargé d'émotion. Elena imagina combien ce devait être émouvant pour lui de se retrouver face à Bastian, ce bébé qu'il avait sorti d'Espagne des années plus tôt pour le mettre en sécurité, lui assurer une vie normale, hors de l'idéologie franquiste. Il était temps d'aborder le sujet, d'ailleurs. Elle patienta encore quelques minutes, puis se décida.

— Comme maman te l'a annoncé, oncle Carlos, nous sommes venus te voir pour que tu éclaires Bastian sur ses origines, que tu lui parles de sa mère et que tu nous racontes ce que maman ignore ou n'a jamais voulu nous dire.

Rosa laissa tomber sa tasse qui se fracassa sur le carrelage. Carlos se tourna vers elle, fixa une poignée de secondes le café qui coulait sur les joints. Elena se mit à genoux pour ramasser les morceaux de porcelaine. Rosa la bouscula pour l'écarter.

— Désolée. Je voulais seulement vous aider.

— Elle est gauche, marmonna Carlos. La vaisselle ne reste pas longtemps entre ses mains. Et ne te fatigue pas, elle ne comprend pas dix mots de français.

Elena aurait juré du contraire. Rosa n'avait pas eu de geste maladroit, non, elle avait été surprise par les propos d'Elena. Comme si elle avait ignoré jusque-là la raison de leur présence et la découvrait soudain.

— Alors, oncle Carlos, insista Elena, que peux-tu nous apprendre sur l'histoire de Bastian ?

Carlos ferma les paupières et tenta de rassembler des souvenirs. Quand il rouvrit les yeux, Elena eut une étrange impression. Il semblait avoir pris dix ans d'un coup. Était-ce si douloureux pour lui de songer au passé ? D'ordinaire, les gens âgés apprécient de regarder leur existence dans le rétroviseur…

— J'avais 20 ans quand je suis venu m'installer en Espagne, murmura Carlos. C'était en 1966. Je ne sais pas ce qui m'a poussé à quitter la France. Peut-être les mille et unes petites choses que mes parents évoquaient lorsqu'ils parlaient de leur jeunesse. Ils avaient fui l'Espagne pour être libres mais leur cœur était resté là-bas, même s'ils n'étaient pas malheureux en France. Je suis certain que Magdalena vous a parlé de nos parents, Luisa et Juan. Ils se sont saignés aux quatre veines pour nous quand on était mômes. On n'avait pas le sou et pourtant on était heureux. Je crois que j'ai eu envie de me battre pour eux, pour les miens, pour ce pays que ma famille avait abandonné contre son gré. Je suis arrivé à Valence alors que le franquisme se fissurait. L'opposition religieuse et politique reprenait des forces. Au Pays basque, l'ETA devenait un grand mouvement de libération nationale et on profitait des dommages qu'il causait au régime. Le Parti communiste se réorganisait. Il avait réussi à s'insérer clandestinement au sein du Syndicat vertical en se définissant comme un mouvement de défense de la classe ouvrière. Bien sûr, on était toujours sous le coup de la répression. Les franquistes nous dénonçaient, la police nous arrêtait et nous mettait en prison. Il y avait encore la torture, des exécutions immédiates, des lynchages gratuits, une pression telle qu'on ne pouvait agir que dans l'ombre. On avait formé des petits groupes prêts à l'action pour défendre les nôtres, le mieux possible mais parfois sans succès. C'est au cours d'une de nos réunions que j'ai fait la connaissance de la maman de Bastian.

Il s'arrêta et son regard s'éloigna au-delà de la fenêtre, comme si les années défilaient dans le bleu du ciel.

— Isabel…

Sa voix s'étrangla et il marqua une nouvelle pause. Prononcer ce prénom avait allumé une étincelle dans ses yeux tout en lui arrachant la gorge. Il était bouleversé. Elena avait envie de le serrer dans ses bras pour le réconforter et peut-être se faire pardonner du mal infligé en l'incitant à raconter sa jeunesse. La porte du buffet claqua, les ramenant à la réalité. Rosa avait sorti une nouvelle tasse. Les lèvres pincées, elle se servit un autre café puis reprit sa place au bout de la table, la mine toujours aussi fermée.

— Isabel, tu veux dire ma mère ? demanda Bastian.

Lui aussi était chamboulé. Ses mains tremblaient. Elena lui donna une petite tape sur le bras pour lui rappeler qu'elle était à ses côtés.

— Oui, répondit Carlos. Je l'avais rencontrée au début de l'année 1974 à une assemblée clandestine du parti. On se réunissait souvent à quelques rues d'ici, chez Rodrigo Torrent. Ah, ce bon vieux Rodrigo ! Il vit toujours là, mais il est devenu sourd comme un pot. C'est dommage, j'aurais bien aimé vous le présenter. Nos rendez-vous clandestins avaient lieu chez lui parce qu'il avait une cave qui s'ouvrait sur deux issues, une sur la rue, l'autre sur la cour. Ça nous laissait plus de chances pour filer au cas où... Un soir, après une manifestation étudiante qui s'était terminée par un affrontement avec la police, l'un des nôtres a ramené Isabel. On l'a adoptée tout de suite. Elle était volontaire, déterminée. Elle inspirait la confiance. Elle avait tout juste 15 ans mais en paraissait dix de plus. C'est pourquoi on l'avait admise parmi nous. Si on avait su qu'elle était si jeune, jamais on n'aurait accepté qu'elle prenne autant de risques...

— Quand elle vous rejoignait, elle venait seule ou elle était accompagnée ?

— Seule. Faut que tu imagines la situation, Bastian. On ne posait guère de questions. La règle, c'était le secret. Moins on en savait sur les autres, mieux c'était. En 1974, l'Espagne était encore verrouillée par Franco même si elle prétendait s'ouvrir au monde. On espérait la transition politique, on la sentait, les pays étrangers la devinaient. Mais comme il était long ce chemin vers la démocratie... D'autant qu'il se passait ici des choses affreuses.

— Tu parles de ces bébés qui disparaissaient à leur naissance ? se hasarda Bastian pour forcer Carlos à poursuivre.

— Oui, on avait des soupçons, peu de preuves. Les franquistes cadenassaient tout mais on savait que les mères à qui on avait arraché leurs enfants ne mentaient pas. Notre groupe est entré en relation avec d'autres formations. À Murcie, à Malaga, on confirmait les mêmes horreurs. On ignorait combien de petits avaient été soustraits à leurs parents, mais par recoupement de témoignages on a compris que la pratique avait commencé sitôt après la prise du pouvoir par Franco en 1938. Les victimes des rapts étaient surtout des enfants nés hors mariage, ou alors nés de parents opposants au régime. Les filles-mères venaient souvent cacher leur grossesse dans les couvents. Voler un enfant y était encore plus facile car beaucoup d'institutions religieuses étaient complices de ces exactions... Mais on y a aussi trouvé des alliés. Certaines religieuses n'ont pas hésité à confirmer nos soupçons concernant les médecins et les infirmières. Ils enlevaient le nouveau-né dès sa venue au monde et avertissaient la mère que son bébé était mort-né. On éditait alors un certificat de naissance au nom d'une autre famille et le tour était joué. Les autorités couvraient les faits et pour nous, c'était compliqué d'agir. Malgré tout, on a essayé en mettant au point un plan qui consistait à enlever à des familles franquistes les bébés qu'on leur avait donnés ou vendus. On voulait protéger les nôtres, mettre quelques petits à l'abri. On se disait qu'on les rendrait à leur vraie famille quand tout serait fini.

Carlos expliqua combien la jeunesse attendait de l'avenir à cette époque. Le peuple espagnol commençait à entrevoir la démocratie et la liberté, la plupart des gens y croyaient en tout cas. Franco vieillissant, l'Espagne finirait bien par rompre les chaînes. Elena l'interrompit gentiment car il s'éloignait du sujet qui les préoccupait.

— C'est comme ça qu'un jour tu as appelé maman pour qu'elle t'aide. C'est ça ?

Il hocha la tête et se tourna vers la croisée entrouverte sur la cour, un minuscule petit carré commun à plusieurs familles. Du linge séchait sur des fils et remuait doucement au rythme de la brise. Une image de carte postale, songea Elena.

— Tu veux bien nous raconter ?

— C'était au début de l'année 1975. J'ai téléphoné à Magda, je voulais la voir. On s'est retrouvés à Perpignan, et là, je lui ai demandé si elle pouvait trouver des familles en France pour accueillir des petits. Elle a rechigné un peu puis a fini par accepter. Ensuite, tout est allé très vite, plus vite que prévu. On avait réceptionné un bébé à caser de toute urgence.

— Bastian ? fit Elena.

— Bastian.

— Où est-il né ?

— Dans une maternité de Valence.

Carlos s'arrêta, bloquant sur la suite. Elena devina qu'il parvenait à la partie la plus cruciale du récit et qu'il ne faudrait pas le brusquer. Elle patienta, lorgnant vers Rosa qui affichait toujours un air contrarié, puis vers Bastian dont les tremblements s'étaient accrus.

— C'est toi qui as été chargé de sauver Bastian, oncle Carlos ? demanda-t-elle à voix basse.

— Oui. Un soir, Isabel nous a rejoints chez Rodrigo. Elle était dévastée de chagrin. Elle nous a raconté que son fils lui avait été arraché juste après l'accouchement. On ne pouvait pas laisser l'une des nôtres dans cet état. On a cherché et on a fini par retrouver la famille à qui le bébé avait été confié. Avec le peu de moyens dont on disposait on a préparé une sorte d'action commando et on a réussi à reprendre le petit. Mais il ne fallait pas traîner ici. On savait que les arrestations allaient suivre, les persécutions aussi. J'ai passé la frontière avec l'enfant pour rejoindre Ozon, dans les Hautes-Pyrénées, où une communauté religieuse a bien voulu nous aider. J'ai donné rendez-vous à Magdalena dans le couvent. Elle était affolée car elle n'avait pas encore trouvé de parents pour accueillir le petit. C'est Damian qui lui a proposé de le garder. Elle a tout de suite été d'accord. Et moi soulagé. Je ne pouvais pas espérer mieux, si tant est qu'il soit possible d'espérer quelque chose... Du moins je rêvais qu'un jour je pourrais rendre Bastian à sa vraie mère. Mais elle n'a pas eu de chance. Mourir si jeune... Elle n'avait pas 20 ans.

Un sanglot l'étrangla et il fallut lui arracher les mots pour savoir ce qu'il lui était arrivé. Isabel avait été arrêtée pour crime contre le régime et elle était décédée en prison. Elle n'avait pas tenu le choc. Carlos baissa les yeux et parut se concentrer sur les minuscules fleurs jaunes qui parsemaient la jolie nappe rouge. Elena passa une main dans ses cheveux en essayant de récapituler le récit de Carlos. Il n'y avait pas beaucoup d'éléments nouveaux. Tout corroborait les faits rapportés par Magdalena. En soi ce n'était pas si mal, du moins c'était la preuve qu'elle n'avait pas menti à Bastian. Cependant, Elena avait l'impression que son oncle n'avait pas tout dit. Elle jeta un coup d'œil vers Rosa qui ne cilla pas. Carlos aurait-il dévoilé d'autres aspects de l'histoire si elle n'avait pas été là ? Elle avait semblé furieuse quand il avait prononcé le nom d'Isabel. Peut-être ne supportait-elle pas de voir son mari remuer ainsi le passé ? Après tout, elle aussi avait dû souffrir durant ces années de dictature. Et Bastian qui ne disait plus rien et contemplait le bout de ses chaussures comme un gamin puni... n'avait-il pas d'autres questions à poser lui aussi ?

— Tu as *tout* ce que tu voulais savoir, Bastian ? demanda-t-elle à son frère.

Elle avait sciemment appuyé sur le « tout », espérant le faire sortir de son mutisme, mais il demeura silencieux. Elle sentit qu'elle perdait son calme. Fallait-il toujours que ce soit elle qui prenne les initiatives ?

— Et Miguel ? lâcha-t-elle, fixant son oncle droit dans les prunelles. Qui est Miguel ?

Le vieil homme se raidit. Au même instant, des éclats de voix féminines parvinrent jusqu'à eux. Rosa bondit de sa chaise et ses traits prirent un air presque victorieux.

— Voilà mes filles ! s'exclama Carlos, lui aussi visiblement soulagé par cette diversion. Mes deux filles aînées, Pilar et Maria.

Deux femmes, la quarantaine, déposèrent des paniers chargés de courses sur la table et Carlos fit les présentations. Pilar et Maria ne parlaient pas le français. Le dialogue serait impossible avec elles, pensa Elena. Rosa échangea quelques mots avec ses deux filles. Elena comprit vaguement qu'il était question de leur visite. Celles-ci ignorèrent totalement leurs cousins venus de France et accaparèrent aussitôt leurs parents, interrompant *de facto* la discussion. Les chiens ne font pas des chats, pensa Elena. Aussi impolies que leur mère…

Elle et Bastian acceptèrent un dernier café mais ne s'attardèrent pas, contrariés de ne pas avoir eu la réponse qu'ils attendaient.

# 31

Elena ne fut pas surprise de trouver porte close quand ils revinrent chez Carlos, le lendemain. Elle tapa à la fenêtre, insista un peu. Alertée par le bruit, la voisine passa sa tête à travers les persiennes et leur jeta un œil suspicieux. Elena tira Bastian par le bras.

— Viens, dit Elena calmement. Ils se sont mis au vert. Apparemment, notre visite d'hier a dérangé.

— Tu crois ?

— Oui. Rosa était très contrariée.

— Pourquoi ?

Elena enfila le pull qu'elle avait jeté sur ses épaules en quittant l'hôtel. Il faisait plus frais que la veille. La température ne devait pas excéder 17 degrés, ce qui était un peu inférieur aux moyennes de saison.

— Je ne sais pas. Mais il est clair que notre conversation l'a perturbée, dit-elle en ajustant le col de sa chemise.

— Ça m'étonnerait, elle ne pige pas un mot de français.

— Tu te trompes. Je suis certaine qu'elle a de bonnes notions. Elle n'a peut-être pas tout compris mais elle a capté l'essentiel.

— Je n'ai pas eu cette impression.

— Moi oui. Toi tu étais sous le coup de l'émotion. C'est normal…

— On fait quoi alors ? On abandonne ? On ne va pas s'amuser à persécuter Carlos s'il ne veut pas nous aider. Tu crois que c'est foutu ?

Elena sourit et Bastian sentit son inquiétude s'envoler. Sa sœur avait une idée derrière la tête, tout n'était pas fichu. Elle ouvrit son sac et sortit le plan de la ville. Elle pointa de l'index la rue où ils se trouvaient puis fit glisser son doigt vers le sud.

— Tu cherches quoi ? murmura Bastian. Explique-moi. Je te promets que je ne me moquerai plus de toi avec tes cartes.

Elena éclata de rire. Il songea qu'il avait une chance énorme de l'avoir auprès de lui. Sa sœur avait toujours l'esprit en éveil et un coup d'avance pour proposer une solution. Et à voir son air espiègle, nul doute qu'elle avait une idée derrière la tête.

— Hier, dit-elle sur le ton de la conspiration, l'oncle Carlos a évoqué un vieux copain, Rodrigo Torrent. Il habite à deux rues d'ici, c'est en tout cas ce que Carlos nous a dit. Rappelle-toi. Quand il a mentionné son nom, il a regardé dehors et a eu un geste dans cette direction. Alors on va descendre de ce côté et essayer de trouver la rue.

— On aura du bol si on tombe sur la bonne adresse.

— On a une bonne étoile, d'accord ? Parce que si on part perdants, c'est clair qu'on ne dénichera rien. Donc, piste numéro 1, on trouve le bonhomme.

— Un type qui, d'après notre oncle, est sourd comme un pot et ne doit pas parler trois mots de français.

— On se débrouillera avec ce qu'on a. Fais-moi confiance.

Elena semblait si sûre d'elle que Bastian ne chercha pas à la contredire. Il la suivit sans un mot. Elle avançait en réfléchissant à la suite, priant pour que son intuition soit la bonne parce qu'elle n'avait pas de piste numéro 2... Heureusement que Bastian n'avait pas insisté. Elle repensa à leur conversation un peu plus tôt. Il avait raison, on ne pouvait pas persécuter Carlos pour l'obliger à lâcher ce qu'il savait. Mais leur oncle ne pouvait pas non plus laisser Bastian dans l'ignorance. S'il savait quelque chose, il lui devait la vérité, dût-elle le supplier pour qu'il parle. Elena y était prête, tout comme elle était prête à le secouer un peu et à lui ficher la trouille s'il ne lui laissait pas d'autre choix. Elle s'arrêta brusquement à l'angle d'une rue.

— *Calle del marquès de Bellet !* annonça-t-elle. À mon avis, c'est par là. On va éplucher toutes les portes, toutes les sonnettes, toutes les boîtes à lettres jusqu'à ce qu'on dégote ce Rodrigo Torrent. Si on fait chou blanc, on arrêtera les gens qui entrent ou sortent des habitations et on leur demandera. À droite, tu as vu, l'immeuble est récent. On laisse tomber. À mon avis, notre bonhomme habite dans une de ces maisons plus loin. Carlos a parlé d'une cave donnant et sur la rue et sur la cour.

— Depuis tout ce temps, il y a sûrement eu des changements…

— C'est vrai, mais regarde bien, tous les logements n'ont pas été rénovés. Bon, on fonce et on avisera plus tard.

Ils parcoururent la rue une première fois, sans succès. Elle était longue de deux ou trois kilomètres, étroite par endroits. Sur la seconde moitié du trajet la circulation était en sens unique, la chaussée bordée de trottoirs propres le long desquels se trouvaient des demeures récentes et assez luxueuses, entourées de hauts murs qui devaient dissimuler de jolis jardins. Bastian s'arrêta. Il n'imaginait pas Rodrigo Torrent dans une de ces villas.

— Pas de monsieur Torrent par ici. C'est trop neuf, trop cher pour être l'endroit qu'on cherche… Et nulle part je n'ai vu de soupirail indiquant la présence d'une cave.

— On repart de l'autre côté, commanda Elena. Le quartier est plus populaire.

Ils refirent le chemin en sens inverse, parlant peu. Elena s'arrêta.

— Tu as vu ces maisons mitoyennes un peu vieillottes ? Le rez-de-chaussée n'est pas habité, il n'y a aucune fenêtre. Les pièces à vivre sont probablement au premier étage. Regarde, il y a même des balcons. Le porche doit donner sur une cour intérieure qui communique sans doute avec les habitations de la rue située derrière. On devrait fouiner par ici.

— Il est plus de 13 heures. C'est bientôt l'heure de déjeuner, et après ce sera la sieste. On ne verra personne, marmonna Bastian. D'ailleurs, le coin est désert.

Comme pour lui donner tort, un gamin déboula à bicyclette et ralentit devant un portail. Elena courut vers lui. Dans un mélange de français et d'espagnol, elle lui demanda s'il connaissait Rodrigo Torrent.

— *La casa de Torrent ? Si ! Es la casa amarilla !*

Il montra du doigt une bâtisse trente mètres plus loin. Elena le remercia et fit signe à Bastian de la rejoindre.

— D'après le môme, c'est la maison jaune. On y va.

Il n'y avait ni sonnette ni boîte à lettres permettant de vérifier le nom des gens qui vivaient là. Elena frappa sur le lourd battant de vieux bois. Personne ne vint leur ouvrir. Elle toqua encore, appelant le *señor* Torrent. Rien. Elle appuya sur le battant. Il n'était pas fermé à clé.

— On ne peut pas entrer, murmura Bastian en retenant sa sœur par la manche.

— Nous ne sommes pas des voleurs. Et puis on ne fait rien de mal.

Sans attendre de réponse, Elena pénétra dans une vaste pièce. Celle-ci ne comportait aucune fenêtre.

— La voilà, notre cave, chuchota-t-elle.

Il s'agissait plutôt d'un réduit en entresol dont les murs de parpaing étaient restés nus. Un bazar hétéroclite y était entassé. De vieux meubles, des vélos, des paniers, une mobylette à laquelle il manquait une roue, un landau de bébé d'une autre époque, des jouets plus récents en plastique, et puis des cartons et un amoncellement de boîtes. Le débarras de toute une vie... La seule ouverture était une porte qui donnait sur une cour. Dans un coin de la remise, un escalier conduisait à l'étage. Elle posa le pied sur la première marche, hésita deux secondes et grimpa. Elle s'arrêta sur le seuil et frappa.

— Monsieur Torrent ? Je suis Elena, la nièce de votre ami Carlos Aguila.

Elle répéta ses paroles dans un semblant d'espagnol et sursauta quand une femme lui ouvrit. C'était une dame âgée, aux cheveux noirs entremêlés de nombreux fils gris et relevés en chignon.

— Je suis Elena, la nièce de Carlos Aguila. A-GUI-LA ! répéta-t-elle en insistant sur chaque syllabe. Je suis avec Bastian Aguila, mon frère.

La femme se pencha, entrevit Bastian et sourit. Elle baragouina une phrase incompréhensible puis s'écarta pour les laisser entrer. Le séjour était petit mais donnait sur un joli balcon avec des jardinières qui débordaient de fleurs. Un homme était assis dans un fauteuil.

— Vous êtes Rodrigo Torrent ?

Elena avait presque crié pour être sûre qu'il l'entende. Le vieil homme opina du chef. Ouf ! C'était bien lui, et il ne paraissait pas totalement sourd. Elle expliqua le but de sa requête. Son oncle s'était apparemment absenté et elle ne savait pas où il était. Pouvait-il la renseigner ? Savait-il où vivaient Pilar et Maria ? Carlos était sans doute chez l'une de ses filles. Elle avait besoin de le voir. C'était important. C'était au sujet d'Isabel. Rodrigo se souvenait-il de cette jeune femme dont ils avaient sauvé l'enfant ? Cette jeune femme morte en prison… L'homme répondit non à tout et fixait Bastian avec insistance. Elena eut le sentiment qu'il mentait.

— Écoutez, monsieur Torrent, articula-t-elle lentement, nous ne vous voulons pas de mal, nous voulons simplement parler à Carlos. Je vous laisse mon numéro de téléphone afin que vous le lui donniez.

Elle griffonna des chiffres sur un papier et le lui tendit. Le vieux froissa la feuille et la jeta à terre.

— Si vous ne m'aidez pas, susurra-t-elle en s'approchant de son oreille, je vais à la police. Je balance tout ce que je sais sur l'enfant que vous avez volé en 1975 pour le faire sortir d'Espagne. Il est là, avec moi. C'est Bastian, le fils d'Isabel. Les franquistes ont kidnappé des bébés et la justice s'est enfin réveillée après des années de silence. Que dira-t-on quand on saura que vous, les Rouges, vous avez aussi enlevé des gamins ? Vous croyez que la police ne va pas s'intéresser à vous ? Il faudra que vous ayez de bons arguments… La police, monsieur Torrent ! Si vous refusez de contacter Carlos, je vais à la police !

Peut-être Rodrigo n'avait-il pas tout compris des propos d'Elena mais il en avait deviné le sens. Le visage blême, il se pencha pour ramasser le morceau de papier et l'enfouit dans sa poche. Puis il tourna la tête, signifiant que l'entrevue était terminée. Elena fit demi-tour et entraîna son frère vers la porte. Sur le seuil, elle s'arrêta pour remercier la femme qui lui répondit d'un hochement de tête.

Dans la rue, elle garda le silence durant un bon moment. Bastian marchait à côté d'elle, tout aussi muet. Il ouvrit enfin la bouche alors qu'ils arrivaient au parking où ils avaient laissé la voiture.

— On devrait peut-être renoncer.

— Capituler et se résigner ? hurla Elena. Certainement pas ! C'est pour toi que je fais tout ça. Pour que tu connaisses ton histoire ! Je ne suis pas venue ici pour repartir les mains vides. Tu ne vas tout de même pas baisser les bras au bout de deux jours. Un obstacle et tu t'effondres ! Mais je rêve !

— Je suis fatigué.

— Et moi, alors ? Tu ne prends pas d'initiative, je dois décider pour tout. Si je n'étais pas là, tu aurais déjà fait demi-tour ! Ce sont mes vacances que je te donne. Pour toi, pour cette enquête. Tu crois que je n'aurais pas préféré prendre du bon temps et me reposer ?

— Il ne fallait pas proposer de m'accompagner si ça t'est si pénible ! aboya Bastian.

— Ce qui est pénible, c'est de te voir si amorphe. Tu ne tiens donc pas à connaître la vérité ? Eh bien, moi, si ! Je veux savoir d'où tu viens.

— « Je veux ! Je veux ! » Écoute-toi, tu te comportes comme une gosse capricieuse. Il faudra bien qu'un jour tu comprennes que tout ne se passe pas exactement comme on veut, dans la vie !

Elena serra les lèvres, à la fois contrariée par les paroles de son frère et consciente qu'elle avait dépassé les bornes. Pourtant, elle était incapable de lui présenter des excuses. Elle mit la clé dans le contact et démarra.

— On va patienter, dit-elle en passant la première. Rodrigo va joindre Carlos et Carlos nous appellera.

Elle ne voulait pas en démordre. Bastian ne répondit pas, il était à cran. Elena se demanda s'il n'allait pas se mettre à pleurer. Elle-même était bien loin des larmes. Plutôt en colère, une intense colère contre Carlos qui s'était fait la malle et se planquait quelque part, contre Rodrigo Torrent qui n'avait rien lâché, contre Bastian qui ne savait que pleurnicher, et contre ses parents qui les avaient mis dans ce pétrin... Elle avait envie de tous les secouer. Pourquoi fallait-il toujours réparer les erreurs des autres ? Et pourquoi s'était-elle mêlée de cette histoire ? Elle aurait dû laisser Bastian s'en débrouiller tout seul. Elle secoua la tête, comprenant qu'elle s'égarait. Son exaspération lui faisait perdre les pédales. Était-elle à ce point monstrueuse pour ne pas comprendre l'épuisement de son frère, son émotion et son envie de déclarer forfait ? Il était paumé et tout ce qu'elle trouvait à faire, c'était de l'enfoncer encore un peu plus... Elle se força à respirer plus calmement. Au moment de sortir du parking, elle se pencha vers Bastian et lui donna un baiser sur la joue.

— Je te demande pardon, murmura-t-elle. Je me rends compte que ma fureur est démesurée et injuste.

Mais je ne veux plus t'entendre dire qu'on jette l'éponge. On épuise d'abord toutes les pistes possibles. Si elles ne mènent à rien, alors OK, on abandonne la partie. Ça te va ?

Il lui répondit par un petit sourire.

— On va se détendre, reprit-elle, profiter de l'après-midi. Il est bientôt 14 heures, on file à la plage. Il paraît qu'elles sont belles ici. On va trouver un restau sympa, déguster une paëlla, boire un bon verre de vin et se poser en attendant que Carlos nous donne des nouvelles.

# 32

Laurent examina le bureau de son frère et se demanda comment il pouvait bosser dans un pareil bazar. Catalogues, dossiers divers, feuilles de papier traînaient au milieu de tubes de crème pour les mains, de savons et de flacons de gel douche… Mais Gautier s'y retrouvait toujours dans ce fouillis et n'avait aucun problème pour reconnaître une commande ou une facture.

— Ce serait pas mal si on parvenait à s'implanter en Russie. Qu'en penses-tu ? demanda-t-il en se tournant vers Laurent.

— Oui, évidemment. Tu y crois vraiment ?

— Tous les chiffres et les rapports récents le disent, la vente des cosmétiques et des parfums dans ce pays a progressé de près de vingt-cinq pour cent l'an passé. À mon avis, il y a un débouché pour nous là-bas.

Il fit pivoter l'écran de son ordinateur vers Laurent. Celui-ci chaussa ses lunettes et se pencha pour lire. De nombreux acteurs locaux et internationaux confirmaient les propos de Gautier. Les ventes de plusieurs grandes marques avaient explosé à Moscou, Saint-Pétersbourg et dans une dizaine de grandes villes de la Fédération de Russie. La femme russe était manifestement friande de produits étrangers, en particulier les parfums de luxe et le maquillage *Made in France*. Vingt-cinq grandes enseignes internationales avaient ouvert des boutiques en Russie, essentiellement dans la capitale…

— Alors, on tente ? insista Gautier.

Laurent se redressa et s'éloigna vers la fenêtre. Il avait déjà beaucoup démarché à l'étranger et on pouvait trouver les produits de La Nîmoise un peu partout en Europe occidentale. Dans les capitales du moins.

— On n'a pas une gamme aussi étendue que nos concurrents, objecta Laurent. On ne produit pas de maquillage. On a bien quelques eaux de toilette légères mais aucun parfum digne de ce nom.

— C'est vrai qu'on ne fabrique que les soins du corps, les soins capillaires, les produits d'hygiène pour le bain, le savon, le gel douche et quelques crèmes de beauté pour le visage, mais on dispose d'un atout que les autres n'ont pas : on fait du naturel. Beaucoup envient notre savoir-faire, d'ailleurs, surtout en ce moment. Il y a un marché pour nous en Russie, Laurent, j'en suis sûr. J'ai bien épluché le sujet. Il n'y a aucune grande marque portant le label bio dans la cosmétique, là-bas.

— Ton enthousiasme m'impressionne. Je te suis ! En tout état de cause, mise à part la dépense d'un voyage en Russie, on n'a rien à perdre.

— C'est exactement ce que je pensais !

— Il y a tout de même un hic. Comment je vais communiquer ? Je ne parle pas un mot de russe.

— En anglais, évidemment. Au pire tu prendras un interprète. Ça ne manque pas. Tu emporteras suffisamment d'échantillons et des produits de démonstration, on doit absolument les épater. Il faut qu'ils testent la douceur de nos crèmes, qu'ils respirent les parfums de la nature, les senteurs du soleil. Ça ne peut que plaire à la Moscovite qui passe six mois dans le froid et la neige. Je la vois d'ici, enchantée par nos fragrances du Sud qu'elle ne peut respirer que dans sa salle de bains bien chauffée. On va la subjuguer avec notre lavande, notre bergamote et notre pivoine !

— Dis-moi, tu es à fond !

— Oui ! s'écria Gautier tout en faisant bouger la souris de son PC. D'un clic, il changea de page. Regarde !

J'ai listé les enseignes de parfumeries où tu peux aller présenter nos produits.

Laurent éclata de rire. Gautier avait tout prévu, persuadé que son frère serait partant. À coup sûr il avait déjà réservé son billet d'avion et son hôtel.

— Je pars quand ?

— Quand tu veux ! Et voilà pour la suite du repérage. J'ai calculé *grosso modo* les frais qu'il nous faudra engager.

Gautier lui tendit quelques feuilles et Laurent sourit. Comme il l'avait supposé, son frère avait pensé au déplacement, à l'hébergement et à toutes les dépenses qu'occasionnait un tel voyage.

— Je valide la résa ? demanda Gautier en plongeant de nouveau ses mains sur son clavier.

— Vas-y ! J'espère que je ne vais pas me planter.

— Y a pas de raison ! Et même si ça ne marche pas, ça ne nous mettra pas en faillite.

— Il faut tout de même rester prudents. On est tout petits sur ce marché. Un concurrent mécontent pourrait nous briser les reins.

— Bah ! Si on échoue, tu n'auras qu'à vendre ta maison des Vans.

Laurent écarquilla les yeux et dévisagea Gautier, se demandant s'il plaisantait. Mais il avait l'air sérieux.

— Jamais je ne vendrai les Vans ! Si j'avais dû le faire, j'aurais tout bazardé quand Valérie m'a quitté !

— Je rigolais ! Je te testais pour voir à quel point tu tenais à cette vieille baraque. Maman m'a dit que tu ne lui parlais plus que de ça, que tu envisageais même de mettre ton appart de Nîmes en location pour t'installer là-bas quand les travaux seront finis. Je me demande si…

— Si quoi ?

— Si ton attachement à ce mas ne cache pas autre chose… Tu ne serais pas par hasard attiré par la jolie jeune femme qui travaille à la rénovation ?

Laurent se sentit rougir et se tourna vers la fenêtre pour masquer son trouble. Il avait eu un véritable coup de cœur pour la maison des Vans malgré sa vétusté la première fois qu'il l'avait visitée. Il y avait fait entreprendre les premiers travaux alors que Valérie venait de faire ses valises, le laissant désemparé. Et puis sans pouvoir se l'expliquer, ses yeux s'étaient arrêtés sur Elena… Elena à laquelle il pensait de plus en plus souvent. Il n'avait aucune raison de cacher ses sentiments, et surtout pas à son frère. Au contraire, ça lui fera du bien de vider son sac et de ne plus cogiter dans son coin.

— Tu as vu juste, murmura-t-il, le nez presque collé contre la vitre. Cette femme m'attire. Je ne sais pas pourquoi.

Il ne mentait pas. Évidemment, elle avait du charme et était intelligente, mais pourquoi elle plus qu'une autre ?

— Peut-être parce qu'elle est très différente des femmes qui t'entourent habituellement, se hasarda Gautier.

Laurent acquiesça. Oui, il y avait de ça. Elena respirait la simplicité et ne s'embarrassait de rien. Elle était aux antipodes de Valérie, toujours encombrée par mille problèmes qui n'en étaient pas. Le moindre souci prenait des proportions inconsidérées avec elle. Elena était tout le contraire, généreuse, évoluant avec un naturel et une franchise qui l'avaient totalement séduit. Parfois, il rêvait et essayait d'imaginer l'existence avec elle. Mais il y avait un hic… Elle tenait à son indépendance et ne semblait pas prête à l'abandonner. Elle ne savait pas aimer, lui avait-elle dit un jour. Eh bien, il était disposé à lui prouver le contraire si d'aventure elle daignait lui en laisser l'occasion. Il avait très envie de tenter cette chance.

— Je lui ai fait comprendre qu'elle ne m'était pas indifférente mais sans vraiment me déclarer. J'hésite encore. Il va falloir que je me décide si je ne veux pas qu'ellc nc m'échappe.

Gautier fit la moue. Que pouvait-il répondre à son frère ? Devait-il lui avouer qu'il connaissait Elena ? Une aventure d'un soir, c'est tout, mais confesser qu'il avait couché avec elle était impossible. Son frère serait blessé. Et si elle vendait la mèche ? Laurent lui en voudrait de s'être tu. Il n'avait plus qu'à prier pour qu'Elena se taise. Mais si elle répondait aux avances de son frère ? Devrait-il garder pour lui ce qu'il savait d'elle ? Qu'elle papillonnait d'un homme à l'autre ? À chaque question il revenait au point de départ.

— Elle ne te plaît pas ? Tu trouves que ce n'est pas une femme pour moi ? demanda soudain Laurent que le silence de son frère avait surpris.

— Non, ce n'est pas ça. Mais je ne voudrais pas que tu trinques une fois de plus. Ne t'emballe pas trop vite. Prends un peu de temps pour la découvrir avant de lui faire une déclaration en bonne et due forme.

— Ça ne te ressemble pas d'être aussi prudent. L'autre jour tu étais prêt à me remarier avec cette... Comment s'appelle-t-elle déjà ?

— Daphnée.

— C'est ça, Daphnée. La copie quasi conforme de Valérie ! Snob et ennuyeuse... Elena est différente. Elle déborde d'énergie et n'hésite pas à râler quand un truc l'énerve, au contraire de Valérie qui disait toujours oui à tout. Sauf le jour où elle s'est cassée ! Ce que j'aime, chez Elena, c'est...

Laurent se tut, les yeux dans les vagues. Elena lui plaisait, même quand elle enfilait un bleu de travail et ses chaussures de chantier. Même quand ses cheveux s'échappaient de son chignon fait à la va-vite. Même quand elle allumait une cigarette et qu'elle aspirait une bouffée de tabac avant de souffler doucement la fumée...

— Ne cherche pas d'explication, dit Gautier. Tu l'aimes, c'est tout. Mais pas de précipitation, hein ? Je te rappelle que tu as déjà encaissé pas mal de choses il y a quelques mois.

— Promis, je vais faire gaffe. Mais je ne crois pas qu'Elena soit du genre à faire souffrir les autres. Si c'est non, elle saura me rembarrer vite fait.

— Mais si tu ne te protèges pas dès maintenant, tu vas dérouiller.

— Sans doute. D'une certaine façon, je dérouille déjà. Je lui ai passé un SMS il y a deux jours pour l'inviter à dîner. Je savais qu'elle était en vacances, mais j'ignorais qu'elle était partie en Espagne. Alors évidemment, je me demande avec qui...

Gautier hocha la tête. Son frère avait toujours été comme ça. Un tendre avec un grand cœur. Un mec qui peut en baver à cause d'une nana... Pourvu qu'Elena soit assez franche pour le repousser avant qu'il ne soit trop tard. Ou alors qu'elle se jette dans ses bras ! Mais il n'y croyait guère. Cette fille était accrochée à son célibat. Il n'y avait d'ailleurs pas de mal à ça. Lui aussi adorait son indépendance. C'était bien pour cette raison qu'il ne s'était jamais marié.

— Puisqu'on parle d'Elena, reprit Laurent, j'ai embauché sa nièce. Julianne Cheylard. Elle a 18 ans. Je lui ai fait signer un CDD de trois mois. Elle commence à bosser chez nous dans quelques jours.

— Mais on a notre quota de main-d'œuvre !

— Je le sais bien, mais...

— Tu as embauché la nièce d'Elena pour lui faire plaisir, c'est ça ?

— Un peu, oui. De toute façon, on a toujours besoin de bras supplémentaires à cette époque de l'année. Et si je parviens à décrocher un ou deux contrats en Russie, il y aura encore plus de boulot.

Gautier éclata de rire. Son frère était décidé à mettre toutes les chances de son côté pour séduire Elena. Cependant il n'eut pas le courage de lui reprocher ce recrutement inutile. Il trouverait bien de quoi occuper la gamine.

— OK pour la nièce, dit-il. Mais ne va pas lui promettre davantage que ces trois mois.

— Oui, bien sûr. Je l'ai déjà avertie que le dernier trimestre est la seule période où nous embauchons du personnel.

— Puisque je te tiens... Tu as encore un peu de temps à me consacrer ?

Laurent hocha la tête et attrapa le flacon que Gautier lui tendait.

— C'est expérimental, chuchota Gautier comme s'il ne voulait pas qu'on l'entende. Si les tests sont concluants, ce sera le premier lait corporel dans une gamme de produits solaires.

— Je croise les doigts ! répondit Laurent en débouchant le flacon.

Il déposa une noisette de crème sur sa main et l'étala avant de la sentir.

— Hum... Bergamote ! J'adore. Quel composant bio as-tu déniché pour la protection des UVA et des UVB ?

— L'algue ! Le brevet vient d'être déposé. L'inventeur est d'accord pour travailler avec nous à condition qu'on y mette le prix.

— Si tu trouves que ça vaut le coup, on appelle la banque et on voit pour le financement.

— Je m'en occupe ! On a aussi innové sur le composant hydratant. Je ne suis pas peu fier du résultat.

— Quel est ce composant mystère ?

— Le kukui d'Hawaï. Sa noix fournit une huile riche, onctueuse et peu grasse. Je pense à l'utiliser également pour nos produits capillaires. Mais chaque chose en son temps... On va d'abord développer la ligne des solaires, c'est déjà un énorme chantier !

— T'es un as ! s'écria Laurent en consultant sa montre. Il faut que je me sauve. J'ai trois rendez-vous sur Lyon aujourd'hui.

Il embrassa son frère. Plus les années passaient, plus ils s'entendaient bien. Ça n'avait pas toujours été le cas. Enfants, ils s'opposaient beaucoup. Laurent était calme et tendre tandis que Gautier, de deux ans son cadet, était turbulent et agaçait son aîné. Ils ne jouaient guère ensemble et leur complicité était venue plus tard. Lentement. Les premiers signes du rapprochement s'étaient fait sentir durant leur adolescence, quand ils avaient dû s'épauler pour obtenir des permissions de sortie ou couvrir les bêtises de l'autre. Leurs études terminées, ils avaient commencé à travailler ensemble dans l'entreprise de leur père, sous son autorité. La Nîmoise avait prospéré, s'était agrandie. Laurent et Gautier avaient grimpé les échelons, acquis plus de responsabilités qu'ils avaient appris à partager. Quand leur père était décédé, c'était tout naturellement qu'ils avaient continué à faire fructifier l'entreprise, sans vraiment se poser la question de qui prendrait les rênes. Ils s'étaient contentés de répartir les tâches. L'un dirigerait la production, l'autre la commercialisation. Quant à leur mère, elle était devenue P-DG mais aujourd'hui n'intervenait plus du tout dans les affaires.

— Fais gaffe à toi ! cria Gautier avant que son frère referme la porte.

Laurent se retourna en fonçant les sourcils.

— Fais gaffe à toi, répéta Gautier. Prends ton temps pour Elena. Ne tombe pas amoureux trop vite !

— Merci pour le conseil, mais je crois qu'il arrive trop tard…

# 33

— Miguel, parle-moi de Miguel, dit Bastian à Carlos.

Carlos joignit les mains comme un geste de prière et Elena se demanda s'il ne s'en remettait pas silencieusement à Dieu. Elle avait eu le triomphe modeste la veille au soir, quand Carlos l'avait appelée pour leur fixer un rendez-vous. Son intimidation avait payé. Rodrigo Torrent lui avait transmis le message, il s'était décidé à ne pas les fuir davantage. Il les avait donc conviés à le retrouver chez son vieil ami Rodrigo, sans doute pour discuter plus librement, sans la présence de Rosa. Elena s'était promis de ne pas intervenir et de laisser Bastian mener la conversation. Pour le moment, il ne se défilait pas.

Les yeux de Carlos se posèrent sur Bastian, le détaillèrent et s'emplirent de larmes.

— Miguel est ton frère, murmura-t-il.

Même si Bastian s'en doutait depuis longtemps, l'entendre était un choc. Une réalité contre laquelle il ne pouvait rien et qu'il ne pouvait plus ignorer. Malgré tout, ces dernières semaines, sans avoir eu la confirmation de ce qu'il supposait, il avait presque espéré oublier. S'enfouir la tête dans le sable comme une autruche se protège des dangers… Maintenant que la lumière était faite, il ne pouvait plus se cacher. « Miguel est ton frère… » Dix fois il se répéta cette phrase. *J'ai un frère…* Les mots résonnaient dans sa tête comme un leitmotiv.

— Miguel est ton jumeau, reprit Carlos.

Une évidence étant donnée la terrible ressemblance entre les deux hommes. Une fois de plus, ces mots rebondirent dans la tête de Bastian comme s'il venait de faire une découverte surprenante. Il resta muet, incapable de poursuivre son interrogatoire.

— Oncle Carlos, intervint Elena, pourquoi les enfants ont-ils été séparés ? Que s'est-il passé ?

Son oncle eut un moment d'hésitation et se tourna vers Rodrigo. Était-il ému ? Coincé par une vérité difficile à avouer ? Ou alors il avait simplement besoin d'être rassuré. Rodrigo hocha la tête, l'encourageant à répondre. Carlos avala une grande goulée d'air comme pour y puiser le courage qui lui manquait.

— Un soir, Isabel est venue nous trouver chez Rodrigo. Elle était affolée. Elle arrivait de la maternité où elle avait mis au monde ses deux enfants. Sitôt après la naissance, on lui avait annoncé le décès des petits. Elle savait que c'était faux, qu'on les lui avait enlevés parce qu'elle était fille-mère. Elle avait entendu les bébés crier et était certaine qu'ils étaient bien vivants. Elle avait hurlé qu'elle voulait les voir, même morts. Elle avait réclamé les dépouilles. On avait fini par lui faire une piqûre pour la calmer. Pendant trois jours elle est restée sous sédation, avant qu'on la mette dehors. La pauvre était ravagée de chagrin. On lui a promis de l'aider. Elle voulait récupérer les enfants, les mettre à l'abri selon le plan qu'on avait déjà établi sans savoir alors qu'il servirait à l'une des nôtres. D'abord, on s'est introduits à l'hôpital pour éplucher les registres afin de savoir à qui les enfants avaient été donnés. Ou peut-être vendus. On a fini par mettre la main sur un nom et une adresse et le lendemain soir, après la tombée de la nuit, on s'est rendus dans une maison située rue Guillem de Castro. Ça n'a pas été facile, mais on a pu reprendre les bébés. C'est à ce moment que j'ai appelé Magda. J'avais besoin d'elle de toute urgence. Je ne pouvais prendre le risque de voyager avec les deux petits. Partout, on ne parlait que de l'enlèvement de ces jumeaux. Alors j'ai décidé de n'emmener que Bastian et j'ai traversé la frontière le gosse sous mon bras. La suite, vous la connaissez.

— Et Miguel ?

Carlos frotta sa barbe naissante. Ces questions l'entraînaient sur un chemin qu'il avait toujours refusé de prendre. Mais Elena était déterminée et il savait qu'elle ne le lâcherait pas. La veille, elle avait hurlé à Rodrigo qu'elle était prête à aller voir la police. S'il ne parlait pas, elle était capable de mettre sa menace à exécution et de les balancer. Autant avouer ce qui pouvait l'être. Rassasier la curiosité de son neveu et de sa nièce puis espérer retrouver la paix.

— Miguel et sa mère sont restés cachés ici quelque temps, mais ça ne pouvait pas durer. Leur présence faisait courir de gros risques à Rodrigo et à son épouse. Nous avons proposé à Isabel de l'emmener à la campagne, dans une famille qui partageait nos idées et en qui nous avions confiance. Ils avaient déjà hébergé certains des nôtres. Isabel a rechigné un peu puis s'est laissé convaincre. On l'a conduite avec son fils dans une ferme à côté de Chera, à cinquante kilomètres d'ici. Elle était bien là-bas. Elle y est restée quelques semaines, et puis… Elle est finalement revenue à Valence à la fin de l'été 1975. L'inactivité lui pesait. On n'a rien pu faire pour la persuader que c'était de la folie. J'aurais voulu qu'elle retourne dans cette planque, qu'elle y attende des jours meilleurs. Elle y était en sécurité et elle pouvait tranquillement élever son fils. Mais elle n'a pas voulu lâcher le combat. Je m'en suis voulu de l'avoir laissée faire. Toute ma vie je me le reprocherai. Elle était bien trop jeune, je n'ai pas su la protéger.

Carlos se tut, visiblement ému. Cette plongée dans ses souvenirs le remuait. Elena l'observait, s'interrogeant sur son rôle exact dans toute cette histoire. Il semblait davantage impliqué qu'il ne le disait. Pourquoi avait-il commencé son récit en utilisant la première personne du pluriel et l'avait-il terminé à la première personne du singulier. Pourquoi culpabilisait-il autant ? Pourquoi paraissait-il aussi bouleversé ? Quelles images du passé pouvaient éclabousser son esprit quand il fermait les yeux ?

— Isabel est donc revenue à Valence, murmura Bastian, enfin sorti de sa torpeur. Que s'est-il passé alors ?

— Elle a repris ses activités au sein du groupe. En novembre, la mort de Franco nous a laissés espérer la liberté. Le nouveau roi d'Espagne, Juan Carlos, était pour la démocratie. Peu à peu il a défait la dictature, mais sans épuration et durant plusieurs années, les fidèles de Franco sont restés aux manettes. On a eu un parti unique jusqu'en 1977... Il a fallu réformer les institutions, doter le pays d'une nouvelle Constitution. L'opposition contre les Rouges demeurait féroce. Du coup, on a continué la lutte. Ce qui était jusqu'alors interdit est devenu possible mais la police n'a rien changé à ses habitudes, continuant à symboliser un État répressif. Dans l'ensemble on était prudents, et on avait raison. On avait compris que les changements ne se feraient pas du jour au lendemain. Navarro, le Premier ministre de Juan Carlos, avait été aussi celui de Franco. Vous voyez ce que je veux dire ?

— Oui. Tout n'était pas gagné, réagit Bastian.

— Et Isabel ? intervint Elena qui voulait recentrer la discussion.

— Isabel avait la fougue de son âge et un côté tête brûlée. Elle prenait des risques inconsidérés, voulait tout et tout de suite. On n'a jamais pu lui faire comprendre le sens de l'expression « transition démocratique », ni lui faire admettre qu'il fallait être patient. Elle bouillonnait... Je lui répétais inlassablement que le pays n'était plus sous dictature mais qu'on n'avait pas encore retrouvé toutes nos libertés. En vain, elle ne m'écoutait pas.

Carlos cessa de parler. Une fois de plus son esprit s'envolait à tire-d'aile vers le passé, pensa Elena. Plusieurs questions lui brûlaient la langue mais elle s'était juré de laisser Bastian mener la discussion… Et puis comment formuler ce qu'elle ressentait, ce qu'elle devinait sans être sûre de ne pas se tromper ? Et surtout sans contrarier Carlos ? Prudemment, elle se lança.

— Pourquoi te sens-tu autant responsable de ce qui est arrivé à Isabel, oncle Carlos ?

— Parce que quand elle est revenue à Valence j'aurais dû la ramener à la planque et l'y attacher ! Elle ne serait pas morte ! hurla-t-il en frappant du poing sur la table.

D'un geste de la main Rodrigo calma son ami. Jusqu'alors il était resté en retrait, laissant la conversation aller. Peut-être parce qu'il ne comprenait rien à cet échange en français. Il marmonna quelques mots à l'oreille de Carlos.

— Ce n'était qu'une gamine, reprit Carlos en soupirant. Inconsciente, comme tous les jeunes gens de 20 ans. Elle participait à des actions commando.

— Avec votre groupe ?

— Non. Elle s'est éloignée de nous. On était devenus trop timorés pour elle. On voulait laisser une chance à Juan Carlos, voir ce qu'il allait nous proposer. Isabel, elle, est restée dans la lutte. Elle a rejoint un mouvement d'extrême gauche plus violent. Je sais qu'elle a été en contact avec l'ETA. Des gens qu'on fuyait car on sentait qu'ils auraient pu nous faire basculer dans une nouvelle guerre civile. Ce n'était pas la volonté des communistes espagnols. Du sang, on en avait assez versé… Nous, on voulait la paix.

— Isabel n'était peut-être qu'une gamine, murmura Elena, mais elle était mère tout de même.

— Ce n'est pas faux. La maternité l'avait changée. Après la naissance des jumeaux elle est devenue plus triste, plus sérieuse, plus déterminée aussi. Elle avait enduré des choses terribles, l'enlèvement de ses enfants, la prison, et toi, Bastian, qu'elle ne verrait pas grandir… Les quelques semaines passées à Chera ne l'avaient pas fait fléchir. Le petit Miguel était pourtant à ses côtés, mais ça ne lui suffisait pas. Elle était trop engagée pour se contenter d'élever son gamin en bonne mère de famille, en sécurité à Chera. Après son retour à Valence, elle n'était plus seulement dans le combat mais dans la vengeance, avec une seule idée en tête : faire payer les coupables. Elle s'est éloignée de nous, des objectifs du groupe. Puis, comme je vous l'ai dit, elle s'est enrôlée dans d'autres mouvements et a fini par être arrêtée puis jetée en prison. Elle n'en est jamais ressortie.

— On sait comment elle est morte ? bégaya Bastian.

— Non. Et c'est peut-être mieux ainsi.

— Elle a été torturée ? insista Bastian.

Une vision traversa son esprit. Celle d'une jeune femme dont on avait massacré le corps et le visage. Une femme qui criait, se débattait, appelait au secours et s'effondrait, meurtrie dans sa chair et dans son cœur, sans jamais se relever. Comment avait-il pu grandir sans sentir ces souffrances-là ?

— Je l'ignore, répondit Carlos. La torture, je ne crois pas. Dans les années 1976-1977 c'était plus rare, bien qu'à cette époque les détenus n'étaient pas bien traités, ni bien nourris, ni bien soignés. Surtout les communistes ! En deux ans de détention, tu courais cent fois le risque de mourir.

— Où repose-t-elle ?

— Elle a sans doute été enterrée dans une fosse commune avec d'autres prisonniers. C'était le sort de ceux qui n'avaient pas d'argent ni de famille.

— On ne lui connaissait personne ?

— Personne.

— Mais vous, vous étiez ses amis. Vous n'avez pas cherché à savoir si elle avait des parents ?

— Nous, on voulait oublier, passer à autre chose. Profiter de la liberté dont on commençait à respirer les premières senteurs. Ne plus penser à la peur, à l'odeur âcre du sang. On regardait vers l'avenir. Tu comprends ça, Bastian ?

Combien de temps devrait-il encore répondre à ces questions qui le massacraient ? Bastian ne pouvait pas comprendre combien revivre ces instants lui était pénible. Insurmontable.

— Quel était le nom de famille d'Isabel ? demanda Elena, toujours pas prête à abdiquer même si Carlos semblait épuisé et meurtri.

— Serena Badajoz. Isabel Serena Badajoz, marmonna-t-il en reculant sa chaise pour se lever.

Elena fronça les sourcils. Manifestement, il voulait arrêter là cet entretien qui lui coûtait. Elle fixa son frère. Ils n'avaient pas tous les renseignements qu'ils étaient venus chercher. Bastian était triste et perdu dans des pensées lointaines, près d'abandonner la partie. Pas elle.

— Et Miguel, où était-il pendant tout ce temps ?

— Miguel a grandi à Chera, entouré de sa famille adoptive. Isabel leur a envoyé deux ou trois fois un peu d'argent. Quand elle est décédée, le petit vivait avec eux depuis presque trois ans alors ils l'ont élevé comme si c'était leur propre fils. Tout comme Magda l'a fait pour Bastian.

Un détail alerta Elena. Carlos n'avait pas mentionné une seule fois le nom des gens qui avaient recueilli Isabel et Miguel.

— Ils s'appelaient comment, ces gens à Chera ?

L'air embarrassé de Carlos la conforta dans l'idée qu'elle avait bien fait de poser sa question. Il jeta un œil vers Rodrigo. Ce dernier lui fit un signe de la tête, un léger sourire aux lèvres.

— Loriguilla.

L'attitude équivoque de Rodrigo n'échappa pas à Elena. Elle était persuadée que les deux hommes lui cachaient quelque chose. Carlos avait raconté l'histoire d'Isabel dans les grandes lignes et peut-être avait-il

« omis » certains éléments. Cette supposition balaya d'un coup les scrupules qu'elle avait eus jusqu'alors à cuisiner son oncle. Elle suivrait son idée. Elle resterait jusqu'au bout de la nuit s'il le fallait. Tant pis s'il était fatigué.

— Qu'est devenu Miguel ?

— Je l'ignore. Je ne l'ai vu qu'une fois il y a une dizaine d'années. Il était venu à Valence pour chercher des renseignements sur sa mère. Je n'ai pas pu lui apprendre grand-chose.

— Tu lui as dit qu'il avait un jumeau ?

— Non. J'ai pensé que c'était mieux ainsi. Après tout ce temps…

— Pourtant quelqu'un avait dû l'en informer puisqu'il est venu jusqu'à Ruoms pour chercher son frère.

— Je ne sais pas.

— Et son père, tu l'as connu ?

— Personne n'a jamais rien su sur lui. Elena, ce n'est pas bon de remuer tout ça. Vous devriez rentrer chez vous. Il ne faut plus regarder en arrière. Et toi, Bastian, range cette histoire dans un tiroir de ta mémoire. Tu es heureux avec Magda et Damian. Préserve ce bonheur et ne te retourne plus vers le passé. On ne peut rien y changer, tu comprends ? Pourquoi raviver les souffrances ?

— Où puis-je trouver Miguel ? insista Elena, persuadée que Carlos ne disait pas la vérité.

— Je te l'ai dit, je l'ignore.

— Quand il est venu en France il était accompagné d'un certain Enrique. Ce nom te dit quelque chose ?

— Rien du tout.

— À défaut de nous dire où est Miguel, tu aurais un indice qui puisse nous mettre sur sa piste ?

— Il est peut-être à Malaga. Il avait envie de s'installer dans le sud du pays. Mais c'était il y a si longtemps…

— Et la famille qui a élevé Miguel à Chera ? Ils ont bien une idée, non ?

— Hélas ! ils sont morts.

Bastian ferma les yeux. Son enquête s'arrêtait là et ses espoirs s'envolaient. Sauf s'il allait jusqu'à Malaga. Il en discuterait avec Elena. Peut-être devraient-ils jouer cette dernière carte qui leur permettrait de mettre la main sur Miguel. Il ne leur restait plus qu'à prier pour que ce choix soit le bon. À Valence, ils n'apprendraient rien de plus.

— Une dernière question, oncle Carlos, murmura Bastian, quand ma mère est revenue à Valence, avant son arrestation, t'a-t-elle parlé de moi ? Avait-elle l'intention de me retrouver ?

— Elle savait que tu étais en sécurité chez ma sœur. Rien n'aurait pu la rassurer davantage, Bastian.

## 34

Elena inspira très fort et ferma les yeux un court instant, goûtant au plaisir de retrouver les odeurs de la nature. C'était peut-être ce qui lui avait le plus manqué durant ces derniers jours à Valence. À Chera, l'air embaumait le thym et le romarin. Elle ouvrit les paupières et fixa Bastian, puis Miguel. Deux hommes que la vie avait séparés et qui, quand on les observait, ne faisaient qu'un. La ressemblance était étonnante. Souvent, chez les jumeaux, les traits se modifient avec l'âge, empruntent des chemins différents. Ce n'était pas le cas avec ces deux frères. Comme si le sang avait voulu crier sa parenté. Elena sentit son cœur se gonfler de bonheur et remercia le bon Dieu de lui avoir insufflé de venir jusqu'à Chera. Elle n'était guère croyante, mais cette fois elle n'écartait pas la possibilité d'une intervention divine. À moins que ce soit de la chance… Elle leva la tête vers le ciel et fit un clin d'œil à sa bonne étoile.

Bastian et Elena avaient quitté Valence tôt le matin. Ils avaient pris la route qui descendait vers le sud, vers Malaga, la seule piste dont ils disposaient. Ils n'avaient pas eu besoin de discuter longtemps pour tomber d'accord sur le fait qu'ils trouveraient peut-être Miguel en Andalousie puisqu'il avait confié à Carlos son désir de s'y installer. Autant dire chercher une aiguille dans une botte de foin. Mais ils n'avaient pas d'autre carte à jouer. Ils avaient roulé plus d'une heure et n'avaient guère bavardé. Les mains accrochées au volant, Bastian ne pensait qu'à sa mère et fantasmait. Elle avait été une femme engagée, passionnée, une combattante qui avait défendu comme une lionne un idéal, jusqu'à y laisser sa vie. Il entendait la voix bouleversée de Carlos lui racontant Isabel Serena Badajoz, ses souvenirs avec elle, peinant sur certaines révélations qui lui avaient brisé le cœur mais qu'il avait délivrées malgré tout. Elena gardait les yeux sur la carte routière. Dix fois elle avait suivi du bout du doigt le tracé du trajet qu'ils devaient parcourir. Puis elle avait laissé son index s'égarer sur la carte pour parcourir l'Espagne. Soudain, elle s'était figée en voyant le nom Chera. Elle avait alors consulté sa tablette pour avoir une vue plus précise de la région, et un second nom l'avait scotchée.

— Loriguilla ! s'était-elle exclamée.

— Quoi, Loriguilla ? C'est le nom des gens qui ont accueilli Isabel et Miguel.

— Arrête-toi, Bastian !

Bastian avait obéi, se demandant quelle mouche l'avait piquée. Elena ne voulait plus se rendre à Malaga. Il fallait remonter vers le nord et aller à Chera.

— Loriguilla est un bled situé non loin de Chera. Je pense qu'aucune famille ne porte ce nom et que Carlos l'a balancé au hasard. Le patronyme de Miguel est Barros Montoro. Je suis certaine qu'on trouvera des Barros Montoro à Chera. Peut-être que Miguel est là bas.

— Pourquoi Carlos nous aurait-il menti ?

— Carlos nous a menés en bateau parce qu'il nous cache quelque chose de son passé qui le met mal à l'aise.

— Tu dérailles, Elena.

Il avait parlé doucement pour ne pas l'agresser.

— Je suis sûre que non. Pourquoi a-t-il fui pour se cacher après notre première visite ?

— Tu l'as dit toi-même, sa femme n'a pas apprécié qu'on vienne remuer le passé. Elle veut peut-être le protéger de souvenirs qui lui font de la peine. Je ne vois pas pourquoi il nous aurait parlé de Malaga si c'était à Chera qu'il fallait se rendre.

— Pour une raison toute simple : il ne veut pas que tu retrouves Miguel.

— Tu as tort. Carlos est un vieil homme fatigué qu'on a tracassé en l'obligeant à répondre à nos questions.

— Non, Bastian. Depuis hier un truc me titille et je n'arrivais pas à mettre le doigt dessus. Cette histoire de noms. Ta mère s'appelle Isabel Serena Badajoz. Ton frère est un Barros Montoro. D'où viendrait ce nom s'il ne lui a pas été donné par les gens qui l'ont élevé ? Il faut aller à Chera.

— Je crois que tu fais fausse route. Miguel doit porter le patronyme des franquistes qui nous ont adoptés après notre naissance.

— N'importe quoi ! Tu penses bien qu'effacer ce patronyme est la première chose que Carlos et ses copains ont dû faire quand ils vous ont enlevés. Tu t'appelles Cheylard parce que nos parents t'ont donné leur nom. Je suis certaine que c'est pareil pour Miguel.

— T'es pénible quand tu t'entêtes !

— On tire à pile ou face comme quand on était gosses ? Pile, on va à Malaga. Face, on va à Chera. Si c'est le cas, tu verras qu'on n'y rencontrera aucune trace d'une famille du nom de Loriguilla.

— D'accord.

La pièce avait indiqué « face » et Bastian avait dû faire demi-tour. Il ne l'avait pas regretté, Elena avait vu juste. À Chera, on ne connaissait aucun Loriguilla. En revanche, quand Elena avait prononcé Barros Montoro, on leur avait immédiatement indiqué le chemin d'une ferme. Ils avaient alors quitté la route goudronnée pour emprunter un sentier caillouteux. Autour d'eux, le paysage rocheux et escarpé, sauvage, n'était pas sans leur rappeler l'Ardèche. Un énorme barrage formait une retenue d'eau, la vallée était plus verdoyante que les sommets. Ils avaient laissé la voiture dans la cour d'un bâtiment agricole plutôt moderne et avaient parcouru une centaine de mètres jusqu'à une maison beaucoup plus ancienne. Un type coupait du bois à grands coups de hache. Quand il avait relevé la tête vers les visiteurs, l'émotion lui avait fait lâcher son outil qui s'était planté à dix centimètres de son pied. Il était resté pétrifié durant un instant, puis Bastian avait marché vers lui en ouvrant les bras. Leur étreinte avait été longue et forte. Ils avaient pleuré sans parler. Elena n'avait pu contenir ses larmes. Enfin, Miguel avait entraîné Bastian vers un vieux banc en bois et ils s'étaient assis côte à côte.

Elena alluma une cigarette, laissant les deux hommes continuer à discuter entre eux. Mal à l'aise au début, ne sachant que dire, Bastian avait annoncé à Miguel le décès d'Enrique avant de répondre aux questions de son frère sur les circonstances de sa mort.

— Je l'aimais bien, conclut Miguel. Surtout avant qu'il ne devienne… ce qu'il est devenu. Un type prêt à tout pour de l'argent. Quand je l'ai connu il n'était pas comme ça. Avant qu'on parte pour l'Ardèche, Enrique était mon meilleur ami. Du moins je le croyais. Mais cet été il a montré un autre visage. J'ai quitté le domaine de la Combe avant la fin de mon contrat, avant d'avoir eu le temps de faire ta connaissance aussi, parce que je ne supportais plus sa façon d'être et de faire. Il m'avait entraîné dans cette stupide bagarre contre tes frères et toi le jour de la fête à Ruoms. J'ai pensé que j'avais perdu mes chances de pouvoir t'approcher de nouveau… Je suis désolé pour cet incident.

— L'essentiel, intervint Elena, c'est que vous soyez enfin ensemble et que vous preniez le temps de vous découvrir. D'évoquer votre passé, de parler de votre mère aussi…

— Je n'ai pas de souvenir de maman, murmura Miguel. J'avais à peine 3 ans la dernière fois qu'elle est venue me voir. Alicia et Pablo n'ont jamais cherché à me faire croire qu'ils étaient mes parents, même s'ils se présentaient comme tels à l'école ou chez le médecin, ou vis-à-vis de n'importe quel étranger. Ils m'ont donné leur nom, ils m'ont élevé avec leurs enfants et m'ont aimé... J'ai toujours bien admis cette adoption. Alicia m'a expliqué très tôt les années Franco et la lutte des communistes contre le pouvoir. Notre mère m'avait confié aux Barros Montoro pour mener son combat. Elle avait choisi sa patrie et son peuple. Cette vérité ne m'a jamais choqué. J'ai quitté la ferme à 20 ans car je ne voulais pas devenir agriculteur. Puis Alicia est tombée malade et je suis revenu. Elle s'est rétablie, mais c'est la santé de Pablo qui a alors dégringolé. Du coup, je suis resté ici pour bosser et j'ai fini par ne plus avoir envie de partir. Pablo est décédé il y a onze ans, Alicia l'a rejoint l'an dernier. Ma sœur et mon frère ont gardé la ferme mais ils résident ailleurs. Ma sœur habite dans un pavillon récent, vous avez dû passer devant en montant jusqu'ici, mon frère sur l'autre versant. Et moi ici, dans la maison des parents. On continue à faire tourner l'exploitation tous les trois.

Il fit un grand geste de la main pour montrer les terres qui s'étendaient autour d'eux. La vigne constituait presque la totalité du domaine.

— Et tous ces arbres ? demanda Elena en tendant la main. Je reconnais les oliviers mais pas les autres essences.

— Ce sont des amandiers, des caroubiers et des orangers. On fait aussi quelques cultures maraîchères pour diversifier nos productions et faire rentrer un peu plus d'argent. Avec les enfants, on ne peut pas se permettre d'en manquer.

— Tu as des enfants ? s'exclama Bastian.

— Moi non. Mais mon frère en a trois et ma sœur deux. Je les adore. Si vous restez quelques jours vous aurez l'occasion de les rencontrer.

Elena s'éloigna de quelques pas, son portable venait de sonner. C'était Martin. Elle ne put lui répondre, le réseau était mauvais. En consultant l'historique, elle s'aperçut qu'elle avait manqué deux appels : un de Laurent Abadie, un autre de son père. Mais sa messagerie était indisponible.

— Le téléphone passe mal ici ? demanda-t-elle à Miguel.

— Dans la vallée, ça va, mais ici ça coince. Tu peux utiliser le fixe à la maison si tu veux.

— Merci. Il n'y a pas d'urgence, je rappellerai plus tard.

Elle s'assit sur une énorme souche, à quelques pas des garçons, et alluma une deuxième cigarette. Son esprit s'envola vers Laurent Abadie. Elle lui avait dit qu'elle était en vacances en Espagne, pourquoi la contactait-il de nouveau ? Elle repensa à une conversation qu'ils avaient eue tous les deux, où il avait prétendu qu'elle avait peur de tomber amoureuse. Déstabilisée, elle lui avait répondu qu'elle l'était quand elle se trouvait avec lui. Quelle idiote ! Elle s'ébroua et écrasa son mégot d'un coup de talon. Elle n'était pas faite pour l'amour. Cette réalité lui collait à la peau et il n'y avait rien à faire. Elle se concentra de nouveau sur les garçons.

— On ne produit pas un grand cru mais on a beaucoup investi pour améliorer la qualité de notre vin, expliquait Miguel à Bastian. Et à l'avenir, on espère faire encore mieux. Un peu comme vos vignerons, en Ardèche, qui sont parvenus à faire un rosé de jolie renommée.

— Comment as-tu eu l'idée de venir à Ruoms ? demanda Elena. Comment savais-tu que tu y trouverais Bastian ?

— À force de questions, Carlos m'a raconté mon histoire. Mais j'ai souvent dû revenir à la charge pour lui tirer les vers du nez. Je savais que j'avais un jumeau, Alicia me l'a dit quand j'étais enfant. Elle l'avait appris de ma mère. Isabel lui avait expliqué son accouchement, l'enlèvement de ses bébés qu'on avait confiés à des franquistes, puis l'opération organisée par Carlos et Rodrigo pour nous reprendre et nous mettre en sécurité. C'est à ce moment-là que j'ai été séparé de Bastian. Alicia me répétait souvent qu'on se retrouverait tôt ou tard tous les deux. J'ai attendu ce moment pendant des années, et l'an dernier à Noël, quand Carlos est venu me voir avec Rodrigo, comme tous les ans, je ne l'ai pas lâché. Jusqu'à ce qu'il crache le morceau. Enfin, je savais où tu étais, Bastian. Ma décision de te retrouver était prise. J'ai fait jurer à Carlos de ne pas prévenir sa sœur. Je voulais te voir, t'approcher, me faire une idée avant de t'aborder et t'expliquer la raison de ma venue à Ruoms. J'ignorais si tu savais que tu avais un frère, j'imaginais que cette révélation te serait compliquée à admettre et qu'il me faudrait un peu de patience. Mais je n'avais pas prévu notre ressemblance aussi... évidente. Ni qu'Enrique ferait tomber mon rêve à l'eau avec ses conneries. Il vous a crus très riches. Sa cupidité l'a rendu dingue. Il faisait n'importe quoi, y compris avec les ouvriers du domaine, comme si le mal s'était insinué en lui. Il séduisait toutes les filles, même les femmes mariées... Je ne sais pas combien il a eu d'aventures.

Miguel se tut brusquement, se tourna vers Elena et rougit.

— Ne t'embarrasse pas ! Ce qui s'est passé entre Enrique et moi est sans importance. Nous avons été beaucoup plus ennuyés pour Julianne et Angèle. Mais ça se tasse doucement.

Il répondit par un sourire. La sœur de Bastian savait mettre les gens à l'aise, il l'appréciait déjà. Les Cheylard devaient être une bonne famille, des gens avec lesquels il faisait bon vivre.

— Sais-tu que Carlos nous a menti à ton sujet ? reprit Elena. Il nous a dit que la famille qui t'avait élevé s'appelait Loriguilla et qu'il ne t'avait revu qu'une seule fois au cours de ces dix dernières années. Il voulait nous envoyer à Malaga où, d'après lui, tu avais émis le désir de t'installer. On aurait pu t'y chercher longtemps...

Pourquoi ce mystère à ton sujet ? Pourquoi a-t-il voulu empêcher Bastian de te retrouver ? Carlos n'est pas clair, comme s'il avait quelque chose à se reprocher.

— Il vous a raconté tout ça quand vous l'avez vu à Valence, n'est-ce pas ? Mais vous a-t-il révélé *toute* l'histoire ?

— Que veux-tu dire ?

Miguel dévisagea Elena, puis Bastian. Soudain, son cœur se serra et il comprit pourquoi son oncle avait envoyé Bastian et Elena vers Malaga. Ainsi, il avait été incapable de se délivrer de son secret. Pour se protéger, peut-être. Mais pensait-il vraiment qu'en gardant le silence, Bastian et lui ne se rencontreraient jamais ? Que lui, Miguel, tairait la vérité à son frère ?

— Bastian, murmura Miguel en posant son bras autour de son épaule, Carlos est notre père.

# 35

Damian leva les yeux vers Magdalena. Depuis des heures, elle n'avait pas dit un mot et restait prostrée dans son fauteuil, le regard fixé sur la cour. Le vent balayait les graviers et faisait voler la poussière. Les oliviers commençaient à perdre leurs feuilles sous les rafales.

— J'ai demandé à Jess de venir toute la journée, demain, dit-il en espérant faire sortir sa femme de son mutisme. Elle fera les carreaux et ira au supermarché pour faire un plein de courses. Tu as préparé une liste ?

Elle ne répondit pas et il se demanda si elle l'avait entendu. Il n'y avait pourtant aucun bruit à part le souffle du mistral et les ronflements d'Attila et Hannibal couchés sur le tapis, non loin de Magda.

— Je suis content qu'Elena ait pris l'initiative d'employer Jess. De savoir qu'elle s'occupe de l'intendance et du ménage me rassure, reprit-il. Nous aurions dû l'embaucher bien plus tôt, tu aurais été moins épuisée. À toujours vouloir tirer sur la corde... Et puis il me semble que Jess t'est de bonne compagnie, n'est-ce pas ? Vous bavardez beaucoup toutes les deux.

Il se heurta une fois de plus à un mur de silence. Ça ne pouvait pas durer comme ça. Il allait devenir fou.

— Magda, dis quelque chose, je t'en prie ! Hurle, déverse ta colère sur moi si tu veux, mais au moins dis quelque chose...

— Je ne suis pas en colère.

Il fonça vers elle, s'agenouilla à ses pieds et lui saisit les mains. Elle le fixa d'un regard profond et Damian reçut une énorme décharge de tendresse et de chagrin mélangés.

— Pourquoi es-tu dans cet état ? murmura-t-il. Ce n'est pas un drame ce qui arrive à César, même si ce n'est pas ce qu'on espérait pour lui.

Elle pencha la tête et caressa son alliance. Damian avait raison, mais elle avait l'impression qu'on était en train de l'achever, de lui ôter ce qui lui restait d'énergie. La nouvelle était tombée comme le couperet de la guillotine. César leur avait appris qu'il avait revu Angèle. La jeune femme était enceinte et ils avaient décidé d'élever l'enfant ensemble même s'ils ne comptaient pas se marier pour le moment. Magda avait tenté de raisonner son fils. Comprenant qu'il ne capitulerait pas, elle s'était abstenue de poursuivre la discussion. Devant l'air fermé de sa mère, César avait ajouté qu'il quitterait la propriété afin de s'installer en ville avec Angèle. Il laisserait son logement à Julianne qui reviendrait sans doute y habiter quand son contrat à La Nîmoise arriverait à son terme. Magdalena avait tourné les talons et n'avait plus dit un mot.

— Il va reconnaître cet enfant alors qu'il ne sait même pas si c'est le sien… Si ça se trouve, c'est celui de cette ordure d'Enrique, marmonna-t-elle.

— Et pourquoi ce ne serait pas le sien ? Et s'il n'en a rien à faire de ne pas savoir, c'est lui que ça regarde. César a 44 ans, il est assez grand pour prendre ses décisions tout seul. S'il avait voulu notre avis, il nous l'aurait demandé. Il ne l'a pas fait, j'en déduis qu'on ne peut pas aller contre. Je t'en supplie, Magda, ne te rends pas malade avec cette histoire.

— Trop tard, lâcha-t-elle, se reprochant aussitôt d'avoir réagi si vite.

Elle ne voulait pas inquiéter Damian. Elle posa les mains de part et d'autre du visage de cet homme qu'elle aimait comme au premier jour, caressa ses joues et ses lèvres. Elle se força à lui sourire, heureuse de voir qu'il se déridait.

— Ne te tracasse pas pour moi. Je vais bien, même si je suis contrariée. César va se mettre en ménage avec une fille de 18 ans, tu te rends compte ? Comment pourrais-je cautionner un truc pareil ? Je ne dis pas qu'elle ne l'aime pas. Mais ça va durer combien de temps ? Deux ans, trois ans avant qu'elle rencontre quelqu'un de son âge et qu'elle le plaque ? César sera blessé et se retrouvera seul à élever un moutard. Une fois de plus ! Il faut que tu le fasses changer d'avis !

Damian ferma les yeux. Il n'était pas loin de penser la même chose mais pour rien au monde il ne l'aurait avoué. Il voulait apaiser Magda, non pas entretenir son amertume et sa colère.

— Magda, tu ne penses pas que nous pourrions donner une chance à César et à Angèle ? Après tout, on ne sait jamais.

— Leur donner une chance ?

— C'est aussi une chance pour nous. Si nous acceptons Angèle et le bébé, notre fils ne quittera pas la bastide. Dans le cas contraire, j'ai bien peur que…

— Peur que quoi ? Ce n'est pas à notre âge qu'on va se plier aux caprices des enfants.

— César n'est plus un enfant.

Il espérait calmer le jeu. Ne pas jeter d'huile sur les braises. Convaincre Magda de parler à leur fils sans s'emporter, de l'écouter.

— Je crois que tu devrais aller le voir pour lui expliquer que tu as été un peu choquée ce matin et que tu regrettes tes paroles. Je suis sûr qu'il reverra sa copie. S'il ne déménage pas, tu seras moins malheureuse.

— Dire que je regrette ? Mais qu'aurais-je à regretter, Damian ? J'ai tenté de le raisonner, c'est tout.

— C'est vrai, tu ne l'as pas contredit, seulement tu t'es renfermée. Ton regard en disait long. César a très bien compris le fond de ta pensée. D'ailleurs, tu n'as rien fait pour le retenir quand il t'a annoncé qu'il quitterait la bastide. Tu t'es installée dans ton fauteuil comme si tout cela ne te concernait plus.

— J'en avais assez entendu. Qu'il aille au diable avec Angèle et son rejeton !

Damian se recula et soupira. Magda s'obstinait, pourtant il savait qu'elle s'en mordrait les doigts. Il regarda autour de lui et contempla les jolis canapés de cuir brun, la table basse en chêne blanchi, le tapis rouge et beige qui rendait la pièce plus douillette, et tous les bibelots, cadres et plantes qui faisaient de ce salon un endroit où ils aimaient se retrouver avec les enfants. À quoi bon avoir travaillé toute une vie si c'était pour voir la famille se déchirer et partir en lambeaux ?

— Arrête, Magda, tu ne penses pas ce que tu dis. Ne mets pas César au pied du mur. Il a décidé de vivre avec Angèle et d'élever le bébé avec elle. C'est son choix. Si tu daignes faire un pas vers lui, il ne déménagera pas et tu seras heureuse de continuer à le croiser tous les jours.

— On ne le verra plus, de toute façon. Il n'en aura que pour elle !

— Tu n'en sais rien du tout ! Laisse-le décider de sa vie. Tout comme Martin, Bastian et Elena. On n'est pas éternels. Et c'est quoi cette espèce de rage que tu ressens pour cet enfant à venir ? Je ne te comprends pas. Nous avons bien élevé un petit qui n'était pas le nôtre ! Nous avons recueilli Bastian, nous l'avons choyé, aimé... Pourquoi César ne pourrait-il pas faire de même avec le bébé d'Angèle s'il s'avère que ce n'est pas lui le père ?

Magdalena secoua la tête. Décidément, Damian ne comprenait rien. Ne voyait-il pas que cette histoire conduirait César au chagrin et à la désolation ?

— Eh bien, puisque tu évoques Bastian, alors parlons-en ! rugit-elle. Tu as raison, ce gosse, nous l'avons nourri, dorloté... Nous lui avons tout donné, comme aux trois autres. Tout ça, nous l'avons fait par amour et non par charité ou par pitié. Aujourd'hui, il est en Espagne en quête de ses origines. Il mettra peut-être la main sur son père et on ne le reverra pas. Ou s'il revient, plus rien ne sera comme avant. Jamais il n'oubliera que nous lui avons caché sa naissance. L'histoire se répète. Tu imagines le cauchemar que ce sera pour César dans quelques années si son gamin apprend que son père n'est peut-être pas celui qui l'a élevé ? Quand il fouinera et qu'il découvrira la vérité sur Enrique, qu'il se mettra en tête de faire un test pour connaître son géniteur ? Tu imagines tout ça, Damian ?

— Mais pourquoi vois-tu les choses en noir ? Si César est son père, tout ira bien. S'il ne l'est pas, le petit pourra tout bêtement être heureux d'avoir été élevé par un homme qui a aussi pris soin de sa mère. Quant à Bastian, tu te montes le bourrichon. D'accord, il a été déstabilisé, mais qui ne l'aurait pas été face à une telle révélation ? Tu as bien vu qu'il n'était pas rancunier et qu'il avait fini par revenir vers nous, passé sa colère et sa déception. N'oublie pas qu'Elena est avec lui en Espagne. Elle ne le laissera pas faire n'importe quoi. Plus rien ne sera comme avant, c'est vrai, parce qu'on ne peut pas tout effacer ni tout réparer. Mais Bastian n'est ni un idiot ni un ingrat. Il saura gérer les deux familles qui sont les siennes. Nous, et celle qu'il a peut-être rencontrée. À Valence ou ailleurs.

— Tu ne me suis pas alors ? Tu vas laisser César foncer droit dans le mur sans rien dire ? C'est la première fois que tu me laisses tomber.

— Je ne te laisse pas tomber, Magda ! hurla Damian en frappant l'accoudoir du fauteuil d'un grand coup de poing.

Il se tut et marcha vers la fenêtre. Jamais il n'avait haussé la voix de la sorte et il se reprochait déjà d'avoir osé le faire. Mais Magdalena l'avait cherché. Il avait voulu arrondir les angles, aplanir les difficultés pour maintenir l'équilibre de la famille, et elle se butait. Si elle continuait à s'entêter, César partirait et ne reviendrait pas…

Elle perdrait un fils et n'aurait plus que ses yeux pour pleurer.

— Magda, murmura-t-il sans se retourner, je te demande de réfléchir. Prends ton temps, calme ta colère. Pense à nous et aux enfants. Si César s'en va, tu seras malheureuse, je le sais, mais moi aussi, tout comme Elena, Martin et Bastian. Ne laisse pas la discorde envahir notre petit monde.

— Il n'y a pas de discorde. César a choisi, c'est tout.

— Parce que tu l'as mis au pied du mur ! Tu l'as forcé à faire ce choix. Angèle et le bébé, ou toi. Mon Dieu ! On n'impose pas ça à un fils.

Il fit demi-tour pour lui faire face. Elle était droite, toujours figée dans son fauteuil, le regard fixe. Il n'y avait aucune émotion sur son visage. Il faillit tenter encore une fois un rapprochement. La prendre dans ses bras, l'embrasser, la câliner, lui répéter combien il l'aimait… Mais elle semblait taillée dans le marbre et toute démonstration d'amour était inutile. Était-ce bien la femme de sa vie qu'il avait devant lui ? Il ne la reconnaissait plus. Il sortit sur la terrasse et s'assit sur le muret de pierre qui bordait l'escalier. Il était fatigué, sonné. Cette conversation avait pris une tournure qu'il n'avait pas prévue. N'avait-il pas été trop dur ? Magda n'était pas dans son état normal, mais peut-être aurait-il dû la laisser réfléchir. Elle serait revenue à de meilleurs sentiments. En espérant amener la conciliation, il avait semé encore un peu plus la zizanie.

— Papa !

De l'autre côté de la cour, Martin faisait de grands signes tout en venant vers lui.

— Papa, ça va ? J'ai discuté avec César ce matin. Il m'a appris pour Angèle et lui. Et pour le bébé.

— Oui, c'est la nouvelle du jour.

— Ça ne te contrarie pas ?

— C'est un grand garçon, non ? Même si je ne suis pas complètement d'accord avec lui, je n'ai rien à dire si ce n'est lui souhaiter tout le bonheur du monde. Il nous a également annoncé qu'il préférait quitter la bastide pour aller s'installer ailleurs.

Martin leva les sourcils, étonné. Son frère ne lui avait rien dit de tel quand il était passé le voir après le petit déjeuner. Il n'avait fait qu'évoquer la grossesse d'Angèle et son appréhension d'aborder le sujet avec les parents.

— Il veut vraiment déménager ?

— Oui. C'est normal, je crois. Il a envie de construire sa vie un peu à l'écart. Mais on le verra tous les jours puisqu'on bosse ensemble !

Damian parlait d'une voix assurée et parvint même à sourire. Pas question de montrer qu'il était ravagé de chagrin à cause de ce qui venait de se passer. L'obstination de Magda l'avait anéanti et la perspective de voir sa famille exploser l'étranglait. Il se promit de donner le change, si tant est qu'il en trouve la force, le temps que Magda s'aperçoive de son erreur et ait la bonne idée de convaincre César de revenir sur sa décision. Du moins l'espérait-il…

— Je pensais que tout ça te chagrinerait, fit Martin en plongeant ses yeux dans ceux de son père. Enfin, maman surtout…

— Oh, évidemment, j'aurais préféré que César reste ici, mais je comprends sa décision.

— Et maman ? Quelle a été sa réaction ?

— Elle est un peu remuée, mais ça va.

Martin acquiesça mais sentit que quelque chose clochait. César venait d'annoncer à leurs parents qu'il allait partir vivre ailleurs avec Angèle et reconnaître son enfant. Connaissant sa mère, il était impossible que tout ça soit passé comme une lettre à la poste. Quand César lui avait touché un mot de son projet, il se doutait déjà que la pilule serait dure à avaler et que leur mère risquait de ne pas admettre facilement la situation. Son fils adoré, 44 ans, se mettant en couple avec une petite jeune de 18 ans enceinte d'un enfant dont il n'était même pas sûr d'être le père… Il y avait là de quoi la faire bondir. Il avait imaginé sa réaction ombrageuse, les pourparlers qu'il faudrait entamer pour l'adoucir, la faire fléchir. Comme toujours…

— Si tout va bien, j'en suis ravi, lâcha Martin sans grande conviction. Je vais à Ruoms chercher un recommandé à la poste. Tu m'accompagnes ?

— Avec ce vent, je n'ai pas envie de sortir.

— Bah, quand je suis arrivé tu prenais l'air sur la terrasse ! Viens, je t'offre une bière au bar des Grottes. Faut en profiter pendant qu'on est en congés !

Damian réfléchit quelques secondes. S'il refusait, son fils risquait de s'alarmer.

— Ça marche !

Martin se dirigea vers sa voiture. Son père lui emboîta le pas sans même avertir Magda qu'il sortait. Ce n'était pas du tout dans ses habitudes.

# 36

Sur la colline qui domine Chera, le ciel était toujours aussi bleu et le soleil éclatant. Elena réprima pourtant un frisson et croisa les bras sur son torse pour se réchauffer. À côté d'elle, Bastian regardait droit devant lui sans rien voir, encore sous le choc après la révélation de Miguel qui, de son côté, commençait à regretter d'avoir parlé. Mais il venait à peine de retrouver son jumeau et il n'avait aucune envie de lui cacher quoi que ce soit. Il voulait tisser des liens solides avec Bastian, pas construire une histoire basée sur des mensonges ou des secrets.

— Bastian, murmura Elena en saisissant la main de son frère, ça va aller ?

Il leva sur elle des yeux pleins de chagrin. Elle se reprocha d'avoir insisté pour venir à Chera. Son frère venait de plonger dans une nouvelle tourmente et elle se demanda s'il pourrait en sortir.

— Carlos est mon père et il me l'a caché malgré toutes mes questions. Peut-être parce qu'il ne veut pas me voir arriver dans sa vie. Peut-être que je suis de trop…

— Non, tu te trompes, chuchota Miguel. C'est plus compliqué que ça.

Il s'absenta quelques instants et revint les bras chargés d'un plateau avec ce qu'il fallait pour un bon pique-nique. Elena l'aida à arranger la table, y posa les verres, une bouteille de vin rosé, une boule de pain, un gros jambon enfermé dans un torchon et un grand couteau.

Subitement, elle ressentit la faim et saliva devant ces bons produits de terroir.

— On va d'abord manger un morceau, dit Miguel. Après, je vous raconterai l'histoire d'Isabel et Carlos.

Elena mangea de bon cœur tandis que Bastian, l'estomac noué, peinait à avaler sa tartine de pain et de jambon. Miguel profita de cette pause pour rassembler ses idées. Il ne pouvait pas mentir à son frère. De toute façon, c'était trop tard.

— On descend dans la vallée ? proposa-t-il quand ils eurent fini de grignoter.

Bastian acquiesça. Marcher lui ferait du bien. Il avait mal au crâne et sentait son sang cogner à ses tempes. Ils parcoururent les vignes, suivirent un sentier qui serpentait à flanc de coteau puis se retrouvèrent au-dessus de la rivière. Elle était coupée un peu plus loin par l'énorme barrage qu'Elena et Bastian avaient découvert en arrivant à Chera. Miguel se posa sur une pierre et, d'un geste de la main, invita Bastian à l'imiter. Elena s'assit un peu en retrait.

— Je crois que Carlos et Isabel sont tombés amoureux dès leur première rencontre, commença Miguel. Notre mère était venue à l'une de leurs réunions clandestines, amenée par un de leurs amis qui l'avait rencontrée lors d'une manifestation étudiante. Elle n'allait plus en cours mais fréquentait toujours ses anciens camarades et suivait ceux qui, d'une manière ou d'une autre, proclamaient leur opposition au régime de Franco. Elle voulait aller au-delà de ces démonstrations. Entrer dans l'action. On l'a donc conduite chez Rodrigo où se rassemblaient régulièrement et dans le plus grand secret certains républicains. Souvent des amis de longue date. C'est ce soir-là que Carlos l'a aperçue pour la première fois. Il m'a dit qu'il l'avait tout de suite trouvée belle et intelligente. Il était marié, père de famille et avait le double de son âge. En réalité, il ne la croyait pas aussi jeune qu'elle ne l'était... Isabel a dû avoir le coup de foudre elle aussi, car elle n'a pas lâché Carlos de la soirée. Sans le savoir, ils s'aimaient déjà.

Miguel poursuivit son histoire sans émettre le moindre jugement. Comme on raconte un événement dans lequel on n'est pas impliqué. Carlos et Isabel s'étaient retrouvés chez Rodrigo plusieurs fois d'affilée, taisant les sentiments qu'ils ressentaient l'un pour l'autre. Le petit groupe de républicains ne devait penser à rien d'autre qu'à la mission qui les attendait. Ils préparaient un attentat. Leur premier attentat. Jusqu'alors, ils n'étaient jamais allés aussi loin. Chaque détail du plan fut minutieusement examiné et réexaminé. La cible était un officier de la police de Valence, un certain Cromez, un tortionnaire violent et sadique. Les communistes qui avaient survécu à ses interrogatoires racontaient des choses horribles sur lui. Rodrigo et les siens avaient décidé d'en finir avec cette brute. Il leur avait fallu beaucoup de temps pour mettre au point l'assassinat. De nombreuses surveillances, une traque silencieuse qui leur avait permis de recueillir des renseignements sur les habitudes de Cromez. Ils ne se seraient pas risqués à le tuer au sein du commissariat. Ils n'auraient jamais fait le poids contre des policiers armés jusqu'aux dents. Ils avaient réfléchi à la possibilité d'une attaque à son domicile mais avaient finalement renoncé. La maison était bien gardée, y pénétrer aurait été trop périlleux. Ils avaient remarqué que Cromez empruntait toujours le même chemin quand il rentrait chez lui, le soir. Il était rarement seul, souvent accompagné d'un chauffeur qui le déposait et repartait aussitôt. Carlos et Rodrigo avaient choisi l'endroit où se déroulerait l'attentat, au croisement de deux rues. Ils avaient prévu de provoquer un incident afin que l'automobile ralentisse sa course puis s'arrête exactement à leur niveau.

— Et c'est là qu'Isabel est entrée en scène, murmura Miguel. Lorsqu'ils préparaient leur coup, elle avait proposé d'être celle qui ferait ralentir la voiture. Carlos avait refusé. Elle était bien trop jeune et inexpérimentée. On ne pouvait pas prendre le risque de la mêler au projet. Rodrigo, lui, avait trouvé l'idée excellente. Cromez était réputé pour être amateur de belles jeunes femmes. Nul doute qu'il ferait ralentir son chauffeur en apercevant la jolie fille tombée de sa bicyclette sur le bord de la route.

Miguel se tut. Il fouilla dans la poche arrière de son jean et en sortit une photo abîmée qu'il tendit à Bastian.

— Notre mère, juste avant l'attentat. Ce soir-là, l'épouse de Rodrigo l'avait aidée à se préparer, c'est elle qui l'a photographiée.

Bastian s'empara de l'image et la contempla, passant son doigt sur le papier comme pour caresser la jeune fille qui souriait devant l'objectif. Elle portait une robe rouge avec de minuscules motifs noirs qui ressemblaient à des fleurs. Ses longs cheveux bruns et bouclés tombaient en cascade sur ses épaules et de grands yeux sombres mangeaient son visage à la fois enfantin et déterminé. Il sentit la main d'Elena se poser sur son cou et ses doigts parcourir tendrement sa nuque.

— Elle était belle, dit-elle tout bas. Vous avez tous les deux son regard.

— Très belle, répéta Miguel. C'est pour ça que Rodrigo n'a pas douté une seconde qu'elle serait l'appât idéal pour coincer Cromez. Carlos, lui, n'en démordait pas. Il ne voulait pas qu'elle soit mêlée à tout ça. Rodrigo a demandé un vote à main levée. Carlos a été le seul à voter contre.

Miguel poursuivit son récit sans quitter Bastian des yeux. Le soir de l'attentat, six hommes armés, dont Carlos et Rodrigo, s'étaient postés aux abords du carrefour. Trois étaient restés sur le trottoir à déambuler comme de simples passants, un autre faisait le guet au premier étage d'une maison pour les prévenir de l'arrivée de Cromez. Carlos et Rodrigo, eux, patientaient sous une porte cochère. Comme Rodrigo l'avait prévu, Cromez a fait arrêter sa voiture lorsqu'il a vu la magnifique poupée qui frottait ses genoux à côté de sa bicyclette renversée sur la chaussée. À ce moment précis, Carlos et Rodrigo sont sortis de leur cachette et ont bondi vers le véhicule. Isabel s'est jetée à terre. Carlos a tiré une première fois, touchant le chauffeur à l'épaule. Rodrigo, en revanche, n'avait pas eu le temps de tuer Cromez, piégé par un second véhicule qui avait surgi devant eux. Des hommes armés ont ouvert le feu. La voiture de Cromez a redémarré tandis que ses hommes ont continué à tirer. Deux des trois compagnons qui étaient sur le trottoir ont été abattus. Rodrigo, blessé au bras et à la cuisse, est parvenu à reculer à l'intérieur de l'immeuble. Carlos, lui, avait reçu trois balles. Deux dans la jambe et une à la tête. Il avait perdu connaissance et avait été laissé pour mort sur le trottoir. Les hommes de Cromez ont arrêté deux « terroristes » qu'ils avaient réussi à neutraliser, ainsi qu'Isabel… La blessure de Carlos était impressionnante, la balle avait éraflé sa boîte crânienne sur plusieurs centimètres. Par chance, elle n'avait pas touché le cerveau. Quand il a retrouvé ses esprits, quelques jours plus tard, le groupe n'avait aucune nouvelle des deux compagnons arrêtés, ni d'Isabel.

— Elle est finalement réapparue, dit Miguel, la voix chargée d'émotion. Elle s'est réfugiée chez Rodrigo et on l'a installée dans le lit voisin de celui de Carlos. Elle tremblait, incapable de prononcer le moindre mot. Prostrée, enroulée dans une couverture, elle hurlait dès que quelqu'un l'approchait. Seul Carlos ne lui faisait pas peur. Parce qu'il était couché, immobilisé par ses blessures à la jambe, et qu'il pouvait à peine soulever la tête. Elle a fini par se confier à lui. Est-ce que je continue, Bastian, ou tu préfères que je m'arrête là ?

Bastian hésita. N'avait-il pas déjà deviné ce qui allait suivre ? L'enfer, les atrocités, les cris, les larmes… C'était presque inconvenant et aberrant d'imaginer de telles choses dans un paysage aussi calme et apaisant que celui de la vallée de Chera.

— Je crois que Miguel devrait aller au bout, intervint Elena. Tu ne penses pas, Bastian ? Autant apprendre toute la vérité, aussi violente et dure soit-elle, plutôt que de rester avec des interrogations.

Bastian acquiesça d'un hochement de tête. Tout savoir une bonne fois pour toutes. En finir avec les suppositions et les incertitudes qui le faisaient souffrir et rongeaient son sommeil.

— Isabel a été violée et battue, puis relâchée parce que Cromez avait fini par penser que cette jolie fille n'avait rien à voir avec l'attaque. Les deux hommes arrêtés n'ont pas eu autant de chance et ont succombé aux blessures infligées par les séances de torture. Carlos et Isabel sont restés quelques jours côte à côte chez Rodrigo, ne pouvant plus repousser les sentiments qu'ils avaient l'un pour l'autre. Carlos ne voulait pas la toucher. Il culpabilisait. Mais elle l'enlaçait, l'embrassait, se serrait contre lui, gardait sa main dans la sienne. Il a essayé de la freiner. Quelques jours plus tard, Rodrigo a décidé de les évacuer tous les deux. Cromez traquait toujours les responsables de l'attentat et avait lancé des perquisitions un peu partout. Isabel et Carlos ont été conduits à Chera. C'est à partir de là que Carlos a cessé de résister, qu'il a succombé à l'amour… Quand ils sont allés mieux, ils sont repartis pour Valence. Pour Carlos, quitter Chera, c'était renoncer à Isabel. Il était marié, père de famille, mais c'était Isabel qu'il aimait. Ils se sont revus en secret et Isabel est tombée enceinte. Elle n'a rien demandé à Carlos mais elle espérait, attendait… Il ne s'est rien passé, Carlos est resté auprès de sa famille. Mais quand Isabel a accouché et que ses enfants lui ont été volés, il a été le premier à se porter volontaire pour aller les reprendre. Il m'a ramené à Isabel et nous a mis à l'abri ici, tandis que toi tu es parti en France. Notre mère avait deux raisons de vivre : défendre la cause, et

Carlos… Alors elle est repartie à Valence. D'après notre père, elle était devenue plus dure, enragée même. Les actions du groupe de Rodrigo ne lui suffisaient plus et elle s'est affiliée à des gens plus dangereux, prenant chaque jour davantage de risques. La femme de Rodrigo m'a raconté il y a quelques années qu'elle avait noué des liens avec le terrorisme pour oublier Carlos. Et nous aussi, par la même occasion… Elle était folle de notre père et je le crois volontiers, mais elle a perdu la raison et a fait n'importe quoi. Elle a fini par être arrêtée, n'est jamais ressortie de prison où elle est morte soit de maladie, soit d'épuisement… Personne ne sait ce qui s'est passé.

Miguel se tut. Il y eut un long silence, à peine troublé par le bruit du vent dans les arbres. Tout était beau, paisible. C'en était presque indécent. Elena ferma les yeux, imagina cette jeune femme rongée de l'intérieur par la passion et qui avait brûlé sa vie pour ne plus songer à celui qu'elle aimait. L'amour menait-il forcément à la perdition ? Elle se rassura de ne pas aimer, de s'épargner des souffrances contre lesquelles il n'y avait pas de remèdes.

— Que s'est-il passé juste avant son arrestation, Miguel ? demanda-t-elle soudain. Tu sais pourquoi elle a été emprisonnée ? Il y a eu un procès ? Une condamnation ?

— Un procès, je ne sais pas. Je n'ai jamais posé la question. Sous Franco, la police n'avait pas besoin de preuves pour fabriquer des coupables, ni de justice pour enfermer les gens.

— L'Espagne vivait les derniers soubresauts du franquisme à l'époque, alors je me disais que, peut-être… Mais laisse tomber.

— Si tu veux, tu peux interroger la femme de Rodrigo à ce sujet. Elle aimait beaucoup Isabel. Il me semble même qu'elle lui a rendu visite en prison. S'il y a eu un procès, elle te le dira.

— La femme de Rodrigo ? La femme âgée aux cheveux tirés en chignon qu'on a vue la première fois qu'on est allés chez Rodrigo ? Elle n'était pas présente quand on y est retournés la seconde fois.

— C'est elle, oui. Une toute petite dame qui sourit tout le temps. Elle était très proche d'Isabel. Elle s'appelle Anna Maria.

— J'aimerais bien lui parler. Mais il faudrait que tu sois là pour me servir d'interprète.

— Je viendrai avec vous à Valence mais je ne mettrai pas les pieds chez Carlos. Je n'y suis pas le bienvenu.

— Rosa est au courant pour Carlos et Isabel ? Elle sait qu'il a fait deux enfants à Isabel ?

— Oui. Elle sait aussi qu'il m'a laissé ici et m'a regardé grandir de loin. Entre deux visites qu'il faisait toujours en cachette. Je n'ai jamais cherché à lui nuire, il m'avait demandé le silence et j'ai respecté son vœu. Ce qu'Isabel et Carlos ont vécu s'est passé à une époque tourmentée. Rien n'a été simple pour eux. Pourquoi Carlos aurait-il dû abandonner sa femme et ses enfants pour ma mère et nous ?

À l'opposé de Bastian, qui semblait désorienté, ou plutôt en colère à cause de tout ce qu'il venait d'apprendre, Miguel ne manifestait aucun ressentiment. L'eau avait coulé sous les ponts et il avait admis l'histoire de ses parents. Peut-être avec un brin de résignation.

— Abandonner sa famille, peut-être pas, mais après le décès d'Isabel il aurait pu t'élever parmi les siens, réagit Bastian.

— Sans doute, mais il aurait dû avouer sa faute au grand jour. Je crois qu'il n'en a jamais eu la force. On retourne à la maison ? Le soleil ne va pas tarder à disparaître derrière la montagne et la température va tomber très vite.

# 37

La soirée qui suivit fut un peu plus légère que ne l'avait été la journée. Surtout pour Bastian qui avait l'impression d'avoir reçu un coup sur la tête avec les révélations de son jumeau. L'histoire de ses parents se mettait en place dans son esprit, les différentes pièces du puzzle s'assemblaient et pourtant, il était perdu. Elena l'observait, impuissante. Que faire ? Elle s'était obstinée pour connaître la vérité mais en voyant son frère, elle commençait à douter du bien-fondé de son entreprise. Tant de découvertes et en si peu de temps... Il fallait encaisser.

Miguel leur ouvrit les portes de sa maison avec un réel plaisir, insistant pour qu'ils dorment chez lui. Elena fut rassurée. Ils avaient rendu leur chambre d'hôtel à Valence en pensant qu'ils coucheraient le soir même à Malaga et ils n'avaient rien réservé à Chera, ne sachant pas ce qu'ils y trouveraient.

— J'ai fait pas mal de travaux mais ce n'est pas fini, dit Miguel tandis qu'il invitait Bastian et Elena à pénétrer dans la vaste pièce à vivre. Je bricole le dimanche, quand j'ai un peu de temps. Ça n'avance pas vite.

Elena admira les poutres qui soutenaient le plafond. Elles avaient été poncées et traitées. L'enduit sur les murs avait été récemment refait et au sol, la tomette ancienne avait été parfaitement décapée, nettoyée et huilée.

— C'est très joli, le complimenta-t-elle. Tu as bien bossé.

— Venant d'une pro, ça me touche ! D'ici à un ou deux mois, quand nous aurons un peu moins de boulot sur l'exploitation, j'aurai un peu plus de temps à consacrer à la maison.

— Quel nouveau chantier prévois-tu ?

— La cuisine ! Changer ce vieil évier dont l'émail est cassé ainsi que la robinetterie, et poser une belle faïence.

— Ah, la faïence ! C'est le domaine d'Elena ! intervint Bastian. Si tu as besoin de conseils…

— Je serais ravie de t'aider, renchérit Elena. Après les fêtes de fin d'année on a une semaine de congé. Je pourrais venir…

— Je m'en voudrais de te priver de vacances.

— Ne te gêne surtout pas pour faire appel à moi.

Elle ouvrit son sac et arracha une feuille d'un petit bloc-notes. Elle écrivit son numéro de téléphone et tendit le papier à Miguel.

— Voilà, tu appelles quand tu veux. Et pas que pour des travaux…

Il sourit, ému, tenta de cacher son trouble en débouchant une bouteille de vin.

— C'est notre apéritif, ici, déclara-t-il comme pour s'excuser de n'avoir rien d'autre à leur offrir.

— C'est parfait, répondit Elena. Dis-moi où sont les verres ? Que puis-je faire pour t'aider à préparer le dîner ?

— Je vais d'abord fermer les volets et les fenêtres. La température va chuter de plusieurs degrés et il va faire froid. Septembre est toujours ainsi, de belles journées au parfum estival et des nuits fraîches.

Elena jeta un coup d'œil à l'extérieur tandis que Miguel rabattait le volet. Le soleil disparaissait peu à peu, plongeant les vignes dans l'obscurité. L'endroit était vraiment isolé, sauvage, ce qui n'était pas pour lui déplaire. Pendant quelques instants, ses pensées s'égarèrent vers l'Ardèche, vers le mas de Laurent Abadie niché dans la garrigue… Laurent avait encore tenté de la joindre.

Elle avait vu son numéro s'afficher dans son journal d'appels. Pourquoi insistait-il pour lui parler ? Elle était en vacances et elle le lui avait dit. Qu'espérait-il ? Et pourquoi était-elle aussi mal à l'aise lorsqu'elle pensait à lui ? D'ailleurs, pourquoi pensait-elle à lui ? Elle s'en voulut de divaguer de la sorte et avala une gorgée de vin.

— Bastian, peux-tu allumer le feu ? demanda Miguel. Une bonne soirée auprès de l'âtre, c'est le moment que je préfère.

Bastian s'agenouilla devant la cheminée et prépara du petit bois, chercha du papier journal qu'il enflamma avant de déposer une bûche.

— J'adore ça ! murmura-t-il tandis qu'Elena s'approchait de lui.

Il se détendait et avait retrouvé le sourire.

— Elena ? Prête à assister à la préparation d'une tortilla ? s'écria Miguel.

— Bien sûr ! Je peux même y participer.

— Non, non et non. Vous êtes mes invités. Tu te contentes de bien ouvrir les yeux. Les ingrédients d'abord !

Il posa sur la table des oignons, de l'ail, de l'huile d'olive, du sel, des pommes de terre et des œufs, éplucha les légumes, prépara l'omelette puis alla allumer le gaz sur la cuisinière. Elena le suivit, bientôt rejointe par Bastian.

— Il y en a pour dix, constata Elena lorsqu'ils se mirent à table.

— Non. Ça passe tout seul.

Le repas fut très agréable. Miguel évoqua de nouveau sa vie à Chera, son travail, son frère et sa sœur, ses neveux et nièces. Les plus grands étaient des adolescents sympathiques, heureux de vivre, tous scolarisés en internat à Valence tandis que les plus jeunes étaient encore à l'école de Chera.

— Si vous me faites le plaisir de rester ici quelques jours, je vous présenterai toute la famille. Vous verrez, les mômes sont vraiment gentils et amusants.

Rien à voir avec l'humeur changeante et torturée de Julianne, songea Elena. Mais elle était la seule de sa génération à vivre chez les Cheylard. Elle avait certainement été trop écoutée et trop gâtée par ses grands-parents et ses oncles et tante. Heureusement, elle était revenue à de meilleurs sentiments depuis qu'elle avait pris son emploi à La Nîmoise. Ce stage l'aiderait à basculer dans le monde des adultes où, elle allait s'en apercevoir bien vite, on était un peu moins choyé ! La Nîmoise… Laurent chercherait-il à la joindre pour lui parler de Julianne ? Elle n'y avait pas pensé tout à l'heure. Pourvu que ce boulot ne soit pas remis en question… Elle repéra le téléphone sur une commode et faillit demander à Miguel si elle pouvait l'utiliser. Mais elle se ravisa.

— Chez les Barros Montoro, après leur journée de cours les gamins effectuent quelques corvées pour aider les parents, continua Miguel. Ça a toujours été ainsi. Ils le font sans rechigner. Quand on est à table, les filles et les garçons se lèvent volontiers pour aller chercher un plat et ils débarrassent sans qu'on doive les en prier. Ils ont pris ces bonnes habitudes très tôt. Pour ma sœur et ma belle-sœur, qui ont à gérer le travail sur la ferme, la maison et la famille, ce coup de main est indispensable.

Ils parlèrent encore longtemps des jeunes en général, des difficultés de l'existence. Miguel raconta aussi les changements opérés dans l'agriculture depuis quelques années, les difficultés pour maintenir à flot une exploitation, la moderniser, réaliser des investissements judicieux sans crouler sous les dettes. Quand il fut l'heure d'aller se coucher, tout naturellement il offrit sa chambre à Elena et proposa à Bastian de partager la deuxième avec lui.

— Il y a deux autres chambres sous les combles, dit-il, mais elles ne sont pas correctement isolées. C'est la fournaise en été et le frigo en hiver ! Et puis au rez-de-chaussée, il y a une salle de bains digne de ce nom. Ce qui n'est pas le cas à l'étage.

Le lendemain, au petit déjeuner, Elena ne put s'empêcher d'évoquer de nouveau l'épouse de Rodrigo. Elle avait beau se dire qu'il fallait laisser Bastian en paix, c'était plus fort qu'elle. Elle voulait s'entretenir avec cette femme qui avait si bien connu Isabel. Miguel avait un peu espéré qu'elle abandonnerait cette idée. Il n'avait guère envie d'aller à Valence où il risquait de croiser Carlos. Il avait pardonné beaucoup de choses à son père mais il ne comprenait pas pourquoi il avait tenté de l'éloigner de Bastian. Il aurait besoin d'un peu de temps pour digérer ce mauvais coup. Autant ne pas se retrouver face à lui dans l'immédiat.

— Tu souhaites absolument parler avec Anna Maria ? demanda-t-il à Elena.

— Oui.

— Et toi, Bastian ? Qu'en dis-tu ?

Bastian hésita. Isabel était morte, pourquoi chercher à en savoir plus ? On ne changerait rien au passé... Et puis, comme son frère, il n'avait aucun désir de revoir Carlos. Cet homme n'avait pas jugé bon de lui avouer qu'il était son père. Il jeta un œil vers Elena. Elle semblait déterminée. Jusqu'alors elle avait eu le nez fin. Après tout, pourquoi ne pas la suivre une fois encore ?

Ils partirent dans la matinée. Elena conseilla à Miguel de ne pas avertir Rodrigo de leur venue. Au cas où l'envie lui prendrait de disparaître, comme Carlos quelques jours plus tôt... Anna Maria et Rodrigo étaient chez eux quand Miguel, Bastian et Elena se présentèrent, peu avant midi. Anna Maria serra Miguel dans ses bras puis, émue aux larmes, tendit les mains vers Bastian.

— Elle est heureuse que nos chemins se soient enfin croisés, traduisit Miguel.

Il lui demanda de raconter ce qu'elle savait de l'arrestation d'Isabel, de sa détention et de son procès s'il y en avait eu un. Anna Maria secoua la tête, le regard triste. Isabel était une jeune femme merveilleuse, ce qui lui était arrivé était profondément injuste. Mais tout cela s'était passé il y a si longtemps. Elle ne savait plus. Dans son esprit ne restaient que quelques images éparses de cette époque. Un peu comme les débris d'un vase qui se serait cassé et dont elle n'était pas certaine d'avoir tous les morceaux. Rodrigo confirma que son épouse perdait la mémoire. Une belle vacherie de l'âge ! Voir s'effacer peu à peu les reliques de toute une vie...

— Une dernière question, insista Elena en se tournant vers Miguel. Isabel appartenait-elle à l'ETA ?

Il interrogea aussitôt la vieille dame et traduisit sa réponse. Isabel avait bien rencontré des Basques mais elle n'était jamais entrée dans un de leurs réseaux. Non, elle n'avait pas été membre de l'ETA. Déçus de n'avoir rien appris de plus, les trois jeunes gens se retirèrent. Dès leur arrivée à la ferme, Elena laissa Miguel et Bastian bavarder entre eux et s'éclipsa. Ils avaient besoin d'un peu de solitude. Elle emprunta une vieille bicyclette ayant appartenu à la sœur de Miguel et descendit jusqu'à Chera. Elle s'installa sur un banc, face à l'église, et pendant de longues minutes rumina les pensées qui la taraudaient depuis leur visite à Anna Maria. Isabel n'avait jamais appartenu à l'ETA, avait-elle affirmé. Les dires de Carlos ne reposaient donc que sur des rumeurs... À moins qu'il ait encore cherché à les induire en erreur. À moins qu'Anna Maria, dont les souvenirs s'étaient éparpillés au fil des années, ne se trompe... La vieille dame avait pourtant insisté sur le fait qu'Isabel n'avait pas rejoint l'organisation séparatiste basque. Première énigme : comment pouvait-elle manifester une si grande assurance alors même qu'elle perdait la mémoire ? Seconde interrogation : pourquoi avait-on arrêté et emprisonné Isabel ? Sur quel motif ? Pourquoi l'avoir tuée ou laissée mourir dans sa geôle ? Elena cogita longtemps sans avancer. Un groupe de jeunes qui descendait vers la rivière en tractant une remorque chargée de canoës la tira de sa méditation.

— Il y a un moment où il faut savoir lâcher la bride, marmonna-t-elle. Peut-être que je cherche une explication là où il n'y en a pas.

L'accumulation des secrets, de tous ces non-dits, l'avait rendue suspicieuse. Il fallait être prudent avec ce que les uns et les autres racontaient mais ne pas tomber dans la paranoïa. Elle s'ébroua et sortit son téléphone de sa poche de veste. Elle jeta un coup d'œil sur l'écran pour vérifier qu'il y avait du réseau. Elle tenta de joindre son père, sans succès. Elle eut plus de chance avec Martin.

— Où étais-tu ? cria-t-il. Je me suis fait un sang d'encre. J'ai essayé de t'appeler plusieurs fois.

— Nous sommes au bout du monde, plaisanta-t-elle. Ne t'inquiète pas. On est à Chera, un petit bled de montagne où les portables ne passent pas. Je suis dans mon élément, ici. La vallée ressemble un peu à l'Ardèche. C'est magnifique.

— Et Bastian, comment va-t-il ?

Elle lui raconta ses retrouvailles avec Miguel sans entrer dans les détails, et ce que ce dernier lui avait appris de leurs parents biologiques. Elle lui parla aussi de cette famille que leur frère s'était découverte à Chera.

— Tu crois qu'il va rentrer avec toi ? demanda Martin à l'autre bout du fil.

Elena déglutit. Bizarrement, cette question qui l'avait hantée avant leur départ en Espagne et qu'elle avait occultée durant ces derniers jours revenait soudain à la surface. Bastian ne risquait-il pas d'avoir envie de rester auprès de son jumeau ? Le travail ne manquait pas sur l'exploitation des Barros Montoro… En tant qu'électricien, il trouverait toujours du travail sur Chera et ses alentours…

— Pour le moment, Bastian n'a pas manifesté le désir de demeurer en Espagne, répondit-elle.

Il était inutile d'alarmer son frère qui risquait à son tour d'affoler les parents. Si jamais Bastian décidait de ne pas rentrer en France, elle en serait en partie responsable. Elle imagina les reproches qu'on ne manquerait pas de lui servir.

— Comment ça va à la bastide ? demanda-t-elle pour changer de sujet. J'ai voulu appeler papa mais il ne répond pas. En vadrouille, je suppose. Vous profitez des congés ? Et mes chiens, pas de souci ?

— On les dorlote, ne t'inquiète pas. Il a plu des cordes avant-hier et ils sont rentrés tout crasseux ! Ils avaient dû se rouler dans la boue. Je les ai passés au jet comme tu le fais d'habitude. Hannibal voulait jouer, il a bondi sur moi et je me suis retrouvé les quatre fers en l'air. Trempé, évidemment.

Martin raconta encore quelques bêtises des deux dogues. Comme il ne semblait pas vouloir parler de Magdalena, de Damian et de César, Elena réitéra sa question.

— L'ambiance n'est pas au top, murmura-t-il après un instant d'hésitation. César a décidé de se mettre en ménage avec Angèle.

— Ils ont renoué ? Comment ça se fait ? Je pensais qu'Angèle ne reviendrait pas à Ruoms.

— Je ne connais pas les détails de ces… retrouvailles. Émile est certainement au courant. Il ne t'a rien dit ?

— Non, et j'en suis très étonnée. Peut-être a-t-il essayé de me joindre, mais c'est compliqué ici avec le téléphone. Il doit être très contrarié… Tu l'as vu ?

— Non. À mon avis il est plus que contrarié. Tu ne sais pas la meilleure : Angèle est enceinte. César a l'intention de reconnaître l'enfant, quand bien même il pourrait être celui d'Enrique et pas le sien. Il s'est disputé avec maman. Puis il est parti.

— Parti ? Alors c'est que ça barde…

— Il a annoncé vouloir vivre avec Angèle. Je crois que ça coince sérieux avec maman.

— C'est bien la première fois que César se rebelle. Et papa, il ne dit rien ?

— Je n'obtiens rien de lui. Il soutient que tout va bien. Il ne reconnaît même pas que César s'est embrouillé avec maman.

— Julianne est au courant ?

— Si elle ne l'est pas encore, ça ne va pas tarder. Je suppose que César va l'avertir. Il lui laisse son logement à la bastide.

— Et maman, tu as essayé de l'amadouer avant que le torchon brûle complètement ?

— Elle est fermée comme une huître. Mais peut-être que toi, si tu l'appelles, tu réussiras à la sortir de son mutisme.

— Écoute, c'est compliqué de gérer ça d'ici. Je n'ai pas envie d'avoir une conversation avec maman sur un sujet aussi important par téléphone. On rentre dans quelques jours. J'aviserai à ce moment-là.

Elle raccrocha en songeant que la rentrée promettait d'être tendue. Elle écrivit un SMS à sa mère. Quelques mots pour lui dire que tout allait bien et qu'elle était ravie d'avoir découvert cette si jolie région. Rien sur Bastian et sur ce qu'il avait découvert ici. Elle adressa un autre message à César pour lui demander s'il passait de bonnes vacances. Ni lui ni Magda ne lui répondirent. Elle contempla pendant quelques secondes l'écran de son portable. Et Laurent Abadie ? Devait-elle le rappeler ? Son image s'imprima soudain dans son esprit, son sourire, sa mèche de cheveux sur son front… Elle entendit sa voix. « *Je crois que vous avez peur de tomber amoureuse.* » Avec brusquerie elle rangea son téléphone dans la poche de sa veste, consternée de se sentir aussi troublée. Les mots de Laurent l'obsédaient. Pas un jour sans qu'elle les répète… Il lui suffisait de sentir un parfum, d'admirer un paysage pour penser à lui, aux petites phrases qui revenaient au galop… De jolis souvenirs qu'elle aurait cependant voulu chasser. Mais rien n'y faisait. Laurent occupait sans cesse son esprit et elle devait bien avouer que ce n'était pas déplaisant.

L'éloignement n'avait fait qu'aiguiser ce qui n'était au début qu'une vague impression. Plus affligeant encore, il y avait des lustres qu'elle n'avait pas regardé un homme ainsi... Ça ne lui ressemblait pas du tout. Mais c'était avant Laurent...

— Je crois bien que j'ai un sérieux béguin pour lui, murmura-t-elle. Autant dire que je suis dans la mouise.

Perturbée par ce qu'elle venait de découvrir sur elle-même, elle se redressa avec peine et enfourcha sa bicyclette. Elle mit toute son énergie à remonter le petit chemin qu'elle avait descendu avec aisance. Quand elle parvint à la ferme des Barros Montoro, en nage et essoufflée, Bastian et Miguel discutaient et riaient. Leur gaieté lui fit un bien fou et elle réussit pour un temps à écarter les interrogations qui la tracassaient. Pourquoi se faire un sang d'encre pour des broutilles alors que l'essentiel était ici ? Bastian était heureux, c'était le principal.

# 38

Le ciel avait pris des teintes orangées tandis que le soleil disparaissait derrière la ligne d'horizon. On aurait dit que la vigne était en feu. Les feuilles avaient commencé à jaunir et ne tarderaient pas à tomber. Les pêchers se préparaient à un long sommeil hivernal. Sur la terrasse, Elena goûtait au plaisir simple d'admirer ce paysage qu'elle connaissait par cœur mais qui l'étonnait toujours. En fonction des saisons et des heures il n'était jamais vraiment le même. Elle se décida à ôter ses chaussures. Aussitôt rentrée du travail, elle s'était installée sur une chaise longue sans prendre le temps de se mettre à l'aise et n'en avait plus bougé.

— C'est l'heure de la gamelle, les gars ?

Attila et Hannibal se redressèrent et foncèrent dans la cuisine. Elena les regarda manger, se demandant de quoi elle allait dîner. Elle ouvrit le réfrigérateur sans grande conviction et attrapa un yaourt. Elle ne savait même pas si elle avait faim. L'atmosphère bizarre qui pesait sur la famille Cheylard la rongeait. À son retour d'Espagne avec Bastian, elle s'était attendue à trouver sa mère soulagée de voir que son fils n'était pas resté à Valence. Mais c'est à peine si Magdalena avait manifesté sa joie de revoir son enfant. Puis était venu le moment où ils avaient raconté tout ce qu'ils avaient appris là-bas. Magda avait accueilli leur récit sans émotion particulière, comme si tout cela ne la concernait pas. L'histoire tragique d'Isabel ne l'avait pas troublée, pas plus que les retrouvailles de Bastian avec son jumeau. Bastian ne lui avait pas dit tout de suite que Carlos était son père, et quand il s'était enfin décidé, elle n'avait pas tiqué ou si peu, marmonnant quelques mots en espagnol qu'ils n'avaient pu comprendre et qu'elle avait refusé de traduire. Quand Elena avait annoncé que Miguel viendrait leur rendre visite vers la fin de l'année, elle était restée de marbre, comme si plus rien ne la touchait. Elena ne comprenait pas cette indifférence qui ne ressemblait pas à sa mère.

Leur père avait un comportement différent mais tout aussi étrange. Il souriait tout le temps, comme si tout allait pour le mieux dans le meilleur des mondes. Rien ne pouvait le contrarier ni l'énerver, pas même les fournisseurs qui livraient les commandes en retard, l'obligeant à différer certains chantiers. Elena avait l'impression qu'il jouait la comédie. Il souffrait de voir Magda se murer dans le silence, elle en était sûre, mais il avait décidé de la laisser agir à sa guise, sans la contredire. D'ailleurs, ils ne se parlaient plus. Deux soirs de suite, alors qu'elle les avait rejoints pour le dîner, Magda était restée muette. Damian avait discuté boulot avec ses enfants sans jamais demander d'avis à leur mère. Comme s'il savait qu'elle n'en donnerait pas. Elena avait le sentiment désagréable que la vie de ses parents se détricotait. Mais qui avait tiré sur le fil ? Elle refusait de rejeter la responsabilité sur César. Il n'avait pas commis de crime en choisissant de vivre avec Angèle.

Elena contempla son yaourt et y plongea sa cuillère. Elle se rappela soudain la conversation qu'elle avait eue avec Bastian au sujet de leur mère le premier soir où ils étaient à Valence. Son frère avait soutenu que la famille avait toujours vécu exactement comme Magdalena l'avait voulu. « Bastian avait sûrement raison », dit-elle à voix haute en se penchant vers Hannibal qui avait terminé sa gamelle et réclamait un morceau de fromage.

— On parle de moi ?

Elena sursauta tandis que les chiens se précipitaient vers la baie restée entrouverte.

— Entre, Bastian ! s'écria-t-elle.

— C'est vendredi et tu n'es pas sortie ? Dis-moi, tu files un mauvais coton !

— Tu n'as pas tort. Je n'ai pas la pêche depuis qu'on est revenus d'Espagne. Le climat est détestable ici. Oui, je parlais de toi à mes adorables grosses bébêtes ! Je songeais à ce que tu m'avais dit à propos de maman le soir de notre arrivée à Valence, au restaurant. Tu as raison, elle a toujours dirigé nos vies et celle de papa sans qu'on s'en rende compte.

— C'est ce qui se passe avec César qui te fait te ranger à mon avis ?

— Oui. Je crois bien que c'est la première fois qu'il lui… désobéit.

— C'est tout à fait ça. Et elle ne peut l'admettre. Il m'a raconté comment elle l'a reçu lorsqu'il l'a informée pour Angèle et le bébé. Elle s'est fermée et l'a ignoré. C'est d'ailleurs ce qui l'a décidé à quitter la bastide et à aller habiter ailleurs. Il n'a pas voulu reculer et il a eu raison. Martin prétend que papa a essayé de faire fléchir maman mais elle n'a pas voulu en démordre. Du coup, elle ne parle plus à papa… Elle ne supporte pas qu'on lui tienne tête.

— Comment a-t-on pu en arriver là ?

— Je ne sais pas. Elle nous a beaucoup donné… et peut-être pense-t-elle qu'en retour on doit rester sous sa coupe. Une chose est sûre, je ne m'en mêlerai pas. J'ai eu ma dose de problèmes ces derniers temps. Je ne reproche rien à maman, encore moins à César, mais je la trouve bête d'agir ainsi. Elle fiche tout en l'air.

Elena soupira. Jamais les enfants Cheylard n'auraient dû accepter de demeurer auprès de leurs parents. En choisissant la facilité, ils avaient fait le jeu de leur mère. Tout était parti de là. Magda avait doucement pesé sur toutes les décisions que chacun avait pu prendre. Elle avait toujours veillé sur ses enfants, mais pas seulement. Elle avait dirigé leur existence.

— Que peut-on faire, Bastian ?

— Rien. Pas question que j'aborde le sujet avec maman. Je redoute sa colère et encore plus de m'emporter moi aussi. Je la trouve mal placée pour faire la leçon aux autres. Pas question que je perde César. On travaille ensemble sur les chantiers et rien ne m'empêchera de le voir aussi à l'extérieur, que ça plaise à maman ou pas. Je considère qu'Angèle est désormais ma belle-sœur, même si ça me fait tout bizarre étant donné son âge. Je vais m'y faire. Quant au bébé à venir, je l'accueillerai comme mon neveu… ou ma nièce, et je me moque éperdument qu'il soit ou pas de César. Je respecte le choix de mon frère. S'il est heureux, c'est le plus important. Ce petit, je l'aimerai et je le gâterai autant que Julianne. Toi aussi, je le sais.

Elena opina du chef. Évidemment qu'elle aimerait cet enfant. Évidemment que le bonheur de César était plus important que tout. Martin pensait sûrement la même chose. Même le père d'Angèle s'habituait à l'idée. Émile… Elena était allée chez lui et ils avaient discuté. Il était perturbé et jugeait la situation extravagante mais il ne s'opposerait à rien. Il avait compris que s'il voulait garder l'amour de sa fille, il lui faudrait composer avec César et le bébé. Quant à Julianne, elle fonçait sur les rails de sa propre vie et il était temps qu'elle consente à modérer ses caprices et qu'elle permette à son père de vivre sa vie d'homme. C'était étrange et désolant que Magda ne ressente pas les choses ainsi, quitte à mettre en péril l'équilibre familial et son propre mariage. Jusqu'où les choses pourraient-elles aller entre elle et Damian ? Allaient-elles se dégrader davantage ?

— Tous ces remous, murmura-t-elle, tu crois que ça pourrait amener nos parents au divorce ?

— Non ! Maman campe sur ses positions, papa est contrarié, mais ils s'en remettront l'un et l'autre avec le temps.

Bastian croyait-il à ce qu'il affirmait ou bien voulait-il se rassurer ? Il était soucieux et faisait les cent pas dans le salon, naviguant entre le canapé, les fauteuils et la table basse sous les regards curieux d'Attila et d'Hannibal qui, couchés sur le tapis, suivaient ses aller et retour.

— Tu ne veux pas t'asseoir ? proposa Elena que cette bougeotte fatiguait également.

D'un geste de la main, il fit signe que non et marcha cette fois vers la bibliothèque.

— Je suis bien content que papa n'ait pas cédé à maman et qu'il se soit rangé du côté de César, reprit-il. Mais c'est dommage qu'il n'ait pas réussi à le retenir ici.

— Je croyais que tu étais d'accord avec cet acte d'émancipation !

— Je suis pour… et contre parce que César s'éloigne de nous.

— Très ambigu !

— Bah ! Oui. Cette vie que nous partageons à la bastide me plaît malgré tout. Sans César, ce ne sera plus pareil.

— Toi aussi tu prendras ton indépendance, un jour.

— C'est possible. À moins que tu ne sautes le pas avant moi !

— Je n'ai aucune raison de partir. Même si tu penses que je ne suis pas totalement libre, je me sens bien ici et je fais ce que je veux. Et puis mes chiens aussi sont heureux à la bastide. Ils vont et viennent sans que je sois tracassée.

— Mais, Elena, tu ne te marieras pas avec Attila ni avec Hannibal !

Elena éclata de rire, imaginant durant une seconde un dogue de Bordeaux avec un nœud papillon autour du cou.

— Qu'est-ce que le mariage vient faire dans cette conversation ?

— Ça pourrait t'arriver.

— Tu oublies qu'il faut être deux.

— Non. Mais je me disais que… Il y a quelque chose entre Laurent Abadie et toi ?

Le regard d'Elena fila vers la fenêtre. Le soleil avait disparu et le crépuscule avait envahi vignes et vergers. Laurent lui avait encore laissé trois messages ces derniers jours mais elle ne l'avait pas rappelé.

— Tu ne réponds pas ? sourit Bastian. Touchée ou carrément coulée ?

— Ni touchée ni coulée ! Qu'est-ce que ce type vient faire sur le tapis ?

— J'ai bossé chez le « type » en question cette semaine et j'ai trouvé qu'il parlait beaucoup de toi.

— C'est un client. Juste un client.

— Un client qui compte beaucoup sur ton avis. Un client qui a embauché ta nièce dans son entreprise. Un client qui demande sans cesse de tes nouvelles et s'inquiète pour toi, qui…

— Arrête, Bastian. Ton imagination galope.

— Je ne crois pas, et tu le sais bien. Il est mordu mais toi… Je pense que ce Laurent Abadie te plaît, pourtant tu freines des quatre fers. Ça ne me regarde pas, mais il est pas mal cet homme. Plutôt beau mec, pas con du tout, sympa, et…

— Pas la peine de me faire l'article ! On dirait que tu veux me le vendre.

— Non. J'essaie juste de t'empêcher de détourner la tête.

Elle secoua ses cheveux. Son frère s'emballait pour un rien. Elle ne voulait surtout pas céder à cette tendre pression qu'elle avait senti monter en elle quelques instants plus tôt en apprenant que Laurent Abadie se souciait d'elle et se languissait de ne pas avoir de nouvelles… Elle avait déjà l'esprit suffisamment chahuté. Abadie arrivait même à perturber son sommeil. Deux fois, elle avait rêvé de lui. Deux fois de trop. Elle avait cessé de sortir dès lors que les problèmes s'étaient accumulés à la bastide, les ennuis avec Enrique, la crise cardiaque de sa mère puis la mort de l'Espagnol et l'intervention de la police. Sans parler des révélations sur la naissance de Bastian et leur voyage en Espagne... L'été avait été pourri, il était temps de mettre ces mauvais souvenirs au placard et de revivre. Puisque le week-end commençait, elle sortirait. Certes, Ruoms était plutôt dépeuplé à l'automne, mais il y avait toujours quelques habitués pour traîner au Bar des Grottes le week-end. Célibataires ou pas, elle s'en moquait. Elle rencontrerait un homme qui la ferait vibrer quelques heures, et le fantôme de Laurent Abadie finirait bien par rejoindre le royaume des oubliettes.

— Je peux ajouter un truc ? demanda Bastian.

— Vas-y !

— Cesse de te mentir et de trouiller ! Laisse-toi aller si t'es amoureuse !

— Je ne suis pas amoureuse.

— OK. Disons que tu es *susceptible* de tomber amoureuse et que ça te fiche une peur bleue ! Pourquoi tu n'essayerais pas ?

— Depuis quand tu joues l'analyste des cœurs ? C'est ton nouveau métier ?

— Non, mais notre voyage en Espagne m'a ouvert les yeux sur bien des choses. Ne laisse pas filer ta chance. J'ai l'impression que tu slalomes pour éviter de croiser Laurent Abadie alors qu'il est peut-être *la* bonne personne.

— Je t'assure que non.

— Alors je ne t'embête plus avec ça. Je ne te remercierai jamais assez d'avoir été à mes côtés cet été. Tu as été... merveilleuse. Jamais je n'aurais eu le cran d'aller jusqu'au bout si j'avais été seul et jamais je n'aurais eu toutes tes idées ! Tu es pleine de ressources. Tu vois, on parlait de chance il y a deux minutes, eh bien, c'est une vraie chance de t'avoir. Tu ne peux pas savoir combien je suis heureux d'avoir retrouvé Miguel. Tout ça, c'est grâce à toi.

Il fit trois pas vers sa sœur et ouvrit les bras. Elle se blottit contre lui et se laissa bercer un instant. Elle aussi était heureuse d'avoir pu épauler son frère dans les épreuves, de n'avoir jamais capitulé, même quand elle en avait eu assez ou qu'elle l'avait vu perdre espoir. Elle-même avait fini par ne plus y croire.

— J'ai tout de même dû te botter les fesses plusieurs fois, murmura-t-elle.

— Tu as bien fait ! Je te soupçonne d'ailleurs d'y avoir pris un peu de plaisir !

Elle éclata de rire. Il la saisit par les épaules et la regarda droit dans les yeux.

— T'es mon bouchon préféré !

— Bouchon ! Ça fait des lustres que plus personne ne m'appelle ainsi !

C'était le surnom que lui donnait son père quand elle était enfant. Surnom immédiatement adopté par ses frères. Elle était la plus jeune de la fratrie et elle avait mis du temps à grandir. Longtemps elle était restée haute comme trois pommes, à son grand désespoir. Le souvenir la fit sourire.

— Si tu m'offrais un verre ? demanda Bastian.

— Bien sûr ! Que veux-tu boire ? J'ai le choix, je viens de remplir ma cave !

— Un petit rhum, s'il te plaît.

Il l'observa tandis qu'elle le servait. Elena était une femme bien. Même si elle s'assumait parfaitement toute seule, elle méritait d'être aimée comme elle savait aimer les autres. Elle donnait sans compter. Sous ses airs endurcis et son caractère un peu rugueux se cachaient un cœur tendre, une grande sensibilité et une belle âme. Elle avait toujours son tempérament de feu, mais avec patience et douceur on pouvait l'apprivoiser…

# 39

Elena se redressa en gémissant. Ses genoux, ses hanches et son dos la faisaient souffrir. La faute à cette fichue posture qu'elle avait prise pour poser la faïence en bas du mur. Elle recula pour mieux voir son travail puis fit quelques pas pour se détendre. Dehors, l'air était doux. Elle sortit sur la terrasse et consulta le thermomètre accroché sous l'appentis où du bois était entreposé en prévision de l'hiver. C'était une merveilleuse fin d'octobre, avec des journées de plus en plus courtes mais aussi ensoleillées qu'en été.

Elena fouilla ses poches et sortit un paquet de cigarettes et un briquet. Cinq minutes de pause. Cinq minutes de marche pour dérouiller ses articulations douloureuses avant de se remettre à quatre pattes. Elle regarda devant elle. Décidément, ce paysage la séduisait chaque fois davantage. La garrigue s'était teintée d'ocre, de brun et de rouge. En contrebas, on devinait le ruban argenté du Chassezac dont le niveau avait à peine monté malgré les fortes pluies qui s'étaient abattues sur les Cévennes la semaine précédente. Le soleil était revenu après le déluge, en même temps que l'été indien. Mais les vacances étaient déjà un lointain souvenir. Plus le temps de lambiner, songea Elena dans un soupir, regrettant de ne pas pouvoir profiter de l'arrière-saison. D'après Pépé-la-Cigale, qui avait constaté que la peau des oignons qu'il avait chipés dans un potager était épaisse, cette année ; l'hiver serait rude.

Elle revint à l'intérieur. Comme elle l'avait prévu, la suppression du mur entre la cuisine et le salon offrait un beau volume. Un espace moderne et confortable, agréable à vivre, où la pierre d'origine avait été préservée au maximum. Pour le moment, les meubles du séjour étaient recouverts de draps et la cuisine n'était pas encore équipée, mais quand tout serait achevé, la maison aurait un réel cachet. Elle se représenta deux fauteuils près de la cheminée, une table basse un peu en retrait, un canapé orienté face à la baie vitrée pour profiter du paysage, et enfin une grande table rectangulaire à proximité du coin cuisine. L'image de Laurent s'imposa à elle, se superposant à ses combinaisons d'ameublement. Elle sentit le feu lui monter aux joues. Pourquoi diable pensait-elle de nouveau à lui ? En revenant travailler dans son mas, elle s'était promis de se concentrer uniquement sur son travail, la seule raison qui l'amenait ici, et de ne pas laisser son esprit divaguer. Laurent Abadie était un client comme les autres et elle devrait se contenter de faire le job. Du reste, cela ne lui avait pas été difficile, Julianne l'ayant prévenue qu'il s'était absenté pour plusieurs jours. Un voyage d'affaires au cours duquel il comptait démarcher de nouveaux clients pour La Nîmoise. Sachant qu'elle ne risquait pas de le croiser, Elena était donc arrivée l'esprit tranquille au mas. Elle savait que dès l'instant où elle plongerait son couteau de peintre dans le mortier colle pour enduire les carreaux de faïence, Laurent vendrait ses shampooings et ses crèmes de beauté en Scandinavie.

Elle posa un croisillon puis un carreau contre le mur, attrapa un nouveau croisillon qu'elle coinça entre ses dents pour garder une main libre afin de saisir le niveau. Elle vérifiait qu'elle n'avait pas dévié d'un seul millimètre quand un bruit de crissement de pneus dans l'allée la fit sursauter. Dans sa poitrine, son cœur s'accéléra. Une portière claqua. Elle eut l'impression que son sang se retirait de sa tête et qu'elle allait tomber.

Lentement, elle déposa le niveau à ses pieds et retint son souffle, cherchant un repli possible. Elle entendit la porte s'ouvrir et ferma les yeux. Elle était prise au piège.

— Elena ! T'es là ?

Elle reconnut la voix de son père et expira doucement.

— Ça va ? demanda-t-il en la dévisageant. T'es toute pâle.

— Ça va.

— T'es sûre ? Tu as une petite mine.

Il avait l'air inquiet et elle s'en émut. Elle se força à sourire.

— Je suis peut-être un peu fatiguée et je commence à avoir faim.

— C'est vrai qu'il n'est pas loin de midi. Allez, tu fais une pause !

Elle vit les traits de son père se détendre et sentit son corps se relâcher. Ses muscles se décontractèrent, cessant d'oppresser sa poitrine, mais elle ne parvint pas à retrouver sa sérénité. Elle se retourna vers le mur comme pour juger son travail, évitant ainsi de rencontrer le regard inquisiteur de Damian. Passée sa peur de se retrouver nez à nez avec Laurent Abadie, ce sentiment de soulagement se serait-il transformé en déception ? N'aurait-elle pas souhaité le voir lui, au bout du compte ? Non, c'était ridicule. Elle-même était ridicule ! Il ne l'intéressait pas. Pourtant, certains signes ne trompaient pas. Le week-end passé, elle s'était enfin décidée à sortir, elle avait retrouvé Émile et d'autres amis au Bar des Grottes. S'y étaient greffés quelques copains dont un type avec lequel elle avait passé une soirée quelques mois plus tôt. Alors qu'ils prenaient un verre tout en discutant il ne l'avait pas quittée des yeux et elle avait vite su que si l'envie lui prenait de ne pas rentrer seule, il serait son chevalier servant. Pourtant, au dernier moment, quand tout le monde s'était dit au revoir, elle s'était ravisée et l'avait salué gentiment. Elle n'avait eu aucune envie de se retrouver dans ses bras. De retour chez elle, le moral en berne, elle s'était mise au lit en racontant à Attila et Hannibal qu'elle ne se reconnaissait plus, qu'elle vieillissait... Ce monologue avec ses chiens avait fini par la faire rire. Le coup de blues s'était envolé et le voilà qui réapparaissait tout à coup, s'insinuant insidieusement dans son corps. Cette mise à nu des sentiments couvait en elle comme un virus qu'elle n'avait pas senti venir. Une maladie dont elle commençait à percevoir les premiers symptômes. Le type du bar n'avait pas retenu son attention, ni aucun autre depuis longtemps. Il n'était pas celui qu'elle attendait. La vérité était que l'homme qu'elle attendait...

— Casse une bonne croûte et ça va aller mieux ! insistait son père.

Elle sursauta, mit quelques secondes à retrouver ses esprits. Elle ouvrit son sac isotherme et sortit son déjeuner.

— Il y a de quoi nourrir un régiment !

— Je suis toujours très prévoyante ! Je déteste avoir faim. On partage, si tu veux. Goûte cette salade de pommes de terre !

Elle ouvrit une boîte en plastique et la lui mit sous le nez.

— Hum, avec des œufs durs, de l'échalote, de la ciboulette... C'est tentant, mais je ne voudrais pas te retirer le pain de la bouche.

— Comme tu l'as remarqué, il y en a pour deux.

Elle tendit une fourchette à son père qu'il piqua aussitôt dans une rondelle de pomme de terre. Elle songea soudain qu'elle ignorait la raison de sa visite aux Vans.

— Tu étais dans le coin pour un chantier ?

— Rien de précis. Je ne passais pas loin, j'ai songé que je pouvais venir voir les travaux.

Il avait été long à répondre, voire hésitant. Elle devina qu'il lui mentait. Il était venu ici pour parler.

— Qu'est-ce qui cloche ? Maman ?

— Oui. Je suis paumé.

Il soupira, comme soulagé d'un poids.

— Je lui ai proposé quelques jours de vacances. Prendre l'air ailleurs, se retrouver tous les deux, se reposer... Tu comprends, depuis l'histoire de César, d'Angèle et du bébé, elle me fait la gueule. Alors je m'étais dit que si on partait tous les deux, on pourrait discuter et se raccommoder. Eh bien, elle a refusé.

— Elle n'a pas besoin d'aller ailleurs pour passer du temps avec toi. Vous êtes toujours ensemble.

— Non, hélas ! Elle m'a dit que j'avais perdu sa confiance. Moi, je ne la reconnais plus.

— Je vais être honnête avec toi, papa. Je crois que pour la première fois de ta vie, tu n'as pas fait exactement ce qu'elle voulait. Elle est comme une enfant gâtée qui attend que l'on cède à ses caprices. C'est Bastian qui m'a ouvert les yeux à ce sujet. Maman a toujours tout décidé et toi tu approuvais. Pour une fois, tu n'as pas été de son avis et ça, elle ne le tolère pas. Je ne prendrai parti ni pour l'un ni pour l'autre car je ne veux pas jeter de l'huile sur le feu, mais j'apprécie que tu aies soutenu César. C'était la seule chose à faire. Maman a tort, c'est tout, mais son obstination met la famille en vrac. Parfois, je me demande si tout tourne vraiment rond dans sa tête. César, Angèle, le bébé, ça ne nous regarde pas. L'essentiel est qu'ils soient heureux !

— J'ai tenté d'expliquer tout cela à ta mère. Rien n'y a fait. Résultat, je suis devenu son pire ennemi. Je me couche seul, je me lève seul...

Elena passa un bras autour du cou de son père et attira sa tête sur son épaule. Elle aurait voulu tout arranger. Elle savait que c'était impossible. Soit Damian conservait sa position et Magda continuerait à lui battre froid, soit il faisait machine arrière et tout rentrerait dans l'ordre, mais dans les deux cas, il serait malheureux.

— Si tu es venu chercher un conseil, murmura-t-elle, je crois que je n'en ai pas. Tu vas te ranger dans le camp de maman contre César ?

— Je ne veux pas avoir à choisir.

— Pour maman, tu l'as déjà fait.

— On ne devrait forcer personne à choisir... Pas dans une famille. Je ne veux pas virer César. Je veux le garder dans ma vie. Dans mon entreprise.

— Virer César ? C'est une idée de maman ?

Damian opina du chef. C'était l'ultimatum de Magda. S'il voulait retrouver une relation normale avec son épouse, il n'avait qu'à menacer son fils de le renvoyer. César pouvait conserver son emploi à une seule condition : renoncer à Angèle et au bébé.

— Elle n'a tout de même pas osé te proposer ce marché ?

— Si.

— Un double marché, finalement. Un avec toi, un avec César... J'avoue que j'ai du mal à le croire.

— C'est pourtant vrai.

— Que vas-tu faire ? Tu penses que nous, les enfants, on doit intervenir et secouer maman, tenter...

Une grosse larme coula sur la joue de Damian.

— Elle est fragile, tu sais. Avec son cœur, il ne faut pas la malmener.

— Mais toi, elle te malmène bien !

— Moi, ce n'est pas grave, je suis solide. Pas elle...

— Alors tu vas lui obéir ?

— Je ne sais pas, Elena. Je suis paumé.

— Écoute, ça ne peut plus durer. Ce soir, je parlerai à maman.

— Pour te fâcher avec elle et partir comme César ? Je ne préfère pas...

— Il faut bien qu'on essaie de faire quelque chose. J'en toucherai un mot à Bastian et à Martin en rentrant du boulot. Et demain on en recause tous les deux. D'accord ?

Damian acquiesça. Elle le regarda partir. Son corps était voûté, fatigué. Qu'arrivait-il à sa mère ? Comment pouvait-elle imposer à son mari des règles aussi dures après tant d'années d'une vie commune harmonieuse ? Était-ce l'âge qui l'avait transformée ? La maladie qui l'avait aigrie au point de la rendre égoïste, insensible au bonheur de sa famille ? Une famille pour laquelle elle s'était pourtant battue…

— Je n'y comprends rien ! chuchota Elena pour elle-même en replaçant les restes du déjeuner dans le sac isotherme.

Elle s'agenouilla de nouveau devant le mur et reprit son couteau de peintre, encollant mécaniquement un carreau de faïence. Absorbée par son travail et des pensées qui tournaient en boucle dans sa tête, elle ne vit pas le temps passer. Le déclin du jour l'alerta. Il était l'heure de nettoyer et de ranger. Elle posa un seau dans l'évier et ouvrit le robinet. Le bruit de l'eau l'empêcha d'entendre la voiture qui se garait devant la maison. Elle tomba des nues en voyant Laurent entrer.

— Je ne voulais pas vous surprendre, assura-t-il.

Il la fixa, espérant un mot aimable de sa part. Elle se contenta d'un « Bonsoir » à peine audible et continua d'essuyer ses outils. Il dansait un pied sur l'autre, redoutant d'avancer davantage. Pourtant, il avait rassemblé toute son énergie pour venir à sa rencontre et faire ce qu'il considérait être un premier pas. Elle semblait si fermée. Il se demanda s'il n'allait pas faire demi-tour mais se ressaisit. Jamais une femme ne l'avait autant attiré.

— Désolé, je n'avais pas l'intention de vous surprendre, répéta-t-il. En réalité, je n'ai pas jugé bon de vous prévenir de mon arrivée car vous vous seriez arrangée pour partir avant. Je me trompe ? Je ne suis pas venu ici pour surveiller le chantier, même si je suis très content de voir que ça prend forme. Je souhaitais simplement vous parler. Visiblement, ce n'est pas le bon moment…

— Je vous écoute, répondit Elena tout en rassemblant ses affaires.

— Vous pouvez cesser de vous activer juste un instant ? Je vous promets de ne pas vous retenir longtemps.

La jeune femme obéit et ne bougea plus, l'estomac noué, partagée entre l'indicible sensation de bonheur de le voir et l'envie de partir en courant au plus vite et le plus loin possible.

— Vous me plaisez. Vous le savez, je crois, mais j'aimerais que vous m'accordiez une soirée pour qu'on prenne le temps de parler, de se découvrir. Bon, c'est nul ce que je raconte, je ne suis pas doué pour ce genre d'exercice. Une soirée… Vous êtes d'accord ?

— Je ne sais pas.

— Rien qu'un dîner. Pour se connaître un peu mieux. Si ça ne colle pas, c'est juré, je n'insisterai plus.

— Je ne sais pas.

— Voilà deux fois que vous me dites la même chose. Voulez-vous au moins réfléchir à ma proposition ? Samedi soir, ça vous irait ?

— Samedi soir ?

Dans quatre jours… Non, c'était trop tôt, elle ne se sentait pas prête. Elle avait besoin de recul, de se retrouver seule pour réfléchir avant de se décider.

— Non, pas samedi.

— Quand vous voudrez, alors… Choisissez votre jour et téléphonez-moi. Ou envoyez votre réponse par SMS si c'est plus facile pour vous de m'écrire.

— Je le ferai.

Elle rassembla ses affaires, le salua furtivement et fila aussitôt. Laurent Abadie la regarda traverser le jardin, monter dans sa voiture et se mit à espérer. Elle le recontacterait, il en était maintenant persuadé…

# 40

Laurent avait attendu une semaine, puis une autre. Quatorze jours pendant lesquels il avait scruté des dizaines de fois l'écran de son téléphone portable. Elena n'avait laissé ni message vocal ni aucun SMS. Son moral s'était assombri. Un peu comme le ciel qui, depuis la veille, s'était chargé de couleurs grisâtres. Il avait déjà neigé en Haute-Ardèche. L'hiver s'était brutalement installé avec un mois d'avance. La radio avait annoncé qu'il était tombé un peu plus de vingt centimètres de poudreuse dans certains secteurs du Vivarais où les altitudes dépassaient mille mètres. Autour de Sainte-Eulalie, au pied du mont Gerbier-de-Jonc, les conditions de circulation étaient rendues difficiles en raison de la neige sur la chaussée et la formation de congères. Du côté d'Antraigues-sur-Volane, on signalait des routes verglacées... Laurent se demanda s'il était tombé quelques flocons aux Vans et si le soleil était revenu, ou si le temps était comme celui de Nîmes, terne, maussade et légèrement pluvieux.

Il posa sa tasse de café sur un coin de son bureau et se concentra de nouveau sur l'écran de son ordinateur. Ses deux derniers périples, en Russie puis en Scandinavie, semblaient porter leurs fruits. Le carnet de commandes se remplissait. Il aurait dû s'en réjouir mais son esprit était entièrement tourné vers Elena. Il en venait à regretter de ne pas être allé une seconde fois aux Vans alors qu'elle terminait les travaux. Il s'était cependant gardé de le faire, préférant ne pas la brusquer.

Il avait peut-être eu tort de ne pas insister et lui soutirer ce rendez-vous dont il rêvait, ce dîner qu'il avait imaginé mille fois... Pourquoi ne daignait-elle pas lui faire signe ? Pourquoi le laissait-elle mijoter ? Pourquoi ne lui disait-elle pas carrément non ? Au moins, il aurait su à quoi s'en tenir. Il ne savait pas comment interpréter son silence. Il avait l'impression de ne pas lui être indifférent et en même temps il percevait un malaise. Quelque chose la retenait. Mais quoi ?

— Oui, quoi ? grogna-t-il. Il y a un truc que je ne pige pas.

— Qu'est-ce que tu ne piges pas ? demanda Gautier.

Surpris par l'écho de ses paroles, Laurent releva la tête. Il n'avait pas vu son frère entrer.

— Alors, qu'est-ce que tu ne comprends pas ? répéta Gautier en se glissant derrière le fauteuil de son frère. Tu as vu toutes ces commandes ? C'est génial !

Il pointait du doigt l'écran de l'ordinateur, affichant un large sourire.

— Tu as le commerce dans le sang ! Un vrai génie des affaires ! Notre petite entreprise prend un nouvel envol, et c'est grâce à toi. Tiens, on va faire sauter le bouchon !

Gautier brandit la bouteille de champagne qu'il avait dissimulée dans son dos. Laurent l'observa tandis qu'il remplissait deux verres. Il n'y avait rien à fêter. Pourtant, il s'était battu pendant des années pour en arriver là, arracher ces nouveaux marchés qui permettraient à l'entreprise de prospérer. Longtemps, cette activité parfois un peu folle l'avait comblé. À tel point qu'il y avait laissé son mariage. Valérie s'était lassée de ses absences. Mais quand il se retournait sur les mois écoulés, il constatait qu'il s'était vite remis de cette séparation. Il l'avait oubliée parce qu'Elena était venue occuper ses pensées. Ce qui ne l'avait pas empêché de travailler comme un dingue. Elle avait décuplé ses forces, son désir de réussir, et il rêvait de partager avec elle cette petite victoire.

— À la nôtre ! À La Nîmoise ! s'écria Gautier en levant son verre.

— À La Nîmoise !

Laurent s'était efforcé de mettre une grosse dose de conviction dans ses mots, mais son regard éteint n'échappa pas à son frère.

— Tu n'es pas dans ton assiette. Des soucis ?

— Non. Juste un coup de blues.

— Que se passe-t-il ?

Laurent tergiversait. Il n'avait pas envie de vider son sac. Il n'oubliait pas que Gauthier lui avait recommandé d'être prudent, de ne pas tomber amoureux trop vite pour s'épargner de souffrir. Quel prétexte inventer pour justifier sa morosité sans dévoiler ce qui le tracassait ?

— C'est Elena, n'est-ce pas ? reprit Gautier. C'est à cause d'elle que tu es dans cet état. Tu es trop tendre avec cette fille. Qu'est-il arrivé ?

— Rien, justement. Je lui ai proposé un dîner mais elle ne me rappelle pas.

— C'est peut-être un mal pour un bien. Allez, tu finiras par rencontrer une femme qui est réellement faite pour toi.

— Qu'est-ce que tu insinues ? On dirait que tu sais quelque chose que j'ignore. Déjà, quand je t'ai avoué mes sentiments pour elle, tu t'es montré réticent.

— Parce que j'ai l'impression que ça ne peut pas coller entre vous.

— Et moi j'ai l'impression que tu me caches quelque chose !

Gautier posa son verre sur le bureau d'un geste un peu trop brusque. Il aurait mieux fait de la boucler. Il avait éveillé les soupçons de son frère, le coup serait dur à rattraper. Qu'est-ce qu'il lui avait pris de porter un jugement sur Elena ? Du bout des doigts, il essuya les gouttes qui avaient éclaboussé un document.

— Désolé. C'est un papier important ?

— Laisse tomber la paperasse, hurla Laurent en balayant la pile de feuilles qui s'envola avant de retomber par terre. Parle-moi d'Elena.

— Ne crie pas ! Tout le monde va nous entendre dans l'atelier.

— Je n'en ai rien à foutre !

— Moi oui. Ça ne regarde personne et je te rappelle que tu as embauché sa nièce. Imagine si elle entend cette conversation.

— Parle, reprit Laurent les lèvres serrées.

Gautier déglutit. Impossible de faire machine arrière. Il ne savait pas par où ni comment commencer. Le plus simplement possible, décida-t-il en prenant sa respiration. Et sans détails. Avec des termes choisis, il expliqua sa rencontre avec Elena dans un bar de Vallon, ne s'attarda pas sur les quelques heures qui avaient suivi. Chaque phrase prononcée déchirait sa gorge, et ce n'était rien à côté de la torture que vivait Laurent.

— Ça s'est passé il y a plus d'un an, conclut Gautier pour adoucir cette cruelle vérité qu'il aurait voulu enfouir à dix pieds sous terre. À l'époque, tu ne savais même pas qu'elle existait.

— Vous avez dû bien vous marrer dans mon dos quand vous vous êtes retrouvés dans la maison des Vans.

— Pas du tout. Passé l'instant de surprise, j'ai fait comme si je ne la connaissais pas. Et elle aussi. Je crois que, comme moi, elle n'a eu aucun plaisir à me retrouver sur son chemin. On ne s'attendait pas à ça, ni elle ni moi. On n'avait pas prévu de se revoir.

— Vous avez tout de même couché ensemble !

— Justement, il n'y a eu que ça. Elle ne m'avait pas donné son nom de famille ni son numéro de téléphone. Moi pareil. C'était une aventure d'un soir. Point barre.

— Pourquoi tu ne me l'as pas dit tout de suite ?

— Tout de suite ? Alors qu'elle était dans ta cuisine à parler faïence et carrelage ?

— Non, évidemment, mais tu aurais pu m'en parler après son départ.

Gautier remua la tête. C'était une histoire tellement abracadabrante. Jamais il n'aurait imaginé que son frère, si conventionnel, si prévisible, puisse être attiré par une femme comme Elena.

— J'aurais pu, oui, lâcha-t-il. Mais on n'a jamais eu les mêmes goûts côté femmes. Je ne pouvais pas deviner qu'Elena te plairait. C'est vrai, je n'ai rien dit, mais elle ne t'a rien raconté non plus quand tu l'as revue. Et pour cause… La situation était tout de même gênante.

— Ça ne semble pas t'embarrasser de tout me balancer maintenant !

— Merde ! Tu ne comprends rien ou tu le fais exprès ? Au début, j'ai songé qu'Elena n'était venue aux Vans que pour bosser. Ce n'est que plus tard que j'ai compris qu'elle ne t'était pas indifférente. Quand on en a parlé ensemble tous les deux, ici même. Tu étais tombé sous le charme et moi j'étais coincé. Et là, tu morfles parce qu'elle ne te donne pas de nouvelles ! Alors je balance, comme tu dis. Pour que tu saches à qui tu as affaire. Elena n'est pas une femme comme celles que tu as pu fréquenter. Elena est comme moi, elle ne s'attache pas. Elle couche, et basta !

— Tais-toi !

— Tu voulais tout savoir, eh bien, maintenant tu sais.

— J'en ai surtout assez entendu. Sors de ce bureau !

— J'ai de la peine pour toi. Je t'ai tout avoué pour que tu ne souffres pas davantage. Ce n'était pas de gaieté de cœur, crois-moi. Je voulais simplement que tu ne te rendes pas encore plus malheureux.

Laurent leva les yeux vers son frère. Il le connaissait assez bien pour savoir qu'il ne mentait pas. Gautier avait préféré se taire pour le protéger, tout comme il lui avait avoué son aventure avec Elena pour la même raison. Mais le résultat était le même. Laurent avait mal comme jamais ça ne lui était arrivé. Elena dans les bras de son frère. Elena embrassant son frère. Les images étaient insoutenables.

— Laisse-moi, s'il te plaît.

Ses paupières le brûlaient. Il voulait pouvoir pleurer tranquille. Le bruit de la porte qui se refermait lui permit de laisser libre cours à son chagrin. Les larmes dévalaient ses joues. Il était anéanti, jamais il ne s'en remettrait. Il devait calmer la colère qu'il sentait bouillonner en lui. Inutile d'en vouloir à Gautier, ou même à Elena, tout était sa faute. Il avait osé rêver, espérer alors qu'Elena l'avait averti qu'elle n'était pas quelqu'un de bien et que les sentiments n'étaient pas son fort. Elle avait été honnête avec lui. Il se demanda ce qui se serait passé le soir de la fête, à Ruoms, s'il avait accepté son baiser. S'il ne l'avait pas repoussée… Jamais il ne l'avait autant désirée. Sans doute à cause de la jalousie qui le dévorait. Son frère avait fait l'amour avec Elena, lui ne la posséderait jamais. Gautier avait raison, elle n'était pas pour lui. Elle était trop différente, trop…

Il s'agrippa les cheveux comme pour vider son crâne des tourments qui le traversaient et ne faisaient que le démolir un peu plus. Il aurait donné n'importe quoi pour un droit à l'oubli. Un défilé de souvenirs et d'images le submergea. Elena sur le chantier, le dîner au Carmel, la fête des vignerons de Ruoms, et puis ce déjeuner à Nîmes en compagnie de Julianne… Ce jour-là, il avait osé croire que rien n'était impossible. Ce jour-là, Elena était une autre. Il avait eu l'impression qu'elle n'était pas la femme libre qu'elle prétendait être. Elle s'était révélée fragile. Il avait perçu ses craintes, sa peur de tomber amoureuse et de perdre la maîtrise de sa vie. Ce grand saut dans l'inconnu qui consiste à devenir sentimentalement dépendant d'un autre. En réalité, elle était prisonnière de sa liberté et ne savait pas comment se débarrasser de ses chaînes.

— J'aurais dû lui dire qu'il n'y avait pas de quoi s'affoler, murmura-t-il.

Surpris par sa propre voix, il se redressa et fit quelques pas dans le bureau. Dehors, il faisait encore plus gris. La pluie lavait le ciel et dégoulinait sur les carreaux. Il soupira, la colère s'échappait doucement. Il n'y avait plus que le chagrin, la tristesse d'être passé à côté d'une belle histoire... Le destin s'était cruellement amusé à lui saboter l'existence en plaçant sur son chemin une femme qui lui plaisait mais qui avait été la maîtresse de son frère...

# 41

Elena jeta une bûche dans l'âtre. Les flammes soudain ravivées chauffèrent ses joues et elle recula. Étalés sur le tapis à un mètre de la cheminée, Hannibal et Attila ronflaient. Durant quelques secondes, Elena les envia. Elle avait trop mangé et une forte envie de dormir la tenaillait. Elle se redressa, s'étira et revint à table. Elle se servit un verre d'eau, espérant accélérer la digestion et faire passer son coup de barre.

— Qui reprend un peu de truffade ? demanda Bastian.

— Moi ! Et plutôt deux fois qu'une ! fit Martin en tendant son assiette.

Elena avait invité ses frères à dîner. C'était la première fois depuis des mois qu'ils se retrouvaient tous les quatre ailleurs que sur un chantier. Elle avait également convié Angèle, mais la jeune femme avait décliné son invitation, estimant que César serait plus à l'aise sans sa présence. Vexée sur le moment, Elena avait finalement compris sa réaction. Sans elle, ils pourraient aborder plus facilement les sujets qui leur tenaient à cœur. Pourtant, depuis le début du repas, chacun évitait de parler de Magda et de Damian. Quelqu'un allait bien finir par mettre les pieds dans le plat à un moment ou un autre. On ne pouvait pas botter en touche face à un problème aussi épineux.

César avait évoqué sa nouvelle vie. Malgré la rupture avec sa mère, il semblait heureux. Angèle le comblait, ils avaient des projets. De vrais projets d'avenir dont Émile avait déjà parlé à Elena, rassuré de voir sa fille épanouie et finalement plus mûre qu'il ne le pensait malgré son jeune âge. La jeune femme avait promis qu'elle reprendrait ses études après la naissance du bébé. Elle tenait à suivre une formation dans les métiers du bâtiment. Son job d'été chez les Cheylard l'avait conquise. Elena était du même avis qu'Émile, il fallait laisser à César et à Angèle leur chance, malgré les vingt-six années qui les séparaient. Il serait toujours temps d'aviser si des problèmes survenaient. Après avoir vivoté avec Angèle dans un petit meublé à Ruoms, César venait d'acheter une maison à Rosières. Le couple comptait s'y installer avant Noël. Il y avait quelques travaux urgents à faire, en premier lieu remplacer la chaudière et les fenêtres pour une meilleure isolation. Travaux que les enfants Cheylard avaient immédiatement proposé de prendre en charge. Dès que César aurait les clés, la fratrie mettrait un coup de collier. Le soir, après la journée de boulot, et le week-end. Il ne resterait à faire que les aménagements intérieurs, mais ceux-ci pouvaient attendre. La salle de bains était un peu vieillotte et la déco, qui datait d'une vingtaine d'années, était à revoir dans son ensemble. La pièce à laquelle César s'attaquerait en priorité était la chambre du bébé. L'arrivée du petit était prévue en avril. Elena sentait que son frère était à la fois tendu et impatient de voir naître cet enfant. Se pencherait-il sur le berceau pour essayer de retrouver dans les traits du bambin ceux des Cheylard ? Sans doute, se dit-elle. Elle passa à César le plat que lui tendait Martin en priant pour que le bébé soit une fille. Une petite qui ressemble à sa mère, avec sa même blondeur et son teint clair, pas les cheveux bruns et la peau mate des Cheylard. Et surtout rien de commun avec Enrique… C'était ce qu'elle pouvait souhaiter de mieux pour son frère. Ça n'enterrerait pas le passé, mais ça le rendrait moins douloureux. César pourrait aimer son enfant, le contempler et l'admirer sans que l'incertitude vienne l'assaillir en permanence.

— Tu n'as plus faim ? lui demanda-t-elle, constatant qu'il ne se resservait pas.

— Non, j'ai dévoré comme un ogre ! Je prendrai deux ou trois feuilles de salade quand le morfal à côté de moi en aura fini avec les pommes de terre !

La bouche pleine, Martin sourit sans répondre. On le taquinait toujours pour son appétit féroce et son ventre un peu plus rebondi depuis qu'il avait entamé la quarantaine.

— Au risque de plomber l'atmosphère, il faut tout de même qu'on évoque Noël, lança Elena.

— Si on pouvait sauter la date et se retrouver directement au 1er janvier..., dit Bastian en faisant la moue.

— C'est sûr que ça arrangerait tout le monde. Je n'ai jamais autant appréhendé cette période.

— En ce qui me concerne, murmura César, c'est tout vu. Maman ne voulant pas d'Angèle, je ne pointerai pas mon nez chez les parents.

Elena, Martin et Bastian hochèrent la tête en signe d'assentiment. C'était normal. Magdalena avait mis César au pied du mur en l'obligeant à choisir, et il avait choisi... Mais tous avaient en tête la même chose : ce serait la première fois que la tribu ne serait pas au complet à Noël. Et pour César, la première fois qu'il ne verrait pas au pied du sapin une pyramide de cadeaux emballés dans des papiers multicolores. Chez les Cheylard, Noël était synonyme de surprises à profusion. On prenait plaisir à se gâter, à regarder les autres ouvrir leurs paquets, à découvrir ses présents.

— On pourrait tout de même se retrouver nous, reprit-il, à défaut de partager le dîner du 24 et le déjeuner du 25. Que diriez-vous d'un petit réveillon le 25 au soir ? En fait, on en a déjà discuté Angèle et moi. On aimerait que vous veniez à la maison. Ce sera peut-être encore un peu le bazar avec l'emménagement qui sera tout juste terminé, mais on s'en fiche ! J'ai déjà posé la question à Julianne. Elle est d'accord.

Bastian se leva, fit le tour de la table, serra son frère dans ses bras et l'embrassa affectueusement.

— Bien sûr que je viendrai, dit Bastian d'une voix rauque. Tu vois, tu ne l'as pas perdue ta petite Julianne. Je crois même que vous êtes plus proches qu'avant. Vous avez grandi tous les deux. Tu as fini par lui faire confiance et l'autonomie lui fait du bien. Elle est en train de comprendre ce qu'est la réalité de la vie et elle s'assume. Et toi tu construis une nouvelle existence. Tu es un bon papa pour Julianne et tu seras un bon papa pour le petit qui va naître. Si jamais j'ai des enfants un jour, j'espère faire aussi bien que toi.

Il ravala péniblement le sanglot qui montait dans sa gorge. Ému, César lui attrapa la main pour le retenir encore auprès de lui tandis que Martin, troublé par cette tendresse, repoussait son assiette et qu'Elena essuyait ses joues. Ils savaient le chagrin de Bastian profond, un poids qu'il dissimulait tant bien que mal. Il n'avait pas compris pourquoi Carlos lui avait caché qu'il était son père. Il était rentré d'Espagne heureux d'avoir retrouvé Miguel, adouci par ce qu'il avait appris de sa mère et de ses combats, même s'il ignorait une grande part de son histoire, même s'il savait que certains morceaux du passé resteraient dans l'obscurité, mais il était rentré écœuré par l'attitude de Carlos qui n'avait cessé de lui mentir. Depuis leur retour, il avait eu quelques nouvelles par Miguel qui était retourné à Valence à la Toussaint et lui avait rendu visite. Ils avaient parlé. Carlos savait aujourd'hui que Bastian connaissait désormais toute la vérité sur sa naissance. Mais il n'avait pas bronché ni même cherché à contacter son fils. Il aurait pourtant suffi de peu à Bastian pour panser ses blessures. « *Maintenant, il sait,* avait écrit Miguel dans un SMS. *Il ne pourra pas continuer à faire semblant.* » Miguel se trompait puisque Carlos restait planqué, priant sûrement pour que Bastian ne remette jamais les pieds chez lui. Il pouvait être tranquille, son fils avait compris qu'il n'était pas le bienvenu. Plus le temps passait et plus Bastian était assailli de questions. Il n'avait pas osé se confier à son frère. Seule sa sœur était dans la confidence. Carlos avait-il vraiment aimé Isabel ? Et s'il l'avait aimée autant que Rodrigo le prétendait et que Miguel le répétait, pourquoi n'avait-il pas cherché à tisser de vrais liens avec les deux enfants qu'elle lui avait donnés ? Carlos craignait son épouse, et peut-être tenait-il à protéger la famille qu'il avait fondée avec elle, mais cela n'expliquait pas qu'il ait laissé tomber ses deux fils et leur ait menti. Un père, ce n'est pas rien…

— Un verre de vin ? demanda Martin pour rompre le silence.

Il déboucha la bouteille qu'il avait apportée. Elena tendit son verre.

— Respire et regarde cette jolie couleur.

Elle huma le vin puis le goûta. Les arômes de cerise et de cassis explosèrent dans sa bouche. Elle fit claquer sa langue dans son palais et avala une nouvelle gorgée de bourgogne. Martin se leva, fit le tour de la table pour servir Bastian et César.

— Alors ?

— Excellent !

— Ça vous ennuie si j'allume une cigarette ? demanda Elena.

— Depuis quand tu attends notre autorisation ? sourit César. De toute façon, tu n'en fais toujours qu'à ta tête ! Mais ça me plaît.

Sa sœur éclata de rire, soudain plus détendue. Bastian affichait lui aussi un air moins sombre. Comme si la sincérité, la tendresse et le bon vin avaient effacé les soucis… Elena sortit la crème anglaise du réfrigérateur, découpa le gâteau au chocolat et le disposa dans des assiettes à dessert. Elle termina sa cigarette tout en écoutant les garçons se taquiner au sujet du bébé à venir. Martin énumérait des prénoms qui faisaient rugir le futur papa.

— Et Cunégonde, t'en penses quoi ? insistait Bastian. C'est pas mal, je trouve, et pas commun ! Ou encore Albertine. Et si c'est un garçon : Philibert. Ou Melchior !

— Mouais... Et pourquoi pas Balthazar tant qu'on y est ! grogna César.

— Ah oui ! Très original, renchérit Martin. J'aime bien Aramis aussi. Ou Athos.

— Après les rois mages les trois mousquetaires ! Vous êtes énervants tous les deux ! En réalité, Angèle et moi on n'arrive pas à se décider. Ce n'est pas facile de trouver un prénom.

— D'où l'intérêt de te donner quelques idées ! s'écria Martin. On est heureux d'apporter notre concours dans...

Il fut interrompu par l'aboiement des chiens qui s'étaient brusquement redressés et fonçaient vers la porte d'entrée. Ils reculèrent immédiatement et remuèrent la queue en voyant Damian entrer.

— Votre mère a disparu ! Je ne sais pas où elle est !

Il était pâle, avait les yeux hagards. Elena le força à s'asseoir.

— Calme-toi. Dis-nous ce qui s'est passé.

— Elle a quitté la bastide vers 18 h 30. Je venais de rentrer. Je lui ai demandé où elle allait mais elle ne m'a pas répondu. Je n'ai pas insisté, je lui ai juste fait remarquer qu'il n'était pas très prudent de sortir alors que la nuit était tombée et que la météo avait annoncé des chutes de neige. Elle a claqué la porte et est sortie sans un mot.

Il attrapa le verre d'eau que Martin lui tendait et but une gorgée, avant de poursuivre ses explications. À 20 h 30, leur mère n'étant toujours pas rentrée, il avait commencé à s'inquiéter. Il l'avait appelée plusieurs fois sur son portable, qui restait désespérément muet. Il avait alors contacté Thérèse Volane. Elle ne l'avait pas vue. Il avait ensuite appelé toutes les connaissances chez lesquelles Magda aurait pu se rendre. Sans résultat.

Inquiet, il avait fini par prendre sa voiture et avait roulé au hasard, espérant la trouver quelque part.

— Je viens de rentrer, murmura-t-il, la tête entre les mains.

— Pourquoi tu n'es pas venu ici plus tôt ? gronda Elena.

Elle regarda sa montre. Il était un peu plus de 22 h 30. Elle composa le numéro de la gendarmerie, soulagée de reconnaître la voix du capitaine Roc au bout du fil. Aucun accident n'avait été signalé. Peu de gens étaient sortis étant donné le mauvais temps. Il allait se renseigner auprès des autres postes de gendarmerie du département. Il conseilla à Elena de joindre l'hôpital, ce qu'elle fit dans la foulée. Aucune femme d'une soixantaine d'années n'y avait été admise. Elena reposa son téléphone sans savoir si elle était soulagée ou pas.

— Mais qu'est-ce qu'il lui a pris ? marmonna Martin. Je ne la comprends plus.

— C'est ma faute, dit César.

— Bien sûr que non, réagit Damian. Votre mère a beaucoup changé depuis qu'elle se sait malade. Elle est fragile et…

— Égoïste, le coupa Elena. Elle ramène tout à elle. Même si elle est souffrante et que ses problèmes de cœur sont graves, ça n'excuse pas un tel comportement. Hier, quand je suis passée la voir, elle a été odieuse. Elle m'a dit qu'on était tous des ingrats, qu'on ne la soutenait pas… Je lui ai répondu qu'il n'était pas question qu'on cède à ses caprices. Elle a forcé César à faire un choix qui n'était pas le sien et elle ne veut pas revenir sur sa décision, estimant que c'est elle qui a raison. Je vous passe les détails parce que ses propos étaient tellement durs que j'avais l'impression que ce n'était pas ma mère qui parlait mais une étrangère que je rencontrais pour la première fois ! J'ai rétorqué que la vie était imprévisible, qu'on ne devait pas gaspiller le temps à se faire du mal les uns les autres, qu'il fallait en profiter. Elle a coupé court à la discussion et m'a ordonné de sortir… La vérité, c'est qu'elle a perdu le sens des réalités. On fait quoi maintenant ?

— Je viens d'essayer de la rappeler mais son portable est coupé, dit Martin. Je suggère qu'on prenne les voitures et qu'on patrouille chacun de son côté. Papa, tu devrais rester à la maison. Tu es fatigué. Et puis on ne sait jamais, tu pourrais avoir un appel sur le téléphone fixe…

Damian acquiesça. Il était épuisé. L'angoisse le rongeait, il savait qu'il ne fermerait pas l'œil tant que Magda ne serait pas retrouvée. Martin avait raison, il veillerait près du téléphone.

— On t'appelle dès qu'on a des nouvelles, promis ! murmura Elena en l'embrassant.

Elle évita son regard de peur qu'il puisse y lire l'inquiétude qui la minait déjà.

## 42

La neige était retombée, s'ajoutant à la couche précédente qui n'avait pas eu le temps de fondre. On ne distinguait plus le petit chemin qui traversait la propriété et courait entre les vignes et les vergers jusqu'à la bicoque de Pépé-la-Cigale. La nature s'était parée de blanc, un blanc étincelant sous le soleil de l'aube. Un blanc lumineux comme celui du satin qui tapissait le cercueil de Magda…

Elena s'éloigna de la fenêtre. La veille, avec son père et ses frères, elle avait assisté à la mise en bière. Magda était jolie. Elle avait été préparée avec beaucoup de soin par le personnel de la morgue. On l'avait habillée avec une belle robe de soie violette apportée par Elena, puis coiffée et maquillée. On aurait dit qu'elle dormait, enfin sereine, apaisée… Elena avait presque été soulagée de lui voir un visage si tranquille. Quand elle s'était penchée pour l'embrasser, il n'y avait eu que le contact avec une peau froide et sans odeur. Elle avait cherché le parfum familier, il avait disparu, s'était évanoui pour toujours. Puis était arrivé le moment de l'ultime séparation. On avait fermé le cercueil et un officier avait posé des scellés. Magdalena était partie là d'où on ne revient pas.

Elena s'affaissa dans le canapé. Aussitôt, Attila vint se coucher auprès de sa maîtresse tandis qu'Hannibal posait son museau sur ses genoux. Elle les caressa et ferma les yeux. Sa mère était morte. Cette vérité s'imposait un peu plus à chaque seconde, écrasante. Trois jours s'étaient écoulés depuis la nuit où Magda avait disparu. Une poignée d'heures au regard d'une vie. Une poignée d'heures où tout avait basculé. Elena et ses frères avaient cherché leur mère sans succès. Ils étaient rentrés à la bastide un peu avant le lever du jour au moment où la neige s'était mise à tomber. Ils étaient éreintés, vidés, rongés d'inquiétude et d'effroi. Nulle trace de Magda ni de sa voiture. Devant l'accablement de Damian, Martin avait décidé qu'ils reprendraient les recherches après une bonne douche, un café et un solide petit déjeuner. Il fallait sillonner les routes secondaires et les petits chemins qui allaient d'une ferme à l'autre. Des raccourcis que Magda connaissait et qu'elle avait pu emprunter pour se rendre chez Untel ou Untel.

— Si ça se trouve, avait dit Martin en se servant un second bol de café, la bagnole de maman est tombée en rade sur un de ces sentiers paumés. La batterie de son portable est à plat et elle ne peut pas nous prévenir. J'espère qu'elle n'aura pas eu trop froid... Il fait jour maintenant. On va vite la retrouver.

Il avait voulu s'en persuader et rassurer la troupe. Mais ils n'avaient pas eu le temps de repartir. Le capitaine Roc était arrivé, porteur d'une terrible nouvelle qui avait anéanti tous leurs espoirs. Le véhicule de Magda avait été découvert non loin de Lalevade-d'Ardèche, à proximité de la nationale 102. La voiture avait quitté la route et était tombée un peu plus bas. Sa course s'était arrêtée à quelques mètres de la rivière.

— Et Magda ? avait crié Damian.

— Je suis désolé. Les secours n'ont rien pu faire pour elle.

Damian s'était écroulé, anéanti par le chagrin, et il avait fallu l'allonger. Le capitaine Roc s'était éclipsé après avoir présenté ses condoléances et annoncé que le corps avait été transporté à l'hôpital d'Aubenas. Les instants qui avaient suivi, Elena ne s'en souvenait plus. Le choc avait tout avalé, tout mixé. Elle se rappelait qu'ils s'étaient rendus à Aubenas. On ne leur avait pas demandé d'identifier Magda car le capitaine de gendarmerie l'avait fait pour eux. Elena avait insisté pour voir sa mère. Le médecin avait refusé.

— Pas maintenant, avait-il dit en lui remettant le certificat de décès. Vous la verrez demain. Ou après-demain. Le capitaine Roc vous préviendra. Une enquête est en cours afin de clarifier les circonstances de l'accident. Ne soyez pas inquiets, on va bien s'occuper de votre mère.

De jolis mots pour cacher qu'on allait autopsier Magda puis la « réparer » avant de la leur présenter... La nuit suivante, Elena avait fait de terribles cauchemars. Le visage de sa mère était noyé de sang, criblé d'éclats de verre. Elle l'entendait hurler, appeler au secours. Elle tendait la main... mais elle ne pouvait pas l'aider. La mise en bière avait un peu rassuré Elena. Sa mère ne portait pas les marques de l'accident. Ou du moins il n'y avait aucune trace visible sous le fond de teint et la poudre. Le médecin légiste avait rendu son verdict : Magda était inconsciente au moment du choc, sans doute déjà morte. Son cœur avait lâché, ce qui expliquait qu'elle ait perdu le contrôle du véhicule. Elle n'avait pas souffert, avait affirmé le médecin. Tout s'était passé en quelques secondes. Ce discours réconfortant, Elena ne cessait de se le répéter pour trouver des forces pour avancer. Il avait fallu rassembler les papiers, compléter des formulaires, faire de nombreuses démarches administratives et organiser les obsèques. Damian avait été incapable de faire quoi que ce soit. Elena, Martin et Bastian s'étaient chargés de tout, tandis que Julianne avait veillé sur son grand-père et que César avait appelé les clients pour différer les chantiers et reporter les dates sur les plannings, sauf pour les interventions liées aux problèmes de chauffage. Le temps était glacial, il était impossible de laisser des familles dans le froid. Il avait passé des heures au téléphone avec des confrères, des entreprises, à s'arracher les cheveux pour trouver des solutions rapides.

— C'est étrange, murmura Elena à ses chiens. Pour nous la vie s'est arrêtée, comme suspendue, et pour les autres elle continue presque comme si de rien n'était.

Elle se redressa. Il était temps qu'elle se prépare. Dans quelques heures on enterrerait Magda. Dans quelques heures viendrait le temps du deuil. Elle passa dans sa chambre et fouilla dans son dressing. Elle choisit un pantalon noir et un pull de la même couleur qu'elle posa sur le lit. Quand elle sortit de la douche, elle se regarda dans le miroir et l'image de sa mère se superposa à la sienne. Toutes les « dernières fois » lui revinrent alors en mémoire. La dernière fois qu'elles avaient pris un goûter sur la terrasse alors que l'été jouait les prolongations, la dernière fois qu'elles étaient allées ensemble au marché, la dernière fois qu'elles avaient préparé un osso buco, mais surtout la dernière fois qu'elles s'étaient vues. La colère de Magda qui ne voulait pas céder et s'entêtait contre César, les mots d'Elena qui tentait de la ramener à la raison… *Je n'aurais pas dû m'opposer à elle, pensa Elena, j'aurais dû plier. Elle m'a chassée, et moi je suis sortie sans l'embrasser tant j'étais vexée.* La culpabilité l'étrangla et elle songea à César. Lui aussi se sentait coupable, lui aussi était profondément malheureux. Aurait-il dû renoncer à Angèle pour sa mère ? Non, certainement pas. Magda s'était entêtée toute seule. Mais elle était souffrante et ils n'avaient pas su la protéger. Les sentiments se bousculaient dans l'esprit d'Elena. Était-elle responsable du décès de sa mère ? Comment aurait-elle pu lutter contre cet égoïsme qui l'étouffait ? Auraient-ils dû abandonner leur vie pour ne servir que la sienne ? Non, une mère ne peut exiger un tel sacrifice de ses enfants. Que s'était-il tramé dans sa tête ? Pourquoi avait-elle perdu les pédales ? Il aurait fallu l'aider…

Elena se laissa glisser contre le mur et tomba par terre, secouée par les sanglots. Elle aurait voulu revenir en arrière et réécrire toute l'histoire. Mais c'était fini, ne restait que le remords.

— Elena ! Elena ! Qu'est-ce que tu fais là ?

Elle reconnut la voix de Bastian et sentit qu'il la soulevait. Il l'allongea sur son lit et la couvrit avec la couette. Elle tremblait et claquait des dents.

— Calme-toi. Ça va aller. On va s'en sortir.

— Maman… La crise cardiaque, c'est notre faute. On n'a pas…

— On n'a pas quoi ? On en a parlé des dizaines de fois. Elle avait changé avec ses exigences, ses humeurs et ses colères. Elle n'a pas préservé son cœur… ni le nôtre. Il n'y avait rien qu'on aurait pu faire. Papa lui-même le dit. Même s'il est encore plus paumé que nous.

Il resta près d'elle, la câlinant, la rassurant. Elle n'avait pas besoin de lui avouer tout ce qui lui passait par la tête. Lui aussi culpabilisait, et en même temps il savait que rien ni personne n'aurait pu changer le cours des choses. À part bousiller sa vie, César n'aurait rien pu faire pour inverser la donne. Damian et Martin portaient le même fardeau qu'elle, celui de l'impuissance. Magda avait elle-même infléchi son destin en entraînant sa famille dans la tourmente.

— Maintenant, il faut que tu t'habilles, petite sœur. Je te prépare un café ?

— Non, merci. J'ai la nausée.

Il la laissa seule et regagna le salon. Le cendrier débordait de mégots, elle avait dû passer la nuit à fumer. Il le vida dans la poubelle et le rinça. Martin entra.

— Elena est prête ?

— Non, pas encore.

— Tu devrais aller voir papa. Miguel vient d'arriver.

— Miguel ?

— Oui, sourit Martin. Ton frère est là. Il voulait être à tes côtés aujourd'hui. Il est venu avec Carlos…

Bastian grimaça et posa le torchon qu'il avait à la main.

— Garde un œil sur Elena. Elle est…

— Je sais. Ne t'inquiète pas, je m'occupe d'elle.

Bastian parti, Martin patienta une dizaine de minutes puis, n'entendant pas de bruit, se rendit dans la chambre de sa sœur. Elle était face au miroir et attachait ses cheveux. Il lui semblait qu'elle avait maigri, que sa silhouette était encore plus longiligne que d'habitude, mais peut-être étaient-ce les vêtements noirs qui donnaient cette impression.

— On y va ? demanda-t-il.

— Comment est papa ce matin ?

— C'est dur, et il lui reste encore à passer la cérémonie. Malgré tout, je le trouve très raisonnable. Maman va lui manquer mais il l'avait déjà perdue. Ces derniers mois, elle a été terrible avec lui. Je crois qu'il est loin de nous avoir tout dit… Il s'en veut de ne pas avoir été plus ferme. D'après lui, il n'aurait jamais dû entrer dans son jeu. Tout ça remonte à loin, quand nous avons commencé à voler de nos propres ailes. Nous n'aurions jamais dû rester sur la propriété familiale. C'était une erreur. Maman nous a gardés sous sa coupe. Tu te souviens comme elle te taquinait pour que tu te cases ? Alors que nous, les garçons, jamais ! Des signes auxquels on n'a pas prêté attention… Ce qu'on ignorait, c'est que c'est elle qui a poussé la femme de César à partir il y a dix-huit ans.

— T'es sûr ?

— Papa m'a tout raconté. Il n'en avait jamais parlé jusqu'alors. Je lui ai conseillé de le dire à César. Il mérite de connaître la vérité.

— À mon avis, il la connaît, mais il est tellement craintif, sensible et obéissant qu'il n'a rien reproché à maman. Mais quand elle a voulu recommencer avec Angèle, alors là, enfin, il a eu le cran de s'opposer à elle. Et ça a été…

— … l'élément déclencheur. Je pense aussi que quelque chose s'était déjà fissuré en elle le jour où elle a avoué à Bastian qu'elle n'était pas sa mère biologique.

— Sans doute, murmura Elena. Maman me manque, en même temps, je suis partagée entre le chagrin et la révolte.

— Moi aussi. Je l'aimais, mais je lui en veux. Je sais que c'est mal.

Qu'est-ce qui est bien ou mal ? songea Elena tout en nouant une grosse écharpe autour de son cou. Est-ce qu'on a le droit de ressentir autant de colère envers sa mère alors qu'elle vient de mourir ? Est-ce qu'on a le droit de la juger, de lui reprocher ses défauts et ses erreurs ? Faut-il se taire parce qu'elle n'est plus là pour se défendre ? Enjoliver la réalité ? Évoquer Magdalena comme un être parfait, honnête, ou la considérer comme elle était réellement ?

— Elle a été une maman aimante mais trop protectrice, et surtout possessive. Est-ce que ça fait de nous des monstres de le confesser ? De la pleurer tout en lui adressant des reproches ? Tu crois qu'elle m'entend ? Elle doit penser que je suis une ingrate. Mais elle a mis notre famille en vrac, Martin… Elle serait encore parmi nous, j'aurais envie de la secouer et de l'embrasser, de la serrer dans mes bras et de la garder contre moi. Je lui répéterais qu'elle ne doit pas s'inquiéter, qu'on mène nos propres vies mais qu'on ne l'aime pas moins pour autant. C'est tout ça qu'on aurait dû lui dire il y a des années. Ça l'aurait rassurée. Elle nous aurait élevés sans craindre une quelconque rivalité, elle aurait eu confiance en nous. Si seulement j'avais encore le droit à une dernière fois…

# 43

L'église Saint-Pierre de Ruoms était comble. Tout le village était présent pour dire adieu à Magdalena. On était aussi venus des villages environnants. Amis, voisins, commerçants, clients, vagues connaissances, tous étaient là pour Magda et ses proches. Il y avait tant de fleurs qu'on avait dû en laisser dans la travée et à l'extérieur, devant le porche.

Au premier rang, serré de près par Julianne qui ne le quittait pas d'une semelle, Damian se tenait droit comme un « I », très digne. Il avait tellement pleuré les jours précédents qu'il n'avait plus de larmes. Son univers s'était effondré mais dans le malheur qui s'était abattu sur lui, la présence de ses enfants et leur soutien inconditionnel pansaient ses blessures. Il les aimait plus que tout, il savait aussi que jamais il ne serait seul. Sa tribu resterait à ses côtés et il veillerait à ce que plus rien ne la déchire. Il en avait fait le serment la veille, devant la dépouille de Magda, juste avant de lui dire au revoir. Il lui avait dit combien elle l'avait rendu heureux pendant plus de quarante années mais aussi combien il regrettait de ne pas avoir su s'imposer lorsqu'elle imprimait sa volonté au détriment des autres. Il avait été lâche, préférant se taire, faire comme s'il ne voyait rien ou choisissant les compromis pour avoir la paix car il détestait le conflit. Il n'avait jamais été hardi face à elle, et aujourd'hui il s'en mordait les doigts. Par chance, ses enfants ne lui avaient fait aucun reproche. Et quand le chagrin d'avoir perdu Magda se ferait moins violent, il s'excuserait auprès d'eux et ils trouveraient ensemble une autre façon d'exister. Sans Magda, la vie ne serait plus jamais la même. Mais aussi dur que ça puisse paraître, il avait compris qu'elle ne s'arrêterait pas. Il lui avait suffi d'apercevoir, en entrant dans l'église, la petite Angèle et son ventre qui s'arrondissait légèrement. Elle était là, la vie. Bientôt, il serait grand-père pour la deuxième fois. Le bonheur était à venir.

Angèle s'était presque cachée à l'avant-dernier rang, serrant le bras de son père, quand Damian s'était arrêté devant eux.

— Va donc auprès de César, avait-il murmuré en embrassant Angèle.

Puis il avait donné une chaleureuse poignée de main à Émile.

— Et toi, tu veux bien accompagner Elena ? avait-il ajouté. Une épaule amie n'est jamais de trop.

Ravi de les accueillir dans le clan Cheylard devant toute l'assemblée réunie dans l'église, il était tout aussi satisfait de clouer le bec aux quelques mauvaises langues qui avaient jasé quand César avait quitté la bastide pour s'installer avec Angèle. De même il avait convié Miguel et Carlos à prendre place non loin de lui, signifiant ainsi à Bastian que le temps de la réconciliation était venu. Mais Bastian restait sur la réserve et pas vraiment disposé au pardon, même si la présence de Miguel le comblait et l'adoucissait. Pépé-la-Cigale avait également rejoint la famille, à la demande expresse de Damian.

Assise entre Martin et Émile, Elena peinait à suivre l'office. Elle n'y trouvait aucun réconfort. Les textes lus par le prêtre ne captaient pas son attention et elle était incapable de réciter la moindre prière. Elle était seulement parvenue à écouter le discours prononcé par Thérèse Volane, puis le petit mot dit par Martin, la voix nouée par l'émotion. Le fait de ne pas avoir vu – ou voulu voir – sa mère partir à la dérive l'obsédait. Elle aurait pu la sauver et éviter tout ce gâchis.

Certes, elle n'aurait pas empêché sa crise cardiaque, mais tout aurait été différent si Magda s'était éteinte dans d'autres circonstances. Le chagrin n'aurait pas été teinté de regrets… Son esprit s'envola vers des souvenirs plus heureux. De grosses larmes silencieuses roulèrent sur ses joues, glissant dans son cou, mouillant le col de son pull. Elle n'était plus dans l'église, face au cercueil de sa mère, elle ne voyait que la photo qu'on avait déposée dessus. Un joli cliché de Magda, souriante, qui emmenait Elena dans le passé et brouillait les images du présent. Quand la messe s'acheva, Martin lui prit la main.

— On part au cimetière, murmura-t-il alors que retentissaient dans l'église les premières mesures du *Paradis blanc* de Michel Berger.

Elena le suivit, se laissant guider. Devant eux marchaient Julianne et Damian, suivis de César et Angèle. Émile, Thérèse Volane et Pépé-la-Cigale leur emboîtèrent le pas. Elena chercha Bastian et le découvrit un peu en retrait, entouré de Miguel et de Carlos. Elle se demanda s'il avait réussi à échanger quelques mots avec son père, s'il était parvenu à ne pas déverser la colère qui grondait en lui. Peut-être l'avait-il différée pour ne pas entacher ce jour de recueillement. D'après César, Bastian n'avait pas été tendre avec Carlos à son arrivée à la bastide. Miguel s'était interposé, expliquant que c'était lui qui avait insisté pour que Carlos l'accompagne et non pas leur père qui s'était imposé. Parmi les frères et sœurs de Magda, il était le seul à avoir fait le déplacement depuis l'Espagne.

Avec le soleil et la couche de neige qui recouvrait les pierres tombales, Elena songea que le cimetière était beau. Moins triste que lorsqu'il dévoilait les couleurs grises ou noires du marbre et des allées de gravier. Elle se serra contre ses frères devant la fosse. Le prêtre récita une nouvelle prière tandis qu'on descendait le cercueil de Magda. Elena se promit de rédiger au plus vite un document dans lequel elle demanderait à être incinérée.

Elle ne voulait pas être enterrée. Elle ne voulait pas être dans le noir, même si c'était contraire aux volontés de sa mère. Magdalena avait réservé ce caveau pour les Cheylard quelques années plus tôt. Cette concession était destinée à son repos éternel et à celui de Damian, mais aussi à leurs quatre enfants. Une disposition qu'Elena avait découverte lorsqu'elle avait organisé les obsèques. Un geste qui aurait pu être perçu comme un acte de prévoyance mais qui était pour Elena un symbole d'autorité. Magda avait une fois de plus choisi pour ses enfants sans leur demander leur accord.

Le prêtre recommanda à Dieu l'âme de la défunte, puis ce fut le moment de la bénédiction. Damian saisit le premier le goupillon pour tracer le signe de croix. Quand Elena regagna sa place, entre son père et César, elle constata que la foule était un peu moins dense qu'à l'église mais qu'ils étaient encore nombreux à suivre la cérémonie malgré le vent sec qui soufflait par petites rafales et glaçait les visages. Le défilé des condoléances commença. Damian et les trois garçons prononcèrent des dizaines de mercis et parvinrent à dire un mot gentil à chacun. Pour Elena, ce fut plus difficile. Elle n'en pouvait plus de se tenir droite et immobile. Elle avait l'impression que ses jambes, engourdies par le froid, allaient flancher et se dérober sous elle. Elle avait envie d'être seule chez elle, de se blottir dans le canapé sans plus personne pour l'observer ou lui parler. Elle serrait mécaniquement des mains et tendait ses joues pour se laisser embrasser, quand un regard la fit se figer. Laurent Abadie lui murmura quelques mots qu'elle ne comprit pas, surprise et bouleversée de le retrouver ici. Elle ne l'avait jamais rappelé alors qu'elle le lui avait promis, espérant ne plus le croiser. Après avoir terminé les travaux de la cuisine, elle avait demandé à son père de l'écarter définitivement du chantier des Vans. Damian avait grimacé, mais il avait accédé à sa requête sans rechigner.

Le cortège des mains tendues s'acheva enfin. Elena fut prise de vertige. Sans doute était-elle restée trop longtemps debout sans bouger. Elle contempla le cercueil de sa mère couvert de roses. Elle s'aperçut qu'elle avait oublié de déposer la sienne. Elle lança sa fleur en chuchotant au revoir et recula aussitôt. Elle aurait pu basculer dans la tombe tant elle se sentait abattue. Thérèse passa son bras sous le sien et l'entraîna vers la sortie. Martin la fit monter dans sa voiture et ils rentrèrent en silence à la bastide où un grand buffet attendait les invités. Les meubles avaient été poussés dans le salon, Jess avait tout préparé, aidée de deux de ses amies. De petits groupes se formèrent. Bastian et Miguel se mirent à l'écart pour bavarder tandis que César, Angèle et Martin s'emparaient des plateaux et faisaient le tour de la salle pour servir. Elena était restée en retrait, peu désireuse de faire la conversation. Peu à peu, les voix se firent plus fortes, elle entendit même quelques rires. La vie reprenait le dessus. Elle songea qu'elle pouvait s'éclipser discrètement. Personne ne remarquerait son absence. Elle avait envie de retrouver le calme de sa maison où Attila et Hannibal l'attendaient. Peut-être devrait-elle tout de même avertir son père. Il discutait avec Pépé-la-Cigale et le capitaine Roc. Elle lui trouva les traits tirés mais il semblait tenir le choc. Elle vit le gendarme le saluer et partir, puis son père donner l'accolade à Pépé et se diriger vers Thérèse et Carlos. Il était plutôt souriant. Il devait décompresser, inutile de le déranger. Elle reculait vers la porte quand Martin la retint doucement par le bras.

— Hep ! Ne te sauve pas comme ça ! Laurent Abadie est tout seul, près de la cheminée. Il s'ennuie. Normal, il ne connaît personne. Tu pourrais aller le voir.

— Pourquoi moi ? Vas-y, toi.

— Il n'est pas venu pour moi.

— Ni pour moi.

— Tu n'es qu'une idiote. Aussi obstinée que maman. Continue comme ça, bousille ce que le destin est en train de t'offrir ! Et au passage, amoche un peu les autres, histoire que tout le monde déguste. C'est une tradition dans la famille. Faudrait pas changer les bonnes habitudes ! C'est vraiment ça que tu veux ?

Martin avait parlé tout bas, les lèvres collées à l'oreille de sa sœur. Elle se dégagea d'un geste brusque, prête à rétorquer qu'il n'avait pas à se mêler de ses affaires. Son visage triste et affligé l'arrêta.

— Je sors fumer ! grogna-t-elle.

Sur la terrasse, elle alluma une cigarette et s'assit pour admirer le paysage. Elle ne se souvenait pas avoir vu autant de neige à Ruoms. Il n'y avait aucun bruit autour d'elle et elle apprécia cette accalmie après toutes ces journées de tumulte. Chaque bouffée de tabac avalée lui remit les idées en place. Elle revint au salon et rejoignit sans hésiter Laurent Abadie. Après un instant de gêne, durant lequel l'un et l'autre ne surent quoi dire, Laurent renouvela ses condoléances, lui fit part de sa compassion et évoqua Julianne qu'il ne regrettait pas d'avoir embauchée. Sa nièce s'investissait dans son travail à La Nîmoise, et s'il ne pouvait pas prolonger son contrat après les fêtes à cause de la baisse d'activité qui marquait chaque début d'année, il ne manquerait pas de la recontacter dès qu'il y aurait un nouveau surcroît de travail.

— Elle est jeune et a besoin d'être aidée, ajouta-t-il. Si jamais elle désire reprendre ses études, une formation commerciale en alternance par exemple, je suis tout disposé à la garder comme stagiaire. Je ne tarderai pas à avoir besoin de quelqu'un pour m'épauler, notamment dans le suivi des relations avec nos nouveaux clients.

— C'est formidable ! Merci pour elle. J'espère qu'elle acceptera.

— Je la laisse réfléchir. Je ne la presse pas, vous avez été secoués. Ce n'est peut-être pas le bon jour pour en parler, mais si on ne se revoit pas... Je veux dire... Elena, j'ai longtemps attendu votre appel.

— Je suis désolée.

— Je ne vous en veux pas. Je crois que j'ai compris ce qui vous a retenue de répondre à mon invitation. Tout ça grâce à mon frère.

Elle baissa les yeux, sachant déjà ce que Gautier lui avait raconté. Elle se sentit rougir.

— Le destin nous inflige parfois de ces claques ! ajouta Laurent. On se demande ce qu'on a fait au Bon Dieu dans ces cas-là. Je ne vous cache pas que j'ai été très chamboulé par les aveux de Gautier. Et puis je me suis souvenu de notre discussion le soir de la fête du vin à Ruoms. Vous m'avez dit ne pas être quelqu'un de bien. Je crois que vous vous trompez, Elena.

Il aurait volontiers baissé la tête pour aller à la rencontre de ses lèvres et lui donner un baiser. Depuis le temps qu'il en rêvait ! Il se contenta de saisir sa main et de la caresser. Elle se laissa faire, attendrie par la force de ce geste pourtant innocent.

— Je ne veux pas m'imposer à vous, Elena. Surtout en ce moment, alors que vous traversez une épreuve douloureuse. On va faire les choses très simplement. Je vais partir et vous laisser avec votre famille qui a grand besoin de vous. J'espère que les fêtes de fin d'année ne seront pas trop pénibles. C'est un moment délicat du deuil. Quand mon père est décédé, je me souviens que le premier Noël sans lui a été douloureux. Il faut du temps pour panser les blessures. Début février, je prends deux semaines de congé et je m'installerai dans la maison des Vans. Vous y serez la bienvenue, à n'importe quel moment. Je vous y attendrai.

— Je...

— Ne dites rien. Je ne vous demande aucune promesse.

Il déposa un baiser sur sa main qu'il avait gardée dans la sienne. Elle le dévisagea, essayant de renouer avec la réalité du calendrier. Les événements lui avaient fait oublier Noël, le jour de l'An, les festivités et les obligations. Elle se revit quelques jours plus tôt dînant avec ses frères, s'interrogeant sur la façon dont ils fêteraient Noël, se préparant à être séparés les uns des autres. Ils ne le seraient pas, mais il y aurait une place vide à table. Son cœur se serra et elle sentit les larmes lui monter aux yeux.

— Aujourd'hui, c'est peut-être la dernière fois que nous nous croisons, murmura Laurent, lâchant doucement les doigts qu'il tenait dans les siens. Prenez soin de vous.

# 44

Elena ouvrit l'armoire et resta les bras ballants devant tous les vêtements. Damian lui avait demandé de bien vouloir retirer toutes les affaires de Magda. Il n'en pouvait plus de les voir chaque fois qu'il s'habillait. Vestes, pulls, gilets… Il ne garderait qu'une écharpe qu'il lui avait offerte il y a quelques années. Un joli foulard de soie rose pâle qu'elle portait souvent et sur lequel on pouvait encore respirer son parfum. Jess s'était proposée pour aider Elena à vider la penderie et la commode. Elle pourrait aussi déposer les vêtements dans une association caritative, puisque c'était le vœu de Damian.

Pour Elena, ce débarras était un nouveau déchirement. Elle toucha du bout des doigts un cardigan de laine beige que sa mère avait acheté l'hiver précédent. Elle se souvenait bien de ce jour-là. Sa mère était allée faire les boutiques avec Thérèse à Nîmes. Elles étaient rentrées tard, des paquets plein les bras. Magda avait fait beaucoup d'achats pour elle. Elle n'avait pas oublié Damian à qui elle avait rapporté des chemises, ni ses enfants et sa petite-fille. Elle avait offert à chacun un pyjama. Elena se revit ouvrant le cadeau de sa mère, un pyjama rose et gris, épais et moelleux, parfait pour les soirées d'hiver. C'était étonnant et troublant de se rappeler aussi précisément de cet instant somme toute insignifiant. C'était aussi douloureux de le revivre. Pour une fois, elle aurait aimé perdre la mémoire. Sa poitrine se gonfla sous la pression d'un énorme sanglot qu'elle avala avec peine.

— Si vous préférez être seule, murmura Jess, je vous laisse.

— Non, allons-y.

Elle attrapa plusieurs robes dans la penderie et les déposa sur le lit. Jess en prit une, la plia et la déposa au fond d'un grand sac. Elles continuèrent ainsi à vider l'armoire, puis tous les tiroirs de la commode. Dans la salle de bains, il fallut retirer la brosse à cheveux, les crèmes de beauté et tous les produits ayant appartenu à Magda. Elena mit cependant de côté son flacon d'eau de toilette. Son père voudrait peut-être le conserver. Dans le cas contraire, elle le prendrait pour elle. Pour en poser une touche de temps en temps sur son poignet et respirer sa mère...

— Je vous laisse regarder la table de chevet, murmura Jess. Il y a aussi les boîtes à bijoux.

Elena ouvrit un coffret. Sa mère avait peu de bijoux. Elle demanderait à Julianne d'en choisir un. Elle s'assit sur le lit et contempla une broche.

— Vous avez fini ? Je viens apporter mon coup de patte pour descendre les sacs.

Elle releva la tête et découvrit Martin qui restait sur le seuil, comme s'il n'osait pas entrer dans la chambre. Elle jeta un coup d'œil autour de la pièce.

— Je crois que oui. Il reste quelques petites choses que je vais emballer et mettre au grenier si papa le désire. Pour les vêtements, c'est bon. Je t'ai mis de côté ce bracelet en ambre que tu avais rapporté à maman quand tu étais allé en classe de neige au Lioran. Tu te rappelles ?

— Bien sûr. Garde-le pour toi si ça te fait plaisir.

— Merci. Que font les autres ?

— Papa et César font un peu de comptabilité dans le bureau. Angèle trie le courrier avec Julianne. On a plein de factures qui sont tombées... Faut qu'on s'y mette tous, on a une entreprise à faire tourner, non ? Bosser, c'est toujours mieux que ruminer.

— Bien que papa paraisse solide, il est KO et a besoin de repos.

— Il doit lever le pied. S'occuper, oui, mais pas se crever à la tâche. On est bien assez grands pour travailler sans lui.

— Et Bastian, où est-il ? demanda Elena qui ne l'avait pas vu depuis un moment.

— Il est avec Miguel et Carlos. Je crois que ça barde.

— Comment ça ?

— Je suis passé chez lui tout à l'heure pour lui parler d'un chantier. Quand je suis arrivé devant la porte, j'ai entendu des éclats de voix alors j'ai fait demi-tour.

— Je pense qu'il réclame des explications à Carlos. Il n'a pas apprécié qu'il lui ait caché qu'il était son père.

— Je le comprends. Carlos devait s'y attendre en venant ici.

— Miguel ne lui a pas laissé le choix et c'est très bien.

— Espérons que l'abcès sera définitivement crevé, marmonna Martin. Je suis épuisé par les larmes, les tensions, les soucis. J'aimerais qu'on arrive tous à dépasser nos problèmes, notre chagrin. J'aimerais retrouver une vie paisible, même si je sais que rien ne sera plus comme avant.

Elena acquiesça tandis que Martin se penchait pour attraper deux gros sacs. Elle le regarda descendre l'escalier avec son chargement et faillit lui crier de tout remonter. Mais c'était idiot. Ça ne ramènerait pas sa mère, et son père avait besoin d'éloigner de sa vue ses affaires pour ne pas vivre sans cesse dans son souvenir. Ce qui ne signifiait pas qu'il l'oublierait. Elle finit de ranger tandis que Jess emportait une valise. Quand elle eut terminé, elle hésita un instant à passer par le bureau pour voir son père et César, renonça finalement. Elle avait envie d'un peu de calme, de rentrer chez elle et de retrouver ses chiens.

Au moment de quitter la maison, dans le hall elle aperçut Carlos à travers la porte du salon restée entrouverte.

Elle songea que la discussion avec Bastian était close et espéra qu'ils avaient pu faire la paix. Miguel et Carlos repartaient pour l'Espagne le lendemain, Bastian ne devait pas quitter son père sur une discorde. Elle ouvrit discrètement la porte pour sortir, peu désireuse de se faire attraper par son oncle et de supporter ses explications. Dehors, le tapis neigeux s'était encore un peu épaissi, étouffant tous les bruits. Elle traversa la cour, la neige craquait sous ses pieds. Elle entendit Bastian l'appeler. Elle fit demi-tour et le rejoignit chez lui. Miguel était installé dans le salon. Comme chaque fois qu'il voyait Elena, il tendit les bras pour la serrer contre lui.

— J'ai eu une discussion assez épicée avec Carlos, dit Bastian en tendant une tasse de café à sa sœur.

— Je suis vaguement au courant, répondit-elle sans mentir. Martin est passé te voir tout à l'heure pour parler boulot et il vous a entendus. Comme ça gueulait un peu, il a renoncé.

— J'avais demandé à Carlos de m'accompagner pour l'enterrement de Magda, intervint Miguel, mais pas seulement pour ça. Je voulais qu'il éclaire Bastian sur les raisons qui l'avaient poussé à lui mentir et qu'il lui présente des excuses. Mais Carlos n'a pas voulu discuter. Il a cru qu'il s'en tirerait en demandant pardon, et basta ! Du coup, Bastian s'est emporté.

— J'ai vu rouge. J'ai pensé que je n'aurais jamais toute la vérité et ça m'a fichu en rogne.

— Au moins, ta colère a réveillé Carlos et il s'est finalement décidé à causer, fit Miguel.

Bastian avait été intraitable. Il avait harcelé Carlos de questions, exigeant des réponses à toutes. Pourquoi lui avait-il caché qu'il était son père ? Ça aurait été si simple de le lui avouer quand il l'avait revu chez Rodrigo avec Elena. Pourquoi avait-il tenté de les empêcher de retrouver Miguel ? Quelle bonne raison avait-il eue d'abandonner les jumeaux ? Pourquoi ne les avait-il pas élevés avec ses autres enfants ? Carlos n'avait cessé de clamer qu'il avait follement aimé Isabel. Et pourtant, il avait abandonné ses bébés ! Carlos avait fini par craquer et il avait raconté à ses fils le seul épisode du passé dont il avait réussi à les tenir à l'écart. Quand Isabel était repartie à Valence, laissant Miguel à Chera, elle voulait bien sûr reprendre la lutte mais surtout retrouver Carlos et vivre avec lui. Il était marié et tout jeune père de famille à l'époque, mais Isabel s'en moquait. Rien n'empêcherait leur passion, même s'ils devaient se cacher. Elle trouverait un travail, louerait une petite chambre et Carlos viendrait l'y retrouver quand il le pourrait. Elle n'avait pas besoin d'une alliance et d'un serment. Leur amour lui suffisait.

— J'ai été obligé de faire souffrir Carlos pour connaître la vérité, murmura Bastian. Il nous a dit qu'il avait aimé, adoré Isabel comme ça n'arrive qu'une fois dans la vie, mais il ne pouvait pas avoir l'œil sur elle en permanence et il n'a pas su la protéger. Elle avait choisi de poursuivre la lutte contre les franquistes. Elle avait bien rencontré des Basques, en avait dépanné deux ou trois qui étaient en fuite et se planquaient, mais elle n'a jamais adhéré à l'un de leurs réseaux. Elle n'était pas intéressée par l'organisation séparatiste. Elle n'a fait qu'aider des hommes aux abois. Isabel n'a jamais été membre de l'ETA.

— Carlos pense qu'elle est morte par sa faute et il s'en veut beaucoup, ajouta Miguel.

Bastian poursuivit le récit. Rosa, la femme de Carlos, avait compris depuis un moment qu'il avait une liaison. Elle lui a fait une scène terrible, assortie de menaces. Ce jour-là, il lui a juré d'y mettre un terme. Mais comme elle était rongée par la jalousie, elle l'a surveillé et n'a pas eu de mal à découvrir *l'autre*. Un matin, elle s'est rendue à la police et a dénoncé Isabel. Le soir même, dans un accès de colère, elle a tout balancé à Carlos qui s'est alors précipité chez Isabel, mais il était trop tard. Elle avait été arrêtée dans la journée. Suspicion de terrorisme. Carlos a plaidé la cause des jumeaux auprès de Rosa, mais celle-ci a refusé de les élever bien qu'ils soient les enfants de son époux, jusqu'à menacer de retourner à la police si jamais il ramenait Miguel et Bastian chez eux. Carlos a fini par capituler. Bastian resterait en France chez Magda, les Barros Montoro s'occuperaient de Miguel.

— Durant toutes ces années, reprit Miguel, Carlos a évité de venir trop souvent à Chera parce que Rosa trouvait toujours un moyen de l'en empêcher, souvent par un abominable chantage et parce qu'elle avait mis ses filles aînées dans la confidence. Deux filles qui n'ont pas hésité à prendre le parti de leur mère contre leur père. Carlos a toujours pensé que Bastian ne saurait jamais la vérité. Mais quand vous êtes allés le voir à l'automne, il a eu tellement honte qu'il n'a rien dit.

— Tu lui as pardonné, j'espère, murmura Elena en se tournant vers Bastian. Il a tout de même des circonstances atténuantes. Je ne l'excuse pas, mais avec son dragon de femme, il n'a pas eu la tâche facile. Cette Rosa lui a pourri la vie. C'est vrai qu'il aurait pu profiter de notre entrevue chez Rodrigo pour rattraper le coup et ne pas nous mener en bateau comme il l'a fait, mais bon, il faut savoir passer l'éponge. On ne peut pas être tout le temps en guerre contre tout le monde.

— Je lui ai pardonné, mais au fond de moi je n'accepte pas qu'il ait pu me mentir et me cacher la vérité. Ça me reste en travers de la gorge.

— Donne-toi un peu de temps.

— Je ne sais pas si le temps y changera grand-chose.

— Elena a raison, murmura Miguel en passant un bras autour des épaules de son frère.

Bastian acquiesça pour faire plaisir à son frère mais il n'était qu'à moitié convaincu. Il savait que les relations avec Carlos resteraient réduites à peu de chose. La présence de Rosa serait toujours un mur entre eux. Seule sa complicité avec Miguel se renforcerait. De ça, il en était sûr. Elena les observa, heureuse de les savoir si proches. Alors qu'elle s'apprêtait à sortir, Bastian la rattrapa sur le pas de la porte.

— T'ai-je assez remerciée pour tout ? demanda-t-il.

Le tendre regard que lui jeta son frère l'ébranla et elle serra les poings pour ne pas pleurer. Depuis le décès de sa mère, la moindre émotion lui faisait monter les larmes aux yeux.

— Mais oui, bafouilla-t-elle, essayant de masquer son trouble. Ton sourire est le plus beau des cadeaux.

— Je vous ai, papa, Martin, César et toi. J'ai Miguel et c'est formidable. L'année écoulée a été tellement dure. J'ai l'impression d'être écorché de partout.

— Tu l'es. Nous le sommes tous.

— La mort de maman m'a fait comprendre des tas de choses. J'ai vieilli, je crois. Et maintenant j'ai peur de vous perdre.

— Heu… non ! Ne compte pas sur moi pour te ficher la paix, plaisanta Elena, sur le point de craquer.

— Miguel et Carlos vont partir et j'ai la trouille de ne pas les revoir. Je n'arrête pas de penser que ça pourrait être la dernière fois. J'ai peur qu'il arrive quelque chose à Miguel.

— Ne dis pas de bêtises, Bastian ! Il n'arrivera rien. On retournera en Espagne, on ira en vacances chez Miguel. On fera sortir Carlos de chez lui pour que tu le voies en dehors de la présence de Rosa-la-cerbère. Je suis prête à la retenir en otage s'il le faut.

— Le pire, c'est que tu en es capable !

# 45

— Quel bourbier ! râla César en traversant la cour pour aller à la rencontre de sa sœur.

Après des semaines de neige, suivies de journées où il avait gelé à pierre fendre, le redoux arrivait avec le mois de février. Le manteau neigeux fondait à vue d'œil, libérant des litres d'eau. La boue avait envahi les champs, les chemins et même les routes.

— Quel merdier, tu veux dire ! grogna Elena en faisant claquer ses bottes pour les débarrasser de la terre qui collait aux semelles. Je te laisse entrer. Il faut que je trouve Hannibal et Attila. Ils sont en vadrouille depuis ce matin.

— Ça promet !

— Je ne peux pas les empêcher de sortir. Tiens, regarde, les voilà ! Ils ont dû nous entendre.

Les deux masses fauves traversaient le verger et déboulèrent bientôt dans la cour. Elena les arrêta et leur montra le jet. Les dogues s'immobilisèrent aussitôt, attendant que leur maîtresse leur nettoie les pattes.

— Tapis ! commanda-t-elle en ouvrant la porte.

— Des gosses bien élevés et obéissants ! dit César en les regardant se coucher à l'endroit indiqué.

— Mieux que ça ! À propos de « gosses », comment va Angèle ?

— Ça va, merci. Son ventre s'arrondit. Si tu déjeunes avec nous ce midi chez papa, tu la verras.

— Oui, bien que je ne raffole pas des repas dominicaux. Mais bon, j'ai décidé de faire un effort.

— Comme si c'était un effort de passer un moment avec nous. T'exagères !

— Ce n'est pas ce que je voulais dire. Je déteste m'éterniser à table.

— Ce n'est pas un repas de communion, tout de même.

— Papa a demandé à Jess de venir ce matin pour préparer le déjeuner. Ce sera petits plats dans les grands !

Elle soupira, affichant sa grosse mine d'ado contrariée. Il faillit éclater de rire. Il l'avait tellement vue faire cette moue !

— Allez, souris un peu. Émile sera là.

— Ton futur beau-papa, et accessoirement mon pote. Tu parles d'un programme !

César haussa les épaules. Il ne trouvait pas la situation très drôle, même s'il entretenait avec Émile des rapports tout à fait corrects. Il était toujours un peu gêné lorsqu'il était en sa présence. L'arrivée de Bastian l'empêcha de répondre à sa sœur.

— Je viens d'avoir Miguel au téléphone. Il aimerait qu'on vienne tous passer une semaine de vacances chez lui au printemps.

— Encore faudrait-il qu'on réussisse à prendre des congés ! bougonna César. À mon avis, vu notre retard sur les chantiers, papa n'a pas programmé de repos avant des mois. Allez, zou ! C'est l'heure d'y aller. Ce n'est pas le moment d'être en retard pour le déjeuner.

— Attends ! commanda Elena en le retenant par la manche. J'aimerais qu'on rende l'atmosphère de ce déjeuner un peu moins pesante que lors des repas de Noël et du jour de l'An. Je sais, c'est compliqué, le décès de maman est encore frais dans nos cœurs, mais il faut qu'on pense à Julianne. Elle est jeune, elle a une vie à construire et nous on l'assomme avec nos souvenirs, nos photos, nos trucs de vieux.

— On n'est pas vieux !

— Pour Julianne, on l'est. Elle n'a même pas 20 ans. Elle a du chagrin d'avoir perdu sa grand-mère et elle a eu une année désastreuse sur le plan personnel. Elle a besoin de sourire, de rire, de croire en l'avenir.

— Tu as raison, dit Bastian. Deviendrais-tu sage ? Responsable ?

Il éclata de rire et se sauva avant que sa sœur ne réagisse. Alors qu'il traversait la cour en sautillant pour éviter les flaques d'eau, Elena le rattrapa et, comme une enfant, sauta dans une flaque pour se venger.

— Je retire ce que je viens de dire ! cria son frère. Rappelle-moi, comment on t'appelait quand t'étais petite et que tu nous jouais de vilains tours ?

— La morpionne ! répondit César qui venait de les rejoindre.

Elena grimpa les marches de la maison quatre à quatre et dépassa Bastian. Ils s'arrêtèrent devant la porte pour ôter leurs bottes.

— Bonjour ! Ça va la compagnie ? cria Elena en entrant.

— Bonjour ! répondit Jess depuis la cuisine. Votre père est dans le bureau avec Pépé. Je ne sais pas ce qu'ils traficotent, mais ça y va les messes basses…

Elena fit un rapide tour des casseroles, souleva les couvercles. Elle ferma les yeux et huma les odeurs qui la firent saliver. Jess lui tendit une cuillère en bois pour goûter la sauce qui accompagnerait les coquilles Saint-Jacques.

— Hum… C'est bon.

— Sauce au Noilly !

— Et Julianne ? Et Martin ? demanda Elena en passant sa langue sur ses lèvres pour les essuyer.

— Au salon avec Angèle et Émile. Sages comme des images !

Chaque fois qu'elle entrait dans le séjour, Elena avait le sentiment qu'elle allait trouver sa mère assise dans le fauteuil près de la table basse. Sa place. Celle qu'on ne lui prenait jamais. Elle chassa cette pensée de son esprit et fit un effort pour sourire. Elle avait de toute façon décidé d'être gaie. Martin sortit la bouteille de champagne du seau.

— On le débouche ? demanda-t-il. Il est à point, frappé comme il faut. Il y a du whisky pour ceux qui préfèrent, ou bien du vin.

— Attendons papa et Pépé, conseilla César.

— Je vais les chercher.

Martin abandonna la troupe et fila vers le bureau. Il s'apprêtait à toquer mais suspendit son geste, surpris par ce qu'il avait cru entendre à travers la porte.

— ... attrapé par les pieds et foutu à la rivière, je te dis.

C'était la voix de Pépé. Martin tendit l'oreille.

— J'ai jeté cette ordure à la flotte ! Ce soir-là, j'étais allé chez Thérèse qui m'avait promis des œufs. Avant de rentrer, je me suis arrêté à la Grand'Terre pour chouraver des pêches. J'ai aperçu Magda qui remontait dans sa voiture. Ça m'a intrigué de la voir là à cette heure, elle n'allait jamais à la plage. Surtout toute seule. J'ai laissé ma bicyclette et je suis allé vers la rivière. Cette raclure d'Enrique était sous le pont. Il avait la tête amochée. Quand il m'a reconnu, il s'est mis à gueuler. Il hurlait qu'il aurait la peau des Cheylard. Je ne pouvais pas le laisser vous menacer.

Martin recula et comprima sa poitrine tant son cœur cognait fort. Avait-il bien compris ? Il plaqua de nouveau son oreille contre la porte. Son père parlait maintenant.

— L'enquête n'est pas bouclée, d'après ce que Roc a dit. Mais, toujours d'après lui, le procureur ne tardera pas à fermer le dossier faute de preuves. Roc n'est pas stupide, pourtant, comment n'a-t-il pas songé à toi ? Surtout, continue à te taire. Si jamais tu as des ennuis, je ne te lâcherai pas. Jamais.

— Tiens, c'est le pognon qui était dans l'enveloppe, celui qu'Enrique a volé à Magda. Je l'ai pris après l'avoir achevé, juste avant de le coller à la baille.

— Garde cet argent. Je n'en veux pas.

— Moi non plus. Qu'est-ce que j'en ferais ? C'était à Magda, tu n'as qu'à le donner à tes enfants. Viens, faut les rejoindre, ils doivent nous attendre.

Martin se sauva et s'enferma dans la salle de bains. Il fit couler de l'eau sur son visage. Il devait oublier cette discussion. Pourquoi avait-il été aussi curieux ?

— Martin ! Qu'est-ce que tu fabriques ?

C'était son père. Il prit une serviette pour s'éponger et lui ouvrit.

— J'étais venu me rafraîchir un peu. Je ne sais pas, j'ai eu une sorte de malaise... Ma tête s'est mise à tourner. J'ai peut-être trop bu hier soir. Je suis sorti avec des copains. Un dîner bien arrosé.

Damian fixa son fils d'un air soupçonneux. Il ne croyait pas un mot de ce qu'il venait de dire. Martin était charpenté comme un rugbyman et il tenait bien l'alcool. Il avait pris des cuites mémorables sans jamais être malade, et remettre ça un lendemain de fête ne l'avait jamais gêné.

— Rien d'autre ? grommela Damian en attrapant le bras de son fils plus brusquement qu'il ne l'aurait voulu.

— Rien d'autre. Tu peux être tranquille.

Leurs yeux restèrent accrochés pendant quelques secondes. Un moment bref et intense. Damian comprit que Martin avait tout entendu mais qu'il ne dirait rien. Il avait toujours fait confiance à son fils. Il ne le trahirait pas.

— Champagne ! s'exclama Martin en revenant dans le salon. Jess, venez vous joindre à nous !

Sans attendre, il fit sauter le bouchon.

— Une pensée particulière pour Magda qui me manque beaucoup, dit Damian en attrapant une coupe. Elle restera mon grand amour. Je sais qu'elle vous manque à vous aussi.

Il se tourna vers Angèle et leva son verre, lui répétant combien il était heureux de l'accueillir dans la famille. Le fantôme de Magda traversa la pièce. Chacun savait qu'Angèle et César étaient là parce que Magda n'était plus.

— Je lève mon verre à maman, ajouta Bastian. Je sais qu'elle veille sur nous. Il est important de profiter des bons moments parce que ceux-ci peuvent s'envoler très vite. Depuis des semaines, je vis en repensant à ce qui m'a opposé à elle, à tout ce que j'ai pu lui reprocher, à tort ou à raison. Je songe aussi aux dernières fois où j'ai discuté avec elle, où j'ai ri avec elle... Maintenant, j'ai envie qu'on se penche sur demain parce que, comme Elena nous l'a fait remarquer, il y a des jeunes dans cette famille !

Il se tourna vers sa sœur et lui fit un clin d'œil. Elle ne lui répondit pas, comme si elle n'avait rien entendu.

— Elena ?

Elle était ailleurs, troublée par les propos de Bastian. Combien de fois avait-elle ressassé elle aussi ces « dernières fois » ? Son frère avait raison. Se pencher sur demain, ne pas avoir de regrets...

— Elena, tu rêves ?

— Non. Je pensais à un truc...

— Je bois à toute votre famille ! s'exclama Pépé-la-Cigale.

Il vida son verre d'un trait et le tendit de nouveau à Martin qui fit comme s'il ne comprenait pas et lui passa un plateau rempli de toasts. Amusé, Émile sourit en attrapant le plat dont Pépé ne voulait pas s'encombrer.

— C'est délicieux, Jess. Bravo ! dit-il après avoir avalé deux petites tartines. Tiens, Elena, goûte ! C'est un régal.

Elena refusa l'assiette qu'on lui présentait et posa sa coupe de champagne sur un coin de la table.

— Excusez-moi, je vous laisse. J'ai quelque chose à faire.

Tous la dévisagèrent sans comprendre. Elle n'avait pas l'air contrariée, elle paraissait seulement fébrile, légèrement agitée.

— Tu reviens ? demanda Bastian.

— Heu, je ne sais pas. Tu t'occupes de mes chiens si je ne rentre pas ce soir ?

— Mais enfin, Elena, tu vas où ? intervint Damian.

— Je t'expliquerai plus tard, papa. C'est promis.

Martin la rattrapa devant la porte et campa sa haute stature devant elle pour l'empêcher de faire un pas de plus, excédé par ce brusque changement d'humeur. Il lui saisit le poignet sans ménagement. Toute la famille était réunie et prête à repartir sur de bonnes bases, et voilà qu'elle jouait les gamines capricieuses.

— Tu fais quoi, là ? On va passer à table. Tu déconnes, j'espère… Où vas-tu ?

— J'ai un truc très important à faire.

— Je sais, tu l'as déjà dit !

— Ne t'inquiète pas. Je veux simplement éviter de tout bousiller. Ma vie en particulier. Ça te va comme réponse ?

Elena venait indirectement de rappeler à Martin ce que lui-même lui avait dit quelques semaines plus tôt. Il grimaça et relâcha son étreinte, gêné de s'être emporté. Il décocha un sourire à sa sœur et lui tendit sa joue. Émue, Elena y déposa un baiser.

— Il reste une « dernière fois » sur laquelle je souhaiterais revenir, ajouta-t-elle. J'ai dit un jour à un homme que je ne savais pas aimer. Cet homme m'offrait son cœur et je n'ai pas su le prendre parce que j'avais peur. Cet homme, je l'aime. Peut-être qu'il ne m'attend plus, peut-être l'ai-je perdu. Mais peut-être aussi qu'il n'est pas trop tard. Tu comprends, Martin ?

Martin posa doucement ses deux mains sur les épaules de sa sœur et plongea son regard dans le sien. Ses yeux étaient brillants et emplis d'émotion. Il se pencha et l'embrassa.

— File vite ! On veillera sur tes fauves. Et tu ne reviens pas ce soir, hein ?

— Je n'y compte pas du tout !

*Composition et mise en pages*
*Nord Compo à Villeneuve-d'Ascq*

*Cet ouvrage a été imprimé par*
*CPI Bussière à Saint-Amand-Montrond*
*en juillet 2019*